L'ORDRE DES MOINES-GUERRIERS

AHKENA

Collection Incontournables

L'ORDRE DES MOINES-GUERRIERS

AHKENA

L'épée Sinistre · Tome 3

CHRISTIAN BOIVIN

ADA ÉDITIONS

Éditeur : François Doucet
Directeur éditorial : Matthieu Fortin
Révision linguistique : Féminin Pluriel, Christian Boivin
Correction d'épreuves : Matthieu Fortin
Conception et montage de la couverture : Matthieu Fortin
Mise en pages : Matthieu Fortin
Illustrations et photographies : © Gettyimages

ISBN papier 978-2-89808-238-2
ISBN PDF numérique 978-2-89808-239-9
ISBN ePub 978-2-89808-240-5

Première impression : 2021
Dépôt légal : 2021
Bibliothèque et Archives nationales du Québec
Bibliothèque et Archives Canada

Éditions AdA Inc.
www.ada-inc.com
info@ada-inc.com

Imprimé au Canada

Québec
Crédit d'impôt livres
Gestion SODEC

Financé par le gouvernement du Canada | Canada

Participation de la SODEC.
Nous reconnaissons l'aide financière du gouvernement du Canada par l'entremise du Fonds du livre du Canada (FLC) pour nos activités d'édition.
Gouvernement du Québec — Programme de crédit d'impôt pour l'édition de livres — Gestion SODEC.

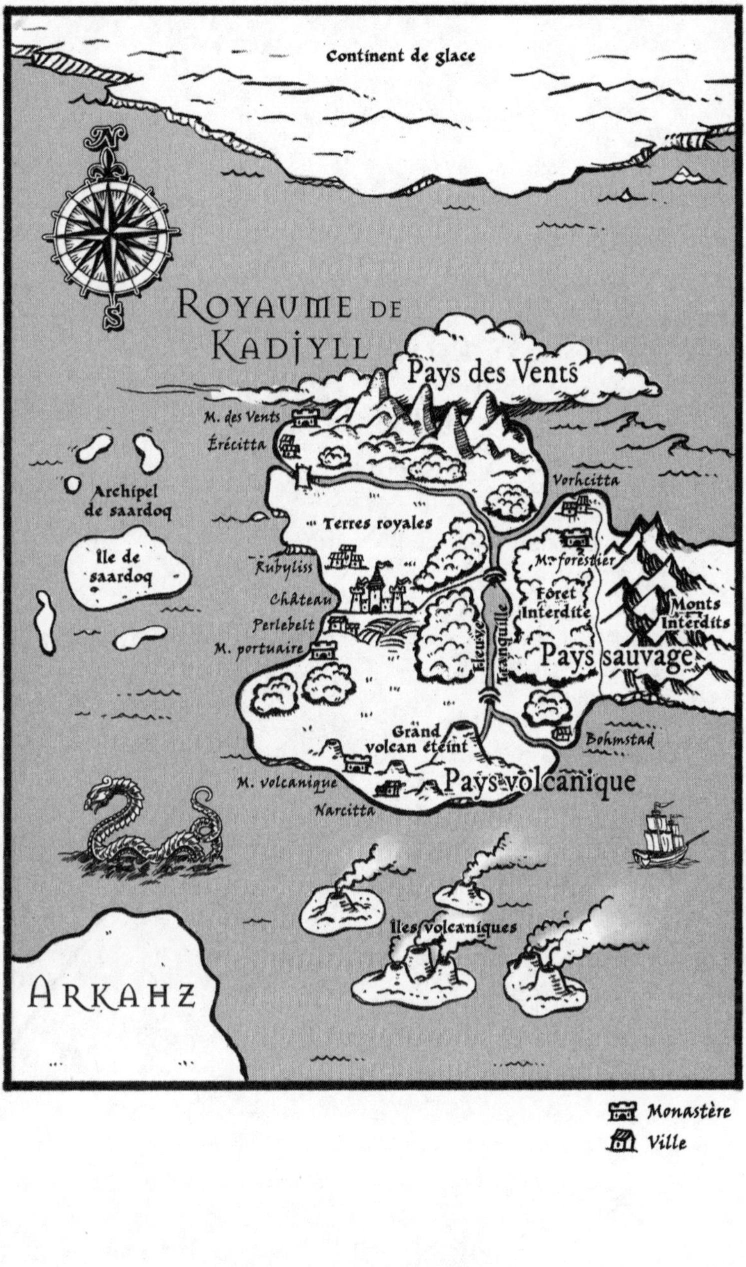
Continent de glace
N
S
Royaume de Kadjyll
Pays des Vents
M. des Vents
Érécitta
Vorhcitta
Archipel de saardoq
Terres royales
Île de saardoq
Rubyliss
M. forestier
Château
Forêt Interdite
Monts Interdits
Perlebelt
Fleuve Tranquille
M. portuaire
Pays sauvage
Grand volcan éteint
Bohmstad
M. volcanique
Pays volcanique
Narcitta
Îles volcaniques
Arkahz
Monastère
Ville

CHAPITRE 1

Sokar marchait dans les catacombes sous l'ancien Monastère forestier, une torche à la main. Cette fois-ci, il était seul. Un sentiment d'urgence l'habitait, comme si son temps était compté, mais il ne pouvait dire quelle en était la raison. Il se sentait épié. Pourtant, quand il fit volte-face, il ne vit personne sur ses traces. Il continua donc d'avancer dans le couloir souterrain, tout en demeurant sur ses gardes.

Il arriva au carrefour où était gravé le nom des Grands Maîtres dont la sépulture reposait à cet endroit. Sokar comprit qu'il se passait quelque chose d'anormal quand il vit que tous les noms avaient été remplacés par le mot « reliqurom ». Il examina attentivement une section du mur. Il n'y avait aucune trace d'abrasion, aucune preuve de la présence de l'ancien nom. C'était comme si le mot « reliqurom » avait été inscrit là depuis des siècles. Ce qui n'avait aucun sens.

Sokar marchait dans le tunnel qu'il savait être le bon chemin pour atteindre le reliqurom. Un frisson glacé lui parcourut l'échine. Plus il se rapprochait de l'endroit où maître Mendoza avait combattu Mercurus, plus il sentait l'angoisse lui ronger les tripes. Sokar ne comprenait pas ce qu'il faisait là ni ce qu'il allait y découvrir, mais il savait qu'il devait continuer d'avancer.

Il arriva enfin dans la salle où avait eu lieu l'affrontement et il accrocha sa torche à un support mural. Devant lui, au centre de la pièce, se trouvait un personnage encapuchonné qui lui tournait le dos. Sokar s'en approcha silencieusement, aussi intrigué que terrifié par cette présence inattendue. Quand il fut à une distance d'une longueur de bras de l'inconnu, il stoppa et il attendit. L'étranger se retourna lentement et releva son capuchon. Lorsque Sokar vit enfin son visage, il sentit que son cœur allait s'arrêter de battre. Il était pétrifié. L'inconnu devant lui n'était nul autre que... lui-même !

Sokar avait l'impression de se regarder dans un miroir, à la différence que son double affichait un rictus démoniaque et qu'il le fixait de ses yeux noirs sans pupilles. Sokar n'arrivait plus à réfléchir. D'instinct, il recula d'un pas. La peau du visage de l'étranger se décomposa comme si elle se putréfiait instantanément. Ce fut au tour des muscles du visage, des cheveux, des yeux, puis enfin de tout le reste. À la fin, il n'y avait plus que le crâne, ce qui rendait la situation encore plus terrifiante.

— Alors, Sokar ? Tu ne me reconnais pas ?

Sokar n'arrivait pas à prononcer le moindre mot. Il aurait voulu répliquer, mais il en était incapable. Il aurait voulu s'enfuir en courant, mais ses jambes refusaient de lui obéir. À cet instant précis, il aurait voulu être n'importe où sauf à cet endroit.

Le visage de l'inconnu se recomposa comme par enchantement, révélant celui de Mercurus. Celui-ci éclata de rire, un rire à glacer le sang. Sokar recula encore d'un pas. Peu à peu, il semblait retrouver la maîtrise de ses mouvements. « Qu'est-ce que Mercurus fait encore ici ? se demanda Sokar. Je croyais qu'il était reparti sur Arkahz. »

— Où est mon maître, Mercurus ?

— Mais il est mort, Sokar. Il est mort par ta faute.

Mercurus s'esclaffa de nouveau, ce qui provoqua un accès de colère chez Sokar. Celui-ci dégaina sa dague et se plaça en position d'attaque.

— Tu vas le regretter ! ragea Sokar.

— Et tu vas m'affronter avec ça ? ricana le sorcier.

Troublé, Sokar jeta un coup d'œil à son arme et il se rendit compte que Mercurus venait de la transformer en poireau. Il croyait que ce n'était qu'une illusion, quand le sorcier s'en empara et qu'il croqua dedans à pleines dents.

— Et maintenant, c'est à ton tour, dit-il en finissant sa bouchée.

Mercurus claqua des doigts et Sokar sentit ses mains et ses doigts s'engourdir. Il baissa son regard et vit que ses mains commençaient à se transformer en poireaux également. Le pouls de Sokar s'accéléra. Il n'en croyait pas ses yeux. Il avait l'impression d'être au beau milieu d'un mauvais rêve.

Sokar se réveilla en sursaut. Il avait de nouveau fait ce maudit cauchemar ! Il se redressa en haletant. Le soleil ne s'était pas encore levé. Avait-il crié dans son sommeil ? Il tendit l'oreille. Le silence de la nuit le rassura. Sokar déglutit difficilement, et il s'efforça de reprendre son calme et de faire ralentir sa respiration. Il était en nage et commençait à frissonner. Pourtant, la nuit était agréable. Sans réfléchir, il porta le regard vers le lit de son maître, évidemment inoccupé. Il se recoucha et tenta de faire le vide dans sa tête afin d'essayer de récupérer ce qui restait de sa nuit de sommeil.

Journal de Sokar
52e jour de la 13e année du règne du roi Loka

J'ai eu une autre discussion avec le Grand Maître du Monastère forestier, aujourd'hui. En fait, c'était la même qu'hier. Les mêmes questions, les mêmes réponses. La même incompréhension. Le Grand Maître est incapable de concevoir que Mercurus était parmi nous. Même quand il fouille dans mes souvenirs et qu'il voit ce que j'ai vu, il n'arrive toujours pas à y croire. S'il le pouvait, il m'accuserait presque d'avoir inventé ces souvenirs! Mais les faits sont là. Mercurus était ici, en mission pour son roi, et il est reparti avec Mendoza. Ils ont disparu tous les deux, comme par enchantement. Une autre chose que le Grand Maître n'arrive pas à comprendre. Pourtant, Mercurus est reconnu comme le plus grand et le plus menaçant des sorciers arkahziens. Il me semble que ce genre de sorcellerie est à sa portée.

Le Grand Maître n'arrive pas à comprendre pour quelle raison je suis encore ici et pas Mendoza. C'est comme s'il me reprochait d'être toujours en vie. Comme si la disparition de mon maître était de ma faute. Je n'ai même pas l'ébauche d'une explication à lui fournir.

Le Grand Maître a également fait appel aux maîtres du Monastère spirituel, afin qu'ils utilisent leur don de clairvoyance. Il les a contactés par télépathie ce matin, et il a obtenu une réponse télépathique ce soir. Ils ne détectent aucune trace de Mendoza dans tout le royaume. Il est introuvable. Même s'il était caché dans une grotte ou détenu dans des tunnels souterrains, ils le sauraient, apparemment. Mon maître a carrément disparu de la surface du royaume. Lorsque j'ai émis l'hypothèse qu'il se trouvait sur Arkahz, le Grand Maître s'est esclaffé et il a qualifié cette idée de totalement saugrenue. Quand je lui ai demandé de s'expliquer, il a éludé la question.

Bref, tout le monde le croit mort. Le Grand Maître m'a même offert ses condoléances et il m'a suggéré de passer à autre chose. «Demain, tu pars pour le Monastère volcanique, a-t-il dit pour conclure notre discussion. J'ai une entente avec le Grand Maître de ce monastère. Un nouveau mentor te sera désigné, qui poursuivra ta formation. De toute façon, tu ne peux plus rester ici. Tu mets les autres travailleurs mal à l'aise.»

Ils me fuiraient moins si j'avais la peste. Il y a des jours où j'ai l'impression d'avoir une aura de malchance qui m'enveloppe...

Allons, Sokar! Cesse de t'apitoyer sur ton sort!

Depuis la mort de Viggen, je me suis fait à l'idée que je devrais me fier uniquement à moi-même pour atteindre mes buts. Sauf que je ne m'attendais pas à m'attacher autant à Mendoza. C'est vraiment un excellent mentor et c'est seulement aujourd'hui que j'en prends réellement conscience. Je suis convaincu que Mendoza est encore en vie. Je suis certain qu'il est captif sur Arkahz. Mais on dirait que je suis le seul à le croire. Si j'en avais la possibilité, je lancerais une mission de sauvetage pour aller le secourir. Comme je n'arrive pas à convaincre quiconque qu'il est toujours vivant, il ne me reste qu'à espérer que Mendoza puisse se libérer par lui-même. C'est un maître Ahkena puissant, il en est certainement capable.

Quand Mendoza reprit ses esprits, il se sentit encore désorienté. Il avait l'impression d'avoir du coton dans la tête. Par réflexe, il invoqua la discipline de Guérison et il eut les idées claires instantanément. Il sonda son corps à la recherche de plaies ou de blessures, et il fut soulagé de n'en trouver aucune.

Mendoza était allongé sur le dos, sur un bloc de pierre froid et rugueux. Une lanière de cuir traversait son front et l'empêchait de lever la tête. Il se rendit compte qu'on l'avait complètement dévêtu et que d'autres lanières de cuir le tenaient immobile. Il ne pouvait qu'apercevoir le plafond même s'il tournait les yeux dans tous les sens, plafond qu'il distinguait très mal d'ailleurs puisque la pièce était trop peu éclairée.

Il fouilla dans ses souvenirs. La dernière image claire qui lui vint à l'esprit fut son combat contre Mercurus. Ensuite, c'était une succession de visions incompréhensibles, puisqu'il était passé d'un état conscient à un état inanimé à plusieurs reprises, et ses moments de lucidité avaient été trop brefs. Mendoza conclut qu'il avait perdu la bataille contre le sorcier arkahzien, et que celui-ci l'avait fait prisonnier. Il devait donc se trouver sur Arkahz, sans aucun doute. Il était soulagé d'être encore en vie, mais ne comprenait pas dans quel but le sorcier s'était donné tant de mal pour le ramener jusque chez lui.

Il banda ses muscles pour tenter de rompre ses liens. Sans grande surprise, il ne réussit pas à se libérer. Il décida alors d'employer la télékinésie, mais étrangement, les lanières de cuir refusèrent de céder. Il utilisa la discipline de Maîtrise du feu afin de hausser la température du cuir et de le faire fondre, sans succès. Ses liens avaient donc été ensorcelés pour résister au Dohm des moines de l'Ordre. Mendoza eut une pensée pour Sokar. Avait-il été fait prisonnier également ? Mercurus lui avait-il ôté la vie ? Avant que Mendoza ne pense à communiquer avec son apprenti par télépathie, le sorcier fit son entrée dans le champ de vision du maître Ahkena.

— Bienvenue dans mon antre, Mendoza. Maintenant que tu es prêt, nous allons pouvoir procéder.

Mendoza tenta de demeurer calme en dépit de la fébrilité sadique de Mercurus.

— À quoi cela rime-t-il ? Qu'as-tu fait de mon apprenti ?

— Je me fous pas mal de ton apprenti ; ce n'est pas lui qui m'intéresse. C'était tout de même hilarant de l'entendre chialer tout en hurlant ton nom quand je me suis enfui avec toi.

— Sokar est toujours en vie, Ahkena-Suprême soit loué.

— Oui, je lui ai laissé la vie sauve, pour l'instant, du moins. Quand je retrouverai l'œil-qui-voit-tout, cela ne fera plus aucune différence. Mort, vivant, peu importe. Vous serez bientôt tous exterminés.

— Je ne sais pas ce que tu complotes, mais tu peux être certain que je ne t'aiderai pas à réaliser tes vils projets.

— Pas volontairement, en tout cas. Si tu refuses de me révéler où est caché l'œil-qui-voit-tout, je devrai aller chercher cette information directement dans ta tête. Et je tiens à te prévenir que mes méthodes d'extraction sont plutôt douloureuses.

— Même si je voulais t'aider, ce qui n'arrivera jamais, j'en serais bien incapable. Je ne sais pas ce qu'est l'œil-qui-voit-tout, et encore moins à quel endroit il se trouve.

— Je me doutais bien que tu me répondrais de la sorte. Tu feras moins le malin quand tu auras goûté à ma science.

Le sorcier sembla presque satisfait que Mendoza refuse de collaborer.

— Tes méthodes de torture ne m'effraient pas le moins du monde, répliqua calmement Mendoza. Un maître Ahkena est entraîné à faire face à ce genre d'épreuve.

— Ce qui ne fera qu'accentuer le plaisir que je prendrai à te tourmenter, ricana sadiquement le sorcier.

Mercurus plaça ses mains sur les tempes du maître. Mendoza contracta les muscles et serra les dents, s'attendant à sentir les effets d'un sortilège douloureux, qui n'arrivait pas. Au contraire, il ressentit une vague apaisante qui l'enveloppait lentement. Mendoza savait que ça n'augurait rien de bon. Quand il se sentit tourner de l'œil, il sut qu'il devait riposter. Il lutta contre le sortilège en utilisant son Dohm afin de repousser l'attaque et pour conserver ainsi toutes ses facultés mentales. Mercurus redoubla d'ardeur et Mendoza en fit tout autant. Le maître sentait qu'il oscillait constamment entre l'éveil et le sommeil. Puis, Mercurus mit subitement fin à son attaque magique. Mendoza jugea qu'il avait remporté cette première manche, même s'il ne comprenait pas dans quel but le sorcier avait employé ce sortilège.

Mercurus se déplaça et sortit du champ de vision de Mendoza. Le maître entendit des bruits de métal, comme lorsqu'on manipule des armes. Il ressentait une souffrance aiguë au ventre. Le sorcier venait de lui entailler l'abdomen d'un bout à l'autre, d'une grande incision horizontale. Mendoza hoqueta de surprise et de douleur, et invoqua immédiatement la discipline de Guérison. La douleur s'estompa et les chairs lacérées guérirent en un claquement de doigts.

— Totalement inutile, soupira le sorcier. Je peux te le faire subir encore et encore.

Et Mercurus passa de la parole aux actes, glissant le fil de la lame au même endroit pour tailler la peau de Mendoza de nouveau. Celui-ci résista à l'envie d'employer encore la discipline de Guérison, en dépit de la douleur qui le faisait grimacer. Le sorcier planta son couteau plus profondément dans le ventre du maître et répéta son geste. Mendoza en eut le souffle coupé et ses yeux se voilèrent de larmes. Ne pouvant en supporter davantage, il employa la discipline de Guérison pour atténuer la douleur qui devenait de plus en plus intolérable. Toutefois, il s'abstint de guérir sa plaie. Il savait que Mercurus prendrait un malin plaisir à l'inciser encore.

— Ahkena-Suprême, murmura Mendoza, accepte la prière de ton humble serviteur. Mon corps est un temple qui t'est dédié. Donne-moi la force de surmonter cette épreuve, car plus rien ne peut m'atteindre quand j'accomplis ta volonté.

— Ta pitoyable prière n'y changera rien. Fais-toi une raison : ton dieu t'a abandonné.

Mendoza fit la sourde oreille et poursuivit sa prière. Mercurus continua de trancher l'abdomen du maître au même endroit afin d'agrandir l'ouverture. Du sang s'écoulait de la blessure de Mendoza et chacune de ses respirations provoquait des lancinements, l'obligeant à garder active la discipline de Guérison pour faire taire la douleur.

Le sorcier s'éloigna de l'autel de pierre et revint avec un étrange rouleau en métal maintenu à l'horizontale sur un support en bois. Il installa la machine de torture au-dessus de la plaie, sans que celle-ci y touche. Mercurus détacha du rouleau une chaîne munie d'un crochet, et il l'inséra dans la blessure.

Mendoza sentit quand le crochet perça un de ses organes internes, même si la souffrance était étouffée par ses pouvoirs magiques. Le sorcier s'empara de la manivelle à l'extrémité du rouleau et commença à tourner lentement. La chaîne s'embobina autour du rouleau, tractant les viscères du maître par la même occasion. Chaque tour de manivelle produisait un cliquetis métallique lugubre. Mercurus tournait lentement, se délectant du spectacle macabre qu'il avait devant les yeux. Les boyaux du maître Ahkena sortaient graduellement de son ventre, et étaient embobinés par cette machine infernale.

Mendoza répétait sa prière sans relâche, tout en augmentant la puissance de son Dohm pour masquer la douleur. Il avait l'impression que des pieds et des pieds de ses intestins étaient extraits de son corps. Comme il ne pouvait pas voir ce que Mercurus lui faisait subir et qu'il avait partiellement engourdi la douleur avec son Dohm, il pouvait difficilement évaluer l'état d'avancement de son supplice. Après un certain temps, malgré toute l'énergie qu'il mettait à résister à la torture, il perdit connaissance.

— Mercurus ? Quand crois-tu pouvoir commencer à torturer ce minable ?

Le sorcier ne cilla pas quand il entendit la voix de Guérak, son roi, et il demeura concentré sur sa tâche.

— J'ai déjà commencé, répondit-il simplement.

— Quoi ? Qu'est-ce que tu as commencé ? demanda Guérak, intrigué. Il n'est pas blessé, il ne saigne pas. Il est juste... inanimé. Et toi, tu es là, avec tes mains sur ses tempes.

— Il y a différentes manières de torturer quelqu'un.

Le sorcier, qui semblait légèrement contrarié de devoir expliquer ses méthodes, se retourna pour faire face à son roi.

— L'information que je cherche est dissimulée dans ses souvenirs. Soit Mendoza a occulté l'information avec son Dohm, soit il ne sait pas qu'il possède cette information dans sa tête. Pour réussir à l'extraire, je dois faire tomber toutes ses défenses les unes après les autres. Je ne peux pas simplement le torturer physiquement, car il sait résister à la douleur. Il a foi en ses pouvoirs et en son dieu. Je dois l'attaquer sur le plan mental et le détruire de façon psychologique en premier. Avant votre arrivée, ô mon roi, j'implantais dans son esprit des images mentales de torture. Actuellement, sa tête pense qu'il est agressé physiquement, mais son corps est intact. J'espère créer chez lui un état de confusion profond qui aura raison de sa volonté.

— Mouais... ta façon de faire les choses me semble bien complexe. Ça ne serait pas plus simple d'utiliser les bonnes vieilles méthodes de torture ?

— Pas avec un maître Ahkena. Faites-moi confiance, mon roi, je sais ce que je fais. De toute façon, si je le torturais physiquement, je devrais également le guérir pour le maintenir en vie assez longtemps, ce qui me répugne au plus haut point.

— Bien. Agis à ta guise.

— Une dernière chose, Guérak. Ne venez plus dans ma tour pour me demander où j'en suis rendu. Mendoza n'est pas une victime ordinaire. J'ai besoin de calme pour agir efficacement. Je vous informerai de mes progrès au fur et à mesure.

Guérak était habitué au manque de déférence de son sorcier, ainsi il ne s'en formalisa pas. Mercurus était un serviteur trop important pour l'exécution de ses plans. Seuls ses résultats comptaient.

CHAPITRE 2

Sokar rêvait. Il le savait. Toutefois, il n'arrivait pas à se réveiller. « D'ailleurs, se dit-il, comment fait-on pour se réveiller quand on sait qu'on rêve ? C'est plutôt absurde, non ? D'ordinaire, quand on rêve, on ne s'en rend compte qu'au réveil. »

Ce rêve-là était différent du cauchemar qu'il avait fait les nuits précédentes. Il était dans une forêt, mais il n'aurait pu déterminer laquelle exactement. C'était le jour et une légère brise agitait les feuilles des arbres, ce qui produisait un doux bruissement. Dans ce rêve, Sokar déambulait sereinement quand il entendit un murmure. Il s'arrêta et regarda tout autour de lui, mais ne vit personne. Le murmure s'intensifia peu à peu et la voix devint enfin audible. Sokar reconnut le timbre de voix de Mendoza, mais il ne le voyait toujours pas.

— Maître ? Maître ? Où êtes-vous ?

Même si la voix de son maître semblait provenir de partout et de nulle part à la fois, Sokar ne comprenait pas la teneur des propos de Mendoza. C'était une étrange litanie, comme si...

comme s'il récitait une prière. En un battement de cils, le paysage changea du tout au tout, et la voix de Mendoza se tut.

Sokar se trouvait dorénavant dans un tunnel et la chaleur y était accablante. Une extrémité du tunnel était plongée dans la noirceur totale, tandis que l'autre était faiblement éclairée par une lueur vacillante. Sokar se dirigea donc vers la lumière, curieux de voir ce qu'il y découvrirait. Quand il arriva au bout du tunnel, il déboucha dans une petite caverne. Au centre de la pièce, une épée flottait littéralement dans les airs, la lame dirigée vers le bas. La lumière que Sokar avait aperçue émanait de cette épée, ce qui n'avait aucun sens étant donné qu'il n'y avait pas d'autre source de lumière que la lame aurait pu refléter. À moins que l'épée ne soit magique et qu'elle produise elle-même sa propre lumière. « De toute façon, pensa Sokar, les rêves sont souvent incohérents. »

Il avança prudemment vers l'épée. Quand il fut assez près, il remarqua qu'il pouvait voir son reflet dans la lame. Sokar allongea le bras lentement pour toucher le pommeau et l'épée se transforma subitement en miroir sur pied. Une fois la surprise passée, Sokar examina la surface réfléchissante du miroir. Il ne pouvait pas se voir dedans. C'était comme si le miroir n'était qu'une fenêtre vers un autre passage. À travers le cadre, il pouvait voir un autre tunnel. Malgré l'absence de torche ou d'une autre source de lumière, le tunnel devant Sokar était parfaitement bien éclairé. Sokar franchit le cadre du miroir et pénétra dans l'autre tunnel.

Le couloir sinuait dans tous les sens. « C'est vraiment un rêve étrange », pensa Sokar. Quand le tunnel revint en ligne droite, il aperçut une boule lumineuse qui flottait tout au fond. Sokar s'en approcha. C'était en fait une boule de cristal. Elle ressemblait à celle que Mercurus avait utilisée quand il avait fait semblant d'être un devin dans une troupe de forains. Intrigué, Sokar prit la boule de cristal entre ses mains. De la fumée commença à s'en échapper, comme si elle était en feu. Sokar essaya de la relâcher, mais il en était incapable. Son corps refusait de lui obéir. Étrangement, cela ne l'inquiétait pas. Ce fut seulement quand la fumée entra dans ses poumons et qu'il se mit à tousser qu'il commença à paniquer.

— Maintenant, ce serait vraiment le bon moment pour se réveiller.

Et ce fut exactement à cet instant que Sokar se réveilla. Il écarquilla les yeux et se redressa en un éclair, haletant et en sueur. Il sentait son cœur cogner à toute vitesse dans sa poitrine.

— Wow ! Si j'avais su que c'était aussi facile, ironisa-t-il, encore troublé.

Sokar repensa au rêve qu'il venait de faire, mais déjà, il commençait à en oublier des bouts.

— Ouf ! Quel rêve étrange ! J'ai dû manger quelque chose qui n'était pas frais, hier, avant de me mettre au lit.

Il réussit à reprendre son calme et il constata que la nuit était pratiquement terminée, à en juger par la luminosité naissante.

— Autant partir au plus vite. Plus rien ne me retient ici, de toute façon.

Sokar se leva et il s'habilla à la hâte. Il ramassa en vitesse le peu d'affaires qu'il possédait, les fourra dans sa besace et sortit de la tente. Il fut accueilli par la brise fraîche du matin et par les premiers rayons de soleil. Il s'arrêta un bref instant pour savourer le moment présent. Le campement était silencieux ; personne d'autre ne s'était déjà levé. L'air avait cette odeur particulière, celle de l'herbe encore humide par la rosée du matin. Pour une rare fois depuis plusieurs jours, Sokar était serein et ce, malgré les épreuves qu'il venait de vivre récemment, malgré l'incompréhension du Grand Maître, malgré le fait qu'il allait foncer droit vers l'inconnu. Il prit une grande inspiration, comme s'il cherchait à s'imprégner de ce petit moment de bonheur, et il se lança.

Il commença par se rendre au campement principal, situé à quelques pas du campement secondaire où il avait dormi. Il picora parmi les restes de nourriture du repas de la veille, afin de ne pas partir avec le ventre vide. Il s'empara aussi de quelques fruits ainsi que d'un quignon de pain pour le voyage. Il trouva par hasard une gourde d'eau presque pleine et il décida de l'emporter avec lui. Il marcha jusqu'à l'écurie. Il sella le cheval qu'il avait chevauché à son arrivée au monastère et il se mit en route. Quand il franchit la palissade qui délimitait le site du monastère et qu'il s'engouffra dans la forêt, le campement commençait à reprendre vie. Sokar était satisfait de son départ discret.

Au début, Sokar galopait à toute vitesse vers l'est, pressé qu'il était de mettre le plus de distance possible entre lui et le monastère. Il était en forme et son cheval collaborait bien à ses exigences. Il voyait le paysage défiler à vive allure et cela lui donnait un sentiment de quasi-euphorie. Abstraction faite du rêve étrange qu'il avait fait, il trouvait que cette journée-là débutait particulièrement bien. Il rejoignit rapidement le chemin qui allait du nord au sud. Ce passage était une mince frontière entre la forêt Interdite, habitat naturel des monstres sanguinaires du Pays sauvage, et entre les monts Interdits, repaires de créatures tout aussi étranges et sinistres. Intuitivement, Sokar fit ralentir la cadence de sa monture au fur et à mesure qu'il progressait sur cette route.

Les monts Interdits, à sa gauche, n'inquiétaient pas trop Sokar. Malgré tout ce qu'on racontait à leur sujet, l'apprenti n'avait jamais eu à faire face à une réelle menace en provenance de cette chaîne de montagnes. D'ailleurs, à l'époque où il était fermier, il y avait passé beaucoup de son temps libre. Certes, il avait croisé des Cannibales gris à quelques occasions, il avait même dû en assommer un à l'aide d'une fourche, mais il n'avait jamais senti que sa vie aurait pu être en danger d'une quelconque façon.

La forêt Interdite, en revanche, ne produisait pas du tout le même effet sur Sokar. Le simple fait de la longer le rendait nerveux, même s'il savait qu'il n'aurait pas à y pénétrer. Et les récents événements lui donnaient raison. Il n'avait qu'à repenser à cette attaque de la part de la plante carnivore géante, dont Mendoza et lui avaient été victimes, pour avoir la chair de poule.

Sokar était constamment sur ses gardes et son cheval avançait dorénavant au trot. Il tenait les rênes si fortement qu'il en avait les jointures blanchies. Il passait plus de temps à scruter à travers la forêt Interdite qu'à regarder devant lui. Heureusement, il était seul sur le chemin. Sauf que s'il s'entêtait à progresser à cette vitesse, il lui faudrait des jours avant d'arriver au Monastère volcanique.

Petit à petit, la journée ne lui parut plus aussi magnifique. Pourtant, le ciel était sans nuages, la journée était plus qu'agréable, et rien de fâcheux ne lui était encore arrivé. Quelques oiseaux passaient à l'occasion au-dessus de sa tête et, parfois, des papillons aux ailes multicolores virevoltaient près de lui. Cependant, Sokar ne pouvait s'empêcher de croire qu'une menace quelconque allait surgir de ce lieu maléfique. Comme il trouvait l'incertitude insupportable, il décida d'utiliser son Dohm afin de sonder la forêt et de vérifier si un danger était imminent.

Avec ses pouvoirs magiques, Sokar porta toute son attention vers la forêt Interdite. Un papillon passa devant son visage et il le chassa négligemment. Un autre papillon lui tourna autour et il s'en débarrassa aussi aisément. Quand un troisième papillon le heurta de plein fouet, Sokar abandonna son examen de la forêt et il commença à prêter attention à ce qui se passait autour de lui. Il remarqua alors qu'un essaim de papillons de toutes les tailles et de toutes les couleurs volait de façon désordonnée. La nuée semblait descendre des monts Interdits et se rapprochait de Sokar, qui trouvait le spectacle amusant, sans plus. Quelques spécimens seulement virevoltaient autour de l'apprenti, mais les autres se rapprochaient rapidement de lui.

Sokar ordonna à sa monture de repartir au galop. Si les papillons ne l'effrayaient pas, ils étaient toutefois une source de distraction et il voulait demeurer alerte pour constamment sonder la forêt avec son Dohm. Lorsqu'il estima qu'il avait mis assez de distance avec l'essaim, il arrêta son cheval et se retourna pour vérifier si c'était le cas. À sa grande surprise, la nuée de papillons changea radicalement de cap et les insectes foncèrent tout droit sur lui.

— Mais qu'est-ce qu'ils ont, ces papillons ? Ils sont fous, ou quoi ? Qu'est-ce que j'ai qui les attire autant ?

Les papillons arrivèrent à la hauteur de Sokar et ils tournèrent autour de lui, ce qui l'intriguait autant que cela pouvait l'ennuyer. Son cheval commença à s'agiter et à hennir de nervosité.

— Eh ! Tout doux, mon beau. Ce ne sont que des papillons. Ils ne nous feront pas de mal.

Alors qu'il terminait sa phrase, Sokar ressentit une vive douleur au bras gauche. Il y jeta un coup d'œil et il vit que la manche de sa chemise était entaillée et tachée de sang. Son bras saignait légèrement. Pourquoi avait-il une coupure à cet endroit ? Sokar ressentit une autre douleur à la joue. Il y posa les doigts et sentit un liquide poisseux qui coulait. Cette fois, il comprit. Ces papillons-là n'étaient pas des insectes ordinaires. Leurs ailes étaient aussi tranchantes que des lames et ils étaient en train d'attaquer l'apprenti. Sokar agita les bras dans les airs pour les éloigner, mais il ne réussit qu'à gagner des éraflures sur les mains. Il devait se débarrasser d'eux au plus vite, car en plus, son cheval s'affolait et semblait vouloir se cabrer.

Sokar invoqua la discipline du Pouvoir de l'air. Il amplifia les courants d'air qui soufflaient à partir des monts Interdits afin de créer de faibles bourrasques, qui disperseraient les papillons. Quand l'essaim fut légèrement repoussé vers la forêt, Sokar profita de l'ouverture pour lancer son cheval au galop. Évidemment, ce ne fut pas suffisant pour décourager les insectes. La nuée se reforma derrière Sokar et le talonna de près.

Les papillons n'étaient vraiment pas des insectes normaux. La monture de Sokar avançait à toute vitesse et pourtant, l'essaim arrivait à suivre la cadence. Sokar freina subitement, pour voir si les papillons s'arrêteraient également ou s'ils continueraient leur course. Sans grande surprise, la nuée de papillons s'arrêta à la hauteur de l'apprenti et ils lui tournèrent autour. Sokar sortit sa dague et donna plusieurs coups à l'aveuglette au-dessus de lui, espérant en tuer quelques-uns par hasard. Il n'en toucha pas un seul. Toutefois, il continua à faire des moulinets avec son arme.

— Comment... vais-je faire... pour m'en débarrasser ?

Sokar invoqua de nouveau la discipline du Pouvoir de l'air, mais avec un peu trop d'enthousiasme. Le courant d'air qu'il créa prit de l'ampleur et se transforma rapidement en une grosse bourrasque qui faisait claquer sa cape. Les papillons furent dispersés au loin et Sokar repartit au galop.

Lorsque le coup de vent fut passé, l'essaim se reforma, mais de manière plus regroupée et plus agressive, un peu à l'image d'un essaim d'abeilles qui réagirait à une agression. La nuée fonça à vive allure sur l'apprenti, qui n'arrivait pas à faire avancer son cheval plus vite. Quand il regardait derrière lui, il constatait avec appréhension que les papillons avaient gagné du terrain, réduisant peu à peu l'avance qu'il avait sur eux. Sokar remarqua une masse sombre qui sortait de la forêt au loin devant lui. Il en était trop éloigné pour l'identifier, mais il la voyait se diriger lentement vers la route sur laquelle il avançait. Même à cette distance, la masse semblait de taille assez imposante. Sokar jugea qu'elle risquait de lui barrer le chemin si elle ne s'écartait pas au plus vite. Il avançait à toute vitesse, et bien vite, il put discerner quelques détails à propos de la masse qui se déplaçait. Elle ressemblait à un énorme crapaud ébène. Plus Sokar s'en rapprochait et plus il était convaincu que c'était un crapaud géant. En fait, il paraissait aussi gros que son cheval.

Le crapaud s'arrêta au milieu du chemin et fit face à Sokar. L'apprenti était donc pris au piège entre l'étrange crapaud et l'essaim de papillons agressifs. Il pouvait toujours essayer de contourner le crapaud, mais il avait la conviction que celui-ci l'en empêcherait d'une manière ou d'une autre. Curieusement, même s'il sentait qu'il ne maîtrisait pas réellement la suite qu'allaient avoir les événements, Sokar ne céda pas à la panique. Il était surtout indécis et il se demandait comment il se sortirait de cette situation singulière.

Sokar arriva enfin à la hauteur du crapaud et il décida de s'arrêter juste devant lui pour découvrir comment il réagirait. À son grand étonnement, celui-ci n'eut aucune réaction. Sokar fit faire demi-tour à son cheval pour vérifier si les papillons s'approchaient et il fut étonné de voir qu'ils étaient pratiquement sur lui ! L'essaim était devenu si dense qu'il avait l'impression qu'une créature étrange aux contours indéfinis lui fonçait dessus. Son cœur manqua un battement et, par instinct, il ferma les yeux et rentra la tête dans les épaules, comme s'il se préparait à encaisser un choc. Rien ne se produisit.

Après un bref instant, l'apprenti se risqua à ouvrir un œil. Il n'y avait aucune trace des papillons. Il ouvrit l'autre œil et tourna la tête dans toutes les directions. Disparus. Il entendit une éructation, accompagnée par une odeur infecte qui rappelait le soufre. Sokar se tourna et il se rappela de la présence du crapaud en le voyant. L'amphibien le regardait calmement de ses grands yeux globuleux tout en mastiquant. Sa gueule s'ouvrit et il émit un autre rot, tout aussi infect. Le crapaud avait englouti les papillons ! Sokar eut un haut-le-cœur à cause de l'odeur et il s'empressa d'invoquer la discipline du Pouvoir de l'air pour disperser la puanteur. Avant que Sokar ne pense à s'éloigner du crapaud, celui-ci reprit nonchalamment la direction de la forêt.

Qu'était-il arrivé ? L'instant d'avant, un énorme crapaud lui bloquait le chemin et il s'attendait à subir les foudres d'un essaim de papillons enragés. Ensuite, plus rien. Sokar jeta un coup d'œil à son bras. Il ne saignait plus et n'avait pas d'autre coupure. Il toucha à sa joue et constata que le sang avait coagulé. Il examina le reste de son corps et il vit qu'il n'avait aucune autre blessure. Les papillons n'avaient pas réussi à le blesser lors de leur dernier assaut. Avaient-ils contourné l'apprenti pour attaquer plutôt le crapaud ? Sokar imaginait l'amphibien qui ouvrait grand sa gueule et les papillons qui s'y engouffraient. Ou bien les avait-il attrapés avec sa grande langue ? Non, ça lui aurait pris trop de temps, jugea Sokar.

— Peut-être que les papillons sont passés à travers moi ? Quand j'ai fermé les yeux, j'ai ressenti un léger picotement. J'ai probablement invoqué la discipline du Passe-muraille, sans trop m'en rendre compte. Je dois vraiment apprendre à mieux maîtriser cette nouvelle faculté afin de m'en servir intentionnellement, et pas seulement par réflexe. Au moins, je suis débarrassé de ces satanés papillons et j'ai découvert une nouvelle créature de la forêt Interdite dont je ne soupçonnais pas l'existence.

Sokar lança son cheval au galop afin de rattraper le temps perdu. Il souhaitait arriver à Bohmstad avant la nuit. Toutefois, il demeura sur ses gardes, surveillant tour à tour la forêt et les monts Interdits.

Quand le soleil fut à son zénith, Sokar fit une halte. Il commença par donner un peu d'eau à sa monture. Il fouilla dans sa besace et en sortit une pomme. Quand il croqua dedans, il remarqua que son cheval le regardait d'une étrange façon. Il essuya avec le revers de sa manche le filet de jus de pomme qui lui dégoulinait sur le menton.

— Pas besoin d'utiliser la discipline de Communication animale pour comprendre ce que tu veux, n'est-ce pas ?

Sokar sortit une deuxième pomme de sa besace et il la lança sur le sol, juste devant son cheval, qui s'en empara immédiatement.

— Mais tu devras t'en contenter. Je n'ai pas pris le temps d'apporter des tonnes de provisions, et le chemin est encore long. Je crois que j'ai été trop pressé de partir.

Sokar finit sa pomme en silence, prit une gorgée d'eau et se remit en chemin. Comme rien de fâcheux ne lui était arrivé depuis l'épisode des papillons et du crapaud, Sokar finit par relâcher sa garde. Il ne se souciait plus de la forêt ou des monts, il concentrait son attention uniquement sur la route devant lui. Parfois, il lui arrivait même de rêvasser. Heureusement, le reste du voyage se déroula sans anicroche. Le soleil était déjà bas quand il put apercevoir l'océan.

— Enfin, s'exclama-t-il. Je ne suis pas encore arrivé, mais au moins le pire sera bientôt derrière moi. Je suis épuisé. Je ne suis vraiment pas habitué à chevaucher ainsi, toute la journée.

Son cheval hennit, comme pour dire : « De quoi te plains-tu ? C'est moi qui fais tout le travail ! » Quand Sokar atteignit le littoral, il bifurqua vers le sud-ouest, laissant derrière lui les monts Interdits ainsi que la forêt Interdite. Il suivait une route secondaire qui lui était plus familière puisqu'il l'avait empruntée à maintes reprises auparavant, quand il partait de la ferme en carriole pour se rendre au pied des monts.

C'est alors qu'il se rendit compte qu'il passerait tout près de son ancienne demeure. Quand il avait quitté la ferme un an plus tôt, celle-ci avait été la proie des flammes et Sokar avait été sans connaissance à cause de la fièvre Dohm. Il pensa qu'il ne devait en rester que des ruines en cendres. Toutefois, plus il s'en rapprochait et plus il ressentait le désir de s'y rendre. Peut-être était-ce de la curiosité, ou peut-être était-ce de la mélancolie. Néanmoins, il savait qu'en allant là-bas, il passerait par toute une gamme d'émotions étant donné que ce lieu était devenu la tombe de ses parents adoptifs. Sokar savait que ce n'était probablement pas une bonne idée, mais c'était plus fort que lui.

Il dirigea sa monture sur le chemin de terre qui menait à son ancienne ferme. Il retrouva facilement ses repères malgré la nuit qui tombait graduellement. Le paysage avait peu changé en un an. La première chose qu'il remarqua fut l'état d'abandon généralisé du paysage. Sans les soins réguliers de fermiers, la nature avait rapidement repris ses droits. Un an d'inactivité sur les terres avait radicalement transformé l'allure des champs. Sokar eut un pincement au cœur, lui qui avait trimé si dur avec son père pour rendre ces champs cultivables.

Quand il s'approcha de la ferme, il vit que tous les bâtiments n'étaient plus que de gros tas de cendres et de poutres calcinées. Il se doutait bien qu'il trouverait les lieux dans cet état-là, mais de le constater en personne le rendit maussade. Viggen, son ancien maître, avait dit que c'était l'œuvre des Griztalts. Ils avaient tout détruit pour tenter de tuer Viggen, et ils avaient échoué. La mort de ses parents adoptifs avait simplement été un dommage collatéral. Si Sokar n'était pas allé aux pieds des monts Interdits cette journée-là et qu'il n'avait pas secouru Viggen, aujourd'hui ses parents adoptifs seraient encore en vie. Sauf que Sokar serait probablement mort de la fièvre Dohm, puisque ses parents n'auraient certainement pas su comment traiter ce mal.

— Cesse donc de ruminer ces mauvais souvenirs, Sokar, se sermonna-t-il. Secoue-toi un peu, bon sang ! Ça s'est passé il y a plus d'un an, déjà. Dans la vie, les choses arrivent parfois pour une bonne raison. Souviens-toi : tu ne voulais pas finir fermier comme tes parents. Tu as maintenant la vie d'aventures dont tu rêvais, ou presque. Arrête de te tourmenter à propos du passé et préoccupe-toi plutôt de ton avenir.

Sokar descendit de son cheval et se promena lentement sur le terrain. Même si ça lui faisait encore un peu mal, il voulait contempler l'ampleur des dégâts. À chaque bâtiment, il s'arrêtait un instant et se remémorait des souvenirs agréables reliés à chacun. Heureusement, Riguel brillait juste assez pour permettre à Sokar de terminer son inspection. Quand il arriva aux restes de son ancienne maison, il remarqua une petite lueur bleue intrigante qui filtrait à travers les décombres. Dans un premier temps, il pensa que ce devait être une luciole ou une quelconque bestiole. Mais il se souvint alors qu'aucun insecte ne produisait ce genre de scintillement bleuté dans cette région du royaume. Qu'était-ce donc ? La lumière tremblota et sembla se rapprocher de l'apprenti, comme si elle allait sortir des décombres. Sokar repensa aussitôt à l'épisode avec les papillons. Il lança un juron et recula d'un pas, prêt à détaler pour rejoindre son cheval. C'est alors qu'un cri strident lui perça les tympans, le paralysant sur place. Par réflexe, Sokar plaqua ses mains sur ses oreilles. Quand le silence revint, une deuxième lueur était apparue aux côtés de la première.

— Tu n'as pas honte ! fit une étrange petite voix. Espèce de pervers ! Fous le camp de notre demeure !

Sokar sursauta et chercha à savoir d'où provenait la voix qui l'invectivait de la sorte. Il tourna la tête dans tous les sens.

— Eh ! continua la voix. C'est à toi que je m'adresse, gros balourd ! Tu pourrais me regarder quand je te parle !

— Qui... Qui parle ?

— Ici. Regarde en bas.

Sokar baissa la tête. Il vit qu'une des deux lueurs s'était rapprochée de lui et semblait flotter à quelques pouces du sol. Ça ressemblait à la flamme d'une lampe à l'huile, sauf pour la couleur. De toute évidence, la voix provenait de la lueur. L'apprenti était trop intrigué pour penser à s'enfuir.

— Ta mère ne t'a pas appris que c'est mal d'espionner les gens ?

— Pardon ?

— Ma femme était en train de prendre son bain de cendre quand elle a crié de panique. J'ai accouru immédiatement pour voir ce qui n'allait pas et quand je suis arrivé, je t'ai vu, à cet endroit, en train de la reluquer. Ça ne se fait pas, même pour un humain.

— Euh... non... je t'assure, c'est un malentendu. Je ne savais pas que ta... euh... femme était là.

— Que ma femme était là TOUTE NUE !

— Je suis désolé, je ne savais pas qu'elle prenait son bain. Au fait, quelle espèce de créature es-tu donc ? Je ne vois qu'une vague lumière bleue et je ne suis même pas certain que c'est toi.

— Bien sûr que c'est moi qui te parle. C'est moi, la lueur bleue. Je suis un ignis fatuus, espèce d'ignorant. Pour un moine, tu n'es pas très érudit.

— Je ne suis encore qu'un apprenti.

— Oh, alors ça explique tout, s'exclama la lueur d'un ton condescendant. Permets-moi de t'instruire, dans ce cas. Nous sommes des ignis fatuus. Nous vivons dans des bâtiments incendiés, puisque notre flamme embrase tout ce qu'elle touche. Les humains nous ont pourchassés pendant longtemps, car ils nous croyaient responsables, à tort, de tous les incendies inexpliqués. Comme il ne reste que très peu d'entre nous, nous faisons tout pour demeurer discrets. En fait, nous ne faisons confiance qu'à l'Ordre des moines-guerriers Ahkena. Du moins, aux membres de l'Ordre qui respectent la vie privée des gens.

— Eh ! J'ai dit que j'étais désolé. Je ne savais pas que vous vous étiez installés dans mon ancienne demeure.

— Nous avons emménagé récemment, dans le but de fonder une famille. Auparavant, nous habitions les décombres d'une niche. Ma femme dit qu'une niche n'est pas un endroit acceptable pour élever des enfants. Attends... As-tu dit que tu vivais ici ?

— Oui. Avant de rejoindre l'Ordre, j'étais fermier et ceci était ma maison.

— Oh ! Je suis désolé qu'elle ait été incendiée, dit l'ignis fatuus sur un ton compatissant. Mais je te rassure, je n'ai rien à voir avec l'incendie.

— Oui, je sais, c'est la faute des Griztalts.

— Euh... Dis-moi, tu n'as pas l'intention de reconstruire ta maison, hein ? demanda la lueur, soudainement mal à l'aise.

— Non, sois rassuré. Depuis que j'ai rejoint l'Ordre, les monastères sont ma nouvelle résidence. Toi et ta femme pouvez rester ici.

— Ouf ! Je suis soulagé. Bon, écoute, je suis prêt à te pardonner pour cet incident. Mais ne t'avise pas de recommencer.

— D'accord, je vais faire attention la prochaine fois.

L'ignis fatuus qui discutait avec Sokar alla rejoindre l'autre lueur et ils s'engouffrèrent à travers les restes calcinés de l'ancienne demeure de l'apprenti. Leur lumière s'estompa graduellement. « Étrange rencontre », pensa Sokar. Comme il n'avait plus rien à faire là, il alla rejoindre son cheval et s'empressa de prendre le chemin pour Bohmstad.

Quand il fut arrivé à la ville, il se dirigea vers une auberge dont il savait que le tenancier acceptait de dépanner les voyageurs sans le sou en leur permettant de passer la nuit dans l'écurie. Le propriétaire acquiesça à la requête de Sokar. L'apprenti entra dans l'écurie et il alluma la lampe à l'huile accrochée à l'entrée. Il n'y avait personne à l'intérieur. Selon lui, la probabilité qu'un autre voyageur arrive aussi tard était mince. Sokar passerait donc la nuit seul avec sa monture et il pourrait s'installer à sa guise. « Tant mieux », pensa-t-il. La fatigue du voyage commençait à se faire sentir et Sokar avait hâte de s'étendre. Il s'aménagea un coin douillet avec de la paille et s'assit pour se dénicher un repas dans sa besace. Le cheval n'attendit pas l'autorisation de l'apprenti pour prendre ses aises. Il commença à manger la paille et le foin qu'il trouvait sur son chemin jusqu'à l'abreuvoir et une fois qu'il y fut, il but avec avidité. Sokar imita son cheval et avala le reste de sa gourde d'eau. Il éteignit la lampe et s'allongea pour la nuit.

Il commençait à somnoler quand il entendit des bruits de pas à l'extérieur. Il crut au départ que ce n'était que des passants, mais les pas s'arrêtèrent devant l'écurie. «Dommage», pensa l'apprenti, étant donné qu'il croyait que c'était d'autres voyageurs qui venaient s'installer également. La porte s'ouvrit et la lampe à l'huile fut allumée. Sokar décida de garder les yeux fermés et de faire semblant de dormir. Il entendit une personne entrer et, après quelques pas, elle se mit à hurler de terreur.

— Un fan... un fan... un fantôme !

Sokar sursauta. La voix lui semblait familière. Il ouvrit les yeux et se releva d'un trait. La personne hurla davantage.

— Un revenant ! Un revenant ! Ne me tuez pas, Monsieur le fantôme. Pitié !

Sokar se tenait devant son ami Gros-Jean, dont le père était pâtissier. Gros-Jean était tout pâle et il avait l'air complètement effrayé. Il tremblait de tous ses membres.

— Gros-Jean, c'est moi, Sokar. Arrête de crier.

— Et en plus, il connaît mon nom, geignit-il.

Paniqué, Gros-Jean repéra une gousse d'ail accrochée près d'une fenêtre. Il s'en empara et la lança de toutes ses forces sur Sokar.

— Mais qu'est-ce que tu fais, idiot ? Les gousses d'ail, c'est contre les vampires. Je viens de te dire que je ne suis pas un fantôme.

— Non, je ne te crois pas. Ta ferme a été incendiée par les flammes. Il ne reste rien, tout a été réduit en cendres, personne n'a survécu.

— Moi, j'ai survécu, Gros-Jean. Il y avait un maître Ahkena chez moi lorsque la ferme s'est enflammée. Il m'a sorti de la maison juste à temps et il m'a emmené dans son monastère. Je suis même devenu son apprenti. Regarde ma cape. Regarde mes vêtements.

Gros-Jean n'arrivait pas à en croire ses yeux. Pour lui, son ami était mort depuis longtemps, c'était donc impossible que Sokar se tienne devant lui en chair et en os. L'apprenti fit un pas pour s'approcher de son ami, qui sursauta de frayeur, tel un animal pris au piège. Toutefois, il résista à l'envie de s'enfuir en courant.

— Gros-Jean... c'est moi...

Sokar tendit lentement la main vers son ami pour l'inviter à le toucher, afin qu'il constate qu'il était réellement vivant. Gros-Jean était sceptique, néanmoins il n'hésita pas longtemps. Il s'avança prudemment et toucha son ami du bout des doigts. Il souffla de soulagement lorsqu'il constata que Sokar n'était pas un spectre. Une vague de bonheur l'envahit quand il comprit enfin que son ami était encore en vie. Il serra Sokar fort dans ses bras. Après ces chaudes retrouvailles, ils se mirent à rattraper le temps perdu.

Gros-Jean expliqua que la fumée produite par l'incendie de la ferme avait alerté le Seigneur de la ville. Quand les secours étaient arrivés, le feu avait déjà tout ravagé. Le Seigneur Tuul avait alors conclu que tout le monde était mort, sans même fouiller les décombres. Ils eurent droit à des funérailles émouvantes sur la place publique. Gros-Jean raconta tout ce qu'il avait fait depuis, les filles qu'il avait courtisées et les nouvelles pâtisseries que son père avait inventées. Sokar, quant à lui, demeura vague sur tout ce qu'il avait accompli pendant la dernière année. Gros-Jean se remémora soudainement la raison pour laquelle il était venu dans l'écurie.

— Oh, non ! Mon père va me tuer ! Il voulait cette faucille le plus rapidement possible. L'aubergiste était d'accord pour la lui prêter. Désolé, Sokar, je dois lui rapporter ça au plus vite.

— Pas de problème. De toute façon, je dois me coucher, je suis épuisé.

— Dès que tu repasses dans le coin, tu me fais signe, d'accord ?

— Bien sûr. Salut, à la prochaine.

Gros-Jean ramassa ladite faucille et s'empressa de sortir. Sokar alla éteindre la lampe à l'huile et il se mit au lit pour une seconde tentative. Il était heureux que son ami soit tombé sur lui par hasard, puisque Sokar n'avait même pas pensé lui rendre visite, ou même lui donner de ses nouvelles.

CHAPITRE 3

Sokar traversa le pont qui permettait de franchir le fleuve Tranquille. Ce pont-ci était en bien meilleur état que son semblable, situé au nord. Étant donné que le pont au sud était le plus fréquemment utilisé, car des deux il était le plus éloigné de la forêt Interdite, il était également le mieux entretenu. Il quitta le Pays sauvage et entra sur les Terres royales. Puis, il dirigea son cheval vers le sud-ouest, en direction du Monastère volcanique. Pour s'y rendre, il n'y avait pas vraiment de chemins ou de routes toutes tracées. Mais même s'il n'y était jamais allé, Sokar savait quelle direction prendre puisqu'il avait déjà vu son emplacement sur une carte. Pour se guider, il se fia aux volcans qu'il pouvait voir même à cette distance, mais surtout, il se fia au Grand Volcan éteint.

Sokar avait hâte d'arriver à destination et sa monture semblait du même avis. Les prés et plaines qu'ils traversaient permettaient au cheval de battre des records de vitesse, même si le paysage devenait de moins en moins verdoyant au fur et à mesure qu'ils progressaient vers le sud. Sokar savait qu'il laissait derrière lui les Terres royales et qu'il pénétrait dans le Pays volcanique, surtout à cause du changement de paysage. En effet, la frontière entre les deux pays n'était pas clairement définie. Sokar constata après un certain temps que le sol était devenu surtout rocailleux et qu'il rencontrait de moins en moins de bosquets. Les volcans occupaient une plus grande place dans le champ visuel de l'apprenti, signe qu'il approchait de sa destination. Il laissait dorénavant un nuage de poussière dans son sillage.

Après une longue chevauchée, il vit enfin le monastère. L'architecture rappelait celle du Monastère des Vents. « Le bâtisseur des monastères, à l'époque, ne s'est vraiment pas cassé la tête », pensa Sokar. Toutefois, le Monastère volcanique possédait une caractéristique qui le distinguait des autres monastères que Sokar avait visités : il avait été construit contre le flanc d'un petit volcan. Le bâtiment était une structure détachée, mais on voyait nettement que le pied du volcan avait servi de fondation au monastère. Sokar jugea que si ce monastère comportait un sous-sol, il devait certainement mener dans les profondeurs du volcan, et peut-être même jusqu'à sa cheminée. Le volcan était-il encore actif? Sokar l'ignorait, et aucun indice extérieur ne lui permettait de le déterminer.

Toujours sur son cheval, Sokar se dirigea au trot vers l'entrée du monastère. Il remarqua que beaucoup de moines se trouvaient à l'extérieur, en petits groupes. Quelques paysans se trouvaient parmi eux. « Probablement des laïcs », estima Sokar. Puis il vit un apprenti qui se démarquait des autres. C'était en fait une apprentie : Maya. Évidemment, Sokar l'avait reconnue à l'aide de sa chevelure particulière. Elle marchait en s'éloignant du monastère, tirant avec difficulté une chèvre récalcitrante du bout d'une corde. Le cœur de l'apprenti s'emballa dès qu'il vit son amie. Une joie immense l'envahit aussitôt, faisant disparaître comme par enchantement la fatigue du voyage. Il avait l'impression qu'une éternité s'était écoulée depuis leur dernier moment ensemble. Sokar changea de direction et il décida d'aller rejoindre Maya.

L'apprentie était tellement absorbée par sa tâche qu'elle ne remarqua pas quand Sokar descendit de son cheval et qu'il s'approcha d'elle. Elle tirait sur la corde pour faire avancer l'animal de peine et de misère, animal qui refusait obstinément de faire un pas. Elle invectivait la chèvre, la traitant même de « sale bourrique ». Sokar sourit, s'amusant de la difficulté que son amie avait à accomplir une corvée aussi simple.

— D'ordinaire, ce sont les ânes qu'on traite de bourriques.

Maya ne reconnut pas la voix de l'apprenti.

— Oui, je sais, mais cette chèvre est vraiment aussi têtue qu'un âne.

— Est-ce que tu veux un coup de main ?

— Est-ce que j'ai l'air d'avoir besoin d'un...

Maya tourna la tête vers Sokar avant de terminer sa phrase et elle le vit. Elle écarquilla les yeux de surprise et son visage s'illumina de bonheur. Elle laissa tomber la corde, et la chèvre en profita pour déguerpir dans la direction opposée. Oubliant l'animal, Maya se jeta dans les bras de Sokar et elle l'enserra de toutes ses forces. L'apprenti répondit avec plaisir à son étreinte. Le nez dans sa magnifique chevelure, Sokar respira à pleins poumons la délicate odeur fruitée qui s'en dégageait. Maya, quant à elle, se sentait fondre quand Sokar la serrait ainsi dans ses bras.

— Je suis tellement, tellement heureuse que tu sois également venu au monastère !

Après un moment, elle relâcha quelque peu son étreinte, juste assez pour pouvoir fixer Sokar dans les yeux. Elle offrit un regard compatissant à l'apprenti.

— J'ai su ce qui est arrivé à Mendoza. Je suis sincèrement désolée.

— Ça va aller. Je te raconterai après le souper ce qui s'est passé.

— Un peu de retenue, mon apprentie, lança une voix autoritaire.

Maya reconnut immédiatement la voix de sa maîtresse. Elle s'empressa de se séparer de Sokar et de se retourner face à Aurora. Rouge de honte, elle baissa la tête et fixa le bout de ses pieds. Sokar serra la mâchoire, mais tenta de présenter un regard impassible.

— Tu as laissé la chèvre s'échapper, déclara froidement Aurora. Heureusement, elle est passée près de moi et je lui ai ordonné de faire demi-tour en utilisant la discipline de Maîtrise animale. Il serait vraiment dommage de perdre le cadeau offert par ce paysan, n'est-ce pas ?

La chèvre se tenait docilement aux côtés de maîtresse Aurora, sans bouger d'un poil. Elle n'était même pas retenue par la corde.

— Oui, maîtresse, marmonna Maya, embarrassée. Désolée, maîtresse. Je... je vais la porter immédiatement dans l'enclos, avec les autres.

Maya s'empara de la corde sans même adresser un regard à sa maîtresse et dirigea la chèvre vers son enclos, comme prévu initialement, à la différence que cette fois-ci l'animal obtempérait.

— Sokar. Je suis désolée pour ton mentor. Il était un bon maître Ahkena. Sa perte est, sans contredit, une tragédie pour l'Ordre.

— En effet, maîtresse Aurora.

Aurora avait employé un ton dénué de sympathie, mais ses paroles n'en demeuraient pas moins sincères. Sokar serra subtilement les poings en pensant : « Pourquoi le croient-ils tous mort ? Ils n'essaient même pas de comprendre ce qui s'est réellement passé. » Toutefois, l'apprenti garda ses réflexions pour lui-même, car il savait qu'il était inutile d'argumenter avec Aurora.

— Je suis soulagée d'avoir déjà une apprentie. Je ne voudrais pas devenir ton troisième maître. De toute façon, on désigne toujours des mentors de même sexe aux apprentis. Dans mon cas, je n'ai rien à craindre. Mais je plains le pauvre maître qui te sera désigné comme mentor ce soir. Il aura constamment l'impression d'avoir une épée de Damoclès au-dessus de la tête.

Sokar discernait dans les propos d'Aurora tout le mépris qu'elle ressentait pour lui. Elle ne cherchait même pas à le masquer, et le faire aurait été inutile. Sokar le savait déjà. Mais comme Aurora était en position d'autorité, Sokar encaissa la remarque sans broncher. La maîtresse adressa un regard froid à l'apprenti. Elle se retourna et prit la direction du monastère. L'apprenti demeura immobile pendant un instant. Son sang bouillait dans ses veines.

— Bientôt, je ne serai plus apprenti, maugréa Sokar. Je serai moine, et ensuite je serai maître. Alors, je pourrai traiter d'égal à égal avec toi, Aurora.

Il s'obligea à prendre de grandes respirations afin de se calmer. Quand il sentit qu'il reprenait la maîtrise de ses émotions, il alla porter son cheval à l'écurie et entra dans le monastère. Dès qu'il franchit le seuil, il fut accueilli par le Grand Maître. Immédiatement, Sokar remarqua plusieurs ressemblances entre le Grand Maître du Monastère volcanique et celui du Monastère portuaire: de longs cheveux gris qui s'amalgamaient avec une longue barbe de la même couleur, des yeux pâles, presque incolores, et une grande tunique turquoise qui balayait le sol à chacun de ses pas.

— Ah ! Sokar ! Je savais que tu arriverais aujourd'hui.

— Ah oui ? Mais oui ! Comme je suis bête ! La discipline de Double-vue...

Le Grand Maître adressa un sourire complice à l'apprenti et celui-ci comprit alors que le dirigeant du monastère possédait un caractère jovial. Son nez proéminent le rendait étrangement sympathique.

— J'ai fait préparer ce qu'il fallait en prévision de ton arrivée. Viens, je vais te montrer ta chambre.

Le Grand Maître mena Sokar jusqu'à l'étage des dortoirs et il lui indiqua l'emplacement de sa chambre. Sokar y déposa sa besace tout en écoutant le Grand Maître lui énumérer les règles du monastère, qu'il connaissait déjà puisqu'elles étaient semblables à celles du Monastère portuaire. Le Grand Maître retourna vaquer à ses occupations. Sokar décida de visiter un peu sa nouvelle résidence en attendant le moment du repas du soir. Sans grande surprise, il constata que l'intérieur du monastère était pratiquement identique à celui du Monastère forestier avant sa destruction. Toutes les pièces étaient disposées au même endroit et aux mêmes étages. Il monta sur le toit, curieux de découvrir comment celui-ci avait été aménagé et il fut déçu de ne rien trouver. Aucun indice ne permettait de deviner comment les moines de ce monastère utilisaient tout cet espace. Sokar emprunta l'escalier et redescendit jusqu'au rez-de-chaussée. L'escalier continuait aux étages inférieurs, ce qui l'intriguait. Les bains publics se trouvaient au même étage que la salle commune. Qu'est-ce qu'il pouvait bien y avoir plus bas ? Comme le repas du soir n'avait pas encore été annoncé, Sokar décida d'aller voir. Il s'empara d'une torche en haut des marches et commença à descendre.

L'escalier semblait sans fin, menant dans les profondeurs de la terre, à un point tel que Sokar se demanda s'il ne devait pas rebrousser chemin pour ne pas manquer le souper. Mais sa curiosité était trop forte. Le repas pourrait bien attendre, décida-t-il.

Il arriva enfin au bout de l'escalier, qui menait à une immense caverne éclairée par des torches accrochées aux murs par des supports métalliques. Des armes de toutes sortes étaient empilées partout : des épées, des glaives, des dagues, des hallebardes,

des cimeterres, et divers instruments tranchants que Sokar était incapable d'identifier. Des boucliers étaient accrochés aux murs, de formes et de modèles variés. Sokar venait de découvrir l'armurerie du monastère. C'est alors qu'il se souvint que Mendoza lui avait déjà dit qu'avant de vivre au Monastère portuaire, il avait exercé le métier de forgeron au Monastère volcanique. Sokar déduisit que la forge ne devait pas se trouver bien loin.

Malgré le désordre qui semblait régner dans la pièce, on pouvait facilement traverser la salle et se rendre jusqu'aux différents couloirs. Sokar en choisit un au hasard et l'emprunta. Au loin, il pouvait entendre le son de lames qui s'entrechoquaient, révélant une présence au fond du couloir. Sokar crut qu'il s'agissait d'un entraînement à l'épée effectué par deux moines, mais le son était trop régulier, ce qui était plutôt inhabituel pour un duel.

Le couloir menait à une autre grotte. Celle-ci possédait plusieurs stalactites et stalagmites, et des piliers stalagmitiques s'étaient formés à de nombreux endroits. Sokar entendait encore le son, mais avec toutes ces colonnes rocheuses qui lui bloquaient la vue, il n'arrivait pas à déterminer de quelle direction le bruit provenait. Il avança lentement, l'oreille tendue, et il contourna les colonnes tout en les examinant. Malgré la faible luminosité de sa torche, il pouvait tout de même constater la beauté architecturale que la nature avait créée. Parfois, Sokar marchait à reculons, car il voulait continuer à avancer plus profondément dans la grotte sans quitter du regard la formation rocheuse.

Le son de métal devenait de plus en plus fort. Sokar contourna une immense colonne, mais comme il avait le nez en l'air à examiner la voûte, il ne vit pas le bouclier qui était déposé sur le sol, debout contre la colonne. Sokar le heurta de son pied et le bouclier se renversa en produisant un bruit d'enfer. Aussitôt, le son de métal s'arrêta et fut remplacé par un hurlement à glacer le sang. C'était comme un grognement furieux produit par une bête sauvage enragée. Sokar sursauta de surprise et de frayeur.

À cause de l'écho, le cri semblait provenir de partout à la fois. Paniqué, il chercha à déguerpir, mais plutôt que de rebrousser chemin, il courut droit devant lui.

Il contourna une colonne et tomba nez à nez avec une silhouette qu'il faillit heurter. Il freina juste à temps. La personne devant Sokar se mit à hurler et l'apprenti comprit que c'était elle qui produisait ce cri effrayant. Il recula d'un pas, par instinct. Il crut qu'il faisait face à un démon ! Son visage était immense et ne possédait qu'un seul œil. Sa bouche grande ouverte affichait des dents acérées et continuait de produire le hurlement féroce. Les muscles de son corps semblaient disproportionnés tellement ils étaient développés. Le démon était torse nu et ne portait qu'un pagne de cuir comme vêtement. Il tenait fermement son poignet gauche de la main droite, et Sokar remarqua que ses mains étaient d'un rouge vif, contrairement au reste de son corps qui était blanc comme pour tout le monde.

— Aïe! Zut! Ça fait mal!

Quand le démon prononça ces paroles, Sokar comprit que ce n'était pas un démon, mais un cyclope qu'il avait devant lui. Et il parlait la même langue que lui.

— Fiston, il ne faut pas me faire sursauter comme ça quand je suis en plein travail. C'est dangereux !

— Je... désolé... vous..., balbutia Sokar.

— Je me suis tapé sur la main avec mon marteau de forgeron. Ça fait un mal de chien ! La prochaine fois, avertis-moi avant de venir me déranger. Qu'est-ce que tu veux ?

Le cerveau de Sokar recommença à fonctionner normalement. Les bruits de lames qui s'entrechoquent étaient en fait le son que faisait un marteau de forgeron en tapant sur une enclume pour travailler la lame. En faisant tomber le bouclier, il avait fait sursauter le cyclope, qui s'était tapé sur la main avec son marteau. Sokar ignorait que les cyclopes pouvaient produire un cri si terrifiant.

— Je suis désolé, je ne savais pas que vous travailliez ici. Je viens d'arriver au monastère, je suis en pèlerinage. Je m'appelle Sokar.

— Ah ! D'accord, je comprends. Je m'appelle Redji. Je suis le forgeron du monastère. On me surnomme Redji les-mains-rouges. J'imagine que tu comprends la raison. Et la chose la plus importante à savoir à propos du vieux Redji, c'est qu'il ne faut pas le déranger quand il travaille. Tu crois que tu pourras t'en souvenir ?

— Oui, monsieur. Bien, monsieur.

— Eh ! Ne fais pas cette tête-là. Je ne vais pas te manger. Je suis de meilleure humeur d'ordinaire, quand je ne me tape pas sur la main avec mon marteau. Et arrête de me vouvoyer, y'a personne qui fait ça, ici.

— Vous... tu... tu devrais peut-être aller voir le moine-guérisseur.

— Non, ça va. Ce n'est pas si grave que ça. La douleur est presque partie. Ça élance, c'est tout. Alors comme ça, tu es en pèlerinage ? C'est quoi le nom de ton mentor ?

— C'est... c'était Mendoza.

— Mendoza ? Je le connais ! C'est moi qui lui ai appris le métier de forgeron ! Il a travaillé longtemps avec moi, dans la forge. Comment va cette vieille branche ? Est-ce qu'il est ici ?

Redji fronça son unique sourcil lorsqu'il comprit que Sokar avait parlé au passé.

— Oh ! Attends ! Pourquoi as-tu dit « c'était » ? Les apprentis ne changent pas de mentor, d'après ce que je sais. Sauf si...

— Sauf s'il leur arrive malheur, compléta Sokar.

L'apprenti raconta au cyclope l'affrontement final entre son maître et Mercurus.

— Je suis sincèrement désolé, Sokar. Et je suis d'accord avec toi. Mendoza ne peut pas être mort. Pas cette vieille branche. Il est trop intelligent, trop débrouillard pour s'être fait avoir de la sorte.

— Ouais, eh bien, on dirait que nous sommes les deux seuls à le croire.

Sokar et le cyclope eurent un moment de silence complice. Ils n'avaient pas besoin de rajouter quoi que ce soit, ils étaient sur la même longueur d'onde. Redji soupira.

— Tu devrais remonter, Sokar. Tu vas être en retard pour le repas.

— Oui, tu as raison. Tu ne viens pas ?

— Non, je ne suis pas trop à l'aise dans les foules. J'aime mieux dévaliser les cuisines pendant la nuit, s'esclaffa le cyclope.

Sokar prit congé du forgeron et remonta à la surface. Quand, dans l'escalier, il se rapprocha de la salle commune et il entendit un tapage, il comprit qu'il était effectivement en retard. Il se hâta de gravir les marches et, quand il fut en haut, il vit que le repas était déjà commencé depuis longtemps. Il y avait une cinquantaine de personnes attablées, et quelques laïcs s'occupaient de servir tout le monde. Sokar pesta contre lui-même de s'être attardé si longtemps en bas et d'avoir manqué le début du souper. Comme il était un nouveau venu, il ne savait pas ce qu'il était convenu de faire pour un apprenti dans sa situation. C'est alors qu'il vit Maya qui était assise à une table et qui lui faisait de grands signes. Elle lui signifiait qu'elle lui avait réservé une place à ses côtés. Sokar s'empressa d'aller la rejoindre. Une assiette pleine de nourriture l'y attendait.

— Où étais-tu, idiot? Tu as manqué le début du repas!

— Je suis allé visiter le monastère et je me suis égaré au sous-sol.

— Égaré ? Dis plutôt que tu es tombé sur Redji les-mains-rouges.

— Tu le connais ?

— Sokar ! Tout le monde ici connaît Redji.

— Ah bon ?

— Bien sûr ! Un gros cyclope baraqué qui travaille à la forge, ça passe difficilement inaperçu. Redji est reconnu pour fabriquer les meilleures armes du royaume. On raconte qu'il se terre dans sa forge depuis plus de cent ans.

— Cent ans, dis-tu ? Il ne semblait pas si vieux que ça.

— Les cyclopes doivent vivre plus longtemps que nous, j'imagine.

— Ou bien, ce ne sont que des racontars.

Comme Maya achevait son repas, Sokar se dépêcha d'engloutir le contenu de son assiette. Il examina la salle tout en mastiquant et il repéra facilement le Grand Maître à quelques tables de la sienne. Aurora, la maîtresse de Maya, était assise à sa gauche, tandis qu'une autre maîtresse prenait place à sa droite. Elle avait un visage familier, mais Sokar n'arrivait pas à se souvenir à quel moment il avait croisé sa route.

— Ce n'est pas bien de dévisager les gens ainsi, lui reprocha Maya, simplement pour le taquiner.

— Je n'arrive pas à me souvenir de son nom.

— Tu parles de Gwen ? Ne me dis pas que tu ne te souviens pas d'elle. C'était la petite amie de Viggen.

En entendant le nom de maîtresse Gwendollyn, qui demandait à tout le monde de se faire appeler Gwen, Sokar se souvint. Il se souvenait de l'entrée remarquée qu'elle avait faite au Monastère forestier, alors qu'il commençait à peine son apprentissage avec Viggen. Il se souvenait de la complicité évidente entre les deux maîtres. Il se souvenait aussi des révélations de Gwen concernant la prophétie d'Orrotaresh, révélations qu'il n'aurait pas dû entendre. Quand elle avait quitté le Monastère forestier, Gwen devait se rendre au Monastère spirituel. Et elle se trouvait dorénavant au Monastère volcanique. Combien de monastères visitait-elle en une année ?

— Oui, je me souviens d'elle, maintenant.

Gwen semblait d'humeur à faire la fête, elle buvait sa coupe de vin et discutait bruyamment avec son voisin de table, un moine que Sokar ne connaissait pas encore.

Aurora, quant à elle, paraissait songeuse. Elle buvait distraitement le contenu de son gobelet. Elle tourna les yeux en direction de Sokar et leurs regards se croisèrent. L'expression faciale de la maîtresse changea ; elle adressa un regard froid à l'apprenti. Sokar baissa les yeux vers son assiette et se le reprocha immédiatement, puisqu'il savait qu'Aurora interpréterait cela comme un signe de soumission. Il releva la tête immédiatement, mais la maîtresse avait déjà dirigé son attention ailleurs. Il se maudit intérieurement pour cet instant de faiblesse et il se promit de ne plus démontrer ce genre d'attitude défaitiste.

Sokar tourna le regard et il vit Duncan du coin de l'œil, en train de finir son repas. « Lui ? Ici ? pensa Sokar, irrité. C'est pas vrai ! Il va me pourrir la vie même ici. »

— Depuis quand est-ce que Duncan est au monastère ? demanda-t-il à Maya, tout en essayant de paraître le plus désintéressé possible.

— Il était déjà ici quand je suis arrivée avec Aurora. Il est en pèlerinage, seul.

— Son maître ne l'a pas accompagné ?

— Non. Ça arrive souvent. Souviens-toi : quand on s'est rencontré au Monastère forestier, j'étais venue seule également.

— Oui, c'est vrai, j'avais oublié.

C'est à ce moment que le Grand Maître se leva et automatiquement, toutes les conversations cessèrent et tous les bruits disparurent. C'était le silence total dans la salle.

— Mes frères et sœurs moines, commença-t-il, j'espère que vous avez passé une bonne journée à aider votre prochain et à vivre selon les préceptes d'Ahkena-Suprême. Je sais que vous êtes tous fatigués et que vous avez hâte d'aller au lit, alors je serai bref. Je vous ai annoncé dernièrement la mystérieuse disparition de maître Mendoza, dans des circonstances nébuleuses. Les maîtres du Monastère spirituel ont utilisé leurs pouvoirs de localisation, mais ils n'ont trouvé aucune trace de notre frère. Ils continuent de le chercher avec leur Dohm, toutefois ils conservent peu d'espoir de le retrouver sain et sauf. L'Ordre a donc décidé de déclarer maître Mendoza comme officiellement éteint. Observons un moment de silence à sa mémoire.

Tous les occupants fermèrent les yeux, inclinèrent légèrement la tête et adressèrent une courte prière à leur dieu pour lui demander d'accueillir l'âme de Mendoza. Tous sauf Sokar. Il restait là, consterné, les yeux écarquillés. Il était abasourdi que l'Ordre ait abandonné les recherches aussi rapidement. Il connaissait la signification de déclarer un moine éteint. Cela voulait dire qu'on n'avait pas retrouvé son corps et qu'on ne parvenait plus à localiser son Dohm. Autrement dit, que son Dohm s'était éteint. D'ordinaire, quand un moine était porté disparu, les maîtres du Monastère spirituel parvenaient à localiser des traces de son Dohm, ce qui signifiait qu'il était encore en vie, même s'ils ne pouvaient pas toujours déterminer à quel endroit il se trouvait. Dans ces cas-là, l'Ordre envoyait une mission de sauvetage pour retrouver le moine disparu. Mais quand l'Ordre déclarait qu'un moine était éteint, cela signifiait qu'il le considérait comme décédé. Sokar était tellement surpris de la décision de l'Ordre concernant Mendoza qu'il ne parvenait même pas à s'indigner ou à devenir contrarié. C'était comme si sa tête n'avait pas encore réussi à encaisser le choc des paroles du Grand Maître.

— Merci à tous, continua le dirigeant, mettant fin à la période de silence. Vous avez probablement remarqué que nous avions un nouvel apprenti parmi nous. En effet, Sokar était l'apprenti de Mendoza et il continuera sa formation ici, au Monastère volcanique.

Plusieurs têtes se tournèrent vers l'apprenti, qui ne réagit pas. Il était encore sous le choc. Maya lui donna un léger coup de coude dans les côtes, et Sokar reprit enfin ses esprits.

— Il lui faut donc un nouveau mentor. Après mûre réflexion, j'ai décidé que ce rôle serait assumé par...

« Roulement de tambour », pensa Sokar.

— Maîtresse Gwendollyn.

Gwen recracha bruyamment la gorgée de vin qu'elle était en train de prendre, éclaboussant au passage son voisin d'en face. De toute évidence, la principale intéressée n'avait pas été mise au courant auparavant. Son visage exprimait un mélange d'horreur, d'embarras et de confusion. Quand elle se rendit compte qu'elle venait de cracher sur le moine assis en face d'elle, elle eut un air embarrassé, s'excusa et entreprit de l'aider à se nettoyer avec la nappe de la table. Une grande clameur de désapprobation avait envahi la salle. L'annonce ne laissait personne indifférent. Sokar ne décelait que de l'indignation et de l'incompréhension sur le visage des gens. Il observa son amie pour découvrir sa réaction, et il vit que Maya était simplement songeuse, le regard dans le vide. Aurora, sa maîtresse, était aussi étonnée que tous les autres. Le Grand Maître, quant à lui, demeurait serein, comme s'il avait anticipé cette réaction. Enfin, Gwen se leva lentement, visiblement contrariée. Le silence revint aussitôt.

— Grand Maître, commença-t-elle d'une voix mal assurée, avec tout le respect que je vous dois, ma nomination ne va-t-elle pas à l'encontre du règlement qui dit qu'on doit désigner un mentor de même sexe à un apprenti ?

— Ce règlement n'a jamais existé.

— Êtes-vous certain...

— Maîtresse Gwen ? la coupa-t-il. Ne crois-tu pas que j'ai vérifié avant de prendre ma décision ?

— Mais, c'est que...

— Il n'y a pas de mais qui tienne. Ma décision est finale et sans appel.

— Dans ce cas, je sollicite une requête pour une audience privée.

Le Grand Maître soupira, agacé par l'entêtement de Gwen.

— Accordée, décida-t-il à contrecœur. Allons dans mon bureau.

Maîtresse Gwendollyn et le Grand Maître quittèrent la salle et montèrent l'escalier. Après leur départ, les discussions reprirent de plus belle dans un brouhaha étourdissant. Aurora s'essuya la bouche avec un coin de la nappe, se leva et s'en alla discrètement vers les escaliers. «J'imagine qu'elle doit aller écouter aux portes, pensa Sokar. Elle doit se réjouir de la tournure des événements et se régaler du mécontentement de Gwen. »

— Wow, dit Maya en se levant. C'est plutôt inhabituel.

Elle vit que Sokar paraissait troublé, alors elle tenta de le rassurer.

— Je suis certaine que maîtresse Gwen sera un excellent mentor. C'est une guerrière, comme Viggen. C'est ce que tu souhaitais, non? Et puis, tu achèves ton apprentissage, si je ne m'abuse. Tu ne seras pas pris avec elle bien longtemps.

— Elle ne semblait pas heureuse de devoir former un apprenti. Elle n'a jamais eu d'apprenti, comme Viggen avant qu'il demande de me former.

— N'en fais pas une affaire personnelle, Sokar. Ce n'était pas dirigé contre toi. Elle a dû encaisser le choc, comme nous tous. Elle doit simplement se faire à l'idée.

Maya souhaita bonne nuit à son ami et monta au dortoir. Sokar vida le reste de son gobelet et le déposa rageusement sur la table. Il s'attendait à tout sauf à ça. Il aurait pu tolérer d'avoir une maîtresse comme mentor. Mais pourquoi elle? Pourquoi Gwen? Sokar ne voulait pas qu'elle soit son mentor, et Gwen ne voulait pas d'apprenti. Pourquoi le Grand Maître avait-il pris la pire décision qui soit ? Tout ce qu'il espérait, c'était que Gwen réussisse à le faire changer d'avis.

Dans le bureau du Grand Maître, Gwen interrogeait celui-ci pour tenter d'obtenir des explications à propos de sa décision. Malgré l'exaspération de Gwen, le Grand Maître demeurait calme.

— Il est grand temps que tu prennes tes responsabilités, Gwen. L'Ordre t'a laissée agir à ta guise durant toutes ces années. Maintenant, tu dois t'établir de manière définitive dans un monastère et prendre un apprenti.

— Qu'est-ce que vous croyez que je fais depuis des années ? Que je me la coule douce ? Non ! J'explore le royaume et je vous adresse des mémoires détaillés de mes découvertes. J'ai fait progresser la science à l'aide des nouvelles connaissances que j'ai acquises pendant mes voyages. J'ai trouvé des îles et des peuples dont l'Ordre ne soupçonnait même pas l'existence. Vous ne pouvez pas m'accuser d'avoir fui mes responsabilités !

— Tu pourrais continuer tes recherches, même avec un apprenti.

— Mais pourquoi moi ? Ce n'est pas comme s'il y avait trop d'apprentis à former ou qu'on manquait de maîtres. Au contraire ! D'année en année, nous recevons de moins en moins d'apprentis. Il y a plusieurs autres maîtres libres et plus qualifiés que moi pour faire ce travail.

— Je ne suis pas de ton avis. Tu feras un excellent mentor. Tu dois simplement te donner l'occasion de le découvrir par toi-même.

— Je ne comprends toujours pas. L'Ordre nous avait dispensés, Viggen et moi, de...

— Cet accord ne tient plus, répliqua fermement le Grand Maître en lui coupant la parole. J'ai reçu l'aval des autres Grands Maîtres.

— Et depuis quand l'Ordre renie-t-il sa parole ?

— Tu es dure, Gwen. Je suis sûr que tu ne penses pas ce que tu dis.

Gwen soupira, irritée. Elle devait se ressaisir. Elle commençait à perdre ses moyens et risquait de manquer de déférence. Elle ne réussirait pas à convaincre le Grand Maître si elle manquait de tact à chaque réplique.

— Vous avez raison. Je suis désolée. Je reformule ma question. Pourquoi l'Ordre a-t-il choisi de revenir sur sa décision ?

— Parce que Viggen est décédé.

— Je... je ne comprends pas.

— Au départ, la dispense ne devait concerner que Viggen. L'Ordre avait été contre l'idée de t'accorder la même exception qu'elle allait octroyer à Viggen. Mais celui-ci, lors des négociations, avait exigé que tu sois exemptée également. « Tant que je serai en vie », avait-il précisé. Je suppose qu'il ne s'attendait pas à mourir aussi tôt, ou à disparaître avant toi. Quoi qu'il en soit, la mort de Viggen a entraîné la cessation du pacte qu'il avait conclu avec l'Ordre.

— Viggen ne m'avait jamais raconté ça..., dit-elle, songeuse. Pendant toutes ces années, je croyais que l'Ordre m'avait accordé une faveur, alors qu'en fait, c'était grâce à lui. Eh ! Un instant ! La mort de Viggen remonte à plusieurs lunes, déjà. Pourquoi m'attribuer un apprenti seulement maintenant ?

— Nous attendions que le bon candidat se présente. Sokar a été l'apprenti de Viggen, apprenti qu'il avait lui-même exigé d'avoir. L'Ordre a trouvé « intéressant » le fait de te donner l'opportunité de compléter ce que Viggen avait commencé.

— Et Mendoza, dans tout ça ?

— Quand Sokar est arrivé au Monastère portuaire, Midas, le Grand Maître de ce monastère, était convaincu que Mendoza ferait un bien meilleur mentor pour Sokar que toi. Il avait réussi à nous convaincre à l'époque, mais au fil du temps, force lui a été d'admettre qu'il avait eu tort. Bien sûr, il n'avait pas l'intention de revenir sur sa décision. Ça aurait été un constat d'échec pour lui. En revanche, la mort de Mendoza nous a permis de corriger cette erreur.

— Il n'y a donc rien que je puisse faire ou que je puisse dire qui pourrait vous faire changer d'idée ? demanda-t-elle, défaitiste.

— Absolument rien. Pour l'Ordre, c'est une association parfaite. Le bon apprenti pour le bon maître. Tu t'en sortiras très bien, crois-moi ! Sokar aura bientôt dix-huit ans, ce n'est déjà plus un enfant, ce qui devrait te rendre la tâche encore plus facile. Il a presque terminé son apprentissage. Il ne te reste que quelques disciplines à lui enseigner. Plus tôt ce sera fait, et plus vite tu seras libérée.

— Et ensuite ? Vous me garantissez qu'il n'y en aura pas d'autres ?

— Je ne peux malheureusement rien te promettre, Gwen.

Gwendollyn demeura songeuse, debout devant le Grand Maître qui la fixait d'un sourire compatissant. Elle était à court d'arguments. Si elle avait moins bu au repas, jugea-t-elle, peut-être aurait-elle eu les idées plus claires pour défendre son point de vue.

— Merci, maîtresse Gwendollyn. Ce sera tout.

La maîtresse, dépitée, prit congé du dirigeant du monastère. Elle marcha lentement vers la porte et l'ouvrit sans enthousiasme. Aurora se tenait de l'autre côté, attendant son tour pour s'entretenir avec le Grand Maître. Elle avait probablement entendu toute la discussion, mais Gwen s'en moquait. Elle n'adressa pas un mot à Aurora et se rendit à sa chambre.

— Entre, Aurora. Je savais que tu viendrais.

En effet, le dirigeant savait qu'Aurora avait de l'ambition et qu'elle aimait s'immiscer dans les affaires des autres.

— Grand Maître. Loin de moi l'idée de mettre en doute votre décision, mais c'est une nomination plutôt... controversée, ne croyez-vous pas ? Une femme comme mentor avec un apprenti de sexe masculin...

— Peut-être. Toutefois, je pense qu'il est temps que l'Ordre sorte un peu du conservatisme dans lequel il se vautre à outrance. Trop souvent, nous suivons aveuglément des règlements qui n'existent même pas officiellement. Comme nos prédécesseurs le faisaient avant nous, nous perpétuons les traditions, sans même les remettre en question. Vois ça comme une expérience, Aurora.

— Êtes-vous convaincu que Gwen a les capacités qu'il faut ? Sokar est un garçon, disons, étrange. Je le connais bien, étant donné qu'il s'est entiché de mon apprentie et qu'il passe malheureusement trop de temps avec elle. Je crains qu'il ait une mauvaise influence sur Gwen.

Le Grand Maître s'esclaffa.

— Tu me fais rire, Aurora. Voyons donc ! Gwen risque d'avoir une influence bien pire sur le garçon.

— Mais ! Alors, pourquoi les avoir associés l'un à l'autre ?

— En devenant responsable du garçon, j'espère ainsi que Gwen acquière un peu de maturité. Qu'elle prenne ses responsabilités par choix, plutôt que d'obéir à un ordre. Au lieu de faire des bêtises comme à son habitude, elle devra s'assurer que son apprenti n'en fasse pas. Malgré ses manières un peu rustres, Gwen a du cœur. Elle n'aura pas d'autre choix que de se soucier de la sécurité de son apprenti.

Journal de Sokar
55e jour de la 13e année du règne du roi Loka

Hier, le Grand Maître a causé un grand émoi quand il a annoncé que Gwen serait mon mentor. Tout le monde croyait qu'il y avait une règle qui interdisait à un apprenti masculin d'avoir un mentor féminin, et vice-versa. Eh bien, il semblerait que ce ne soit pas le cas. Par convention, les Grands Maîtres ne mélangent habituellement pas les sexes, car le lien entre un apprenti et son maître devient souvent intime à travers l'adversité. La différence de sexe pourrait, en théorie, entraver la création de ce lien, ce qui nuirait à la formation de l'apprenti. En théorie, croit-on. Je ne sais pas à quoi le Grand Maître a pensé en me donnant un mentor féminin. Ce doit être un genre d'expérience, j'imagine.

Si ça avait été une autre maîtresse, ça ne m'aurait pas trop dérangé. Le problème avec Gwen, c'est qu'elle me met mal à l'aise. Quand je pose les yeux sur elle, ça me fait immanquablement penser à Viggen et, aussitôt, je ressens comme un petit pincement au cœur. Chaque fois, ça me fait prendre conscience que Viggen me manque. Je sais qu'ils ont été intimes à une certaine époque, sauf que je ne suis pas censé le savoir. Aussi, c'est grâce à Gwen que j'ai découvert la prophétie d'Orrotaresh, mais encore là, je ne suis pas censé avoir entendu cette conversation entre eux.

Ce matin, à la fin du repas, j'ai croisé le Grand Maître et je lui ai demandé si je pouvais m'entretenir avec lui concernant le choix de mon mentor. Il m'a dit d'un ton ferme : « Il n'y a plus rien à discuter, Sokar. Gwen est maintenant ton mentor.» Ce qui signifie que Gwen n'a pas réussi à faire changer d'idée le Grand Maître.

Et d'ailleurs, je n'ai pas vu ma nouvelle maîtresse de la journée. Où est-elle passée? De toute évidence, nous n'aurons pas d'autre choix que de nous habituer l'un à l'autre, alors autant en finir au plus vite. J'ai demandé à plusieurs moines s'ils savaient où ma maîtresse se trouvait, mais personne ne l'avait vue. Elle doit avoir quitté le monastère tôt ce matin, sans prendre la peine de m'attendre. Et au moment d'écrire ces lignes, elle n'est toujours pas revenue.

En plus, je n'ai même pas pu compter sur Maya pour me distraire aujourd'hui puisqu'elle a été occupée toute la journée avec maîtresse Aurora. Je ne l'ai retrouvée qu'au souper, complètement éreintée. Pauvre Maya! Pendant le repas, elle a failli s'endormir le nez dans son bol de potage.

J'ai passé une partie de la journée dans la forge. Je suis allé retrouver Redji — en faisant bien attention cette fois-ci de faire assez de bruit en m'approchant pour qu'il m'entende arriver et qu'il ne sursaute pas comme hier. Il m'a expliqué que le monastère fabrique les meilleures lames de tout le royaume parce que la forge est alimentée directement à partir de la lave des volcans. Quand je lui ai demandé si c'était dangereux de travailler tout près d'un volcan actif, il a éclaté de rire. Il m'a répondu qu'il n'aurait pas atteint cet âge-là s'il avait pris des risques inutiles et que, de toute façon, les volcans étaient maîtrisés par l'Ordre avec leurs pouvoirs magiques. Je lui ai demandé quel âge il avait, et il a fait celui qui n'avait pas entendu. Il doit être vraiment vieux pour refuser de répondre!

Gwendollyn franchit le seuil de l'entrée du monastère sur la pointe des pieds. Elle savait que tout le monde serait déjà au lit à ce moment-ci de la nuit, toutefois elle ne voulait pas courir le risque de se faire surprendre. Non pas qu'elle ait été dans l'illégalité, au contraire. Les maîtres étaient libres d'aller et de venir à leur guise. Elle ressentait simplement le besoin de disparaître pendant quelque temps. Cette histoire d'apprenti l'avait ébranlée plus qu'elle ne le croyait.

Elle était vraiment tombée des nues la veille, quand elle avait appris de la bouche du Grand Maître que si elle avait été exemptée d'apprenti pendant toutes ces années, c'était grâce à Viggen. Elle avait toujours cru que c'était à cause des missions périlleuses qu'elle accomplissait pour l'Ordre. En fait, ses activités passaient pour des caprices aux yeux des dirigeants. Quelle déception !

En sortant du bureau du Grand Maître la veille, elle était allée machinalement à sa chambre avec l'intention de se mettre au lit. Une fois allongée, elle avait constaté qu'elle ne fermerait pas l'œil de la nuit tellement sa discussion avec le dirigeant du monastère l'avait troublée. Le lendemain matin, elle allait se retrouver avec un apprenti dans les pattes. Elle s'était donc relevée d'un bond, s'était rhabillée, et avait filé directement à l'écurie pour prendre son cheval et aller se saouler à Narcitta. Elle était restée dans la taverne jusqu'à ce que le tenancier la jette à la rue, complètement ivre. Par la suite, ses souvenirs étaient vagues, mais Gwen s'était réveillée dans une grange. Pour faire passer sa gueule de bois, elle était retournée à la taverne pour prendre un verre. À son avis, il fallait combattre le mal par le mal.

La nuit venue, Gwen était rentrée au monastère à contrecœur. Son envie de se laver et de se débarrasser de ses habits crasseux était plus forte que son désir de fuir. Aussi, elle décida qu'elle passerait la nuit dans son lit, mais elle s'arrangerait pour se lever avant tout le monde et filer en douce encore une fois.

Pour commencer, elle alla farfouiller dans les cuisines du monastère pour se remplir le ventre. Quelle ne fut pas sa surprise d'y croiser Redji !

— Eh, gros bras ! lança-t-elle à la blague. Laisses-en un peu pour les autres !

— Je voulais me constituer des réserves avant que tu partes avec ce qui reste, répliqua le cyclope, qui avait délaissé sa forge dans le même but que Gwen.

— Comment va mon cyclope préféré ?

— Comme je suis le seul cyclope que tu connaisses, j'imagine que tu parles de moi ?

Gwen et Redji s'esclaffèrent d'un rire complice. La maîtresse s'empara d'un reste de pain, le tartina négligemment de confiture et croqua dedans à pleines dents.

— J'ai su pour ton apprenti. Ça a dû être un choc pour toi, j'imagine.

— Tu n'as pas idée.

— Comment c'est, de travailler avec le p'tit ?

— Sais pas, marmonna-t-elle la bouche pleine de pain.

— Comment ça?

— Je ne lui ai pas encore parlé.

— Pourquoi? Tu le boudes? Tu en as peur?

— Non… Je ne sais pas… Viggen avait vu quelque chose de particulier dans ce garçon et je n'arrive pas à comprendre ce que c'est. Tu savais que c'était l'apprenti de Viggen avant de devenir celui de Mendoza?

— Oui, il m'a raconté ça, aujourd'hui. Ce sont des épreuves assez traumatisantes. Malgré ce qu'il a vécu, Sokar semble avoir gardé le moral. Il est déterminé à compléter sa formation au plus vite. Tu devrais lui laisser sa chance, le p'tit pourrait t'impressionner.

— Mouais… je vais y penser.

CHAPITRE 4

— Répète-moi pour quelle raison nous devons livrer ces armes à Narcitta.

— Parce que tu as accepté de m'accompagner, répondit Maya en adressant son plus beau sourire à Sokar, qui faisait avancer son cheval lentement, en suivant le même rythme que l'apprentie.

— Oui, je sais pour quelle raison moi j'y vais. Mais toi ?

— Je me suis portée volontaire.

— Pourquoi ? Je sais que tu as un grand cœur et que tu adores rendre service, mais n'importe qui d'autre aurait pu le faire.

— J'ai mes raisons, finit par répondre Maya d'un ton espiègle, après un long silence mystérieux.

Les chevaux des apprentis avaient été spécialement équipés d'énormes paniers en osier afin de transporter les épées, les glaives et autres armes que Redji avait fabriquées. Comme les chevaux avançaient lentement, les apprentis eurent tout le loisir de se raconter ce qu'ils avaient vécu depuis leur départ du Monastère des Vents. Évidemment, le récit de Sokar fut plus long et plus captivant que celui de Maya. Celle-ci avoua son soulagement de savoir Slavüka enfin derrière les barreaux.

— Tu es bien certain que Mendoza a dit que le nom du sorcier était Mercurus ? demanda Maya.

— Absolument certain. Madalbar le forain était en fait Mercurus, le sorcier arkahzien.

— Donc, on peut supposer que tout ce qu'il nous a raconté à la fête foraine était vrai. Mercurus est un grand sorcier, il est certainement capable de prédire l'avenir. Mais... pourquoi ? Pourquoi perdrait-il son temps avec des forains alors qu'il était en mission pour son roi Guérak ?

— Je n'en ai aucune idée. J'ai beau retourner tout ça dans ma tête, je n'arrive pas à comprendre. Si Mendoza avait une hypothèse, il n'a pas eu l'occasion de m'en faire part. Tu sais, il a tout de suite reconnu Mercurus, au premier coup d'œil. Ces deux-là se connaissaient et s'étaient déjà affrontés, c'était évident.

— Sa mission consistait peut-être à assassiner Mendoza, supposa Maya d'une voix prudente.

— J'y avais pensé, mais ça ne colle pas. Mercurus était stupéfait de nous voir et il a dit à Mendoza que celui-ci ne l'empêcherait pas d'accomplir sa mission. S'il avait voulu se débarrasser de Mendoza, il aurait eu l'occasion de le faire à maintes reprises auparavant.

— Pourquoi crois-tu que Mendoza soit encore en vie ?

— Je ne sais pas... c'est seulement une intuition. Le Grand Maître dirait que je suis dans le déni, toutefois une partie de moi refuse d'admettre que Mendoza soit mort. Ce qui m'insulte le plus est le fait que l'Ordre l'ait déclaré officiellement éteint, sans même prendre la peine de lancer une mission de recherche.

Sokar demeura silencieux pendant un long moment pour s'efforcer de se calmer. Comme la tragédie était récente, sa douleur était encore vive. Se remémorer les événements ravivait immanquablement sa frustration et sa peine. Maya, compréhensive, respecta le mutisme de son ami.

Par la suite, Maya remarqua un léger sourire sur les lèvres de Sokar. Elle sut alors qu'il avait réussi à se changer les idées.

— Est-ce que je t'ai dit que j'ai croisé mon vieil ami, Gros-Jean, à Bohmstad ?

Maya secoua la tête.

— Il croyait que j'étais un fantôme. C'était rigolo.

Sokar lui raconta ses retrouvailles avec le fils du pâtissier et ensuite, les deux apprentis continuèrent à bavarder de tout et de rien. Ils arrivèrent enfin à Narcitta. La première chose que Sokar remarqua fut les habits des paysans. La plupart des hommes se promenaient torse nu et portaient un pantalon de toile légère qui ne couvrait que leurs cuisses. Leurs genoux et leurs mollets étaient à découvert. Le port de sandales semblait très populaire, et Sokar remarqua que plusieurs garçons se promenaient carrément pieds nus. Les paysannes, quant à elles, n'étaient guère plus vêtues que les hommes. L'ourlet de leur robe arrivait à peine à mi-cuisse. La grande majorité des femmes revêtait des chemises à manches courtes faites en lin, mais quelques paysannes plus audacieuses ne portaient qu'une bande de tissu autour du torse. Elles osaient dévoiler leur nombril ainsi que leurs épaules. Sokar n'en était pas offusqué, au contraire.

L'apprenti avait remarqué la différence de température de l'air depuis qu'il était arrivé au Pays volcanique. On lui avait expliqué que la chaleur était principalement causée par l'activité des volcans. Toutefois, il ne s'attendait pas à ce que les paysans aient adapté leurs tenues de manière si suggestive. Sokar avait chaud, encore davantage à cause de sa cape d'apprenti, toutefois il n'aurait jamais osé se présenter en ville torse nu. Naguère, il se permettait d'enlever sa chemise quand il travaillait dans les champs, mais s'il devait quitter la ferme, il s'arrangeait pour faire un brin de toilette et pour s'habiller convenablement avant de partir.

Maya arrêta enfin son cheval devant la boutique du marchand d'armes et Sokar l'imita. Ils descendirent de leur monture et Sokar s'occupa de garder les chevaux pendant que Maya allait annoncer son arrivée au marchand. Pendant qu'il attendait que Maya ressorte de la boutique du marchand, Sokar examina distraitement les passants. Il était encore surpris de voir que les gens étaient si peu vêtus en public. À Rubyliss, les femmes qui osaient montrer autant de chair en pleine rue étaient surtout des filles de joie. Et les hommes qui s'accoutraient de la sorte étaient principalement des marins.

Sokar crut discerner une silhouette familière, au loin, à travers la foule, au fond d'une ruelle. En examinant les gens plus attentivement, il put déterminer que c'était en fait Gwen. Sa cape de maîtresse de l'Ordre l'avait trahie, mais également le fait qu'elle était probablement la femme la plus vêtue du quartier. Gwendollyn n'avait visiblement pas remarqué Sokar, et celle-ci avançait en jetant des regards nerveux à gauche et à droite. Elle s'immobilisa et jeta un dernier coup d'œil derrière elle avant d'entrer dans une taverne. C'est à ce moment que Maya revint à l'extérieur, avec une bourse en cuir dans son poing.

— Bon ! C'est réglé. Le marchand m'a payé les armes, ses fils vont venir vider les paniers dans un instant.

— Il ne voulait pas inspecter la marchandise avant ?

— Non, il sait qu'elles ont été fabriquées par Redji. Ce n'est pas la première fois que ce marchand en achète. Redji a une sacrée bonne réputation, tu sais. Mais si l'acheteur apprenait que Redji est en fait un cyclope, je crois qu'il tomberait dans les pommes !

Les fils du marchand sortirent enfin et commencèrent à transporter les armes à l'intérieur. Pendant que Maya surveillait les opérations, Sokar ne pouvait s'empêcher de regarder vers la ruelle où il avait vu Gwen. Maya s'en rendit compte et elle interrogea Sokar à ce propos. Il lui révéla qu'il avait vu sa nouvelle maîtresse entrer dans une taverne.

— Tu parles de la taverne dans cette ruelle ?

Sokar acquiesça.

— Tu es certain que c'est cette taverne ? Tu es certain que c'était Gwen ?

Sokar répondit par l'affirmative aux deux questions. Maya afficha un air songeur.

— C'est plutôt étrange. Maîtresse Aurora m'a déjà parlé de cette taverne. Elle est réputée pour brasser des affaires louches, si tu vois ce que je veux dire. Pourquoi Gwen irait-elle dans un tel endroit ?

— Pour une mission ?

— Peut-être. Mais à mon avis, la garde royale serait mieux placée pour intervenir dans ce genre d'endroit.

Quand les paniers furent vides, Maya monta sur son cheval.

— En selle ! Nous avons une dernière livraison à faire.

— Quoi ? Mais les paniers sont vides ! Quelle est donc cette dernière livraison ?

— La raison pour laquelle je me suis portée volontaire. Suis-moi !

Maya rebroussa chemin et sortit de la ville. Elle bifurqua et contourna la cité par un chemin de terre battue. Intrigué, Sokar la suivait sans poser de questions. Enfin, Maya quitta le chemin de terre pour retourner dans la ville en empruntant une rue différente.

— Nous aurions pu nous rendre ici en traversant la ville, expliqua Maya, mais nous aurions été ralentis par toute cette foule. C'est plus rapide de contourner la ville.

Maya bifurqua à quelques reprises, traversant les embranchements avec l'assurance de celle qui savait où elle se rendait. Elle arrêta devant l'entrée d'un riche manoir.

— C'est ici, fit Maya d'une voix aiguë en descendant de sa monture, visiblement fébrile à l'idée de livrer son dernier paquet.

Sokar demeura sur son cheval, ne sachant pas trop à quoi s'attendre. Maya frappa à l'entrée du manoir et attendit. Après un bref instant, la porte s'ouvrit lentement. La personne qui franchit le seuil n'avait qu'un œil. « Un autre cyclope ? » pensa Sokar. Quand il l'examina attentivement, il remarqua que ce cyclope-ci avait des seins et des courbes, malgré son vêtement ample d'une pièce. « UNE cyclope », constata Sokar. Maya sortit de sa cape un bout de parchemin plié et elle le donna à la femelle cyclope. Celle-ci, le visage écarlate, remercia Maya et referma la porte. L'apprentie revint vers son cheval en sautillant de bonheur. Sokar était encore plus mystifié.

— C'était donc ça, ta dernière livraison ? Une lettre à une femelle cyclope ?

— Et pas n'importe quelle lettre.

Maya n'ajouta rien de plus. Sokar attendait d'autres explications. Il comprit enfin.

— Ne me dis pas que c'est l'amie de cœur de Redji ?

— Si.

— Elle réside vraiment dans ce manoir luxueux ?

— Oui, mais elle n'en est que la gouvernante.

— Tu livres les mots doux de Redji à sa dulcinée depuis longtemps ?

— C'est ma deuxième occasion. L'apprenti qui s'en occupait avant moi a terminé sa formation depuis peu et il a changé de monastère.

— Ah... c'est vrai... quand on devient moine, on peut choisir le monastère dans lequel on souhaite vivre.

— Mission accomplie ! Rentrons, maintenant.

Les apprentis firent le chemin inverse pour sortir de la ville. Ensuite, ils la contournèrent par le même chemin de terre battue. Lorsqu'ils furent aux limites de la cité, Sokar s'arrêta.

— Maya, est-ce que ça te dérange de rentrer seule ? J'aimerais essayer de retrouver maîtresse Gwen, pendant que j'ai une idée de l'endroit où elle se trouve. Sinon, quand je vais me lever demain matin, elle aura encore disparu.

— Non, il n'y a pas de problèmes. Tu as enfin compris que tu ne pouvais pas te former seul, et qu'il te fallait absolument un mentor ?

— Je persiste à croire que je peux y arriver seul. Néanmoins, maître Mendoza m'a fait comprendre que je peux progresser plus rapidement avec l'aide d'un mentor. J'aimerais donner à Gwen l'occasion de me montrer ce qu'elle peut apporter à ma formation.

— Bien. Bonne chance, alors.

Maya prit le chemin du monastère et Sokar retourna dans la ville, à l'endroit où il avait vu Gwen pour la dernière fois. Il descendit de son cheval et attacha la bride à un poteau. Il était seulement à quelques pas de la porte de la taverne et il n'arrivait pas à se décider à y entrer. Si c'était le repaire d'individus louches, Sokar n'avait pas intérêt à en franchir le seuil. Sauf qu'en restant à l'extérieur, il n'arriverait jamais à savoir si Gwen était encore à l'intérieur ou non.

Il faisait les cent pas devant l'entrée, n'arrivant toujours pas à se décider. Si Gwen était encore à l'intérieur, il y avait un risque que Sokar l'attende pendant longtemps. Mais si elle était déjà repartie, ça ne servait à rien de l'attendre ainsi. Il fallait que Sokar le sache une bonne fois pour toutes.

Sokar invoqua la discipline du Pouvoir de la terre. Diverses marques de pas apparurent sur le sol, puis disparurent à tour de rôle. Enfin, une série de traces persista : celles de Gwen. Sokar étudia les empreintes un moment et il put déterminer que les traces les plus récentes s'éloignaient de la porte de la taverne. Il suivit donc la piste, qui le mena dans tout un enchevêtrement de rues et de ruelles. Finalement, les traces s'arrêtèrent devant l'entrée d'une autre bâtisse : encore une taverne.

— Décidément, Gwen a le gosier sec.

« Taverne de l'oie joyeuse », lut Sokar. Il chercha à comprendre comment une oie pouvait être joyeuse, surtout si elle risquait d'apparaître sur le menu. Ou encore, comment le tavernier pouvait savoir que ses oies étaient joyeuses. À moins que ce fût un sobriquet pour sa femme, mais quelle épouse accepterait de se faire comparer à une oie, et joyeuse de surcroît ?

Comme l'extérieur du bâtiment paraissait en bon état, Sokar espéra que l'établissement était respectable. Il poussa la porte et entra. Le propriétaire, un homme grassouillet qui arborait une moustache bien fournie, se tenait derrière son bar et il frottait une chope propre avec un linge sale. Gwen était assise devant lui sur un tabouret, de l'autre côté du bar, une chope de bière à la main. Dès que Sokar franchit le seuil, le tenancier et l'unique cliente de la taverne le dévisagèrent.

— Nom d'un chien! lança-t-elle après avoir calé sa dernière gorgée. Dis-moi, Bardo : est-ce que j'ai des visions, ou est-ce qu'on dirait qu'il y a un apprenti-moine qui vient d'entrer ?

Son interlocuteur haussa mollement les épaules en guise de réponse.

— Je n'ai pas encore assez bu ce soir pour commencer à avoir des hallucinations. Il doit forcément être réel. Sers-m'en un autre, Bardo. Si je bois plus, il va peut-être finir par disparaître.

Gwen rit sans enthousiasme de sa propre blague, pendant que le tavernier remplissait sa chope. Sokar s'approcha et s'installa sur le tabouret aux côtés de Gwen.

— Si tu veux rester, l'intima Bardo d'un ton autoritaire, tu dois boire quelque chose. Si tu ne commandes rien, alors tu sors d'ici.

— Ah ! Allons, Bardo ! Lâche un peu le p'tit. Tu ne vois pas que ce n'est qu'un gamin. Il ne va pas te commander à boire.

— Si, répliqua Sokar. S'il faut boire pour avoir le droit de rester, alors je boirai. Je ne suis plus un enfant. Donnez-moi une cervoise.

— À ta guise. Mais ne compte pas sur moi pour te ramener au monastère si tu ne tiens plus sur tes pattes.

— Considérant votre état d'ébriété avancé, maîtresse, j'estime que c'est moi qui risque de devoir vous aider à rentrer, si vous continuez à boire de cette façon.

Sokar avait parlé d'un ton neutre, sans raillerie. Gwen demeura stupéfaite pendant un court instant par la riposte du garçon. Elle ne s'attendait pas à ce qu'il ait autant le sens de la repartie. Une fois la surprise passée, elle lui sourit, nullement choquée.

— C'est moi qui paye, Bardo, déclara-t-elle en sortant des pièces de sa bourse. De toute façon, les apprentis n'ont jamais un rond. Et pour ta gouverne, précisa-t-elle en regardant Sokar, sache que je ne suis pas en état d'ébriété. En tout cas, pas encore.

Le propriétaire empocha les pièces tout en grognant, après avoir remis une chope de cervoise à Sokar. Celui-ci souffla sur la mousse et avala une gorgée, puis il s'essuya la bouche avec sa manche. Il avait déjà bu de la cervoise auparavant, mais comme il buvait rarement des boissons alcoolisées, quand il le faisait, il devenait légèrement ivre assez rapidement. S'il voulait garder les idées claires, Sokar savait qu'il devrait boire lentement.

— Alors ? demanda Gwen. Qu'est-ce que tu fais ici ? Tu m'espionnes ?

— J'ai aidé Maya à livrer une commande d'armes et je vous ai vue au loin. Je vous ai suivie, car je voulais vous parler.

— Maya ? Elle n'est pas avec toi ?

— Retournée au monastère.

— Ah bon. Vas-y, parle.

— On m'a dit que vous n'aviez jamais eu d'apprenti et que vous vous attendiez à ne jamais en avoir. J'ai vu par votre réaction l'autre soir, au souper, que vous ne sembliez pas trop enchantée par la décision du Grand Maître de vous imposer un apprenti.

Sokar marqua une pause et prit une gorgée de cervoise.

— Continue.

— Vous êtes mon troisième mentor. Ça, je peux le gérer. Le fait que vous soyez une femme ne me dérange pas. Ce qui me rend mal à l'aise, c'est le fait que Viggen ait été mon premier maître et que vous ayez eu une... relation spéciale avec lui.

Gwen ouvrit la bouche pour répliquer, mais Sokar ne lui laissa pas le temps de placer un mot.

— Je ne connais pas votre histoire, je ne sais pas ce qu'il y avait entre vous deux. On m'a juste dit que vous étiez... proches.

Sokar avait l'impression de marcher sur des œufs. Il en savait plus qu'il le devait, alors il fallait qu'il choisisse ses mots avec discernement.

— Continue, dit Gwen en croisant les bras.

— Je ne veux pas rester apprenti toute ma vie. Il me manque des disciplines pour passer les contrôles afin de devenir moine. Je pourrais les apprendre seul, mais on m'a fait comprendre que si je persistais dans cette voie, je pourrais devenir un danger pour moi-même et pour les autres.

— Comme si ça se pouvait, marmonna Gwen.

— Quoi ? Pardon ?

Sokar n'avait pas entendu la remarque acerbe.

— Écoute, soupira Gwen. Je ne connais aucun apprenti qui a pu apprendre seul les disciplines. Je ne sais pas qui est l'idiot qui t'a dit que ça pouvait être dangereux, mais...

— C'est l'un des Grands Maîtres, la coupa-t-il.

— Mouais, c'est bien ce que je pensais.

— Est-ce que vous dites qu'il est impossible pour un apprenti d'apprendre seul les disciplines, ou que c'est possible, mais qu'il est dangereux qu'il le fasse ?

— Les deux.

— Votre réponse est contradictoire.

— Pas du tout. Les apprentis ne peuvent pas apprendre seuls, c'est la raison pour laquelle on leur désigne un mentor. Et même si l'un d'eux y parvenait, je ne vois pas en quoi ça pourrait être dangereux.

— Je pourrais vous surprendre, la nargua Sokar.

— Es-tu en train de me dire que tu pourrais être dangereux ? pouffa Gwen.

— Non, mais c'est ce que semble penser maîtresse Aurora puisque j'ai déjà perdu deux mentors.

— Et en quoi est-ce ta faute ?

Sokar haussa les épaules et prit une gorgée de sa cervoise. Gwen l'imita avec sa bière, puis elle demeura pensive un instant.

— Tu as raison, dit-elle finalement.

— Quoi ? Je suis dangereux ?

— Mais non, idiot, s'esclaffa-t-elle. Tu as raison, reprit-elle plus sérieusement. Je ne suis pas trop enchantée d'avoir un apprenti dans les pattes. Tu ne feras que me ralentir en me suivant partout où je vais. Mais le Grand Maître refuse de changer d'idée, alors je n'ai pas le choix. Je dois faire avec. Tu es pressé d'en finir, et je suis pressée d'en finir. Au moins, nous sommes d'accord là-dessus.

Gwen leva sa chope. Sokar l'imita et ils trinquèrent.

— Maintenant, tu rentres au monastère. Et prends une potion régénératrice de Dohm à l'infirmerie. Tu en auras besoin demain.

— Oui, maîtresse.

— Et cesse de m'appeler maîtresse ! Bon sang !

CHAPITRE 5

Sokar rêvait. Il savait qu'il rêvait. C'était le même rêve étrange que l'autre nuit, celui où il était dans une forêt et qu'il entendait la voix de Mendoza en train de prier. Sauf qu'il n'était pas dans la forêt. Il était déjà rendu dans la partie du rêve où il se trouvait dans le tunnel dans lequel régnait une chaleur accablante.

Même s'il rêvait, Sokar trouvait cela plutôt troublant. Faire le même rêve à deux reprises était assez inusité, d'autant plus que d'ordinaire, on s'en rend compte seulement quand on se réveille. Il était en train de vivre le même rêve et il le constatait pendant qu'il rêvait. Troublant était un doux euphémisme.

Il était donc dans le même tunnel. Comme lors du rêve précédent, il se dirigea vers l'extrémité éclairée du tunnel. Il aboutit dans la même caverne, et il y vit la même épée qui flottait. Encore une fois, il ressentit le besoin de s'emparer de l'épée. En fait, c'était plus qu'un besoin, c'était une nécessité, c'était une question de vie ou de mort. Sokar le ressentait au plus profond de ses tripes. Quand il allongea le bras, il entendit une voix et il stoppa son geste. Ce n'était qu'un sifflement, mais il s'intensifia graduellement. Sokar regarda autour de lui, mais le son semblait provenir de partout et de nulle part à la fois. Il discerna quelques mots, possiblement d'une voix féminine. Il crut entendre son nom, suivi des mots « non » et « enfuis-toi ». Sokar reporta son attention vers l'épée et celle-ci bondit aussitôt, pour arriver directement dans la main de l'apprenti. Au moment où sa paume entrait en contact avec le pommeau, un éclair l'aveugla brièvement et il se retrouva devant le miroir sur pied, les mains vides.

— C'est le même rêve, mais ce n'est pas le même rêve. Certains éléments sont différents, mais la suite des événements demeure identique.

Il traversa le cadre comme la dernière fois, et il se retrouva dans le même tunnel qui sinuait dans tous les sens. Il longea le tunnel, certain d'y retrouver la boule de cristal tout au fond. Et ce fut le cas.

— Je ne répéterai pas la même erreur. Je ne toucherai pas à cette boule de cristal. Oh non ! Même si ce n'est qu'un rêve.

Dès qu'il prononça ces paroles, de la fumée commença à s'échapper de la boule de cristal, comme la fois précédente.

— Oh, zut ! s'exclama-t-il en toussotant. Pas encore !

Le nuage de fumée s'épaissit rapidement et obstrua complètement le champ de vision de Sokar, qui toussait à s'en cracher les poumons. Il fit demi-tour et avança à tâtons, les bras allongés, afin de s'éloigner du globe et pour sortir du nuage de fumée. La fumée était si opaque que Sokar ne distinguait même pas ses mains devant lui. Il toussa et toussa encore, puis il finit par s'écrouler.

Sokar se réveilla en sursaut et il se redressa dans son lit. Il était en sueur et il avait la gorge sèche. Il s'efforça de se calmer et de ralentir sa respiration

— Encore ce maudit cauchemar ! Mais qu'est-ce que cela signifie ?

Comme le soleil était en train de se lever, à en juger par la faible lumière qui passait par sa fenêtre, Sokar sortit du lit et il fit sa toilette à l'aide de la cruche d'eau et de la serviette prévues à cet effet dans chaque chambre. Après quoi il s'habilla et descendit dans la salle commune pour y prendre son déjeuner. Il était parmi les premiers arrivants pour le repas du matin. Tout en mangeant son gruau, Sokar regardait arriver les moines qui venaient en faire autant. Ils se succédèrent, mais Gwendollyn n'arrivait toujours pas.

La veille, après leur discussion, Sokar avait terminé sa cervoise et il était rentré seul au monastère. Gwen avait annoncé qu'elle ne pouvait pas rentrer en même temps, car elle avait des choses à faire. Lorsqu'il lui avait demandé quelles sortes de choses, elle avait été plutôt évasive. Sokar espérait qu'elle fut réellement rentrée au monastère après lui.

Maya arriva et elle s'installa aux côtés de Sokar avec son repas. Ils se racontèrent la fin de leur journée précédente.

— Je suis heureuse que vous ayez enfin pu vous entendre.

— J'espère juste qu'elle s'en souvient. Elle avait passablement bu, hier.

— Elle n'est pas encore descendue ?

— Non. À moins qu'elle soit déjà partie, sans moi, encore une fois.

— Allons, ne sois pas si pessimiste. Regarde ! Justement, elle arrive.

Gwen descendait les marches avec entrain et semblait déborder d'énergie. Elle s'empara d'un bol de gruau, y ajouta une montagne de fruits, ramassa un gobelet de limonade et alla s'installer à la place libre près de son apprenti.

— Salut, les jeunes ! Belle journée, n'est-ce pas ?

Elle remarqua l'air soulagé de Sokar.

— Toi, tu croyais que j'avais tout oublié, hein ? Tu croyais que j'avais trop bu hier et que je ne me souviendrais pas de notre petite discussion ? C'est mal me connaître. Tu sauras que je supporte mieux l'alcool que n'importe quel marin ou n'importe quel ivrogne. Il faut dire aussi qu'avec la discipline de Guérison, les gueules de bois disparaissent aisément le lendemain matin. Tu as pris de la potion, hier ?

Sokar hocha la tête.

— C'est parfait, car la journée sera longue. Pour toi, en tout cas, conclut-elle en éclatant de rire.

Gwen termina son repas en un temps record, pratiquement en même temps que Sokar, qui avait commencé à manger longtemps avant elle. Elle se leva et ordonna à l'apprenti de la suivre à l'extérieur. Elle marchait d'un pas déterminé et Sokar avait presque du mal à la suivre. Ils s'éloignèrent un peu du monastère, juste assez pour être loin des regards, tout en demeurant assez près pour parer à toute éventualité.

— Bon ! commença Gwen, résolue. Tu es pressé de terminer ton apprentissage et je suis pressée de ne plus avoir d'apprenti. Alors on va commencer immédiatement à la vitesse supérieure. Mais avant, je dois savoir quelles sont les disciplines que tu connais déjà et jusqu'à quel point tu les maîtrises correctement. Je veux être certaine que tu passes ton contrôle du premier coup pour ne pas t'avoir dans les pattes encore plus longtemps. Compris ?

— Compris.

— Combien de disciplines as-tu apprises, à ce jour ?

— Six.

— Quoi? s'écria-t-elle. Seulement six? Hier, tu disais que ton apprentissage était pratiquement terminé. Il te reste encore quatre disciplines à apprendre !

— C'est quand même plus de la moitié, non ?

Gwen soupira bruyamment pour signifier son irritation. Former cet apprenti serait plus long qu'elle le croyait au départ. Elle ferma les yeux et se frotta le front avec la paume de la main, tout en grimaçant, comme si une migraine se préparait.

— Commençons par la première discipline que tu as apprise.

— C'est la discipline du Pouvoir de la terre.

— Bien. Attends un peu...

Gwen invoqua elle-même la discipline et repéra diverses traces par terre, qui seraient passées inaperçues à l'œil nu. Mais à l'aide de la discipline, elle pouvait discerner le passage de toutes les créatures, grandes et petites, qui avaient foulé le sol à cet endroit.

— Une salamandre du désert est passée par ici. Suis sa piste.

Gwen avait fait exprès pour choisir la piste la moins fraîche et la plus difficile à suivre. Elle n'allait quand même pas faciliter la vie à son nouvel apprenti, non ?

Sokar invoqua la discipline à son tour. Sa vue se brouilla un instant, puis elle redevint claire. Il discernait différentes traces par terre, mais il jugea qu'aucune n'était la bonne. Il se déplaça un peu, fronça les sourcils, et s'accroupit pour mieux inspecter le sol.

— Pas facile, hein ? lança Gwen tout en affichant un sourire moqueur.

Sokar se concentra davantage et trouva enfin la piste. Il devait ensuite déterminer dans quelle direction la salamandre était partie. La réponse lui fut révélée comme par enchantement, à l'aide de son Dohm. Sokar avait l'impression que des flèches lumineuses apparaissaient sur le sol, lui indiquant la bonne direction.

— Par là-bas, répondit-il en s'avançant.

— Comment peux-tu en être certain ?

— Je perçois le sillage laissé par sa queue qui a frotté dans cette partie sableuse. C'est invisible à l'œil nu, mais avec mon Dohm, je vois que les grains de sable sont tous alignés, à cet endroit. Ailleurs tout autour, les grains de sable sont disposés de manière désordonnée.

— Pas mal, répondit Gwen, impressionnée malgré elle. C'est même très bien.

— Quand j'étais fermier, j'avais un certain talent pour pister les petits mammifères lorsque je chassais dans la forêt. La discipline a simplement décuplé mes aptitudes.

Ensuite, Gwen testa les connaissances de l'apprenti à propos des plantes, des arbres et des champignons, étant donné que ces informations faisaient également partie de l'apprentissage de la discipline. Bien sûr, Sokar donna la bonne réponse à chaque question.

— Bien. Passons à la discipline suivante.

— Ce serait la discipline de Communication animale.

— Allons à l'écurie, dans ce cas.

En chemin, Gwen pensa à une bonne façon de duper l'apprenti pour lui donner du fil à retordre. Elle se servirait de Furie, son cheval. Quand ils furent arrivés à l'écurie, elle donna ses instructions.

— Parmi tous ces chevaux, tu dois retrouver celui que j'ai utilisé hier, pour me rendre à Narcitta, en fouillant dans leur mémoire. Mais attention : j'ai galopé avec la plupart d'entre eux, alors ils ont probablement tous encore un souvenir de moi. Crois-tu en être capable ?

— Je vais essayer.

Ce matin-là, il restait une dizaine de chevaux dans l'écurie, dont Furie. Comme Sokar ne savait pas que Gwen possédait son propre cheval, l'apprenti aurait à sonder leurs souvenirs un par un. Il commença par le premier du bord et il invoqua la discipline. Il trouva rapidement des souvenirs de Gwen dans la tête de l'animal, mais les habits qu'elle portait ne correspondaient pas à ceux qu'elle portait la journée d'avant. Sokar passa donc au prochain cheval. Les souvenirs de celui-ci étaient facilement accessibles, mais il n'en trouva aucun de sa maîtresse. Il passa au suivant et n'eut pas plus de succès.

Quand ce fut au tour de Furie, Gwen tira subtilement sur son lobe d'oreille en passant derrière Sokar. C'était un signal pour son cheval, afin qu'il occulte ses souvenirs. Quand elle avait été apprentie, Gwen sortait souvent en douce le soir et le Grand Maître le découvrait toujours. Elle avait appris plus tard que le dirigeant fouillait dans les souvenirs des chevaux pour espionner les apprentis indisciplinés. Elle avait donc trouvé un moyen de dresser son cheval pour qu'il oublie tout événement qui pourrait la compromettre. Depuis ce jour, elle avait enseigné cette astuce à toutes les montures qui lui avaient appartenu, incluant Furie.

Sokar fouilla dans la mémoire du cheval et il fut surpris de n'y trouver que le néant. Il trouva cela étrange, mais il ne devina pas du tout la tromperie de sa maîtresse. Il passa donc au cheval suivant.

Après avoir inspecté le dernier cheval, Sokar se tourna vers Gwen.

— Êtes-vous certaine que ce cheval est bien ici ?

— Absolument. Est-ce que tu abandonnes déjà ? demanda-t-elle d'un air triomphant.

— Pas encore. Si vous dites que le cheval est bel et bien dans l'écurie, je vais le trouver.

Sokar déambula lentement devant chaque box et examina attentivement chacun des chevaux. Plutôt que de fouiller dans leur mémoire, il se concentra sur les vibrations de son Dohm. Quand il passait devant Furie, son Dohm frémissait légèrement. Il soupçonna que c'était le bon cheval, mais ses souvenirs lui étaient inaccessibles.

— Alors ? Tu t'avoues vaincu ?

— Je n'ai pas dit mon dernier mot.

Sokar se dirigea vers une sacoche en cuir accrochée à une poutre. Il plongea la main dedans et il en sortit deux cubes en sucre. Il se rapprocha de Furie.

— Ces cubes de sucre sont pour toi si tu me laisses accéder à tes souvenirs. D'accord ?

Sokar présenta les cubes dans sa paume et Furie les engloutit en un coup de langue. Il lui caressa le chanfrein et invoqua la discipline de Communication animale. Les souvenirs du cheval, à propos du soir précédent, apparurent clairement dans la tête de Sokar. Celui-ci adressa un grand sourire victorieux à Gwen.

— Goinfre de traître, lança-t-elle à Furie.

Furie s'ébroua en guise de réplique.

— Prochaine discipline ? demanda-t-elle.

— Camouflage.

— Bon, bon, bon, hum... Comment pourrais-je bien te faire tester cette discipline ?

— Vous n'êtes pas obligée d'en faire un défi à chaque occasion, maîtresse.

— Bon sang, Sokar ! Je t'ai déjà dit de ne pas m'appeler maîtresse. Ça me fait me sentir vieille. Appelle-moi Gwen, comme tout le monde.

— Oui, c'est vrai. Désolé.

— Bon ! Je crois que j'ai une idée. On va faire ça simplement. Va te cacher dans la pénombre.

— Oui, maî... euh... je veux dire : oui, Gwen.

Sokar recula dans le coin sombre désigné par sa maîtresse, rabattit son capuchon, s'enroula dans sa cape et invoqua la discipline. Comme par enchantement, la cape de l'apprenti sembla absorber la lumière et le fit disparaître presque entièrement. Sokar recula encore d'un pas et il se fondit dans l'obscurité. Gwen ne le voyait plus et ne l'entendait plus.

— C'est parfait. Discipline suivante.

— La discipline du Pouvoir de l'eau, dit Sokar en sortant de la pénombre, tout en enlevant son capuchon.

— Attrape ! cria Gwen.

La maîtresse avait elle-même invoqué la discipline. Elle avait formé un seau invisible avec son Dohm afin de récupérer de l'eau dans l'abreuvoir des chevaux et elle avait lancé le liquide vers

Sokar, juste avant de l'avertir. L'apprenti sursauta et, en apercevant le jet d'eau qui s'approchait à grande vitesse, il invoqua d'instinct la discipline. Il stoppa le liquide juste à temps et le maintint en suspension devant lui, à quelques pouces de son nez.

— Eh ! Bons réflexes, mon gars !

— À votre tour, répliqua Sokar en projetant le liquide vers Gwen, également avec son Dohm.

La maîtresse balaya l'air devant elle avec son bras et elle fit exploser le jet d'eau avec ses pouvoirs. Le liquide retomba sur les deux moines en une fine bruine.

— Bon, on a assez joué. Prochaine discipline ?

Plutôt que de simplement la nommer, Sokar crut bon de la lui démontrer. Il invoqua la discipline du Pouvoir de l'air en levant les bras et il fit léviter les brindilles de paille et de foin qui traînaient sur le sol. Elles s'envolèrent doucement en tourbillonnant, comme si une faible brise soufflait dans l'écurie, puis l'intensité du souffle augmenta. La brise se transforma en bourrasque, qui devint ensuite un petit cyclone. Sokar remua subtilement les doigts et manipula la faible tornade afin de lui donner encore plus de puissance à l'aide de ses pouvoirs. Les brindilles virevoltaient de plus en plus vite et les capes des moines commencèrent à remuer à cause de toute cette agitation d'air. Quand Gwen perçut la nervosité des chevaux dans leur box, elle ordonna à Sokar de stopper le tout.

— Pas mal, dit-elle. Belle démonstration. Quelle est la sixième discipline ?

— C'est tout. Je n'en connais pas d'autres.

— Non, il en manque une. Tu as dit que tu maîtrisais six disciplines. Tu ne m'en as démontré que cinq.

Sokar fit un rapide calcul mental et il comprit qu'il avait compté par erreur la discipline du Passe-muraille. Il n'aurait pas dû la compter, car il ne voulait révéler à personne son existence.

— Je... je me suis trompé. Il n'y a pas d'autre discipline. Je n'en connais que cinq. Je vous assure.

Gwen regarda l'apprenti d'un œil suspicieux. Sokar était mal à l'aise et la maîtresse le devinait très bien. Elle était convaincue que Sokar en savait plus qu'il le faisait croire, toutefois elle n'arrivait pas à comprendre pour quelle raison il faisait tant de mystère. Depuis le début de la matinée, Sokar paraissait fier de démontrer l'étendue de ses talents. Pourquoi serait-il devenu timide tout à coup ?

— Tu sais, ce n'est pas bien de mentir à sa maîtresse, dit Gwen sur un ton qui se voulait moralisateur.

— Est-ce qu'il y a un règlement à ce sujet ? Ou est-ce juste votre opinion ?

— Ne joue pas au plus malin avec moi. S'il le faut, je trouverai bien un obscur règlement quelque part pour t'obliger à cracher le morceau. Je ne suis pas dupe, Sokar. Tu me caches quelque chose et je finirai bien par trouver ce que c'est. Tu vas vite découvrir que je suis une fille tenace.

Sokar croisa les bras et pesta contre son étourderie.

— Ne m'oblige pas à t'y contraindre, le menaça-t-elle. Tu sais que j'en suis capable. Je pourrais me servir de mes pouvoirs pour t'obliger à parler, même si ça ne m'enchante guère.

Sokar décroisa les bras et soupira de découragement. Il était fait comme un rat. Il avait peur des conséquences s'il avouait, mais s'il ne disait rien, Gwen pourrait décider de retarder son apprentissage en guise de représailles. Comme sa maîtresse semblait toujours pouvoir arriver à ses fins, Sokar estima qu'il devait le lui dire de son plein gré plutôt que d'y être contraint d'une manière ou d'une autre.

— Il se trouve que..., bégaya-t-il.

Gwen écarquilla les yeux de satisfaction. Sokar poursuivit sa phrase d'une voix mal assurée.

— Je ne sais pas comment j'ai fait, mais... j'ai inventé une nouvelle discipline.

Gwen était perplexe et cela se voyait sur son visage. Elle se demandait si Sokar était sérieux ou s'il la faisait marcher. Pour autant qu'elle le sache, aucune nouvelle discipline n'avait été inventée par des moines depuis des siècles, encore moins par des apprentis.

— Je sais, ça parait insensé. Mais vous vouliez savoir, alors voilà.

Sokar fixait piteusement le bout de ses pieds. Gwen ne réagissait pas et ça l'inquiétait davantage. Allait-elle le punir parce qu'elle croirait qu'il mentait ?

— Peux-tu préciser ta pensée ? demanda-t-elle, intriguée.

— Je l'ai appelée la discipline du Passe-muraille. Je n'ai trouvé aucune référence à la bibliothèque du Monastère portuaire concernant ce genre d'aptitude.

— Passe-muraille ? En gros, passer à travers les murs ?

— Oui. Enfin, non. En fait, pas encore. Pour l'instant, je réussis seulement avec mes doigts. Je peux crocheter des serrures, ou ce genre de truc. Mais je m'entraîne régulièrement pour réussir à passer ma main au complet à travers une porte ou un mur. Comme je n'ai trouvé aucune information nulle part, j'y vais à l'instinct. Aussi, il m'est arrivé à une ou deux reprises de l'invoquer sans faire exprès, lors de situations menaçantes. Quand je suis calme, j'ai plus de difficulté à m'en servir.

Gwen demeurait sceptique, mais le garçon semblait si sérieux.

— Vous ne me croyez pas, n'est-ce pas ?

— Je n'ai jamais entendu quiconque parler d'une telle aptitude. D'autant plus que je m'attendrais à ce genre de révélation de la part d'un maître chevronné, et non pas d'un apprenti. D'un autre côté, notre Dohm ressemble beaucoup à la sorcellerie arkahzienne, et nous savons tous que les sorciers arkahziens peuvent accomplir beaucoup plus de prodiges avec leurs pouvoirs que l'Ordre avec ses disciplines.

Les paroles de Gwen étonnèrent Sokar, étant donné que Mendoza lui avait tenu un discours diamétralement opposé quelques jours plus tôt.

— Peux-tu me faire une démonstration ?

— Je vais essayer.

Sokar se dirigea vers l'entrée de l'écurie et Gwen le suivit. Il s'empara du cadenas qui servait à verrouiller les portes et le referma. Comme ni Gwen ni Sokar ne possédaient la clé, il n'y avait aucune possibilité de tricherie. Le garçon tint le cadenas dans sa main gauche et il posa son index droit sur l'ouverture de la serrure, là où la clé s'insérait. Il ferma les yeux et se concentra pour invoquer la discipline. Cela lui prit plus de temps qu'auparavant, car il commençait à ressentir une certaine fatigue, causée par toutes ces démonstrations. Enfin, il ressentit le picotement habituel dans ses doigts, comme pour chaque fois où il utilisait cette discipline. Il garda les yeux fermés. Il appliqua une légère pression contre le métal du cadenas et son doigt passa à travers. Du bout de l'index, il sentit le mécanisme interne du cadenas. Il remua le doigt et joua avec le mécanisme pour déverrouiller le cadenas, ce qui fut fait après un bref instant.

— Étonnant. Épatant. Prodigieux.

Gwen était complètement renversée et elle n'en croyait pas ses yeux.

— Certains verrous, comme celui-ci, sont plus faciles à manipuler que d'autres.

— Oublie ce foutu cadenas. Je parle du fait que ton doigt est carrément passé au travers. Aurais-tu pu y insérer tous les doigts ? Toute la main ?

— La main, non. Quand mes doigts entrent trop profondément dans un objet, le picotement s'intensifie et c'en est presque douloureux, alors je perds ma concentration. Mais j'y travaille. Alors ? Vous me croyez, maintenant ?

— Impossible de ne pas y croire après une telle démonstration. Mais... comment y es-tu arrivé ? Comment...

— Je ne sais trop. Je me suis découvert cette aptitude un peu par hasard. J'essaie simplement de comprendre comment fonctionne ce phénomène, et comment je pourrais mieux en maîtriser les manifestations.

— Hum..., fit Gwen, pensive. Je crois que je pourrais essayer de t'aider à développer ce nouveau talent. Ça pourrait m'être utile, bientôt.

— À quoi pensez-vous, précisément ?

— Tu verras bien. Mais dis-moi : qui d'autre est au courant ?

— Personne. Vous êtes la première à qui j'en parle.

— Tu ne l'as dit à personne ? Pas même à Maya ?

— Non ! répondit Sokar sur la défensive. Pourquoi lui en aurais-je parlé plus à elle qu'à un autre apprenti ?

— Oh, allons, Sokar ! J'ai remarqué la façon dont tu la regardes, les petits sourires coquins que vous vous échangez subtilement, la manière dont ses pommettes rougissent quand tu t'assois près d'elle. Il y a manifestement quelque chose entre vous deux.

— Mais non ! Je ne vois pas de quoi vous parlez, bafouilla Sokar.

— Cesse donc de jouer la comédie, rigola Gwen. Elle te plaît bien, la petite Maya, n'est-ce pas ?

— Vous ne comprenez pas. Maya et moi avons vécu des épreuves difficiles. Nous sommes les seuls survivants de la destruction du Monastère forestier. Nécessairement, ça crée des liens.

Gwen s'esclaffa davantage, se délectant de l'inconfort de l'apprenti.

— Rassure-toi, je n'en parlerai à personne. De toute façon, ce n'est pas de mes affaires et je suis certaine que personne d'autre ne l'a remarqué. Tu dois continuer de garder le secret à propos de cette nouvelle discipline. Ces vieux Grands Maîtres rétrogrades ne comprendraient rien, et il est impossible de prévoir comment ils réagiraient. Ne le dis à aucun autre moine non plus. Ils pourraient te dénoncer, alors on ne va prendre aucun risque.

— Oui, je suis d'accord.

— Néanmoins, tu devrais en parler à Maya, si tu crois réellement qu'elle est digne de ta confiance.

— Pourquoi ? Vous me dites de garder le secret, mais vous me dites de l'avouer à Maya. Je ne comprends pas.

— S'il y a réellement quelque chose entre vous deux, tu te dois d'être honnête envers elle. La franchise est une valeur importante pour les filles, crois-moi. Si elle découvre ton petit secret et qu'elle apprend que tu lui as caché la vérité pendant tout ce temps, elle t'en voudra à mort.

— Ah oui ? Vous croyez ?

— C'est mon avis, mais en bout de ligne, c'est toi qui décides.

— D'accord, je vais y penser.

Comme des laïcs s'approchaient de l'écurie, Gwen et Sokar arrêtèrent de discuter. Heureusement, les paysans étaient encore trop loin pour avoir entendu la fin de la discussion.

— Viens, ordonna Gwen. Nous n'avons plus rien à faire ici. Nous allons nous trouver un coin tranquille pour méditer. Et je pourrai voir si je peux déjà t'apprendre un ou deux trucs.

La maîtresse marcha un bon moment vers l'ouest, accompagnée de son apprenti. Quand elle trouva un endroit assez éloigné du monastère qu'elle jugeait satisfaisant pour méditer en toute quiétude, elle s'assit en tailleur directement sur le sol et Sokar l'imita. L'apprenti fit des efforts considérables pour faire le vide dans sa tête, mais il n'y parvenait pas. Il repensait sans cesse aux paroles qu'il venait d'échanger avec maîtresse Gwendollyn.

Malgré le fait que Sokar tentait de rester le plus discret possible, Gwen s'était rapidement rendu compte qu'il avait des sentiments pour Maya. Était-elle la seule à l'avoir remarqué ? Même si Sokar ne craignait pas de se faire démasquer, il ne souhaitait pas attirer d'ennuis à Maya. Et justement, en parlant de Maya, il avait toujours hésité à lui révéler son invention de la discipline du Passe-muraille tant qu'il était encore apprenti, mais voilà que Gwen l'incitait à la mettre dans la confidence. Sa nouvelle maîtresse le bouleversait autant qu'elle le fascinait. Au départ, Sokar ne voulait avoir à faire avec Gwen, et ça avait été réciproque, mais maintenant il sentait qu'il pourrait enfin progresser dans son apprentissage avec son aide. « Comme le destin nous réserve parfois des surprises », constata Sokar.

Sokar ouvrit un œil et il examina sa maîtresse. Elle était identique à l'image qu'il avait d'elle dans ses souvenirs. Elle était plus grande que lui et semblait âgée de la mi-trentaine. Elle avait de longs cheveux blonds qu'elle coiffait toujours en une épaisse tresse qui lui arrivait au milieu du dos. Elle avait le teint hâlé et ses bras nus laissaient voir une musculature ferme, mais féminine. D'ailleurs, Sokar se demandait pour quelle raison elle portait toujours des chemises sans manches, contrairement à tout le monde. Ses pommettes saillantes lui donnaient un visage jovial et radieux, et même si elle avait les yeux fermés pendant qu'elle méditait, Sokar se souvenait qu'ils étaient gris.

— C'est une nouvelle façon de méditer, ça ? demanda Gwen à la blague, en ouvrant un œil. D'ordinaire, il faut avoir les yeux fermés.

— Désolé. J'ai de la difficulté à me concentrer.

— Est-ce que c'est moi qui te déconcentre ? Tu es peut-être habitué à méditer seul ou avec un mentor masculin.

— Non, en fait, je médite rarement.

— C'est pourtant une activité essentielle dans la vie de tout moine. Elle nous permet de faire abstraction, pendant un instant, du monde physique qui nous entoure et de nous recentrer sur notre Dohm.

— Je ne ressens pas le besoin de refaire mes forces.

— Je ne te parle pas de recharger ton niveau d'énergie magique, mais plutôt de resynchroniser ton énergie vitale avec les vibrations de ton Dohm.

— C'est drôle. Je pensais que vous étiez plus du type guerrier, comme Viggen. Je n'aurais pas cru que vous aviez un côté spirituel aussi développé.

— Le volet spirituel des moines-guerriers est nécessaire pour devenir un meilleur guerrier. Sans ça, tu es condamné à la médiocrité. Le fait que tu ne médites pas souvent est peut-être la cause de tes difficultés à mieux maîtriser la discipline du Passe-muraille. Notre Dohm est en constante évolution, ses vibrations fluctuent tout au long de notre vie. Tu dois être conscient de ces changements pour mieux maîtriser tes pouvoirs. Tu comprends ?

— Tout à fait.

— Maintenant, ferme les yeux et médite.

Sokar s'exécuta en soupirant. Gwen décida de lui donner un coup de main en guidant sa séance de méditation avec sa voix. Elle lui indiquait calmement comment faire le vide dans sa tête, comment relâcher ses muscles, et ainsi de suite. Elle savait d'expérience qu'il était plus facile de suivre les étapes quand quelqu'un vous les dictait. L'apprenti n'eut alors qu'à se laisser guider par son mentor.

Gwen passa le reste de la journée avec Sokar. Ils alternèrent entre les séances de méditation et les exercices, tant physiques que magiques. Elle entreprit même les exercices préparatoires pour l'apprentissage de la discipline du Pouvoir du feu. Au repas du soir, Sokar était si épuisé qu'il avait du mal à porter sa fourchette à sa bouche et à garder les yeux ouverts. Maya était dans un état semblable, puisqu'elle apprenait la discipline du Camouflage avec sa maîtresse.

Les jours suivants furent similaires. Gwen avait également remarqué que Sokar n'était pas en aussi bonne forme physique que les apprentis de son âge, alors elle avait décidé de préparer un programme intensif de remise en forme. Sokar suait à grosses gouttes chaque jour, et il en était reconnaissant. Plus les journées passaient, et moins il était fatigué le soir venu. Son seul regret était qu'il avait à peine le temps de croiser Maya avant d'aller au lit, puisque leurs journées étaient tellement remplies à tous les deux.

Enfin, un jour, Gwen annonça à Sokar qu'il avait terminé l'apprentissage de la discipline du Pouvoir du feu. Cette discipline permettait de hausser légèrement la température d'un objet, et de protéger pendant une courte période le corps contre des chaleurs intenses. Sokar était loin d'avoir appris comment fabriquer des boules de feu comme les maîtres, qui eux utilisaient la discipline de Maîtrise du feu, mais au moins il s'approchait de son but : terminer son apprentissage.

Un soir, alors qu'il était dans sa chambre et qu'il se préparait à se mettre au lit, quelqu'un cogna à sa porte. Il alla répondre. C'était Gwen.

— Un coursier du roi a apporté ce paquet pour toi. J'espère que tu ne t'es pas attiré d'ennuis.

— Je dirais que c'est plutôt les ennuis qui me poursuivent, répondit Sokar en s'emparant du colis, devinant aisément qui l'avait envoyé.

Gwen fixa son apprenti d'un air intrigué, mais comme il ne précisa pas davantage sa pensée, celle-ci lui souhaita simplement bonne nuit et elle repartit. Sokar continua d'examiner son colis, songeur, tout en demeurant sur le seuil. Quand il sortit de ses pensées, il constata que Gwen ne s'était pas dirigée vers sa chambre malgré le fait qu'il faisait déjà nuit, mais plutôt vers l'escalier. Il ferma la porte et s'empressa d'aller regarder par la fenêtre de sa chambre. Après un bref instant, il vit Gwen sortir par l'entrée principale du monastère et se diriger vers l'écurie. Un peu plus tard, il la vit partir en direction de Narcitta, chevauchant Furie. Sokar se souvint que ce n'était pas la première fois qu'il voyait Gwen sortir tard le soir. Que pouvait-elle bien manigancer ? D'ordinaire, les apprentis devaient suivre leur mentor dans tous leurs déplacements, ou presque, alors pour quelle raison Gwen ne demandait-elle pas à Sokar de l'accompagner ?

Sokar retourna son attention au paquet. Même si Gwen n'avait pas mentionné qu'il était arrivé par un coursier du roi, Sokar l'aurait quand même deviné. Le papier fin ainsi que le ruban avec lesquels on l'avait emballé semblaient hors de prix pour le commun des paysans. Son nom avait été inscrit à l'encre par une main féminine, d'une écriture délicate et distinguée. Sokar le déballa minutieusement et la première chose qu'il vit fut une lettre. Il brisa le sceau estampillé du sigle royal et l'ouvrit. Comme il s'y attendait, c'était une lettre de la princesse.

Au champion de la princesse, à mon héros, mon champion.

Cette lettre est la deuxième que je t'écris. J'avais fait livrer la première au Monastère portuaire et malheureusement, le coursier est revenu bredouille, ayant été informé que tu ne résidais plus à cet endroit. Tu ne peux pas t'imaginer la déception que j'ai eue quand j'ai appris cette nouvelle. J'ai donc brûlé la première lettre pour t'écrire celle-ci, et j'ai ordonné à mon coursier de te la livrer à ton nouveau domicile s'il tenait à sa tête, même si pour cela il devait se rendre sur Arkahz. Comme tu es en train de lire cette lettre, c'est qu'il a accompli sa mission. Je me languis de toi, je te sais si loin de moi et j'attends avec impatience le retour de mon coursier afin de connaître l'endroit où tu habites dorénavant. Reviendras-tu vivre au Monastère portuaire un jour ?

Je suis toujours retenue contre mon gré à l'intérieur de mon propre château, avec interdiction de recevoir qui que ce soit sans l'approbation préalable de mon père, le roi. Jusqu'à ce jour, il a refusé toutes mes demandes en ce sens. Il a finalement trouvé deux nouveaux chaperons, qui me suivent comme mon ombre, d'encore plus près que les précédents. Donc, en plus d'être prisonnière, je suis constamment épiée. Le seul aspect positif, c'est que le duc Marshall de Warchester n'a plus les coudées franches pour attenter à ma vie.

Père fait en sorte de me tenir trop occupée afin que je ne puisse élaborer de plans d'évasion. En effet, il a ajouté d'autres leçons à mes journées déjà surchargées. Il tente de me faire croire que c'est pour mon bien, afin de me préparer pour le jour de mon couronnement, sans préciser s'il m'a choisi un soupirant ou non. J'ai décidé de jouer la fille modèle afin d'endormir sa vigilance, en m'appliquant à apprendre convenablement ces nouvelles leçons, tout en espérant qu'il retarde le plus longtemps possible le choix de mon futur époux.

Quand je joue de la harpe, je repense à cette journée merveilleuse lors de laquelle je t'ai fait découvrir cet instrument envoûtant, et chaque fois j'en ai des palpitations. D'ailleurs, le simple fait d'évoquer sur papier le souvenir de ce jour m'émoustille de nouveau. Je me souviens encore de ce ravissement qui illuminait ton visage à la fin de mon sobre récital, ainsi que l'ampleur de tes sentiments pour moi que tes yeux exprimaient, mais que tes lèvres n'osaient révéler. Ce moment magique restera gravé à tout jamais dans mes souvenirs.

Mon père aura beau accorder ma main à un autre, mon cœur t'appartiendra à tout jamais. La nuit, quand je me glisse sous les couvertures, seule dans mon immense lit glacial, je regarde par ma fenêtre pour compter les étoiles et je t'imagine faisant la même chose à cet instant.

J'ai joint à cette lettre un petit présent qui, je l'espère, saura te réconforter quand tu te sentiras maussade. Si je ne puis être présente auprès de toi, au moins une partie de moi y sera avec toi.

La princesse, TA princesse, Gaëlle.

Le reste du colis contenait un mouchoir de dentelle. Il le prit et le porta à son nez. Il reconnut immédiatement le parfum de la princesse, ainsi que des relents très subtils de son odeur corporelle. L'apprenti était touché par cette marque d'affection, et également profondément mal à l'aise.

— Seigneur ! Son enlèvement lui a certainement causé un traumatisme plus important que je ne le croyais au départ. Parce que je lui ai sauvé la vie à deux reprises, elle croit maintenant que je suis l'élu de son cœur. Et gare à ma tête quand je lui ferai savoir que je ne partage pas ses sentiments ; je serai bon pour la guillotine. Dans quel pétrin me suis-je encore fourré ?

CHAPITRE 6

Le lendemain, Sokar mourait d'envie de demander à Gwen où elle était allée la veille. Sauf que s'il le faisait, il était certain que celle-ci lui demanderait en retour ce que contenait son colis, mais surtout de qui il l'avait reçu. Il préféra donc s'abstenir.

Gwendollyn avait prévu pour cette journée-là un programme d'entraînement physique assez intense. Par exemple, elle lui faisait transporter de lourds sacs de farine d'un coin du garde-manger à un autre, pour les lui faire replacer ensuite à leur endroit initial. Sokar savait que le but de l'exercice était de renforcer ses muscles, toutefois il se demanda si sa maîtresse ne faisait pas exprès pour l'épuiser tellement elle avait augmenté l'intensité des travaux.

Au repas du soir, il alla s'asseoir aux côtés de Maya, comme à son habitude. Ils se racontèrent leur journée tout en mangeant, mais, comme celle-ci avait été semblable aux précédentes, ils furent à court de sujet de discussion assez rapidement. À la fin du repas, Maya remarqua que Sokar la fixait d'un sourire béat.

— Quoi ? demanda-t-elle. Qu'est-ce qu'il y a ?

— Rien. Je te trouve magnifique, c'est tout. Je crois que je ne me lasserai jamais de contempler tes beaux yeux verts...

— Chut ! Tais-toi, idiot ! chuchota-t-elle. Tu veux que tout le monde t'entende ?

Sokar n'avait pas réfléchi aux conséquences, il avait simplement agi sur l'impulsion du moment. Il mit ça sur le compte de la fatigue. Maya jetait des regards inquiets à droite et à gauche pour vérifier si quelqu'un d'autre avait entendu. À son grand soulagement, personne ne semblait prêter attention aux deux apprentis.

— Je suis désolé, Maya, murmura Sokar, je n'aurais pas dû...

— Non, le coupa-t-elle à voix basse en posant sa main sur la sienne. Comprenons-nous bien : j'adore ces flatteries, ce n'est seulement pas le bon moment ni le bon endroit.

— Oui. Tu as raison. Mais j'enrage de t'avoir si près de moi, et que nous passions si peu de temps ensemble. C'est presque douloureux.

— Je sais, je ressens la même chose... Oh ! J'allais oublier. J'ai les grains dont je t'avais parlé et que tu voulais essayer.

Maya sortit de sa poche un mouchoir dont elle s'était servie comme d'un petit baluchon. Elle le déplia et montra les quelques grains brunâtres qu'il contenait.

— Ce sont les fameux grains qui permettent de retarder le sommeil. Prends-les tout de suite et ce soir, fais semblant de te mettre au lit.

— Si je m'étends, je risque de m'endormir assez rapidement.

— Non, pas avec ces grains-là. Tu vas avoir les yeux grands ouverts et tu vas ressentir un regain d'énergie. Tu auras de la difficulté à rester en place. Fais-moi confiance.

— D'accord. Je te remercie.

— Remercie plutôt Redji. C'est lui qui les a subtilisés en douce de l'infirmerie pendant la nuit.

Sokar s'empara des grains et les porta à sa bouche. Il grimaça pendant qu'il les mâchait.

— Je sais, le goût est assez inusité. Il parait que c'est meilleur quand on les fait bouillir et que, par la suite, on en boit l'eau. Mais je n'ai jamais essayé cette recette. Rappelle-moi pour quelle raison tu voulais ces grains.

— Pour espionner Gwen. Ça fait plusieurs nuits que je remarque qu'elle sort du monastère pendant que tout le monde se met au lit. Ça m'intrigue, et je dois savoir ce qu'elle trame. Si c'est une mission pour l'Ordre, elle devrait m'emmener avec elle, comme tout bon maître le ferait avec son apprenti.

— Sois prudent, je t'en supplie. Tu as un don pour t'attirer des ennuis.

— Je ne ferai que la suivre et l'espionner. Promis.

Après le repas, Sokar monta dans sa chambre, fit une toilette rapide et enfila des vêtements propres, mais surtout exempts de sueur. Il en avait sué un bon coup cette journée-là ! Il s'allongea sur son lit et demeura attentif aux sons environnants. Plus le temps passait et moins il entendait de bruits de pas dans le couloir. Sokar se serait attendu à tomber de fatigue, mais étonnamment, il était encore plus alerte qu'à n'importe quel moment de la journée. Il avait presque l'impression que son cœur cognait un peu plus vite dans sa poitrine.

Après un long moment de silence, il entendit un faible craquement, à peine audible, en provenance du couloir. Si Sokar n'avait pas été concentré sur le silence qui régnait alors au monastère, le bruit de pas sur le plancher de bois serait probablement passé inaperçu. Il résista à l'envie de se précipiter immédiatement hors de sa chambre tellement il était fébrile. Il prit de grandes respirations, attendit encore un peu, puis il se leva. Il invoqua la discipline du Camouflage et sortit de sa chambre, puis il se rendit dehors en silence. Le martèlement sourd des sabots du cheval de Gwen indiquait à Sokar que sa maîtresse était déjà loin. Ne voulant pas prendre de risque, Sokar invoqua la discipline du Pouvoir de la terre afin de s'assurer de la direction empruntée par Gwen. Son Dohm lui révéla qu'elle était bel et bien partie en direction de Narcitta. Sokar alla donc à l'écurie pour prendre un cheval et fila à sa poursuite, tout en s'assurant de garder ses distances. Comme Riguel brillait cette nuit-là et que le ciel était sans nuages, Sokar se rendit aisément jusqu'à la ville.

À Narcitta, Sokar utilisa ses pouvoirs pour retrouver la trace de Gwen. Son Dohm le guida jusqu'à la taverne où il avait vu Gwen la première fois quand il avait aidé Maya à livrer les armes fabriquées par Redji. Il attacha son cheval à Furie et examina la taverne. Elle paraissait encore plus lugubre en pleine nuit. Comme elle ne possédait aucune fenêtre à l'avant, Sokar fit le tour du bâtiment. Il en trouva une à l'arrière et dut monter sur une vieille caisse en bois abandonnée dans la ruelle pour pouvoir bien voir à l'intérieur.

Dans la taverne, Gwen était assise à une table et jouait aux cartes avec des individus à la mine patibulaire. Elle semblait d'humeur festive et buvait de grandes gorgées de sa chope de bière. Elle était la seule femme à la table; en fait, elle était la seule femme dans toute la taverne. L'alcool coulait à flots et le tavernier faisait des allers-retours incessants pour ramasser les chopes vides, les remplir de nouveau et les retourner à la table des joueurs. Personne ne semblait se formaliser de la cape de maîtresse Ahkena de Gwen. C'était comme si elle avait toujours fait partie de la bande.

Sokar en avait vu assez. Il récupéra son cheval et retourna au monastère avec plus de questions que de réponses. En chemin, il se rendit compte que la fatigue reprenait graduellement le dessus. Apparemment, les grains de Redji avaient un effet d'une durée limitée. Heureusement, car Sokar aurait besoin d'une bonne nuit de sommeil si Gwen avait décidé de lui faire subir une autre journée aussi éreintante. Arrivé au monastère, il se dépêcha de remettre son cheval à l'écurie et de retourner en silence dans sa chambre. Il se déshabilla, s'allongea sur son lit et tomba dans les bras de Morphée en un claquement de doigts.

Le matin arriva trop tôt au goût de l'apprenti. Il s'obligea à se lever et constata qu'il était courbatu de partout. Cette journée-là s'annonçait longue... À son grand soulagement, Gwen annonça à Sokar qu'ils feraient des exercices de Dohm toute la journée. Ils s'installèrent donc à leur endroit habituel, dans les plaines sablonneuses, à moins d'une lieue du monastère.

— J'ai fait exprès de t'épuiser physiquement hier, expliqua-t-elle. Pour dissocier le corps de l'esprit.

— J'ai tellement mal partout que j'ai bien peur de n'être bon à rien aujourd'hui.

— Attends. Je vais arranger ça.

Gwen s'agenouilla devant son apprenti. Elle plaça ses mains sur les tempes du garçon et invoqua la discipline de Guérison. Une douce chaleur apaisante irradia des mains de la maîtresse, qui se répandit en premier dans la tête de Sokar, puis descendit ensuite dans tout son corps. L'apprenti sentit ses muscles se dénouer peu à peu. Quand Gwen enleva ses mains, Sokar se sentait calme et parfaitement détendu.

— Merci.

— Il est grand temps que je t'enseigne cette discipline pour que tu puisses l'utiliser sur toi. Mais pas aujourd'hui.

— Ah non ?

— Non. Aujourd'hui, nous allons tenter d'améliorer cette nouvelle discipline que tu as inventée.

Gwen plaça une cassette entre eux sur le sol. Sokar avait été si distrait par ses courbatures qu'il n'avait même pas remarqué que Gwen l'avait apportée.

— Elle est verrouillée.

Sokar fixa sa maîtresse d'un air suspicieux.

— Elle m'appartient, lança-t-elle d'un ton ferme. Je ne l'ai pas volée, d'accord ?

— Je vous crois, je vous crois. Ne vous emportez pas.

— Nous avons deux objectifs à atteindre avant ce soir. Premièrement, tu dois réussir à déverrouiller la cassette. Son mécanisme est délicat et complexe, tout en étant robuste et à l'épreuve des voleurs. Deuxièmement, quand tu auras vu ce qu'elle contient, je la verrouillerai de nouveau et tu devras t'arranger pour en extraire le contenu sans même forcer le verrou.

— Quoi? Vous voulez que je plonge ma main là-dedans et que j'en extraie son contenu?

— Exactement.

— Je ne sais pas faire ça. Et d'ailleurs, à quoi ça va servir? Ce serait plus simple de déverrouiller la cassette, non?

— Je veux que tu réussisses les deux.

— Pourquoi?

— J'ai mes raisons. Allez! Au travail!

Sokar invoqua la discipline du Passe-muraille. Il posa son index sur la serrure de la cassette, et son doigt passa au travers. Il joua avec le mécanisme afin de déverrouiller la boîte et il comprit que ce serait plus difficile qu'il ne le croyait. Il n'y avait pas qu'un simple loquet à faire basculer, mais plusieurs petits engrenages à aligner. Il devait demeurer concentré sur la discipline et sur le mécanisme. Autrement, il aurait pu avoir le doigt tranché s'il avait perdu le contact avec son Dohm avant de le retirer. Sokar finit par réussir à déverrouiller la cassette. Il ouvrit le couvercle et il fut déçu par ce qu'il vit à l'intérieur.

— Un caillou?

— Quoi? Tu pensais découvrir un trésor? se moqua-t-elle.

Gwen referma la cassette et la verrouilla.

— C'est intéressant. Ton index devient presque transparent quand il pénètre la paroi, mais je ne comprends toujours pas comment tu fais pour déplacer les pièces du mécanisme... Recommence.

— Quoi?

— Allez ! Recommence !

Sokar obéit. Il passa toute la matinée à déverrouiller la cassette, à répétition. Lorsque vint le moment de retourner au monastère pour le repas du midi, il comprenait mieux comment il employait la discipline pour atteindre son but et il pouvait plus facilement l'expliquer à son mentor.

Après le repas, Gwen lui demanda de faire pénétrer sa main au complet dans la cassette, de s'emparer du caillou et de le ressortir directement de la boîte, sans même déverrouiller le couvercle. Malgré tous ses efforts, Sokar n'arrivait pas à enfoncer la totalité de ses doigts. Quand il arrivait à la hauteur des dernières jointures, son cœur s'emballait et il commençait à paniquer, comme s'il craignait que sa main reste coincée, ce qui était ridicule. Il le savait, mais la raison n'avait rien à voir dans sa réaction. À la fin de la journée, Sokar était déçu et frustré de son échec. Gwen, quant à elle, ne semblait pas se formaliser des difficultés de l'apprenti.

— Ça va venir, l'encouragea-t-elle. Laisse-toi le temps. Tu es en train d'explorer de nouvelles possibilités. Ce que tu arrives à faire est déjà assez impressionnant. Crois-tu qu'Ahkena-Suprême ait inventé toutes ces disciplines en une journée ?

Les paroles réconfortantes de la maîtresse calmèrent à peine l'apprenti. Au souper, comme Sokar était peu loquace, Maya décida de le laisser tranquille, même si elle aurait voulu lui demander comment s'était déroulée sa filature du soir précédent.

Plus tard, alors qu'il était dans son lit, Sokar n'arrivait pas à fermer l'œil. Son échec lui était resté en travers de la gorge. Il entendit encore le craquement du plancher de bois, exactement comme la veille. Il déduisit que ce devait être Gwen qui sortait en douce une fois de plus. Comme il n'arrivait pas à s'endormir, il décida de suivre sa maîtresse de nouveau. Peut-être qu'un peu d'exercice et d'air frais lui feraient du bien, pensa-t-il.

Sokar fit comme le soir précédent : attendre un peu, invoquer la discipline du Camouflage, sortir du monastère en silence et aller à l'écurie. Il se dirigea vers le même cheval qu'il avait emprunté la dernière fois, et il ne remarqua pas que Furie était encore dans son box.

— Alors ? On souffre d'insomnie ?

Sokar sursauta en entendant la voix de Gwen, qui sortit de l'ombre en enlevant son capuchon. Le cœur de Sokar cognait si fort qu'il croyait qu'il allait lui sortir de la cage thoracique.

— Vous m'avez fait peur !

— Je me doutais bien que tu me suivrais ce soir, comme tu as fait hier.

— Vous... Comment le savez-vous ?

— J'ai exploré les souvenirs de Furie, pour voir s'il s'était passé quelque chose d'intéressant pendant qu'il m'attendait à l'extérieur de la taverne, hier. Si tu n'avais pas attaché ton cheval à Furie, je ne l'aurais jamais su.

Sokar se sermonna en silence pour sa négligence.

— Pourquoi m'as-tu suivie ?

— Je vous ai vu partir du monastère à plusieurs reprises, pendant la nuit, répondit piteusement Sokar. J'étais simplement curieux de voir ce que vous faisiez de si important, sans moi de surcroît.

— Et qu'as-tu découvert, au juste ?

— Rien. Je vous ai vu boire et jouer aux cartes, c'est tout.

Sokar s'attendait à se faire réprimander d'un instant à l'autre. Pourtant, Gwen demeurait tout à fait calme.

— J'avais l'intention de t'impliquer tôt ou tard. Puisque tu es là, ce sera donc tôt plutôt que tard. Prépare ton cheval.

— Quoi ? s'exclama Sokar, intrigué. Pourquoi ? Où allons-nous ?

— À la taverne.

— D'accord, mais pourquoi ? Qu'allons-nous faire ?

— Je t'expliquerai là-bas, éluda Gwen en faisant exprès de maintenir l'apprenti dans l'ignorance.

Comme elle commençait à préparer Furie, Sokar fit de même avec son cheval avant qu'elle ne change d'idée. Il était intrigué par les réponses évasives de son mentor, mais enthousiasmé par cette première mission. Ils se mirent rapidement en route pour Narcitta.

Lorsqu'ils furent devant la taverne, Gwen exposa son plan à Sokar et elle lui expliqua dans quelle intention elle avait besoin de lui.

— Vous voulez voler cet homme ? s'indigna Sokar.

— Nous allons voler un voleur, alors cesse de jouer les vierges effarouchées. Ça fait des lunes que je joue aux cartes avec ces abrutis afin de gagner leur confiance. Je fais exprès de les saouler à chaque occasion pour les faire parler, et j'ai fini par apprendre que l'objet que je cherche se trouve ici.

— À qui appartenait-il ? Allons-nous rendre l'objet à son propriétaire ?

— Je ne sais pas qui était son propriétaire précédent, et ce n'est pas important. C'est un objet dangereux qui ne doit pas rester dans les mains de n'importe qui. C'est pourquoi je dois le récupérer. Tu comprends ce que tu dois faire ?

Sokar acquiesça. Il ne trouvait pas cette première mission très édifiante, mais comme elle semblait importante pour sa maîtresse, il décida d'obtempérer. Ils firent le tour de la taverne pour se rendre derrière le bâtiment. Gwen avait expliqué à Sokar que l'objet qu'ils convoitaient se trouvait dans les appartements du tavernier, à l'étage. La seule façon d'y accéder sans être remarqué était de passer par la fenêtre de la chambre. Gwen invoqua la discipline de Maîtrise de l'air afin de faire léviter Sokar jusqu'au bord de la fenêtre. Il atteignit la fenêtre en un tournemain. Il passa le seuil et, une fois qu'il fut à l'intérieur, il invoqua la discipline du Camouflage par précaution.

Gwen entra en communication avec son apprenti par télépathie. Comme Sokar ne connaissait pas cette discipline, Gwen devait faire un effort supplémentaire pour lire les pensées de son apprenti et établir ainsi le dialogue.

— *J'entre dans la taverne pour faire diversion. Sois discret.*

— *Je vais faire mon possible.*

Sokar avança à pas de loup, en faisant bien attention de ne pas faire craquer le plancher de bois. Il examina la chambre, éclairée par la lueur de la lune, mais ne trouva pas le coffre qu'il recherchait. Il se dirigea vers le seuil de la chambre.

— *Oh, oh! Vous ne m'aviez pas parlé de la femme du tavernier.*

— *Quoi? Depuis quand a-t-il une femme?*

— *Apparemment, vos sources ne sont pas très fiables.*

— *Où est-elle? Que fait-elle?*

— *Elle est assise à la table et elle roule des pelotes de laine. Je ne peux pas fouiller le reste des appartements tant qu'elle y sera. Elle n'a pas encore remarqué ma présence puisqu'elle est presque dos à moi, mais je ne suis pas invisible. Si je continue d'avancer, je serai bientôt dans son champ de vision. Qu'est-ce que je fais?*

— *Attends. Je m'en occupe.*

Sokar sentit le lien télépathique se rompre, puis il entendit le tavernier crier après sa femme pour lui ordonner de descendre le rejoindre. Celle-ci déposa d'un geste sec sa pelote sur la table avec un soupir d'exaspération. Elle se leva d'un bond et se dirigea vers l'escalier. Sokar allait faire un pas, quand la femme revint dans la pièce. Il demeura immobile et retint sa respiration. Une goutte de sueur perla sur sa tempe. Un peu plus et il serait tombé nez à nez avec elle. La femme du tavernier s'empara de son châle qui reposait sur une autre chaise et elle s'en servit pour se couvrir les épaules. Comme elle ne portait qu'une chemise de nuit, et qu'elle devait se rendre dans une pièce remplie de malfrats ivres et en rut, elle avait avantage à couvrir ses courbes. Quand elle repartit vers les marches, Sokar recommença à respirer normalement et il put sortir de la chambre.

— *Tu as peu de temps avant qu'elle remonte. As-tu trouvé le coffre?*

— *Pas encore.*

Sokar continua ses recherches dans l'autre pièce. Il s'empara d'une des chandelles sur la table pour mieux s'éclairer. La pièce était petite et ne contenait pas de coffre non plus. Il y avait une autre pièce au fond. Sokar s'y rendit.

— *Et maintenant? As-tu trouvé le coffre?*

— *Non, pas encore.*

La pièce contenait différents objets qui auraient plutôt trouvé leur utilité à l'étage inférieur : des tables, des chaises, des tonneaux. Quand Sokar les inspecta, il comprit qu'ils étaient endommagés, d'où leur présence à l'étage plutôt que dans la taverne. L'apprenti se débrouilla pour farfouiller discrètement, sans rien déplacer.

— *Et maintenant? L'as-tu trouvé?*

— *NON.*

— *Dépêche-toi, bon sang!*

« Argh ! Quelle impatiente ! » maugréa Sokar en silence.

— *J'ai entendu !*

« Oups », pensa-t-il. Sokar avait oublié que Gwen lisait encore dans ses pensées. Puis, il repéra enfin un coffre en métal derrière un tonneau. Il s'agenouilla devant et invoqua la discipline du Passe-muraille. Il glissa son index dans la serrure et réussit aisément à le déverrouiller. Il poussa le lourd couvercle, qui grinça légèrement. Affolé, Sokar stoppa son geste. Il attendit un peu, pour voir si quelqu'un l'avait entendu.

— *Personne n'a entendu. Allez! Continue!*

Gwen n'avait pas manqué une pensée de l'apprenti. Sokar ouvrit le couvercle au complet. Le coffre ne contenait qu'un objet : un jouet pour enfant.

— *Bravo! Tu l'as trouvé!*

C'était un bateau à voile, qui ressemblait à une caravelle. Il mesurait environ un pied, de la proue à la poupe. Sokar était perplexe. Était-ce réellement le but de sa mission? En quoi ce jouet était-il si dangereux?

— *Ce n'est pas un jouet. Maintenant, va-t'en de là. Je n'arriverai pas à occuper la femme du tavernier encore longtemps.*

Sokar prit le bateau et referma le coffre doucement, en silence. Il alla déposer la chandelle à sa place sur la table et retourna dans la chambre à pas feutrés. La femme du tavernier arriva juste après et ne remarqua pas la présence de l'apprenti. Il enjamba le rebord de la fenêtre par laquelle il était entré et sauta dans le vide en invoquant la discipline du Pouvoir de l'air. Ainsi, Sokar put planer légèrement afin de ralentir sa chute.

— *Retourne au monastère et attends-moi à l'écurie. Je dois continuer à boire et à jouer aux cartes avec eux pour ne pas éveiller les soupçons, si jamais le tavernier découvrait la disparition du bateau.*

Sokar obéit en se disant que Gwen lui devrait quelques explications. Pendant le trajet du retour, l'apprenti fit bien attention de ne pas endommager le bateau.

Gwen se fit attendre. Son arrivée à l'écurie sembla interminable de l'avis de l'apprenti. « Ce n'est pas trop tôt ! » pensa Sokar quand elle arriva enfin avec Furie.

— Allez-vous enfin m'expliquer pourquoi il était si important de dérober ce jouet?

— Patience, mon apprenti. Patience.

Elle s'empara du bateau et le déposa délicatement sur le sol. Elle le fracassa d'un grand coup de talon. Sokar était muet de stupéfaction tellement il n'arrivait pas à en croire ses yeux.

— Tout ça pour ça? ragea-t-il quand il recouvra l'usage de la parole. J'ai commis un vol et j'ai failli me faire prendre, et vous cassez le jouet!?

— Le but de notre mission n'était pas de voler le bateau, mais de récupérer ce qu'il contenait.

Gwen fouilla à travers les morceaux de bateau et elle trouva ce qu'elle cherchait. C'était un objet étrange qui ressemblait à une flûte de pan, mais qui aurait été assemblée par un aveugle. À une extrémité, les tubes n'étaient pas alignés en ordre de grandeur et l'autre extrémité avait été encastrée dans un socle. Les tubes avaient été assemblés sur plusieurs lignes au lieu d'une seule.

— Drôle d'instrument de musique, blagua Sokar. En quoi cet objet est-il si dangereux ?

— Attends. Je reviens.

Gwen remit la « flûte » à Sokar et elle partit en trombe. Elle revint rapidement avec un objet semblable dans les mains.

— Ça, dit Gwen en pointant l'objet que Sokar avait dans les mains, est la moitié d'un artefact magique. Et ça, continua-t-elle en montrant celui qu'elle avait dans une main, est l'autre moitié que je possédais déjà.

Elle prit la moitié de Sokar dans l'autre main et elle aligna les tubes de chaque moitié pour les imbriquer l'une dans l'autre. Les deux parties s'emboîtèrent parfaitement pour former un cube.

— C'est un cube de Kazimir. Pour que le cube fonctionne, il lui faut un cristal cylindrique qui s'insère ici, expliqua-t-elle en pointant la partie centrale d'une des faces du cube qui présentait un orifice. Sans le cristal, le cube est inopérant.

— À quoi le cube va-t-il servir ?

— Je ne sais pas encore. Mais je sais que c'est important.

— Comment ça ?

— Il y a très longtemps, un soir que je méditais, j'ai eu une prémonition. Je me voyais en train d'assembler le cube et, dans ma vision, je savais que le cube aurait un rôle crucial à jouer pour la survie du royaume. C'est tout. Depuis ce jour, je suis à la recherche du cube. J'avais trouvé la première moitié, et ce soir nous venons de mettre la main sur la deuxième.

— Et pour le cristal ?

— Je ne sais pas encore où il se trouve. Je dois continuer mes recherches.

— Je pourrais vous aider ? demanda Sokar, enthousiaste.

— Certainement !

CHAPITRE 7

Journal de Sokar
74e jour de la 13e année du règne du roi Loka

Depuis mon entrée par effraction chez le tavernier, Gwen a continué de fréquenter l'établissement afin de ne pas éveiller les soupçons. Comme elle ne sait pas à quel endroit se trouve le cristal pour faire fonctionner le cube de Kazimir, elle doit continuer de frayer avec les brigands et les escrocs du Pays volcanique. On dit que l'alcool délie les langues, alors si l'un d'entre eux possède un indice à propos du cristal, Gwen va finir par le savoir. À mon avis, elle doit se servir également de son Dohm pour les inciter à se confier.

Le lendemain de notre découverte de l'autre moitié du cube de Kazimir, Gwen m'a laissé une journée de congé. De toute façon, elle avait des gens peu fréquentables à rencontrer, alors je ne pouvais pas l'accompagner. Comme Maya était occupée toute la journée avec maîtresse Aurora, j'ai décidé d'aller explorer la bibliothèque du monastère, pour voir s'ils ont des livres à propos des cycles lunaires et des éclipses. J'avais peu d'espoir, mais il fallait que je fouille un peu quand même.

Finalement, j'y ai passé la journée entière. J'ai trouvé quelques livres intéressants d'astronomie et d'astrologie, mais aucun qui ne me permette de déterminer quand aura lieu la prochaine éclipse.

Vers la fin de l'après-midi, Gwen est revenue au monastère et elle est venue me rejoindre à la bibliothèque. J'étais tellement absorbé par ma lecture que je l'ai vue seulement quand elle s'est assise à mes côtés. Le problème, c'est que j'avais apporté le parchemin que j'avais trouvé dans le sarcophage de la momie, ainsi que le livre de l'antiquaire d'Érécitta qui m'a permis de déchiffrer les symboles du parchemin. Quand elle s'est assise, elle a vu le mot « Orrotaresh » sur le parchemin. Il était trop tard pour le lui cacher. Elle m'a bombardé de questions et j'ai bien été obligé de lui répondre. Il a fallu que je déforme un peu la vérité, en revanche. Par exemple, quand elle m'a demandé où j'avais entendu parler de la prophétie d'Orrotaresh, je lui ai dit que c'était par Viggen. Elle a trouvé cela étrange puisque pour Viggen, ce n'était qu'une légende, une fable. Je lui ai répondu que c'était le cas et que c'était moi qui avais pris le tout un peu trop au sérieux, au grand désespoir de Viggen.

Sinon, pour le reste, je crois avoir été le plus honnête possible. Le danger quand on ment, c'est qu'on s'emmêle les pinceaux dans nos mensonges et qu'on finit par se faire démasquer. J'aimais mieux lui mentir le moins possible.

Je lui ai donc tout raconté : comment j'avais trouvé par hasard le parchemin, comment j'avais trouvé le livre pour le déchiffrer, avec l'aide de Kitty, et le message que j'avais réussi à décoder, message qui parle d'une éclipse diurne de Riguel. Gwen était impressionnée, car ça faisait depuis des lunes qu'elle cherchait des preuves qui pourraient démontrer que ce n'est pas seulement une légende, mais qu'il y a bel et bien des faits historiques qui prouvent sa véracité. Elle m'a demandé si elle pouvait me les emprunter, afin qu'elle les étudie également. J'ai accepté, à la condition qu'elle en prenne soin. Pour moi, ces objets ont également une valeur sentimentale. Ils sont reliés à des événements marquants de ma vie.

Quand je suis allé me coucher ce soir-là, je flottais sur un nuage! J'étais heureux et soulagé d'avoir partagé ce moment avec Gwen. Je ne suis plus seul à vouloir percer le secret de cette mystérieuse prophétie. D'autant plus que c'est Gwen qui en a entendu parler en premier, et que c'est à cause d'elle que je connais son existence.

Quelques jours plus tard, Gwen a décidé de m'apprendre la discipline du Combat. Quand je lui ai dit que je savais me battre, elle a éclaté de rire. Elle a dit que les techniques qu'on apprend avec cette discipline n'avaient rien à voir avec les batailles de ruelles. Et elle avait raison. Maintenant que j'ai commencé l'apprentissage de cette discipline, je comprends nettement la différence, même si je dois continuer à m'entraîner afin de mieux maîtriser cet art. Car c'est vraiment d'un art qu'il s'agit. Chaque coup qu'on porte doit produire l'effet désiré afin de générer un maximum de dommages en utilisant un minimum d'efforts. Par exemple, au lieu d'envoyer un simple coup de poing de toutes mes forces sur le visage de mon adversaire, je pourrais plutôt choisir de lui donner un coup du tranchant de la main sur sa gorge. Conséquemment, je dois apprendre tous les endroits sensibles du corps humain sur lequel je peux frapper, et l'effet qu'un tel coup peut produire. La discipline comporte également un volet sur la façon d'esquiver les coups, ainsi que de les encaisser. Une autre technique consiste à utiliser le poids de mon adversaire à mon avantage dans le cas d'un combat au corps à corps. L'apprentissage de cette discipline est aussi passionnante qu'elle peut être exigeante physiquement

Il y a quelques jours, je me plaignais à Maya que nous ne passions pas beaucoup de temps ensemble, pas autant que je l'aurais souhaité, à tout le moins. Étrangement, cette discipline nous a rapprochés comme jamais. Je m'explique.

L'autre jour, Gwen me faisait m'exercer à des techniques d'attaque et de défense au corps à corps. Comme le temps était agréable, nous nous étions installés à l'extérieur, à quelques pas du monastère. Ma maîtresse m'attaquait à partir de derrière et elle me bloquait les bras. Je devais me défaire de son emprise, attraper son bras et la faire basculer au-dessus de ma hanche pour la faire tomber sur le dos devant moi. Comme elle est plus grande que moi de quelques pouces – et surtout plus lourde, mais elle m'a bien interdit de le répéter –, j'avais de la difficulté à la faire basculer. Selon elle, son poids ou sa taille n'avait aucun rapport avec mes difficultés. Peu importe les raisons, je n'y arrivais tout simplement pas. Gwen a proposé de prendre un peu de repos avant de reprendre l'exercice et je me suis empressé d'accepter.

C'est à ce moment que Maya est arrivée. Aurora, sa maîtresse, avait été appelée d'urgence au Monastère portuaire ; Maya avait donc quelques jours de liberté avant son retour. Ne sachant pas trop comment occuper ce temps libre inattendu, elle avait décidé de venir me regarder m'exercer. Gwen lui a expliqué le mouvement qu'elle essayait de m'apprendre et elle a demandé à Maya de l'aider à me faire une démonstration. Maya a répondu qu'elle n'avait pas encore appris la discipline du Combat. Gwen en était estomaquée. Elle a dit quelque chose du genre : «Seigneur! Ils ne vous enseignent rien, de nos jours? Dans mon temps, la discipline du Combat faisait partie des premières disciplines enseignées aux nouveaux apprentis!»

Étant donné que j'en étais à mes débuts avec cette discipline, et que Maya ne la connaissait pas, et qu'elle était libre, Gwen a proposé à Maya de lui enseigner en même temps que moi. « Est-ce que c'est permis ? a demandé Maya. Il n'y a pas de règlements qui l'interdisent, d'après ce que j'en sais », a répondu Gwen d'un air malicieux. Quand ma maîtresse m'a regardé pour me demander si ça me convenait, elle n'a pas eu besoin de terminer sa question, elle a tout de suite deviné ma réponse en voyant à quel point j'étais ravi. « Mouais, c'est bien ce que je pensais », a-t-elle marmonné avec un sourire moqueur. Les joues de Maya se sont empourprées en un éclair.

Gwen a commencé par montrer à Maya quelques mouvements de base : coup de poing, parade, coup de pied, parade, puis reprise du début. Évidemment, c'était des coups dans l'air. Quand on s'entraîne, on ne frappe personne réellement. Gwen m'a demandé de venir la remplacer. Maya me donnait un coup et je devais trouver la bonne parade.

Ensuite, je ripostais avec un coup différent et Maya devait l'esquiver, et ainsi de suite. Ça ressemblait à de la danse, à une étrange chorégraphie. Gwen nous observait et elle corrigeait nos erreurs.

À partir de ce moment et jusqu'à aujourd'hui, Maya et moi avons passé nos journées ensemble à apprendre la discipline et à nous entraîner, à l'extérieur autant que possible. Même si nous mettons beaucoup de sérieux dans notre apprentissage, il reste que nous avons un plaisir immense à le faire. Nous avons souvent des fous rires et Gwen doit régulièrement nous rappeler à l'ordre, même si elle rit avec nous de nos erreurs. Chaque soir est une déception, car la journée est passée trop vite à mon gout, et j'aborde chaque réveil le matin d'un enthousiasme et d'un entrain que je n'avais pas eu depuis longtemps.

Aujourd'hui, Gwen nous a enseigné différentes techniques de défense, notamment comment projeter son adversaire en faisant une roulade arrière. Maya était devant moi et elle agrippait ma chemise. Je devais l'agripper également, me lancer sur le dos en faisant une roulade et l'entraîner dans ma chute, tout en plaçant mon pied sur son abdomen pour que ma jambe puisse servir de pilier. Avant d'arriver sur le dos, je devais la pousser avec ma jambe de façon à la faire basculer cul par-dessus tête et lui faire compléter la roulade afin de la projeter au-dessus de moi, pour qu'elle atterrisse sur le dos. Bon... Je dois admettre que c'est plutôt difficile à expliquer par écrit...

J'ai exécuté le mouvement à quelques reprises jusqu'à ce que ma maîtresse soit satisfaite. Ensuite, cela a été au tour de Maya de s'exercer sur moi. Ensuite, Gwen nous a ordonné de répéter toutes les techniques qu'elle nous avait enseignées depuis ce matin, car elle devait s'absenter pour une partie de la journée. Maya et moi, d'un commun accord, avons décidé de continuer à nous entraîner à effectuer le même mouvement.

Après plusieurs répétitions, Maya a constaté qu'elle utilisait toujours la même jambe pour me faire basculer. Elle a voulu essayer l'autre jambe, afin de voir si l'exécution du mouvement serait aussi fluide. Elle a entamé la prise, et quand elle a posé son pied sur moi, celui-ci a glissé et elle a manqué son mouvement de pilier. Elle s'en est rendu compte trop tard et elle s'est affalée sur le dos, m'entraînant avec elle dans sa chute. Je suis tombé à plat ventre, directement sur elle. Nous avons immédiatement éclaté de rire. Tout en finissant de s'esclaffer, elle s'est excusée de m'avoir fait tomber et m'a demandé si j'avais quelque chose de cassé. Tout sourire, je lui ai confirmé que non.

Mon visage était à la hauteur du sien et nos yeux se sont verrouillés. Je n'avais qu'une seule envie, c'était de l'embrasser, et j'ai tout de suite vu qu'elle le désirait autant que moi. Elle était tellement belle, avec ses yeux pétillants d'hilarité, ses quelques gouttes de sueur qui perlaient sur sa peau laiteuse, et avec ses mèches de cheveux humides qui collaient à ses joues. J'étais étendu là, par-dessus elle, et mon cœur battait la chamade. C'était comme si le monde autour de nous avait cessé d'exister. Il n'y avait plus qu'elle et moi, et cette attraction que nous avons de plus en plus de difficulté à refréner. J'avais les sens en ébullition. Il y avait de l'électricité dans l'air! Son regard s'est déplacé vers ma bouche et elle s'est mordillée la lèvre inférieure. Sa bouche semblait si délicieuse, je voulais y goûter plus que tout. Je savais que je ne devais pas céder à mes pulsions, car dès que j'aurais commencé, je serais incapable de m'arrêter. D'autant plus que le corps de Maya m'indiquait qu'elle le désirait autant que moi.

Juste comme j'allais céder à mon envie d'unir mes lèvres aux siennes, un cri a retenti près de nous. Maya et moi avons sursauté en même temps. Par réflexe, j'ai roulé sur le côté d'un bond et je me suis agenouillé. Maya, quant à elle, s'est assise d'un geste vif. À quelques pas de nous, sur le sol, se tenait un faucon qui nous fixait effrontément. J'ai tout de suite su que c'était le même oiseau qui nous avait dérangés au Monastère des Vents. Fier de nous avoir interrompus une fois de plus, le rapace a repris son envol. Mais qu'est-ce qu'il me veut, cet oiseau, à la fin?

«Nous devrions recommencer à nous entraîner, a dit Maya avec une pointe de déception dans la voix. Si ça avait été un moine plutôt

que ce faucon, nous serions dans l'eau bouillante.» Malheureusement, elle avait raison.

Mendoza se réveilla en sursaut. Étonnamment, cette fois-ci il avait les idées claires. Il était allongé sur un plancher de pierres froides et rugueuses, dans une minuscule pièce qui avait toutes les caractéristiques d'une cellule. Des torches de l'autre côté de la grille de fer produisaient assez de lumière pour éclairer sa geôle.

Ses derniers souvenirs lui revinrent en mémoire. Il se souvenait avoir été torturé par Mercurus, à l'aide d'une machine qui l'éviscérait. Il se redressa et, tout en constatant qu'il était encore nu, il observa son abdomen. Il n'y avait aucune blessure, aucune cicatrice, aucune trace d'une quelconque torture. Avait-il rêvé ? Ou est-ce que Mercurus avait guéri ses plaies afin de pouvoir le torturer sur une plus longue période ?

Le maître se sentait désemparé. Comme son état alternait souvent entre des épisodes d'éveil et de sommeil, il arrivait difficilement à distinguer ce qui était réel et ce qui ne l'était pas. Si ça se trouvait, il était probablement encore en train de rêver. Il ne comprenait toujours pas ce que le sorcier attendait de lui.

Mendoza remarqua enfin l'assiette en terre cuite déposée près de la grille, qui contenait son prochain repas. Même si son ventre criait famine, il refusa de s'en emparer. Il se doutait bien que les aliments devaient être empoisonnés afin de faciliter sa soumission. La faim affaiblissait le moine de jour en jour, toutefois il jugeait que des aliments empoisonnés risquaient de l'affaiblir davantage.

Mendoza sentit le découragement l'envahir. Si d'autres maîtres n'étaient pas venus le secourir, c'était que l'Ordre le croyait déjà mort. Et manifestement, il était trop faible pour pouvoir se libérer de lui-même. Il était donc condamné à périr dans l'antre du sorcier. Pourtant, après ce bref instant d'apitoiement, il se ressaisit.

— Ahkena-Suprême, dit-il, accepte la prière de ton humble serviteur. Je ne suis pas digne de ta grâce, toutefois je m'en remets à ta volonté.

Mendoza ressentit une subtile vibration à l'intérieur de son corps. Son Dohm avait tressailli légèrement, indiquant au moine qu'il lui restait encore quelques forces. Au même instant, il eut une pensée pour son apprenti.

— Sokar ! s'exclama-t-il spontanément.

Il ferma les yeux et se concentra sur ses pouvoirs magiques. Il devait à tout prix lancer un message télépathique au garçon. Celui-ci était son dernier espoir.

Sokar rêvait. Un rêve étrange, mais agréable. Il rêvait qu'il était vautré dans une mer de coussins. Des servantes, vêtues de voiles diaphanes, agitaient langoureusement des éventails tout près de lui. Une autre servante arriva avec un plateau en argent, et elle remit à Sokar une coupe en or richement décorée de pierres précieuses. Sokar s'en empara et la porta à ses lèvres. C'était du vin. Il l'avala d'un trait.

Quelqu'un commença à jouer du tam-tam. Sokar se redressa, mais ne put voir d'où venait la musique. Il y avait de grandes voilures devant lui et il distingua une silhouette qui se faufilait à travers le dédale de tissus. Une servante franchit le dernier rideau. Le bas de son visage était voilé, néanmoins Sokar sut que la servante était en fait Maya, surtout à cause de la couleur de ses cheveux. Personne d'autre dans tout le royaume n'arborait une chevelure aussi particulière que magnifique. Maya était vêtue de voiles multicolores et elle dansa longuement au rythme de la musique.

Puis, Maya s'approcha davantage de Sokar avec une démarche féline et des yeux gourmands, comme un prédateur qui aurait coincé sa proie et qui s'apprêterait à la dévorer toute crue. Quand elle s'agenouilla près de lui, la musique s'arrêta subitement. Elle dénoua lentement le voile qui masquait le bas de son visage. Sokar retint son souffle. Quand la bande de tissu fut libérée, elle tomba directement sur le visage de Sokar.

Sokar s'empressa d'enlever le voile qui lui masquait la vue. À sa grande déception, il constata que son rêve venait de changer complètement. Maya avait disparu, et la salle lumineuse et luxueuse avait laissé sa place à une petite caverne mal éclairée. Il était debout, même s'il ne se souvenait pas s'être relevé. « Un autre rêve incohérent, pensa Sokar. Je préférais la partie d'avant. »

Il entendit un cliquètement de chaînes au loin, dont le son était amplifié par l'écho de la caverne. Sokar pivota sur lui-même pour en trouver l'origine et il constata qu'il n'y avait pas d'issues, ce qui l'étonna. D'où venait le bruit ? « Et d'ailleurs, d'où vient la lumière puisque je n'ai pas vu de torches ? »

Il continua de pivoter lentement sur lui-même, tout en examinant les parois, et il repéra finalement un couloir qui n'y était pas auparavant. Il entendit encore le bruit de chaînes, qui semblait venir du couloir. Sokar s'y engouffra d'un pas mal assuré. Au fur et à mesure qu'il avançait, il découvrit qu'une voix d'homme accompagnait le cliquetis métallique. Les paroles étaient assez audibles pour qu'il puisse en saisir les propos. La voix prononçait son nom. Encore et encore. Sans arrêt. Quand il vit l'extrémité éclairée du couloir, il accéléra le pas. La voix devint alors plus forte et Sokar put déterminer que c'était celle de Mendoza. Il entendait la voix de son précédent maître l'appeler dans son rêve. Il en fut troublé, mais continua tout de même d'avancer, espérant trouver Mendoza à l'autre extrémité du tunnel, même si Sokar savait que ce n'était qu'un rêve.

Le couloir déboucha sur une grande salle caverneuse. Devant lui, une épée flottait dans le vide, et c'était l'arme qui produisait toute cette lumière. « Encore cette maudite épée ? Pourquoi est-ce que je fais toujours ce rêve ? »

Une silhouette encapuchonnée et revêtant une longue cape se tenait derrière l'arme. Elle tournait le dos à l'apprenti, qui était intrigué par la nouvelle direction que prenait le rêve. Comme il entendait encore la voix de Mendoza l'appeler, il en déduisit que c'était lui qui se tenait là. Il contourna l'épée et mit sa main sur l'épaule de Mendoza, qui se retourna. Hélas, le visage sous le capuchon n'était pas celui de son précédent mentor, mais plutôt celui d'un squelette aux yeux rouges incandescents. Sokar sursauta de frayeur et se réveilla instantanément, haletant et couvert de sueurs froides.

Sokar traquait sa proie. Tous ses sens étaient en alerte. Il avait invoqué la discipline du Camouflage et s'était tapi dans l'ombre. Il avait vite oublié le rêve étrange qu'il avait fait ce matin-là, juste avant de se lever.

Dehors, il pleuvait à verse. La pluie diluvienne avait causé des ravages à Narcitta et plusieurs maîtres avaient été appelés en renfort, dont Gwendollyn, qui avait consenti à contrecœur à aller donner un coup de main. Étant donné qu'Aurora n'était pas encore revenue au monastère, Sokar et Maya étaient livrés à eux-mêmes. Comme ils avaient envisagé de s'entraîner ensemble à la discipline du Combat, et qu'ils ne pouvaient le faire à l'extérieur, Maya avait proposé de descendre dans l'antre de Redji les-mains-rouges après le déjeuner pour continuer leurs exercices. Sokar avait accepté, mais seulement après que Maya ait rassuré l'apprenti que Redji serait d'accord. Sokar avait encore en mémoire sa première rencontre avec le cyclope, et il ne voulait surtout pas le déconcentrer dans son travail.

Lorsqu'ils furent sur place, dans le but de mettre un peu de fantaisie dans leur entraînement, Maya avait suggéré de faire une partie de cache-cache, à la façon des moines. Elle maîtrisait seulement depuis peu la discipline du Camouflage et elle souhaitait s'y exercer.

— Je me cache et tu me cherches, avait-elle expliqué. Si tu me trouves, tu m'attaques et je tenterai de me défendre avec la discipline du Combat. Mais fais attention : si tu passes près de moi sans me voir, c'est moi qui vais t'attaquer.

— N'y compte pas trop. Je suis bon à ce jeu-là.

Sokar lui avait laissé une longueur d'avance, puis il s'était lancé à sa poursuite. Dans cet immense souterrain mal éclairé, l'apprenti devait se fier davantage à son Dohm qu'à ses yeux pour la retrouver. Il avait traversé plusieurs cavernes et quelques tunnels en suivant sa piste, et il avait vérifié derrière chaque stalagmite de taille importante si elle s'y cachait. Enfin, en accédant à une autre grotte, il avait senti sa présence. Il avait décidé de se dissimuler silencieusement dans la pénombre et de la guetter, pour voir si elle allait finir par changer de cachette.

Après un long moment, ni l'un ni l'autre n'avait fait le moindre mouvement. Sokar jugea que Maya l'avait entendu arriver et qu'elle avait décidé de demeurer immobile, afin de ne lui laisser aucune chance. Toujours sous l'emprise de la discipline du Camouflage, Sokar se déplaça lentement, silencieusement. Il se cacha derrière une large stalagmite et il examina la pièce. Il y avait une tranchée qui longeait le mur du fond de la caverne. Convaincu que Maya y était, Sokar s'en approcha à pas de loup et alla se dissimuler derrière une autre colonne rocheuse. Il prit une grande respiration, et il compta mentalement jusqu'à trois, puis il se lança à la course jusqu'au fond de la caverne. Alors qu'il avait atteint la tranchée, il n'y avait aucune trace de Maya. Pourtant, la tranchée était juste assez large pour contenir une personne et elle n'était pas très profonde.

Soudain, Sokar entendit un raclement de pierre à sa gauche. Il eut à peine le temps de se retourner que Maya le percuta de plein fouet. Celle-ci s'était cachée dans une petite cavité en hauteur, et elle avait observé Sokar depuis son entrée dans la grotte. Elle avait simplement attendu patiemment le bon moment pour en ressortir et se jeter sur lui.

Sokar tomba lourdement sur le dos ; il eut le souffle momentanément coupé par le choc et par le poids de Maya sur son torse. Celle-ci se redressa rapidement et, profitant du fait que son adversaire était encore allongé et étourdi, elle s'installa à califourchon sur lui et elle lui maintint les bras au-dessus de la tête en lui tenant fermement les poignets.

— Ah, ah ! fit-elle, victorieuse. Je t'ai eu !

— Ça ne compte pas, protesta Sokar quand il retrouva enfin son souffle. Tu m'as pris par surprise.

— J'ai joué selon les règles, espèce de geignard. Ne m'accuse pas de tricherie.

Sokar constata que, parmi toutes les techniques qu'il avait apprises avec la discipline du Combat, il n'en connaissait aucune qui lui permettait de se déprendre de sa fâcheuse situation. Sokar lutta énergiquement pour se dégager de la prise de Maya, en vain. Maya anticipait les réactions de son adversaire et elle réussissait à maintenir solidement Sokar au sol.

— Tu es mon prisonnier, le taquina Maya. Je peux faire de toi ce que je veux ! Voyons voir... Quelle torture pourrais-je bien t'infliger ? Peut-être... peut-être le supplice de la chatouille ?

Elle libéra une main afin d'attaquer le flanc de l'apprenti. Sokar s'esclaffa d'un fou rire irrépressible et il se tortilla dans tous les sens. Il essayait de se défendre à l'aide de sa main libre, mais Maya avait le don pour trouver un autre coin sensible. Après une courte lutte, Sokar réussit enfin à attraper le poignet de son amie et à faire arrêter le supplice.

— Stop ! Arrête ! s'exclama-t-il, hilare et à bout de souffle.

— Est-ce que tu abandonnes ?

— Jamais !

— Ah non ?

Maya libéra son poignet d'un geste vif et elle recommença son attaque. Sokar fut incapable de résister davantage.

— Arrête ! riait-il. Arrête ! Je n'en peux plus.

— Alors ? Est-ce que tu abandonnes ?

— Oui ! Oui ! J'abandonne. Ha ! Ha ! Ha ! Tu as gagné.

Maya libéra l'autre bras de l'apprenti. Celui-ci, haletant et à bout de force, ne chercha même pas à prendre sa revanche. Maya, toujours bien installée sur Sokar, se pencha pour le regarder dans les yeux. Il était tellement chatouilleux qu'il en avait ri aux larmes. Malgré la faible lumière diffusée par les quelques rares torches, Sokar voyait que Maya jubilait.

Ils demeurèrent dans cette position sans échanger un seul mot, à se dévorer des yeux. Le jeu était terminé, mais Maya refusait de se relever, ce qui n'était pas pour déplaire à l'apprenti. Leur respiration reprit enfin un rythme plus normal. L'apprenti remarqua que l'expression sur le visage de son amie avait subtilement changé, même si elle rayonnait encore de bonheur.

Sokar plaça délicatement ses mains sur les genoux de Maya. Elle pouvait sentir même à travers ses vêtements la chaleur des paumes de l'apprenti. Elle en ressentit des frissons dans tout le corps. Maya ferma les yeux et se mordilla la lèvre inférieure. Son cœur cognait fort dans sa poitrine. « Oh ! Et puis, zut ! » pensa-t-elle. Elle rouvrit les yeux et sa bouche descendit lentement rejoindre celle de Sokar. Au moment où leurs lèvres étaient sur le point de se toucher, Sokar tourna subitement la tête et il reçut le baiser de Maya sur la joue.

Maya était troublée. Avait-elle mal interprété les intentions du garçon ? Pourtant, il lui avait déjà déclaré l'ampleur des sentiments qu'il ressentait pour elle. Ils avaient failli s'embrasser à deux reprises ; pourquoi tournait-il la tête à cette troisième tentative ?

— As-tu entendu ? demanda Sokar, anxieux.

— Entendu quoi ?

— C'était... comme un chuchotement. Ou plutôt comme un sifflement.

— Non. Je n'ai rien entendu. Tu l'as probablement imaginé.

Sssssssssssssssssssssssssssssss...

— Là ! L'as-tu entendu, cette fois ?

Maya fronça les sourcils. Elle n'avait toujours rien entendu.

— Nous ne sommes pas seuls, chuchota Sokar.

Maya se releva, déçue, mais surtout perplexe. Sokar se mit debout également.

Ssssssssssssssoooooooooooooooooooooo...

Sokar regarda Maya avec des points d'interrogation dans les yeux. Elle fit signe que non, qu'elle ne l'avait toujours pas entendu.

— Arrête, Sokar, tu commences à me faire peur. Si c'est une blague, elle n'est vraiment pas amusante.

— Non, je t'assure. J'ai vraiment entendu quelque chose ou quelqu'un. Je ne suis pas fou, tout de même.

Sokar entendit le sifflement de nouveau et il fit quelques pas dans la direction d'où semblait provenir le son, tout en demeurant sur ses gardes. Maya croisa les bras en faisant la moue, puis elle suivit l'apprenti.

— On dirait... on dirait quelqu'un qui prononce mon nom.

— Pourtant, je n'entends rien. Serait-ce un appel télépathique ?

— Non, ça ne fait pas le même effet. Je l'entends vraiment avec mes oreilles. Je ne comprends pas que tu ne puisses pas l'entendre.

Ssssssssoooooooooookaaaaaaaarrrr...

— Ça m'appelle, murmura Sokar, comme en transe.

— Ça suffit, Sokar. Remontons. Tu me fous la trouille.

Sokar ignora les remarques de Maya et avança plus profondément dans la caverne. Même si elle n'était pas d'accord, elle le suivit tout de même afin de ne pas rester seule dans la pénombre. Ils arrivèrent devant une énorme porte en métal. Sokar tira sur la poignée, sans aucun résultat.

— Elle semble être verrouillée.

— Tu vois ? fit Maya, impatiente. C'est un signe. Un signe qu'on ne doit pas fouiner ici et que nous devons remonter. Allez, le supplia-t-elle en geignant. Partons d'ici.

— Attends, je crois que je peux arranger ça.

Sokar invoqua la discipline du Passe-muraille et inséra son doigt dans la serrure pour la crocheter. Comme il tournait le dos à Maya, celle-ci ne remarqua rien. Elle sursauta quand un déclic se fit entendre.

— C'est ouvert.

Sokar entendait toujours le sifflement qui prononçait son nom. L'appel était irrésistible, presque hypnotique. Il devait absolument en découvrir l'origine. La porte grinça sur ses gonds, et Sokar fut surpris de la facilité avec laquelle il parvint à l'ouvrir, malgré son allure plutôt lourde. Maya sentit un frisson lui glacer l'échine.

— Non ! Sokar ! L'accès à cette pièce n'était certainement pas interdit pour rien. Arrête, je t'en supplie.

— Non, tu ne comprends pas, Maya. Si je ne découvre pas ce qui m'appelle de la sorte, je vais devenir fou !

Avant que Maya n'ait l'occasion de répliquer, Sokar avança. Il arriva dans une petite salle rectangulaire. La pièce était vide, hormis une épée qui flottait au centre, la lame pointant vers le bas. Elle brillait faiblement et sa lumière fournissait un éclairage à peine suffisant.

— L'épée..., s'exclama Sokar, ahuri. Mon rêve... Je...

Sokar était fasciné et effrayé à la fois. Il avait rêvé à plusieurs reprises de cette épée et, chaque fois, ça se terminait mal pour lui. Était-il encore en train de rêver ? Maya entra à son tour dans la pièce et elle fut étonnée par ce qu'elle vit.

— C'est l'épée qui m'appelle, dit Sokar, encore sous le choc. Elle connaît mon nom.

— C'est certainement une épée magique. Une épée qui flotte, seule, dans les airs, ce n'est pas normal. Et ce n'est jamais bon signe quand un objet t'adresse la parole et qu'en plus, il connaît ton nom.

— Sinistre.

— Oui, c'est assez inquiétant.

— Non. L'épée. C'est son nom. Sinistre.

— L'épée s'appelle Sinistre ?

Sokar acquiesça.

— Comment peux-tu le savoir ?

— Elle me l'a dit. Elle m'attendait. Elle m'a appelé.

— Oh, se plaignit Maya. Je n'aime pas ça, ça va mal se terminer. Sokar, allons-y. Tu sais maintenant d'où vient cette voix qui t'appelle. Maintenant, repartons. Si cette épée était enfermée ici, ce n'est pas sans raison.

— Depuis mon arrivée au monastère, je rêve régulièrement de cette épée. Nos destins sont étroitement reliés, j'en suis convaincu.

Sokar se précipita sur Sinistre et mit la main sur le manche afin de s'en emparer. Quand Maya comprit ce qu'il avait l'intention de faire, il était déjà trop tard pour l'en empêcher. Dès que la paume de Sokar fut en contact avec l'épée, l'apprenti entra en transe. Son corps se raidit comme s'il était frappé par la foudre et ses yeux se révulsèrent. Il serra la mâchoire involontairement et grinça des dents. Il perdit instantanément contact avec la réalité et il fut envahi par d'étranges visions.

Dans ses visions, Sokar se voyait au milieu d'une foule. La foule était en colère et essayait de le lapider. Le visage des gens commença à se décomposer. Leur peau semblait se liquéfier et fondre, révélant les muscles de leur visage. Ensuite, les muscles se nécrosèrent, ainsi que les yeux et autres organes, ne laissant paraître que les os du crâne. Les os se désagrégèrent à leur tour et les têtes tombèrent en poussière. Les corps décapités demeuraient debout et continuaient de s'agiter autour de Sokar. Même si l'apprenti savait que sa vision n'était pas réelle, ça ne l'empêchait pas de ressentir des frissons d'horreur.

La vision changea. Il flottait très haut dans le ciel, comme s'il était un oiseau, sauf qu'il ne voyait pas son corps. Il était invisible. Il regarda en bas. Il avait une vue d'ensemble sur le royaume. Il voyait le château, ainsi que les quatre monastères. Soudain, il vit la terre trembler. Une crevasse énorme commença à défigurer le paysage. Elle partait du sud et remontait en zigzaguant vers le nord, jusqu'au château. Sokar vit la résidence royale s'effondrer sur elle-même et s'enfoncer dans la crevasse en produisant un nuage de poussière et de débris. Étrangement, Sokar assistait à ce spectacle désolant sans ressentir la moindre émotion.

La vision continua. Des boules de feu tombèrent du ciel et s'écrasèrent sur la forêt Interdite, qui s'embrasa immédiatement. Le feu se propagea jusqu'aux villes et villages, ainsi que jusqu'au Monastère forestier, qui était reconstruit dans la vision de l'apprenti. Le brasier se répandit sur tout le Pays sauvage, qui ne devint plus que désolation et cendres. Ensuite, une énorme vague se forma dans l'océan en direction du continent. Elle le frappa, détruisant le port ainsi que le Monastère portuaire. Elle inonda les villes, les villages et les champs, et elle déferla jusqu'à la crevasse. Les volcans au Pays volcanique entrèrent en éruption tous en même temps et les coulées de lave avalèrent tout sur leur passage. Finalement, un tremblement de terre secoua les chaînes de montagnes au Pays des Vents, provoquant des éboulements qui eurent raison du monastère et des habitations environnantes.

Sokar ne comprenait pas à quoi tout cela rimait. Pourquoi avait-il ces visions ? Était-ce des visions du futur ? Du passé ? Une simple vision apocalyptique destinée à l'effrayer ? Était-ce l'épée qui en était responsable ?

La vision changea encore. Sokar se trouvait dorénavant sur un champ de bataille. Mais quelque chose ne tournait pas rond. Les hommes attaquaient les femmes. Les femmes frappaient les enfants. Les chiens dévoraient les chats et les chevaux chassaient les vaches. C'était le chaos et l'anarchie, comme si chaque créature vivante avait perdu la raison. Un soldat s'agenouilla devant un confrère mort, lui ouvrit le torse avec sa lame, lui arracha le cœur qui, étrangement, battait encore dans sa main, et il le porta à sa bouche pour croquer dedans comme s'il s'agissait d'une simple pomme. Cette fois-ci, Sokar eut un haut-le-cœur.

La vision changea de nouveau. Sokar était devenu prisonnier, il avait la jambe attachée à une lourde chaîne. Son tortionnaire se tenait devant lui avec un cimeterre. Celui-ci trancha la main gauche de Sokar à la hauteur du poignet, d'un geste sec. Même s'il savait que ce n'était qu'une vision, la douleur, quant à elle, paraissait bien réelle. Sokar hurla de douleur. Il ressentait un étrange picotement dans son moignon, qui ne saignait déjà plus. Il vit un bourgeon de chair prendre forme dans la plaie, s'allonger et grossir ; sa main repoussait comme par enchantement. Sokar examina sa nouvelle main, complètement ahuri, quand son bourreau la trancha de nouveau avec sa lame. La douleur lui sembla encore plus intense. Il hurla encore et une nouvelle main poussa à partir de son moignon, que son tortionnaire trancha encore.

La vision disparut instantanément et Sokar reprit aussitôt contact avec la réalité. Sa vue était brouillée et, de plus, il ressentait une vive douleur à la joue gauche. Ses yeux recommencèrent à fonctionner normalement, et il vit que Maya se préparait à lui asséner une gifle monumentale sur la joue droite. Il n'eut pas le temps de parer le coup et il encaissa le choc. La douleur fut identique à celle qu'il ressentait encore à sa joue gauche et il comprit alors que Maya en était la responsable. Elle venait de le gifler pour une seconde fois. Elle allait allonger le bras pour répéter son geste, quand elle vit que Sokar avait repris ses esprits. Elle suspendit son mouvement.

Maya expliqua à Sokar qu'elle l'avait giflé pour le sortir de sa transe quand il s'était mis à gémir de douleur. Comme la première baffe n'avait produit aucun résultat, elle avait frappé encore plus fort au second coup. Sokar détailla les visions qu'il avait eues, heureux de ne plus être sous leur emprise.

— Cette épée est maléfique. Relâche-la immédiatement ! ordonna Maya.

Sokar constata qu'il tenait toujours Sinistre dans sa main. L'épée ne produisait plus de lumière comme à son arrivée dans la pièce. L'apprenti fit la sourde oreille.

— À mon avis, les visions devaient être causées par un simple sortilège de protection, ou quelque chose du genre. L'épée ne brille plus, le charme doit être rompu.

— Si tu ne remets pas cette épée à sa place, je vais en parler directement à Gwen à son arrivée.

— Si Gwen certifie que cette épée est maléfique, je m'en débarrasserai, c'est promis. Dans le cas contraire, je la garde.

Maya accepta, car elle était convaincue que Gwen lui confisquerait l'arme. Sokar, quant à lui, connaissait bien sa maîtresse et il était certain du contraire. Les deux apprentis remontèrent à la surface et chacun alla s'enfermer dans sa chambre respective. Maya était mal à l'aise de laisser son ami seul avec l'arme, mais elle craignait davantage de se retrouver à proximité de l'épée tant que Gwen ne l'avait pas inspectée.

— Pourquoi tient-il tant à conserver cette stupide épée ? Comme s'il en avait besoin ! Une arme qui lévite dans les airs, ce n'est pas normal. Gwen va réussir à le convaincre que cette épée est dangereuse et ce sera la fin de cette histoire.

Dans sa chambre, Sokar examina Sinistre. À la lumière du jour, l'arme semblait banale, comme toutes les épées de l'armurerie. Toutefois, il savait que celle-ci était tout sauf banale. Il scruta le moindre détail de l'arme : son manche, son pommeau, sa garde, sa lame. Le fil de la lame était tranchant comme si un forgeron venait de l'affûter. L'épée semblait vibrer dans ses mains, comme si elle profitait de l'attention que Sokar y prêtait, comme si elle « ronronnait », ce qui était totalement ridicule, jugea Sokar. Pourtant, c'était l'impression qu'il avait.

On frappait à la porte. Sokar sursauta, tellement il avait été obnubilé par son examen minutieux de l'arme. Il regarda par la fenêtre et il constata que le soleil était bas dans le ciel. Déjà le soir ? Sokar avait totalement perdu la notion du temps, et il avait même raté le dîner. Il cacha Sinistre sous son lit, puis alla ouvrir. C'était sa maîtresse.

— Maya est hystérique, lança Gwen. Elle dit que tu as trouvé une épée maléfique dans la cave du monastère et qu'elle t'a complètement envoûté et que tu refuses de t'en séparer. C'est quoi cette histoire ?

— Maya a raison, du moins en partie. J'ai trouvé une épée abandonnée. Je m'en suis emparé et depuis, Maya persiste à croire qu'elle est diabolique. Nous avons convenu que je vous demanderais de l'examiner. Si vous déclarez qu'elle est effectivement ensorcelée, je m'en séparerai. Sinon, je veux la garder.

— Où est-elle ? Montre-la-moi.

Sokar sortit Sinistre de sa cachette et il la tendit timidement à Gwen. Il espérait de tout cœur que les visions qu'il avait eues en s'en emparant ne se répètent pas avec sa maîtresse. Gwen attrapa l'épée par le pommeau. Il ne se produisit rien. Elle prit l'arme dans ses deux mains et l'examina attentivement.

— C'est une belle arme. Ce n'est pas l'œuvre de Redji, pourtant.

— Ah non ?

— Non, ce n'est pas sa signature. Remarque, il n'y a pas que des épées fabriquées par Redji, au sous-sol. D'autres forgerons ont déjà travaillé avec Redji, sans compter les nombreux butins de guerre que l'Ordre a amassés au fil des siècles.

— Croyez-vous qu'elle soit… (Sokar déglutit), maléfique ?

Gwen s'esclaffa.

— Tu veux rire ! Voyons donc ! Avec tous ces apprentis curieux qui arpentent les couloirs du monastère, tu crois que le Grand Maître laisserait des armes maléfiques traîner un peu partout ? Non, les armes ensorcelées sont conservées au Monastère spirituel. Cette arme est tout ce qu'il y a de plus banale. Une belle épée, sans plus.

— Alors, je peux la garder ?

Gwen fixa Sokar d'un air songeur. Elle semblait vraiment peser le pour et le contre.

— En théorie, fit-elle d'un air sérieux, les apprentis n'ont pas le droit de posséder ou de manipuler d'épée. Ils doivent se contenter de leur dague, qui leur est remise par leur mentor. C'est la tradition.

« Zut ! » pensa Sokar en tentant de conserver un air impassible.

— Mais entre toi et moi, je n'ai jamais compris pour quel motif l'Ordre s'entête à donner un couteau à beurre aux apprentis en guise d'arme. Comment espèrent-ils qu'ils puissent se défendre convenablement ?

— Donc, c'est oui ?

— Mouais, c'est d'accord, répondit-elle en rendant l'arme à Sokar. Ça me va. Mais ne va pas t'en vanter à tous tes petits copains apprentis, sinon le Grand Maître va me passer un savon et l'on sera tous les deux dans l'eau bouillante. Aussi, garde-la en sûreté dans ta chambre, sauf si je t'autorise à l'apporter. Et va demander à Redji qu'il te déniche un fourreau. Ce sera plus utile pour les déplacements.

— Bien, maîtresse, fit Sokar, jubilant. À vos ordres, maîtresse.

Gwendollyn ressentit un frisson de dégoût en entendant Sokar l'appeler «maîtresse». Elle n'arrivait vraiment pas à s'y habituer.

— Gwen? C'était comment, à Narcitta?

— Trop humide. La prochaine fois, ils se débrouilleront sans moi. Viens. Le repas du soir devrait être prêt, maintenant.

— J'arrive dans un instant.

Gwen retourna en bas pendant que Sokar rangeait Sinistre sous son lit. Plus tard, pendant le repas, il réussit à convaincre Maya que l'épée n'était pas ensorcelée et qu'il avait eu la bénédiction de Gwen pour la garder en lui répétant mot pour mot leur conversation. Maya était déçue, n'approuvant toujours pas le choix de Sokar. Toutefois, si Gwen estimait que l'arme était sans danger, elle devait se fier au jugement de la maîtresse.

CHAPITRE 8

Depuis que Sokar possédait Sinistre, Maya s'informait de la santé mentale de l'apprenti chaque matin. Elle craignait que les visions se répètent et que, cette fois-là, Maya ne puisse être présente pour le ramener à la réalité. Sokar s'efforçait de se faire le plus rassurant possible. Il sortait Sinistre de sous son lit tous les soirs, et quand sa main entrait en contact avec le manche, il ne se produisait rien d'inhabituel. Bien sûr, il avait souvent l'impression que l'épée « ronronnait » dans ses mains, et il était dans l'idée que Sinistre s'adressait à lui parfois dans ses rêves, toutefois il ne mentionna pas ces faits à son amie pour ne pas l'effrayer davantage. Il lui révéla, en revanche, qu'il s'entraînait régulièrement à manier l'épée, en cachette, afin de prendre de la force dans son bras. L'épée était lourde et son bras se fatiguait rapidement quand il la maniait.

Maîtresse Aurora revint au monastère le lendemain de la découverte de Sinistre par Sokar, ce qui mit fin aux entraînements en commun des deux apprentis. Quand Aurora découvrit que Gwen avait entrepris de former Maya à la discipline du

Combat sans son consentement, elle entra dans une colère noire. Elle apostropha Gwen dans la salle commune et leur altercation tourna presque au crêpage de chignon. C'est le Grand Maître qui mit fin au spectacle en convoquant les deux maîtresses dans son bureau. Il va sans dire que leur dispute alimenta les discussions de couloir et les ragots pendant plusieurs jours. Plus tard dans la journée, quand Sokar croisa Gwen, il n'osa pas lui demander comment s'était déroulée la rencontre avec le Grand Maître ; son expression faciale disait tout.

Comme le beau temps était de retour, Sokar avait recommencé à s'entraîner à l'extérieur. Un jour que Gwen devait s'absenter, elle lui avait ordonné de s'exercer à différentes techniques de combat en se battant contre un adversaire imaginaire. Au début, il se sentait ridicule, à donner des coups de poing et des coups de pied dans le vide. Néanmoins, après un moment, il y prit goût et mit plus d'ardeur dans son entraînement. Il pensait s'être éloigné suffisamment du monastère pour être à l'abri des regards, quand il vit Duncan s'approcher de lui. Au début, Sokar choisit de l'ignorer et de continuer son entraînement. Mais lorsque Duncan s'installa sur une butte près de lui et qu'il entreprit de l'observer, Sokar commença à se sentir nerveux, car d'ordinaire, Duncan faisait tout pour lui rendre la vie impossible. Le fait que Duncan choisisse de rester là à le surveiller n'augurait rien de bon.

Duncan avait les cheveux noirs qu'il gardait coupés courts, sa mâchoire était carrée, et il avait les yeux bruns. Malgré son nez aquilin qui en aurait complexé d'autres, Duncan manifestait plutôt arrogance et suffisance. Même s'il n'était encore qu'un apprenti, il semblait aborder la plupart des gens de manière condescendante.

Sokar tentait de faire abstraction de la présence de Duncan, mais celui-ci n'arrêtait pas de glousser, ce qui rendait Sokar encore plus nerveux. Par conséquent, il perdait régulièrement sa concentration et ratait ses successions de coups, ce qui ne faisait que multiplier les ricanements de Duncan. Quand Duncan commença à faire des remarques désobligeantes et à le tourner en dérision, Sokar décida que c'en était trop.

— Duncan ! Fous-moi la paix ! Tu n'as donc rien de plus intéressant à faire aujourd'hui que de te moquer de moi?

— Non, pas vraiment. J'aime bien te regarder faire tes figures de ballet, le nargua-t-il. Je ne savais pas qu'on donnait des cours de danse en guise de discipline. Ha ! Ha ! Remarque, avec une femme comme mentor, tu ne devais pas t'attendre à guère mieux.

— Ce n'est pas de la danse, espèce d'imbécile, ce sont des mouvements de base de la discipline du Combat. Tu le saurais si tu l'avais apprise.

Duncan éclata d'un rire moqueur.

— J'ai déjà appris cette discipline et ça n'avait rien à voir avec les mouvements grotesques que tu t'obstines à exécuter si maladroitement.

— Très bien. Montre-moi comment tu fais, alors.

— J'ai une meilleure idée, dit-il en se relevant et en s'approchant de Sokar. Je te propose un combat de lutte, en n'utilisant que des prises de la discipline du Combat. Le gagnant est celui qui immobilise l'autre au sol assez longtemps pour compter jusqu'à cinq. Ainsi, on verra si ta *maîtresse* traîne avec les malfrats de Narcitta parce qu'elle sait se battre aussi bien qu'eux ou simplement parce qu'elle sait boire autant qu'eux.

Au départ, Sokar ne désirait pas se battre, d'autant plus qu'il ne connaissait pas la force de son adversaire. Toutefois, en entendant Duncan dénigrer Gwendollyn de manière aussi acerbe, et la façon hargneuse dont il avait prononcé le mot « maîtresse », Sokar sentit son sang bouillir dans ses veines et il décida qu'il était temps qu'il lui donne une bonne leçon.

— J'accepte ton défi, répondit Sokar en serrant les poings, tout en sentant monter en lui une rage qui lui était inhabituelle.

Duncan conserva son sourire narquois en entendant la réponse, comme s'il avait cherché la bagarre depuis le début. Les deux apprentis se placèrent en position de combat. Ils se faisaient face les poings serrés, le torse légèrement incliné et les genoux quelque peu fléchis afin d'abaisser leur centre de gravité. Ils s'étudièrent un moment, puis Duncan tenta un coup de pied latéral que Sokar bloqua avec son avant-bras. Duncan revint en position de garde, s'attendant à une riposte immédiate de Sokar, qui ne vint pas. Celui-ci attendit avant de lancer quelques coups de poing directs, que Duncan esquiva facilement. Les deux adversaires échangèrent encore quelques coups sans mettre trop d'ardeur, chacun cherchant à étudier le style de l'autre. Puis, Duncan passa aux choses sérieuses. Il donna un rapide coup de pied en direction de la cuisse de Sokar et pendant que celui-ci l'esquivait, Duncan lui asséna un coup de poing à la poitrine. Sokar encaissa le choc sans trop de douleur, surpris de s'être laissé duper aussi aisément. Duncan continua avec un autre coup au corps et cette fois-ci, Sokar réagit à temps et il put le dévier. Il riposta avec un coup dans les côtes de son adversaire, qui réussit tout juste à l'esquiver. Sokar poursuivit avec un balayage au ras du sol. Ce genre de coup était asséné avec la jambe sur le segment d'appui de son opposant, dans le but de lui faire perdre l'équilibre. Cependant, Duncan comprit la manœuvre et il sauta pour l'esquiver. Profitant ensuite de la position précaire de Sokar, Duncan parvint à lui asséner un coup de genou sur le bord du crâne, qui lui fit voir des étoiles pendant un court instant.

Devenu fou de rage, Sokar fonça sur Duncan tel un taureau, son épaule percutant de plein fouet l'abdomen de son adversaire. Duncan eut momentanément le souffle coupé. Ils tombèrent tous deux à la renverse et quand Duncan atterrit sur le dos, il s'arrangea pour projeter Sokar au-dessus de lui pour se dégager. Les deux apprentis se relevèrent en même temps et sautèrent l'un sur l'autre, s'engageant dans un corps à corps agressif, chacun luttant pour prendre l'avantage sur l'autre afin de le plaquer au sol. Or, aucun apprenti ne réussit à maîtriser l'autre, tous deux étant de force égale. Sokar se demandait même si Duncan ne faisait pas exprès de retenir sa force, simplement pour s'amuser davantage à ses dépens.

— Le champion de la princesse fait moins le fanfaron, maintenant ? le nargua Duncan.

— Mais de quoi parles-tu ?

« Il veut juste me déconcentrer avec ses inepties », pensa Sokar.

— Ne fais pas l'innocent. Je connais le sobriquet que les serviteurs te donnent au château. Ils sont si facilement impressionnables. Cette histoire de champion est certainement une invention de la princesse. Elle s'amourache de chaque nouveau beau garçon qui fait irruption dans sa vie. Elle ne peut pas s'en empêcher, c'est une incorrigible romantique.

Sokar continuait de lutter contre Duncan, mais il ne cherchait plus à le faire trébucher dans l'espoir de gagner le défi ; il se contentait de lui opposer une résistance suffisante. Duncan avait piqué sa curiosité. Sokar ne comprenait pas dans quel but il lui avait fait ces révélations et surtout, pour quelle raison il avait une aussi mauvaise opinion de la princesse. Perdu dans ses réflexions, il eut un instant de distraction et Duncan profita de l'ouverture pour lui faire une clé de bras dans le dos.

— Pourquoi est-ce que tu me racontes tout ça, Duncan ?

— Tu crois que tu es le seul à te rendre régulièrement au château ? Le seul à parler avec la princesse ? Tu n'es vraiment pas au courant ?

— Mais à quoi fais-tu allusion, à la fin ?

— Connais-tu mon nom ? Mon nom au complet ?

— Non, et je m'en fous. Pourquoi ? Quel est ton nom complet ?

— C'est Duncan de Warchester.

Ce nom de famille, de Warchester, lui était familier, sans compter que c'était surtout les nobles qui portaient un nom de famille. Toutefois, Sokar n'arrivait pas à se remémorer à quelle occasion il avait entendu ce nom. Il se libéra de la clé de bras et réussit à asséner un rapide coup de coude dans l'estomac de son adversaire. Il se retourna pour lui faire face et recula de quelques pas, prêt pour le prochain assaut. Les traits du visage de Duncan lui parurent soudainement familiers, parce qu'ils lui rappelaient ceux d'une autre personne qu'il avait croisée au château. Et il se souvint.

— Le duc Marshall de Warchester..., commença Sokar, ébahi.

— ... est mon oncle, compléta Duncan, fier de sa révélation. Je suis un membre des nobles familles. J'ai grandi au château jusqu'à ce que la fièvre Dohm m'oblige à aller vivre parmi les roturiers. Mais ça ne veut pas dire que j'ai coupé les ponts pour toujours, au contraire. Mon oncle me tient régulièrement informé des intrigues de la cour et des dernières bêtises de la princesse. J'ai ri aux larmes quand il m'a raconté cette histoire de « champion de la princesse ».

« Voilà la raison de son égo aussi démesuré, déduisit Sokar. Il était l'un de ces vaniteux qui vivent au château dans le luxe, le confort et l'abondance. »

— Je connais bien la princesse, continua Duncan, parce que j'ai vécu pendant une quinzaine d'années à l'intérieur des mêmes murs qu'elle, à entendre régulièrement ses jérémiades et ses caprices. Son idiot de père lui offre tout ce qu'elle désire. Et ne va pas croire que Gaëlle s'intéresse à toi parce que tu es exceptionnel. Tu n'es que son dernier caprice, son nouveau joujou. Quand elle se sera lassée de toi, elle te jettera comme tous les autres ducs et elle t'oubliera à jamais.

— C'est étrange. Gaëlle ne m'a jamais parlé de toi. Pourtant, elle devait bien savoir que tu habitais également au Monastère portuaire, à l'époque. Elle t'a probablement oublié, toi aussi, railla Sokar.

— Tu peux te moquer de moi autant que tu le souhaites, ça m'est égal. Je n'ai aucun désir d'entrer dans les bonnes grâces de la princesse. Elle n'est qu'une catin dont les jours sont comptés, une enfant gâtée qui mérite une bonne fessée, une...

Duncan ne put terminer sa phrase. Sokar était devenu tellement enragé par ces propos désobligeants qu'il avait bondi sur Duncan sans réfléchir. Sokar frappa Duncan de plein fouet, et les deux apprentis se retrouvèrent allongés par terre. Toutefois, Duncan réagit plus vite que Sokar ne l'aurait cru. Il se redressa, embarqua sur Sokar, qui était maintenant sur le dos, et commença à le gifler.

— Bats-toi, le sauvageon ! hurla Duncan. Défends-toi ! Montre-moi de quoi tu es capable !

Sokar avait beau placer ses bras devant son visage pour se protéger, Duncan arrivait toujours à trouver une ouverture et à le frapper, ce qui ne faisait qu'attiser davantage sa rage. Sokar arrêta de parer les coups et commença à frapper à son tour. À son étonnement, il réussit à cogner Duncan sur le menton à quelques reprises. Celui-ci changea de tactique et plaça ses deux mains autour du cou de Sokar pour l'étrangler. Le combat, qui n'était au départ qu'un simple entraînement, se transformait en bataille de ruelle. Dorénavant, Sokar devait lutter pour sa vie. Il agrippa les poignets de son adversaire pour lui faire lâcher la prise, sans succès. Il visa donc les yeux avec ses doigts. Quand il réussit à atteindre l'œil de Duncan avec le bout de son doigt, celui-ci lâcha enfin sa prise et Sokar put recommencer à respirer. Duncan se releva en un éclair et entreprit de lui asséner des coups de pied. Il en porta un dans l'abdomen et un autre dans les côtes. Sokar, qui haletait à cause de l'étranglement, en eut le souffle momentanément coupé. Par réflexe, il se recroquevilla en position fœtale.

Duncan lui envoya un autre coup de pied, cette fois au visage. Sokar en gémit de douleur. Mais avant que Duncan ne poursuive avec un autre coup, Sokar prit une poignée de sable et la lui lança dans les yeux. Profitant de l'aveuglement momentané de son rival, il lui donna un coup de pied au mollet pour lui faire perdre l'équilibre. Duncan tomba sur le dos. Sokar se dépêcha de s'agenouiller près de sa tête et de lui asséner un crochet du droit.

Surpris par le coup, Duncan roula sur le côté. Sokar le fit pivoter sur le ventre, il s'empara de son poignet et il lui fit une clé de bras dans le dos. Aussi, il appuya un genou dans son dos pour une meilleure prise. Il se rendit compte qu'il avait un goût métallique dans la bouche. Il cracha une giclée de sang. Il avait l'impression que sa bouche était devenue engourdie et il avait mal aux côtes.

— Arrête ! se plaignit Duncan, qui avait perdu son arrogance. Tu vas me déboîter l'épaule !

Mais Sokar n'entendait rien. Il mit plus de pression sur l'épaule de Duncan, qui hurla de douleur. Il méritait d'être puni. Sokar voulait lui faire regretter son combat déloyal. Il voulait lui faire ravaler les injures proférées à propos de la princesse. Il voulait se venger, pour toutes les occasions où Duncan l'avait insulté ou s'était moqué de lui. C'était comme si toute la hargne que Sokar avait refoulée pendant des lunes venait de se libérer.

— Ça suffit ! Cessez ce combat immédiatement ! fit une voix au loin.

Sokar releva la tête. D'un côté, il vit Aurora qui arrivait au pas de course avec Maya sur ses talons, et de l'autre, Gwen qui s'approchait d'un pas rapide. Évidemment, l'ordre avait été lancé par Aurora. À contrecœur, Sokar relâcha Duncan, puis il se releva et s'éloigna de quelques pas en se tenant les côtes, encore douloureuses. Il cracha de nouveau un peu de sang et croisa les bras en prenant une mine renfrognée. Duncan se releva également. Il se tenait l'épaule et il se lamentait que celle-ci était démise. Selon Sokar, il jouait plutôt la comédie.

Aurora examina Duncan à son arrivée, alors que Gwen et Maya se précipitèrent sur Sokar pour s'enquérir de sa santé. Maya semblait préoccupée par le piteux état de Sokar. Aurora exigea des explications. Elle était perplexe. Elle avait seulement vu Sokar maîtriser Duncan, pourtant Sokar était salement plus amoché. Aucun des deux apprentis n'osa prendre la parole.

— C'est la deuxième fois que je te surprends à frapper Duncan, admonesta Aurora à l'attention de Sokar. Tu en subiras la punition qui convient dans les cas de récidive.

— Je m'y oppose vivement, protesta Gwen.

— Et pourquoi donc ?

— Tu n'as pas vu la figure de Sokar ? C'est évident qu'il est la victime dans cette histoire. Il ne cherchait qu'à se défendre.

— Son état ne veut rien dire. Il s'en est simplement pris à plus fort que lui.

Les deux maîtresses continuèrent à se disputer et à s'obstiner sur l'instigateur de l'affrontement entre les deux apprentis. Comme les deux femmes étaient rivales, leur affrontement verbal tourna vite en querelle personnelle, les deux s'insultant mutuellement en haussant la voix de plus en plus. Aurora reprocha même à Gwen d'avoir une mauvaise influence sur Sokar et elle lui conseilla de s'efforcer de montrer l'exemple. Finalement, à bout d'arguments, Aurora statua qu'elle devait en référer au Grand Maître. Elle agrippa Duncan par l'épaule, la même épaule qu'il s'était prétendument démise, et elle l'entraîna sur le chemin du retour. Gwen la regarda s'en aller au monastère, et elle attendit qu'Aurora soit enfin hors de sa vue pour réagir.

— Pour qui se prend-elle, celle-là ? pesta Gwen d'une voix haute perchée. Pour l'autorité suprême ?

Gwen se retourna et reporta son attention vers Sokar, enfin décidée à examiner ses blessures. Quelle ne fut pas sa surprise de voir que Maya s'en occupait déjà, et plutôt bien, même ! Elle s'était agenouillée aux côtés de Sokar, qui s'était allongé sur le dos, et elle vérifiait la présence de lésions internes et de fractures par imposition des mains à l'aide de la discipline de Guérison. Son visage, en revanche, était encore tuméfié.

— D'après ce que je peux voir, Sokar, tu es entre bonnes mains, blagua Gwen. Tu devrais t'occuper de ton visage maintenant, il est tout enflé.

— Comment ? demanda-t-il en s'asseyant, puisque Maya venait de terminer son examen.

— Mais avec la discipline de Guérison, voyons !

— Je ne l'ai pas encore apprise, vous vous souvenez ?

— Bon sang ! Ils ne montrent plus rien aux apprentis de nos jours ? Bon... Ce n'est pas grave, je te l'enseignerai demain.

— En même temps que la discipline du Combat ?

— En même temps que la discipline du Combat ! Tu voulais être moine au plus vite ? On va passer à la vitesse supérieure.

— Arrête de gigoter un peu, Sokar, le sermonna Maya. Je voudrais m'occuper de ton visage.

— Pourquoi ? Il est si amoché que ça ? demanda-t-il.

— Tu ne t'es pas vu dans un miroir ! Tu ferais peur aux enfants dans une fête foraine.

Maya appliqua doucement ses mains sur les lèvres, les joues, et partout sur le visage de Sokar pour diminuer l'enflure et atténuer la douleur à l'aide de ses dons.

— Mais qu'est-ce qui t'as pris de te battre contre Duncan? murmura-t-elle avec compassion. Tu fais exprès pour t'attirer des ennuis, ou quoi ?

— Ce devait être un combat amical pour nous permettre de vérifier chacun notre maîtrise de la discipline du Combat, répondit-il piteusement à voix basse. Duncan a fait exprès pour me provoquer. Il sait comment toucher ma corde sensible et me faire perdre tous mes moyens.

Gwen eut tout à coup l'impression d'être de trop. Elle vit clairement la complicité que les deux apprentis partageaient et elle avait l'impression d'être devenue une intruse. Leur intimité lui rappela l'époque où Viggen et elle étaient apprentis, et cette pensée la rendit soudainement mélancolique. Elle tourna les talons et rentra lentement au monastère.

Plus tard dans la journée, le Grand Maître convoqua tour à tour Sokar, Duncan, Maya, Gwen et Aurora dans son bureau pour reconstituer les faits et pour décider s'il imposerait des sanctions. D'ailleurs, il en profita pour admonester Aurora, lui rappelant au passage qu'elle n'était pas la dirigeante du monastère et qu'elle ne pouvait se substituer à l'autorité du Grand Maître. Lorsque ce fut son tour, Sokar tenta de relater les faits le plus fidèlement possible. Après avoir entendu la version de tous, le Grand Maître choisit d'attendre au lendemain avant de prendre une décision.

Après le repas du soir, Sokar monta directement dans sa chambre. Il s'allongea sur son lit et il constata que ses côtes le faisaient beaucoup moins souffrir. Encore une fois, Maya avait fait des merveilles. Il pouffa en se souvenant de la blague que son amie avait faite plus tôt : « Tu n'es pas obligé de faire exprès pour te blesser si tu veux que je pose mes mains sur toi ; tu n'as qu'à le demander. »

Sssssssssoooooooooooookaaaaaarrrrrrrrrrr...

Sokar sursauta. Sinistre, qui était dissimulée sous son lit, l'appelait encore. Évidemment, l'apprenti était le seul à l'entendre. L'épée était comme un chaton, lui demandant régulièrement un peu d'attention. Sokar savait que ce n'était pas normal qu'une arme communique avec lui par télépathie. De toute évidence, il devait continuer de cacher ce fait à Maya, sinon elle ferait pression pour qu'il s'en sépare, ce que Sokar serait incapable de faire. Il ne voulait pas non plus que Sinistre devienne un sujet de discorde entre eux. Il roula sur le côté et il allongea le bras pour fouiller sous le lit sans en descendre. À tâtons, il mit la main sur le paquet envoyé par la princesse et il s'en empara sans trop réfléchir. Il l'ouvrit et porta le mouchoir de Gaëlle à son nez pour le humer de nouveau, tout en se rappelant ce que Duncan avait raconté à propos d'elle. Même si Duncan lui avait raconté des inepties simplement pour le déstabiliser, il avait tout de même réussi à semer un doute dans son esprit. Était-il vraiment qu'une simple distraction pour la princesse ? Avait-elle vraiment des comportements douteux, comme Duncan le laissait entendre ?

Sssssssssoooooooooooookaaaaaarrrrrrrrrrr...

Sokar remballa le paquet de la princesse, le replaça sous son lit et s'empara de Sinistre. Dans ses mains, l'épée semblait vibrer de contentement. Sokar demeura allongé sur son lit à rêvasser et à examiner distraitement son épée. Doucement, il sombra dans le sommeil.

Le lendemain matin, Sokar se réveilla en sursaut au son des autres apprentis qui faisaient du boucan dans le couloir. Il ramassa Sinistre qui traînait à ses côtés et la rangea sous son lit, puis il se prépara pour aller se purifier aux bains publics. Il n'y avait personne ce matin-là, la plupart des moines préférant se nettoyer le soir après le repas. L'eau chaude lui fit plus de bien qu'il ne l'aurait cru au départ. Malgré les bons soins de Maya, ses muscles étaient encore endoloris de son passage à tabac le jour précédent. Il laissa donc la chaleur du bain faire son œuvre et lui délier les muscles. Sokar cherchait à se détendre, et peut-être même à méditer un peu pendant qu'il faisait trempette, sauf que les souvenirs de la journée d'avant revenaient constamment le narguer.

Il était en colère contre Duncan, et davantage contre lui-même. Il aurait dû prévoir que Duncan ne jouerait pas selon les règles et se préparer en conséquence. Il avait chèrement payé sa négligence. Depuis l'arrivée de Sokar au Monastère portuaire il y a plusieurs lunes, Duncan s'acharnait à lui mener la vie dure sans que Sokar sache trop pour quelle raison. Comme c'était bien avant que la princesse ne s'intéresse à lui, elle n'était certainement pas l'élément déclencheur. Toutefois, ce facteur devait alimenter d'autant plus l'animosité de Duncan envers lui. Pourtant, l'Ordre enseignait aux apprentis les valeurs de respect, d'entraide et de tolérance. «Duncan était probablement absent le jour de cette leçon-là, s'efforça de plaisanter Sokar. Comment un apprenti peut-il être irrespectueux et arrogant à ce point? S'il ne change pas d'attitude, avec les pouvoirs qu'il acquerra au fil de son apprentissage, il pourrait devenir dangereux. J'espère qu'un des Grands Maîtres s'en rendra compte avant qu'il soit trop tard.»

Sokar continua à rêvasser un moment, puis il constata que la température de l'eau était demeurée constante. Il se souvint alors qu'on lui avait expliqué que les bains publics du monastère étaient en fait des sources thermales réchauffées par la chaleur des volcans. Voyant que ses doigts étaient devenus aussi ratatinés que des pruneaux, il décida qu'il était temps de sortir de l'eau et d'aller se préparer pour la journée.

La plupart des moines avaient terminé leur repas lorsque Sokar arriva dans la salle commune. Il se dépêcha de confectionner son repas avec le peu d'aliments qui restaient sur la table et il se hâta d'ingurgiter le tout. Comme il finissait d'avaler sa dernière bouchée, Gwen arriva dans la pièce par l'escalier, affichant un visage impassible.

— J'arrive du bureau du Grand Maître, annonça-t-elle. Il vient de m'informer de la sanction pour votre querelle d'hier, et c'est moi qui suis responsable de la faire appliquer. Rejoins-moi à l'écurie.

Gwen sortit du monastère sans fournir plus de détail. Sokar sentit une bouffée de chaleur l'envahir et son pouls s'accélérer. Encore une fois, c'est lui qui serait puni pour avoir répliqué aux provocations de Duncan. Il prit de grandes respirations pour tenter de se calmer, alla porter son assiette sale aux cuisines et sortit rejoindre Gwen. Il espérait que la punition ne serait pas trop sévère, mais il anticipait quand même le pire.

Une fois arrivé à l'écurie, il vit que Gwen était en train de seller Furie, et que Duncan en faisait de même avec un autre cheval. Ses gestes étaient secs et il s'exécutait d'un air bourru.

— Prépare ton cheval, ordonna-t-elle. Nous allons à Narcitta. Je vous informerai une fois que nous serons là-bas de votre tâche à accomplir, qui vous servira de sanction.

Gwen avait employé un ton plus autoritaire que d'ordinaire, probablement à cause de la présence de Duncan. Toutefois, elle ne semblait pas être en colère ni irritée, ce qui mystifiait d'autant plus Sokar. Il prépara son cheval en vitesse et quand ils furent tous trois prêts, ils prirent la direction de Narcitta. Gwen ouvrait le chemin, et les deux apprentis chevauchaient de chaque côté d'elle, légèrement en retrait. Sokar lançait parfois des regards en direction de Duncan et il pouvait aisément deviner, simplement par l'expression qu'il avait, que la situation ne lui plaisait pas du tout. Duncan, en revanche, ne prêtait aucune attention à Sokar.

Lorsqu'ils approchèrent de Narcitta, Gwen entraîna les apprentis en direction d'un petit village situé à l'ouest de la ville et qui comportait tout au plus une dizaine de fermes. Gwen arrêta son cheval avant d'arriver au village et elle posa le pied à terre, immédiatement imitée par les deux apprentis.

— Suivez-moi, ordonna-t-elle simplement.

Ils marchèrent vers le sud un bon moment, jusqu'à ce qu'ils arrivent près d'étranges colonnes faites en terre et mesurant la moitié de la taille d'un homme adulte. Il y en avait six en tout, espacées l'une de l'autre d'une distance d'environ une vingtaine de pieds, et érigées de façon désordonnée. Leur diamètre était de quelques pouces seulement, et elles possédaient une ouverture à l'extrémité supérieure.

— Voilà ! C'est ici !

— Et c'est quoi, notre punition ? ronchonna Duncan. Détruire ces stalagmites ?

— Ce ne sont pas des stalagmites, ce sont des fourmilières. Tu le saurais, si tu étais plus attentif aux enseignements de ton maître. Et vous n'allez surtout pas les détruire, les fourmis ont leur rôle à jouer dans le grand cycle de la vie.

— Alors, que devons-nous faire ? demanda Sokar.

— Les fermiers du village là-bas ont demandé qu'on extermine une population d'akouaparts qui viennent d'arriver dans le secteur et qui leur causent des ennuis. Un akouapart est un monstre qui ressemble à un serpent et qui se faufile dans les poulaillers pendant la nuit pour dévorer les œufs des fermiers. Comme ils sont sensibles à la chaleur, le jour ils se terrent au fond des fourmilières afin de demeurer au frais. La façon la plus efficace d'exterminer ces parasites pour un apprenti est d'utiliser la discipline du Pouvoir du feu afin de réchauffer la fourmilière. Soit la chaleur produite par votre Dohm va tuer l'akouapart à l'intérieur, soit il cherchera à fuir en sortant à l'extérieur et c'est le soleil qui terminera le travail à votre place. De cette manière, vous préserverez la vie des fourmis, ce qui est important.

— De quelle manière procédons-nous ? s'informa Sokar.

— Il y a six fourmilières. Vous en prenez trois chacun. Vous commencez par la première et vous placez vos mains dessus. Vous invoquez la discipline et, si le monstre reste caché à l'intérieur, vous utilisez votre Dohm pour vérifier s'il est trépassé. Après quoi vous passez à la suivante, jusqu'à la dernière. C'est aussi simple que ça.

— Non, protesta Duncan. Ce n'est certainement pas aussi simple que ça. Je suis certain qu'il y a un piège. C'est censé être une sanction, non ? En quoi est-ce une punition ? Il y a certainement une leçon à apprendre, ou quelque chose du genre. Le

Grand Maître ne nous aurait pas assigné une tâche aussi insignifiante sans motifs valables.

— En effet, tu as raison. Le volet punition de cette corvée, ce sont les fourmis. Lorsque vous aurez commencé à réchauffer la fourmilière, les fourmis vont sortir, car elles seront indisposées également par la chaleur. Des centaines et des milliers de fourmis. Elles grimperont sur vous, se faufileront à travers vos vêtements et entreront peut-être même dans certains de vos orifices. Plusieurs vous mordront. Soyez rassurés, leur morsure n'est ni dangereuse ni douloureuse. Inconfortable, peut-être, mais pas mortelle.

— Il n'y a aucune autre méthode pour s'acquitter de cette tâche ? osa Duncan.

— La plupart des maîtres se servent de leur Dohm pour endormir leur peau afin de ne pas être incommodés par la morsure des fourmis. D'autres invoquent la discipline de Maîtrise animale pour les empêcher de sortir. Certains utilisent une technique différente pour se débarrasser des akouaparts sans déranger les fourmis. Mais comme vous n'êtes encore que des apprentis, il n'y a pas d'autre méthode. Et maintenant, au boulot !

À contrecœur, Sokar s'approcha de la fourmilière située le plus près de lui et il posa ses mains dessus. Il invoqua la discipline du Pouvoir du feu. Lentement, il sentit son Dohm produire des vagues de chaleur, qu'il dirigea vers ses mains afin de les transmettre à la fourmilière. La température augmenta graduellement. Une fourmi rouge sortit du trou, suivie d'une autre, et elles grimpèrent sur les mains de l'apprenti. Sokar, craignant de se faire mordre par celles-ci, retira ses mains de la fourmilière et il les secoua en panique pour se débarrasser des insectes. Elles tombèrent par terre, puis elles escaladèrent la colonne de terre pour retourner à l'intérieur. Duncan, qui avait assisté à la scène, riait à gorge déployée tout en se moquant de Sokar.

— C'était trop rapide, l'informa Gwen. L'akouapart est encore vivant.

Le cœur de Sokar battait vite. Pourtant, ce n'était que des fourmis, il n'y avait pas de quoi être effrayé, pensa-t-il.

— À ton tour, Duncan, dit Sokar sur un ton rancunier. On verra bien si tu arrives à tenir assez longtemps.

— Regardez bien l'artiste.

Duncan imita Sokar sur sa fourmilière. Tout comme pour Sokar, quelques fourmis sortirent du trou et montèrent sur les mains de Duncan. D'autres fourmis suivirent par vagues et, rapidement, des dizaines d'insectes se promenaient sur les membres de Duncan. Celui-ci, probablement par orgueil, estima Sokar, garda la position et persista. Il retira enfin ses mains et recula de quelques pas.

— Et voilà le travail, dit-il fièrement, tout en secouant négligemment ses membres pour se débarrasser des insectes.

Gwen inspecta la fourmilière avec son Dohm et elle confirma que l'akouapart était mort.

— As-tu été mordu ? demanda-t-elle.

— Si, sauf que j'anesthésiais le site de la morsure à chaque reprise avec la discipline de Guérison.

— C'est une bonne idée. Tu devrais en faire autant, Sokar.

— Oh ! Mais je le ferais bien, répliqua celui-ci sarcastiquement, si mon maître avait bien voulu me l'enseigner !

— Oups..., fit Gwen, soudainement embarrassée. Bon... euh... ce n'est pas grave. Dépêche-toi de finir et je m'occuperai de tes morsures à la fin. J'en profiterai pour t'enseigner la discipline par la même occasion.

— Finir ? Je n'ai même pas encore commencé...

— Allez, Sokar, l'encouragea-t-elle. Plus tôt tu commences, plus vite tu finis.

Duncan ricana tout en s'approchant de sa deuxième fourmilière. S'il trouvait humiliant d'effectuer une tâche aussi dégradante pour quelqu'un de son statut, au moins il pouvait se délecter de l'attitude ridicule de Sokar, ce qui rendait la situation un peu plus supportable. Il s'attaqua donc à la deuxième fourmilière. Davantage de fourmis montèrent sur lui, mais il demeura stoïque. Lorsqu'il eut terminé, il passa à la dernière fourmilière, qui fut aussi facile à débarrasser de son intrus.

— J'ai terminé, maîtresse Gwendollyn. Suis-je obligé d'attendre que Sokar daigne bien vouloir commencer son travail ?

Duncan avait fait exprès pour formuler ainsi sa question, y ajoutant même une légère inflexion d'exaspération, de manière que Gwen y réponde favorablement.

— Non, tu peux partir, Duncan. Bon travail.

— Merci, maîtresse Gwendollyn.

Gwen ne remarqua pas le ton quasi insultant qu'avait employé Duncan, trop heureuse de se débarrasser du jeune prétentieux. Celui-ci retourna à son cheval et il prit rapidement le chemin du monastère. La maîtresse tourna son attention vers son apprenti. Il venait de finir de tuer son premier akouapart et il effectuait une étrange danse pour chasser les insectes qui couraient partout sur son corps. Gwen dut se retenir pour ne pas s'esclaffer devant lui.

— Haaaa ! se lamenta-t-il. Ça pique !

— Non ! Ne te gratte surtout pas, tu ne feras qu'empirer les démangeaisons. Concentre-toi. Utilise ton Dohm. Oblige-toi à faire abstraction des sensations que tu ressens sur ta peau.

Sokar obéit à sa maîtresse et, en fin de compte, il réussit à calmer momentanément les effets désagréables des morsures de fourmis. Mais dès qu'il perdait sa concentration, les sensations revenaient et s'intensifiaient.

Sokar ne fit ni une ni deux et il s'attaqua à la deuxième fourmilière. Il invoqua la discipline de toutes ses forces, afin de produire un maximum de chaleur dans un délai le plus court possible. À sa grande surprise, il parvint à tuer l'akouapart assez rapidement. Quelques fourmis avaient eu le temps de monter sur lui, mais beaucoup moins qu'à la fourmilière précédente.

S'efforçant d'ignorer les démangeaisons, Sokar passa à la dernière. Sauf qu'il avait de plus en plus de difficulté à se concentrer à cause des morsures. Pendant qu'il réchauffait la colonne de terre, des fourmis rouges montèrent jusque sur son cou et le mordirent à cet endroit. Il était incapable de tenir plus longtemps. Il retira ses mains de la colonne pour se gratter et pour enlever les fourmis qui s'étaient infiltrées dans ses vêtements.

Pendant que Sokar luttait contre les insectes, il entendit un étrange sifflement. Une tête de serpent fit son apparition à l'ouverture de la fourmilière. C'était l'akouapart qui tentait de sortir. Le monstre pivota vers Sokar et il le fixa rageusement de ses yeux rouges. Il siffla de nouveau en ouvrant la gueule, laissant entrevoir une série de crocs acérés et menaçants. Sokar dégaina sa dague par réflexe et se tint en alerte. L'akouapart sortit au complet de la fourmilière et, plutôt que de se jeter sur l'apprenti, il s'enfuit dans la direction opposée. Ne sachant trop que faire, Sokar interrogea Gwen du regard.

— Laisse-le fuir. Regarde.

Intrigué, Sokar regarda l'akouapart s'échapper en ondulant sur le sol. Il allait escalader une autre fourmilière pour se cacher, quand il explosa à mi-chemin. L'apprenti sursauta.

— Quand vous disiez qu'il était sensible à la chaleur, je n'imaginais pas que le soleil aurait ce genre d'effet sur lui, ricana Sokar tout en se grattant.

Gwen s'approcha de son apprenti et plaça ses mains aux endroits où Sokar se grattait le plus. À l'aide de la discipline de Guérison, elle calma la démangeaison et fit disparaître les rougeurs. Elle répéta l'opération aux autres endroits, et quand Gwen retirait ses mains, Sokar se sentait de mieux en mieux. Elle omit un endroit sur son bras, afin que Sokar puisse s'exercer sur lui-même.

Elle lui expliqua en premier comment sonder son propre corps avec ses dons. Comme Sokar avait déjà eu des formations sur la constitution du corps humain, et qu'il avait déjà dépecé des carcasses d'animaux, il lui était facile de visualiser l'intérieur de son bras. Elle lui rappela le rôle des nerfs, qui étaient comme de longues et minces anguilles électriques qui envoyaient de légères décharges à son cerveau pour transmettre un message de douleur ou de chaleur. Ainsi, Sokar réussit à calmer lui-même les démangeaisons de la dernière morsure, ainsi qu'à faire disparaître l'inflammation.

Journal de Sokar
81e jour de la 13e année du règne du roi Loka

Bonne nouvelle ! J'ai une autre discipline à mon actif : la discipline de Guérison. Bon, en fait, je ne la maîtrise pas encore totalement. Il me reste encore quelques notions à acquérir, par exemple l'apprentissage des différents maux à traiter et de leurs soins, ou bien la préparation de remèdes. Mais je connais déjà la guérison de blessures mineures par imposition des mains. Je peux même arrêter des saignements légers et refermer des plaies mineures.

J'étais craintif au départ quand Gwen m'a demandé de lui entailler le bras. Elle m'a vite rassuré en me rappelant qu'elle pourrait se guérir elle-même si je n'y arrivais pas. J'ai donc pris ma dague et j'ai pratiqué une légère incision sur son avant-bras. Un peu de sang s'est mis à couler. Gwen m'a alors appris comment faire arrêter le sang et comment réparer les chairs, refermer la plaie et former une cicatrice. Finalement, c'était plus simple que je ne le croyais. Gwen a même dit que j'étais un bon élève et que j'apprenais vite. Génial!

Ce qui me fait huit disciplines au total : Pouvoir de la terre, Communication animale, Camouflage, Pouvoir de l'eau, Pouvoir de l'air, Pouvoir du feu, Combat et Guérison. Il y a également la discipline du Passe-muraille, mais je ne la compte pas, puisque c'est une discipline que j'ai inventée. Pour terminer mon apprentissage, je dois maîtriser les dix disciplines mineures officielles de l'Ordre. Il me reste donc à apprendre les disciplines de Prémonition et de l'Empathie. Comme elles sont enseignées seulement au Monastère spirituel, j'imagine que je devrai aller y faire mon pèlerinage bientôt. Reste à savoir si j'irai seul ou avec ma maîtresse. Je sais que Maya n'y est pas encore allée non plus, alors j'espère qu'on pourra s'y rendre ensemble. Je crois qu'il lui reste seulement à apprendre la discipline du Pouvoir du feu pour être au même point que moi. C'est plutôt étrange : je suis apprenti depuis moins longtemps que Maya et pourtant, j'ai une longueur d'avance sur elle. Ce doit être la faute d'Aurora. Elle le fait certainement exprès pour retarder la fin de son apprentissage.

Quand j'ai commencé à écrire dans mon journal ce soir, Sinistre était encore sous le lit. Maintenant, elle est sur la table juste sous mes yeux. Elle m'appelait pendant que j'écrivais, elle voulait encore de l'attention. J'ai tenté de l'ignorer, mais c'était peine perdue. Je me suis résigné à aller la chercher. Étrangement, ça m'a fait du bien de la prendre. Quand mes doigts ont enserré son manche, je me suis soudainement senti fort et puissant. J'ai été immédiatement envahi d'une vague apaisante. C'est ridicule, mais on dirait que ça a rechargé mon énergie magique, comme si j'avais pris une potion régénératrice de Dohm qui ferait effet instantanément. Cette épée n'a pas fini de me surprendre.

Pendant ce temps, sur Arkahz, Guérak, le roi arkahzien, priait dans le temple dédié à son dieu, Orrotaresh. Il avait égorgé des poulets sur l'autel sacrificiel tout en prononçant des incantations maléfiques. Il y avait éviscéré des porcelets et il avait mis le feu aux abats, tel que l'exigeait le rituel. Il alluma des cierges pour la suite de la cérémonie et les disposa aux quatre coins de l'autel de pierre. Il alla chercher le nourrisson qu'il avait fait enlever par ses hommes sur Kadjyll. L'enfant devait avoir quelques lunes, tout au plus, et il pleurait à chaudes larmes, nu, dans un panier en osier à quelques pieds du roi barbare. Guérak s'en empara et le déposa sans ménagement sur l'autel. Il prit ensuite le poignard cérémonial, psalmodia une incantation maléfique à l'attention de son dieu et trancha d'un coup un doigt du bébé. Celui-ci hurla à pleins poumons, le visage cramoisi de douleur et de colère. Le roi se délectait de la souffrance qu'il lui causait en l'honneur de son dieu.

Guérak continua le sacrifice, tout en priant. Il taillada à de nombreuses reprises les bras ainsi que les jambes du poupon, qui se débattait en hurlant, les yeux pleins de larmes. Ensuite, le roi s'empressa de planter le poignard directement dans le cœur de sa victime avant qu'elle ne trépasse. « Les bébés kadjyllois sont tellement de faibles créatures », s'amusa-t-il.

Avec l'aide de l'encens qui brûlait depuis le début de la cérémonie, et grâce à l'exécution de l'innocente victime, Guérak entra finalement en transe. Cependant, la communication qu'il tentait d'établir avec son dieu ne se produisit pas. C'était le néant total. Aucun son, aucune image, aucune sensation. Rien. Son dieu l'avait-il abandonné ? Est-ce qu'Orrotaresh tenait rigueur à Guérak parce qu'il était trop lent à retrouver l'œil-qui-voit-tout ? Le roi ne se laissa pas déconcerter et il pria davantage le démon, louangeant sa puissance et implorant sa clémence. Il continua ainsi pendant une durée indéterminée, jusqu'à ce que les derniers relents d'encens se dissipent, ce qui mit fin à son état second. Le roi reprit peu à peu ses esprits, tout en ressentant une forte déception à cause de cet échec. Une vague de colère l'envahit. Il projeta brutalement le poupon inanimé à l'autre bout de la pièce, tout en hurlant de rage. C'était la première fois qu'il cherchait à entrer en communication avec son dieu et qu'il n'y parvenait pas. Pour le roi, cela n'augurait rien de bon.

Au même moment, Mercurus le sorcier s'activait dans sa tour. Il continuait de torturer autant physiquement que psychologiquement Mendoza. Le maître Ahkena était torse nu, allongé sur le ventre, sur une grille en fer forgé suspendue par des chaînes aux quatre extrémités. Il était solidement enchaîné à la grille, ce qui aurait été inutile puisqu'il était devenu trop faible pour réussir à se libérer. En effet, son état alternait constamment entre l'éveil et l'évanouissement.

Le sorcier alla chercher sur une étagère un grand bocal en verre translucide rempli d'eau. À l'intérieur se trouvaient des anguilles électriques qui tournoyaient calmement. Il retira le couvercle du bocal, prononça une rapide incantation pour se protéger des attaques des anguilles, et il plongea la main dans le contenant. Les anguilles, habituées à cette intrusion, réagirent à peine. Le sorcier s'empara d'une d'entre elles et la sortit du bocal. L'anguille protesta en émettant quelques décharges électriques, qui n'eurent aucun effet sur Mercurus. Celui-ci enferma l'anguille dans une petite cage en fer annexée à la grille sur laquelle le maître était captif. Dès que le sorcier referma le loquet de la cage, l'anguille s'énerva et se mit à produire des décharges électriques d'une intensité de plus en plus importante. Le courant électrique se propagea de la cage à la grille, jusqu'à Mendoza. Le maître fut pris de convulsion et, s'il n'avait pas encore tourné de l'œil auparavant, le traitement de l'anguille lui aurait fait perdre connaissance en un claquement de doigts.

Mercurus se tenait à distance et se délectait du spectacle. Bien sûr, il aurait pu électrocuter lui-même sa victime avec sa sorcellerie, mais pourquoi gaspiller son énergie quand une anguille arkahzienne pouvait aussi bien faire le travail ? Également, en utilisant ses pouvoirs, le sorcier aurait été obligé de retenir sa puissance pour ne pas tuer son prisonnier, alors qu'il savait que la puissance des décharges de l'anguille était suffisamment forte pour le blesser sans risquer que son prisonnier trépasse.

Lorsque l'anguille montra enfin des signes de fatigue, Mercurus la libéra de sa cage et il la replaça dans son bocal avec les siens. Il alla chercher une petite boîte en ivoire sur une autre étagère. Il s'approcha de son prisonnier, s'empara de la dague qu'il portait à la ceinture et il fit une légère incision dans le dos encore fumant de Mendoza. Il souleva le couvercle de la boîte et en ressortit une sangsue frétillante, qu'il appliqua sur l'entaille saignante du maître. La sangsue appliqua immédiatement sa ventouse antérieure sur l'ouverture de la blessure et se mit à sucer le sang. Le sorcier répéta la manœuvre à plusieurs autres endroits stratégiques sur le dos de sa victime, appliquant chaque fois une nouvelle sangsue. L'application de ces suceurs de sang ne servait pas vraiment à torturer le prisonnier, mais plutôt à activer des points d'énergie précis afin de préparer le sujet pour l'étape suivante. Cette variété de sangsues libérait une toxine qui induisait peu à peu chez leur victime un état de docilité.

Quand toutes les sangsues furent installées, Mercurus s'approcha de la tête de Mendoza. Il appliqua ses mains sur les tempes du prisonnier et invoqua un sortilège d'intrusion de la mémoire. Il avait déjà utilisé ce sortilège auparavant, sans succès. En effet, Mendoza avait encore trop d'énergie à ce moment-là et il avait réussi à résister à l'intrusion à chaque tentative. Mais cette fois-ci serait la bonne, Mercurus en était convaincu. Il avait travaillé pendant des jours et des nuits à épuiser les forces magiques, mentales et physiques du maître Ahkena, afin de faire tomber ses dernières défenses. Même s'il était lui-même affaibli par tous ses efforts, le plaisir sadique qu'il éprouvait à torturer le maître décuplait ses pouvoirs diaboliques.

Grâce à son sortilège, Mercurus accéda aux souvenirs du maître. La première image mentale qu'il perçut fut le visage d'un adolescent, que le sorcier identifia comme étant l'apprenti du maître. Il se débarrassa de cette image comme on enlève la pelure d'un oignon pour dévoiler la couche inférieure. Les souvenirs suivants ne présentaient que des événements banals de la vie quotidienne, le sorcier passa donc à la couche subséquente. Les prochaines images mentales montraient un jeune Mendoza, qui travaillait à la forge avec un cyclope aux mains rouges. « C'est curieux, pensa le sorcier. Ses souvenirs ne se dévoilent pas de façon chronologique. Ça risque de prendre plus longtemps que je l'aurais cru. Maudit sois-tu, Mendoza ! Mais je t'aurai à l'usure et tu finiras par me révéler ce que je cherche. »

Mercurus parcourut souvenir après souvenir, et il fut étonné de voir souvent les mêmes images réapparaître. À un certain moment, il crut même qu'il tournait en rond, comme s'il était pris au piège dans un labyrinthe psychique. Enfin, il distingua une image différente des autres, un souvenir bien enfoui au creux de la mémoire du maître que le sorcier réussit à dénicher. À l'aide de sa sorcellerie, Mercurus obligea sa victime à se remémorer cet événement.

Le sorcier voyait le jeune Mendoza, alors qu'il était en pèlerinage dans un monastère, en train de déambuler dans des couloirs souterrains. Mendoza savait qu'il n'avait pas le droit de se trouver à cet endroit, mais il avait fait un pari avec ses copains apprentis qu'il tenait absolument à remporter. Le jeune Mendoza arriva dans une salle remplie d'objets hétéroclites et là, à cet endroit exact et à cet instant précis dans les souvenirs de Mendoza, Mercurus vit l'œil-qui-voit-tout à travers le désordre.

Enfin ! Les efforts du sorcier avaient porté ses fruits. Il savait dorénavant où était caché l'œil-qui-voit-tout, l'artefact sacré des Arkahziens. Et malgré les quelques décennies qui s'étaient écoulées depuis ce souvenir, le sorcier était convaincu que l'objet magique était encore dissimulé au même endroit. Mercurus mit fin à son sortilège et il se permit de prendre une coupe de vin rouge pour fêter sa réussite. Il récupéra ses sangsues, qu'il replaça dans leur boîte. Les plaies de Mendoza continuaient à saigner légèrement, à cause de l'anticoagulant injecté pendant la succion. Le sorcier appela ses serviteurs pour qu'ils disposent du prisonnier encore inanimé afin qu'ils le replacent dans sa cellule, et il ordonna à un autre de ses larbins d'aller avertir Guérak leur roi. Celui-ci arriva rapidement dans la tour du sorcier.

— Tu as enfin une bonne nouvelle pour moi, Mercurus ?

— Oui, mon roi. Après des jours de travail acharné, j'ai finalement réussi à percer les secrets enfouis dans la mémoire du moine. Je sais maintenant où se trouve l'œil-qui-voit-tout.

— Puisqu'il t'a fallu autant d'efforts pour extraire cette information de la cervelle du prisonnier, j'en déduis que l'artefact doit être bien dissimulé et fortement protégé.

— Pas le moins du monde, ô mon roi. L'œil-qui-voit-tout est négligemment entreposé dans une salle avec divers objets magiques. Mendoza ne savait même pas qu'il avait déjà posé les yeux sur l'artefact. Voilà la raison pour laquelle il m'a été si ardu de trouver cette information : il possédait la réponse enfouie au creux de ses souvenirs, sans le savoir.

— Parfait ! Excellent ! Alors il te sera encore plus facile de t'en emparer. Tu pars immédiatement pour aller le récupérer.

— J'aimerais bien, toutefois je dois refaire mes forces avant de partir. L'Ordre des moines est sournois et imprévisible. Je dois envisager la possibilité que ce soit un piège, une ruse. Si c'est le cas, je veux être en pleine possession de mes pouvoirs magiques pour pouvoir les affronter.

Guérak croisa les bras et il grogna de mécontentement. La réplique de son sorcier l'irritait au plus haut point. Il savait qu'il n'arriverait jamais à le faire changer d'idée même s'il le menaçait de le payer de sa vie. De toute façon, Mercurus avait raison : il devait être paré à toute éventualité et ne pas se lancer hâtivement dans sa quête.

— Très bien. Quand seras-tu prêt ?

— D'ici deux à trois jours, tout au plus. Également, je vais avoir besoin de Griztalts pour faire diversion.

— D'accord. Je vais dépêcher un soldat pour aller porter un message au chef de leur tribu. Il ne reste plus qu'à se débarrasser du prisonnier. Que dirais-tu de l'écarteler ? Ou bien l'envoyer sur le bûcher ? Ah, non ! J'ai mieux ! On pourrait l'écarteler ET le faire brûler en même temps. Qu'en dis-tu ?

— Non ! protesta le sorcier. Il doit rester en vie !

— Pourquoi ? Nous avons l'information que nous voulions. Il ne nous est d'aucune utilité, désormais.

— J'ai encore besoin de lui. Son destin est étroitement lié au mien. Je le sens... je le sais. Il ne doit pas mourir. Pas maintenant.

Guérak grogna de nouveau en guise de réponse. Il n'aimait pas se priver d'un bon spectacle, mais il respecterait le souhait de son sorcier.

Sokar faisait encore ce rêve étrange, celui où il trouvait Sinistre. En revanche, ce rêve-ci débutait au moment où il découvrait la boule de cristal. Contrairement aux rêves précédents, cette fois-ci le globe reposait sur un socle en pierre. Sokar s'en approcha et constata qu'il était opaque, comme s'il renfermait un nuage de fumée. Un objet sombre, de forme circulaire, mais aux contours indéfinis, se déplaçait lentement à l'intérieur.

Sokar toucha prudemment la surface du globe du bout de son index, et la forme floue à l'intérieur se déplaça pour s'en approcher, un peu comme le ferait un poisson dans son bocal. Un frisson glacé parcourut alors l'échine de l'apprenti. À cet instant même, quand Sokar regarda la boule de cristal avec cette forme sombre collée contre la paroi, il eut l'impression de se situer devant un gros œil qui le fixait férocement.

CHAPITRE 9

Pendant qu'il déjeunait, Sokar repensa au rêve étrange qu'il avait fait. Cette boule de cristal, qui ressemblait à un gros œil, l'avait vraiment perturbé. Le globe en lui-même n'avait rien d'effrayant, c'était plutôt l'image qu'il projetait qui dérangeait l'apprenti. Même s'il était dorénavant bien éveillé, il avait encore l'impression que l'œil le surveillait, épiant ses moindres faits et gestes. « Voyons, Sokar, se sermonna-t-il en pensée. Tu n'es plus un gamin, tu as dépassé l'âge de ressasser tes cauchemars. »

Gwendollyn arriva peu de temps après et elle s'installa avec son repas devant Sokar, qui remarqua immédiatement son humeur joviale.

— Est-ce le contenu de votre assiette qui vous rend de si bonne humeur, maîtresse ?

— Brrrr ! Continue de m'appeler maîtresse et je pourrai dire que c'est toi qui me rends de si mauvaise humeur, plaisanta-t-elle.

Sokar rigola, car il savait que Gwen n'aimait pas trop se faire appeler maîtresse.

— Non, répondit-elle enfin. J'ai traîné dans une nouvelle taverne hier, et j'ai payé à boire à des marins qui étaient plutôt loquaces quand ils avaient un verre de trop dans le nez. Ils m'ont parlé d'une île, avec un volcan en son centre, qui abrite une tribu primitive. Il semblerait que les indigènes vénèrent une idole fabriquée majoritairement en pierre volcanique, mais dont un des membres est fait en cristal. J'ai tout de suite su que c'était le cristal que je cherche.

— Vous parlez du cristal pour...

— Chut ! Pas si fort ! le coupa-t-elle.

— Oups... Désolé..., chuchota-t-il. Vous parlez du cristal pour le cube de Kazimir ?

— Exactement. Je pars immédiatement après le repas.

— Sans m'en parler ? Vous aviez l'intention de partir sans moi ?

— Euh..., hésita-t-elle. En fait, je n'y avais pas vraiment réfléchi. Je suis trop habituée de m'occuper seule de mes affaires.

— Mais je veux venir avec vous ! Vous savez qu'un maître se doit d'emmener son apprenti en mission.

— Je ne sais pas trop. Ce n'est pas une mission pour l'Ordre que j'accomplis. C'est une quête personnelle. S'il t'arrivait malheur, je tomberais en disgrâce aux yeux du Grand Maître... euh... bon, disons encore plus que je ne le suis actuellement.

Gwen hésitait réellement, et elle prit un bon moment pour y réfléchir tout en continuant son repas. En attendant sa décision, Sokar lui faisait de grands yeux piteux et suppliants.

— Argh ! Veux-tu bien cesser de me regarder ainsi ? C'est d'accord. Tu peux venir si ça te chante.

— Génial ! Je vais chercher mon épée.

Sokar partit en trombe, monta l'escalier en quatrième vitesse, s'empara de Sinistre, la rangea dans son fourreau, et redescendit les marches encore plus rapidement. Gwen faillit s'étouffer avec sa bouchée de pain quand elle sursauta à l'arrivée soudaine de l'apprenti.

— Je suis prêt ! dit-il, fébrile.

— Je vois ça, s'esclaffa-t-elle. Laisse-moi au moins le temps de finir mon repas.

Heureusement pour l'apprenti, sa maîtresse avait pratiquement terminé. Lorsqu'elle fut repue, elle se leva, s'empara de sa besace qu'elle avait déposée à ses pieds et sortit à l'extérieur avec Sokar sur ses talons. Ils se dirigèrent vers le sud. Comme la mer était à moins d'une lieue du monastère, ils atteignirent le rivage en un rien de temps. Là-bas, un petit voilier les attendait. Il ne possédait qu'une seule voile, qui était solidement accrochée à son unique mât, et il semblait en bonne condition. Ils mirent l'embarcation à l'eau et y grimpèrent, puis Sokar hissa la voile.

— Dois-je en déduire que nous nous dirigeons vers les Îles volcaniques ? demanda Sokar.

Gwen acquiesça.

— Et comment ferons-nous pour savoir quelle île est la bonne ?

— Avec ça, répondit-elle en sortant un caillou noir d'une poche de sa cape. C'est de la pierre volcanique en provenance de l'île que j'ai subtilisée au marin. Lorsque nous serons assez rapprochés d'une île, j'utiliserai mon Dohm pour déterminer si l'idole s'y trouve. Comme elle est faite du même matériau que ce caillou, ses vibrations seront semblables, ce qui me permettra de vérifier sa présence ou son absence.

— On dirait que vous avez pensé à tout. Sauf à une chose : il n'y a pas de vent aujourd'hui. Notre voilier fait du surplace.

— Peut-être que j'avais pensé te faire ramer ? plaisanta-t-elle.

— Impossible. Vous n'aviez pas envisagé de m'emmener avec vous.

— Tu aurais aussi pu répondre que notre voilier ne possède pas de rames.

— Ah non ? Fiou ! Je suis soulagé. Ainsi, vous ne pourrez pas m'obliger à ramer jusque là-bas.

— De toute façon, je connais un moyen beaucoup plus simple, moins épuisant, mais surtout bien plus rapide de nous rendre à bon port.

Gwen ferma les yeux et se concentra, affichant un air sérieux que Sokar ne lui connaissait pas. Elle invoqua la discipline de Maîtrise de l'air. Cette variante majeure de la discipline du Pouvoir de l'air permettait, en plus de la lévitation et de la télékinésie, de créer des bourrasques et de diriger massivement les courants d'air. L'apprenti sentit une légère brise souffler, qui prit peu à peu de l'ampleur. La voile commença à s'agiter, mais pas suffisamment pour faire avancer leur embarcation. Gwen leva subitement les bras, et l'intensité du courant d'air s'amplifia en un instant, poussant le voilier vers le large en un départ brusque. Heureusement que Sokar était assis, car sinon, il serait tombé par-dessus bord.

Leur petit voilier filait à vive allure et le rivage ne fut plus qu'une mince ligne qui se fondait au fil de l'horizon. Sokar tournait la tête dans toutes les directions et il ne voyait que l'eau à perte de vue. Il devint vite désorienté, ne sachant plus où se trouvait le sud. Il brûlait d'envie de poser des questions à Gwen, mais celle-ci était encore en transe afin de continuer à maîtriser les vents qui propulsaient leur embarcation. Après un long moment, elle baissa finalement les bras et rouvrit les yeux.

— Voilà ! Cette bourrasque devrait garder de sa vigueur jusqu'aux Îles volcaniques. Qu'en dis-tu ? C'est plus efficace, hein ?

— En effet. Mais comment faites-vous pour savoir que nous allons toujours dans la bonne direction ?

— C'est une question d'habitude. Avant de pouvoir manipuler les flux d'air, il faut les observer, les analyser. Comprendre comment les masses d'air chaud et d'air froid interagissent entre elles et comment elles influent sur notre climat. Je ne parle pas des petits courants d'air que tu manipules avec la discipline du Pouvoir de l'air, mais d'immenses courants à haute altitude qui déplacent les nuages et qui amènent la pluie. Après un certain temps, on devient capable d'identifier les courants qui soufflent toujours au même endroit, dans la même direction. Par exemple, la bourrasque qui anime notre voile provient d'un énorme courant d'air qui souffle vers le sud, mais à très haute altitude. Avec mon Dohm, j'ai manipulé sa température afin qu'elle descende un peu pour nous donner ce vent. En revanche, cette brise ne durera pas éternellement puisque la nature a tendance à revenir à son état initial. Si je voulais qu'elle continue de souffler, je devrais l'alimenter constamment, ce qui épuiserait mes forces magiques trop rapidement. Manipuler les éléments est très exigeant en Dohm. Sans compter que les Grands Maîtres n'apprécient pas trop quand nous le faisons.

— Ah non ? Pourquoi la discipline est-elle enseignée, dans ce cas ?

— Parce que, parfois, elle peut sauver des vies. Je me souviens d'une période, quand je n'étais qu'une apprentie, où les éléments s'étaient déchaînés. Il avait plu pendant des jours, avec pour résultat des inondations à plusieurs endroits dans le royaume, des glissements de terrain, des récoltes qui pourrissaient à cause du manque de soleil et du surplus d'eau. Les Grands Maîtres se sont réunis et ils ont convenu qu'il fallait agir pour la survie du royaume et de ses habitants. Les meilleurs maîtres dans l'art de manipuler le climat se sont servis de la discipline de Maîtrise de l'air et de la discipline de Maîtrise de l'eau pour rétablir l'équilibre climatique, et il leur a fallu plusieurs jours pour y parvenir. Ensuite, d'autres maîtres ont utilisé la discipline de Maîtrise de la terre pour reformer les reliefs détruits, renforcer les rivages et refaire pousser des récoltes pour éviter des famines.

— C'est fascinant, s'exclama Sokar.

— Oui, maîtriser les éléments est assez grisant. Cependant, il faut faire attention aux répercussions. Quand on déplace un nuage pour apporter de la pluie sur des récoltes, on risque de causer une sécheresse ailleurs. Tout est interconnecté. Il faut utiliser ce pouvoir avec parcimonie.

C'était une des rares occasions où Sokar entendait Gwen prononcer des paroles aussi sages, elle qui habituellement n'en faisait qu'à sa tête en faisant fi des conséquences. Gwen dut s'en rendre compte également puisqu'à partir de cet instant, elle demeura silencieuse, plongée dans ses réflexions. Sokar, quant à lui, imaginait tout ce qu'il pourrait faire quand il serait enfin maître à son tour et qu'il pourrait manipuler les quatre éléments ainsi que le climat.

Quand Sokar cessa de rêvasser, il constata qu'ils arrivaient enfin près des Îles volcaniques puisque l'île la plus au nord de cet archipel apparaissait dorénavant dans son champ de vision. Le vent guidait leur voilier directement dans cette direction, et l'île grossissait à vue d'œil, au fur et à mesure qu'ils s'en approchaient. La bourrasque qui gonflait la voile de leur embarcation perdit de l'ampleur, comme l'avait prévu Gwen. Toutefois, ils continuèrent d'avancer, mus par les courants d'air naturels de l'archipel.

La maîtresse ressortit la pierre volcanique noire et la tint fermement dans son poing, puis elle se concentra afin de déployer ses ondes magiques en direction de l'île, à la recherche de vibrations semblables à celles qu'émettait le caillou. Sokar l'observa, curieux. Au début, elle ne pressentit rien. Elle redoubla donc d'efforts, tout en fronçant les sourcils. Son Dohm sentit une légère vibration, mais l'onde d'énergie était trop dissemblable de celle de la pierre.

— Non. L'idole n'est pas sur cette île. Passons à la suivante.

Gwen rangea le caillou et orienta la voile pour diriger leur bateau vers l'est. La voile claqua et se gonfla. L'embarcation fendit les flots dans la direction prévue. Gwen était soulagée de pouvoir guider leur embarcation avec des moyens naturels, puisque manipuler les éléments épuisait beaucoup ses pouvoirs magiques. Rapidement, l'autre île apparut dans leur champ de vision. La dernière fois que Sokar avait consulté une carte du royaume, il n'avait vu que quatre grosses îles dessinées pour représenter l'archipel des Îles volcaniques. Pourtant, il en comptait déjà une dizaine simplement à vue d'œil, de dimensions différentes. Il en fit part à Gwen, qui ricana.

— Je n'ai jamais vu une seule maudite carte du royaume qui soit assez précise pour mériter qu'on y accorde la moindre importance. Aucune n'est dessinée à l'échelle, et il manque plusieurs détails sur la plupart, quand ce n'est pas la distance entre deux lieux qui est inexacte. Si tu veux mon avis, les cartographes sur les navires mettent plus d'ardeur à picoler qu'à dessiner.

Sokar éclata de rire, se remémorant la dernière occasion où il avait croisé des marins, alors qu'il venait d'arriver au Monastère forestier. Et ses souvenirs donnaient raison à Gwen : l'alcool prenait une place importante dans leur vie.

Lorsqu'ils furent assez rapprochés de l'île, Gwen la sonda avec ses pouvoirs, mais elle ne trouva pas de traces de pierres volcaniques noires comme celle dans sa main. Ils passèrent donc à l'île suivante, sans obtenir plus de succès. Ils continuèrent ainsi, jusqu'à ce que la maîtresse trouve enfin la bonne.

— Enfin ! s'exclama-t-elle, soulagée. Ce n'est pas trop tôt. Je commençais à croire qu'on m'avait induite en erreur.

Elle rangea la pierre dans sa cape et dirigea la barque pour atteindre le rivage. Observant l'île, Sokar estima qu'elle devait être l'une des plus grosses de l'archipel. L'apprenti distinguait la cheminée d'au moins deux volcans, toutefois il n'écarta pas la possibilité que l'île en possède davantage, de taille plus modeste, dissimulés derrière la jungle qui semblait s'étendre sur toute l'île.

Ils accostèrent enfin sur le rivage. Sokar débarqua, Gwen l'imita, sans oublier de prendre sa besace. Ensuite, ils longèrent la plage pour trouver un endroit où la jungle serait moins dense afin de s'y frayer un passage. La maîtresse repéra une ouverture qui lui parut satisfaisante et elle s'y engouffra, suivie par son apprenti.

Lorsqu'il avait débarqué de leur voilier, Sokar avait immédiatement remarqué que la température de l'air sur l'île y était plus élevée que celle du Pays volcanique, qui était déjà supérieure à celle du reste du royaume. La brise maritime qui soufflait sur le rivage arrivait à peine à atténuer les effets de la chaleur sur les voyageurs. Mais depuis qu'ils avaient pénétré dans la jungle, l'humidité écrasante qui y régnait, combinée à l'absence de vent, donnait à l'apprenti l'impression de se trouver en plein cœur d'un volcan. La jungle était si dense que la lumière du soleil arrivait difficilement à passer à travers l'épais tissu végétal.

Gwen se faufilait à travers la végétation luxuriante d'un pas assuré, repoussant les branches, les feuilles géantes et les lianes qui pendaient çà et là. Sokar essayait tant bien que mal de suivre le rythme en avançant dans son sillage, mais l'humidité rendait sa progression difficile. Il n'était pas préparé à de telles conditions, sans compter que Sinistre, à son flanc, ajoutait un poids supplémentaire inhabituel. Après un moment, la jungle lui parut moins dense, même si la chaleur y était aussi étouffante. Ils semblaient avancer plus facilement et plus rapidement.

Ils réussirent à traverser la jungle sans embûches et arrivèrent enfin à une clairière. Déjà, l'air était moins chargé d'humidité et Sokar souffla de soulagement. Gwen proposa de faire une pause, que l'apprenti accueillit avec joie. Celui-ci s'allongea dans l'herbe, savourant ce court instant de repos, bien mérité selon lui. Gwen sortit une outre de sa besace afin qu'ils puissent se désaltérer un peu avant de poursuivre leur expédition.

— Maya et toi, vous vous êtes entichés l'un de l'autre, on dirait, lança Gwen en cherchant à taquiner son apprenti.

Sokar sentit ses joues s'empourprer malgré lui. Il avait chaud, et ce n'était plus seulement à cause de la température de l'air sur l'île. Il bafouilla un début de réponse, ce qui confirma l'intuition de Gwen.

— Ah ! Je le savais ! continua-t-elle sur le même ton. Vous avez carrément le béguin, c'est évident. J'ai bien observé Maya prendre soin de toi quand Duncan t'a flanqué une raclée. Elle te traitait aux petits oignons, elle te chouchoutait.

— Quoi ? Mais c'est n'importe quoi ! s'exclama-t-il en se redressant, à la fois offusqué et embarrassé.

— Est-ce que tu l'as embrassée ? Est-ce qu'elle met sur ses lèvres un baume qui goûte les fruits ?

— Arrêtez ! À quoi jouez-vous ? Pourquoi me parlez-vous de ça maintenant ?

Gwen riait à gorge déployée, amusée par la réaction de son apprenti.

— Je te taquine, Sokar, fit-elle en redevenant un peu plus sérieuse. Ce n'est pas la peine de t'emporter ainsi. Tu sais, vous n'êtes pas les premiers apprentis à vous éprendre l'un pour l'autre. Sauf que la plupart des apprentis s'obligent à taire leurs pulsions par crainte de châtiment. Mais toi, comme tu as l'esprit de contradiction, tu as décidé de faire fi de ce règlement. Ce qui m'étonne, c'est que Maya ait décidé de te suivre dans cette voie. Avec un mentor rigide comme Aurora, je l'aurais crue plus docile.

Sokar croisa les bras en faisant la moue et en se demandant bien ce que sa maîtresse voulait dire par « docile ». Gwen continua.

— Je t'ai déjà dit que je n'avais rien contre le fait que vous vous fréquentiez. Mais comme ce n'est pas moi qui fais les règlements de l'Ordre, le meilleur conseil que je puisse te donner c'est de demeurer discret tant que vous n'aurez pas terminé votre apprentissage tous les deux. Si votre relation arrivait jusqu'aux oreilles du Grand Maître, je serais dans l'impossibilité de vous soutenir. Ces vieux Grands Maîtres rétrogrades sont intransigeants sur l'application de ce règlement.

— Et qu'en est-il des moines et des maîtres ? Sont-ils soumis à la même contrainte ?

— Pas selon ce que j'en sais, sauf que les relations amoureuses sont quand même fortement déconseillées. Est-ce que tu te souviens du début du serment de la Voie Ahkena ?

— « J'affirme que j'abandonne ma famille et mes amis pour servir l'Ordre des moines-guerriers Ahkena, récita Sokar. Les moines Ahkena sont ma nouvelle famille. Tous les moines Ahkena sont mes frères et sœurs. »

— Exactement. « Tous les moines Ahkena sont mes frères et sœurs », répéta Gwen. Une relation amoureuse représenterait donc un inceste selon l'Ordre.

— Je croyais qu'il fallait prendre cette phrase au sens figuré.

— C'était probablement l'intention des maîtres qui ont écrit le serment, jadis. Le sens exact a dû se perdre dans la nuit des temps et, aujourd'hui, l'Ordre lui donne la signification qui l'accommode.

— Qu'arriverait-il si deux moines décidaient de se fréquenter malgré tout ?

Gwen ne répondit pas immédiatement. Elle demeura songeuse pendant un court instant, le regard dans le vide.

— Tu ne veux pas le savoir, répondit-elle enfin sur un ton grave. L'Ordre sait se montrer particulièrement persuasif...

Sokar crut déceler un brin de rancœur dans la réponse de sa maîtresse.

— Dans ce cas, pourquoi me conseillez-vous de rester discret jusqu'à la fin de notre apprentissage si vous dites qu'une fois devenus moines, Maya et moi ne pourrons pas nous fréquenter davantage ? S'il nous est impossible de laisser libre cours à nos sentiments, autant mettre fin à notre relation avant même qu'elle ne commence.

— En tant qu'apprenti, tu n'as pratiquement aucun droit ni privilège, autre que ceux généralement accordés à tous les apprentis. Une fois devenu moine puis maître, plus tu seras utile pour l'Ordre et plus tu pourras user de ton influence pour te négocier des privilèges et des passe-droits. J'ose croire qu'une fois parvenu à ce stade, tu sauras faire changer les choses. L'Ordre a besoin de sang neuf parmi ses membres influents.

— Bof ! Le titre de Grand Maître ne m'intéresse pas particulièrement.

— Non, je ne te parle pas de devenir Grand Maître. Avais-tu remarqué que certains maîtres sont toujours dans les bonnes grâces de l'Ordre ? Ils ou elles savent influencer les dirigeants à leur avantage. Viggen avait ce pouvoir, mais il n'a jamais osé s'en servir pour lui-même. Pourquoi crois-tu qu'Aurora se retrouve si souvent au bureau des Grands Maîtres, peu importe dans quel monastère elle se trouve ? Même si c'est en fin de compte le Grand Maître qui prend la décision, l'idée provient souvent d'un maître qui a su le convaincre de sa pertinence.

Sokar demeura silencieux un long moment à réfléchir aux propos de Gwen. Les joutes politiques ne l'intéressaient pas vraiment, et il ne voyait pas encore l'utilité de devenir un « membre influent », peu importe ce que cela sous-entendait. Pour l'instant, ce qui l'intéressait davantage était d'apprendre les disciplines qui lui manquaient afin de terminer sa formation le plus tôt possible. Gwen donna le signal du départ, le tirant hors de ses réflexions, et ils reprirent leur route.

La clairière était tapissée d'herbe basse, et des boules de haie de tailles variées y poussaient à différents endroits. Lorsque Sokar passa près de l'une d'elles, ils entendirent un étrange gloussement, ce qui les intrigua assez pour ralentir la cadence.

— Avez-vous entendu la même chose que moi, Gwen?

— Oui. Restons sur nos gardes. Je ne sais pas de quel genre de créatures cette île regorge.

— Le son semblait provenir de cette haie, dit-il en pointant vers sa gauche.

Sokar pivota dans la direction qu'il désignait et le gloussement se fit entendre de nouveau. Ils virent une tête d'autruche surgir de derrière la boule de haie. L'apprenti recula d'un pas, plus par surprise que par peur. L'animal allongea le cou sans sortir de sa cachette, tout en examinant Sokar d'un regard féroce, quand une deuxième tête d'autruche fit son apparition.

— Ces deux autruches me semblent plutôt antipathiques, jugea Sokar. Elles doivent croire que nous envahissons leur territoire.

— Ne prenons pas de risque et faisons un léger détour.

— Vous pourriez utiliser la discipline de Maîtrise animale pour les calmer.

— Je pourrais, mais seulement en dernier recours. Comme nous ne savons pas ce que nous réserve le reste de notre voyage, je préfère épargner mes pouvoirs.

Gwen commença à marcher lentement à reculons afin de s'éloigner de leur position. Sokar décida plutôt d'attendre de voir la réaction qu'auraient les autruches, quand une troisième tête apparut. Cette dernière semblait plus agressive encore que les autres, fixant rageusement l'apprenti. Les trois têtes se déplacèrent en même temps, à la vitesse de l'éclair, pour contourner la boule de haie. Sokar sursauta, étonné par leur rapidité, mais quand il vit que les trois têtes appartenaient en fait à une seule et même autruche, la surprise le figea sur place.

L'autruche à trois têtes gloussa de nouveau et se précipita sur Sokar. Gwen, qui avait assisté à la scène, invoqua la discipline de Maîtrise animale en sachant très bien qu'elle ne serait pas assez rapide pour l'utiliser à temps, tout en espérant que cette créature fut effectivement un animal. Elle se maudissait, car elle jugeait qu'elle n'avait pas été assez prévoyante.

La suite des événements se déroula rapidement. Sokar prit conscience seulement après coup de ce qui s'était passé. L'autruche à trois têtes s'était jetée directement sur lui. Avant qu'elle ne l'atteigne, l'apprenti avait réagi en un claquement de doigts. Il avait prestement dégainé Sinistre et, tout en poursuivant son élan, son bras avait balayé l'air devant lui. Sokar avait ainsi tranché les trois têtes de l'autruche en même temps, d'un mouvement agile, mais précis. Le fil de la lame acérée n'avait rencontré aucune résistance, et le corps décapité de l'autruche s'était écroulé lourdement au sol.

Sokar fixa les trois têtes tranchées à ses pieds, lui-même surpris par son exploit. Il avait agi d'instinct, par pur réflexe. Son attention se porta sur Sinistre, qu'il tenait encore fermement dans son poing, la lame pointée vers le bas. Du sang maculait la gouttière de la lame et ruisselait jusqu'à la pointe, en tombant goutte à goutte dans l'herbe. Étrangement, Sokar avait l'impression que le sang s'écoulait trop lentement, comme si l'épée cherchait à retenir le fluide.

Ouiiiiiiiiiiiiiiiiii ! Saaaaaaaaaaaaaaaang !

Sokar sursauta. Ça faisait longtemps que Sinistre ne s'était pas adressée à l'apprenti en plein jour, autrement que pour lui réclamer de l'attention. Outre les mots, il pouvait constater la satisfaction que l'arme ressentait depuis le contact avec le sang de l'autruche. Le fait qu'une épée puisse exprimer des sentiments l'intriguait, même si manifestement Sinistre n'était pas une arme ordinaire. Son mystère demeurait encore entier, ce qui la rendait plus attrayante. Quand Gwen posa une main sur son épaule, Sokar sortit de son hébétude et constata qu'il avait un goût métallique dans la bouche.

— Bons réflexes, avoua-t-elle. Tu étais vraiment sérieux quand tu disais que tu t'entraînais à manier cette épée.

— Oui... je m'étonne moi-même.

— Viens. Ne traînons pas.

Ils se remirent en route, tout en demeurant vigilants. S'ils devaient croiser d'autres autruches à trois têtes, cette fois-ci ils seraient prêts et ne se feraient pas prendre par surprise. Finalement, ils atteignirent la lisière de la clairière sans autre incident et ils s'engouffrèrent dans la forêt. Sokar continuait de suivre Gwen, qui semblait savoir constamment dans quelle direction aller. Ils parvinrent à une autre clairière, de dimension moins impressionnante que la précédente. En son centre trônait une fontaine en pierre, complètement asséchée. Sokar et sa maîtresse passèrent devant sans s'y attarder, et ils s'engouffrèrent dans la forêt en face d'eux.

Ils finirent par déboucher dans une autre clairière qui comportait aussi une fontaine en pierre, en tous points identique à la précédente, et asséchée également.

— Ça, c'est plutôt étrange, fit Gwen, intriguée.

— Assez, oui. Pourquoi construire deux fontaines aussi rapprochées l'une de l'autre ?

— En fait, je crois que c'est exactement la même fontaine que nous avons croisée auparavant.

— Cela signifie donc que nous tournons en rond depuis un bon moment déjà. Je croyais que vous saviez où nous devions nous rendre.

— Je t'interdis de mettre en doute mon sens de l'orientation, l'avertit-elle d'un regard sévère. Nous n'avons pas tourné en rond. J'en suis certaine.

— Dans ce cas, c'est réellement une autre fontaine.

— Je ne sais pas... Il y a quelque chose qui n'est pas net dans cette affaire.

Après un court instant de réflexion, Gwen déchira un bout de sa chemise. Elle plaça le morceau de tissu sur le bord de la fontaine et déposa un gros caillou dessus afin qu'il ne s'envole pas. Ils se remirent en route. Lorsqu'ils parvinrent au bout de la clairière, ils continuèrent d'avancer dans la forêt. Gwen fit bien attention d'avancer en ligne droite, piquée au vif dans son orgueil depuis que Sokar avait émis des doutes à propos de ses aptitudes à s'orienter. Ils sortirent de la forêt et ils arrivèrent dans une autre clairière avec une fontaine. Lorsqu'ils s'en approchèrent, ils constatèrent que le morceau de tissu de Gwen y était. Aucun doute n'était possible : c'était bel et bien la même fontaine.

— Nous n'avons pas tourné en rond, s'exclama-t-elle avant que son apprenti ne le lui reproche. Impossible !

— C'est pourtant le même bout de tissu. Comment l'expliquez-vous ?

Gwen réfléchit un instant, perplexe.

— Un sortilège en boucle ? proposa-t-elle.

— Est-ce réellement possible ? Mais qui l'aurait créé ? Et dans quel but ?

— Je n'en ai pas la moindre idée. De toute évidence, quelqu'un ne veut pas que nous allions plus loin.

— Et si on rebroussait chemin ? suggéra Sokar. Nous trouverons bien un autre sentier qui pourra nous mener à notre but.

Gwen acquiesça. Ils firent demi-tour et quittèrent la fontaine pour retourner dans la forêt. Tout en suivant sa maîtresse, Sokar tenta de se fixer des repères visuels pour s'assurer qu'ils ne tournaient pas en rond. Toutefois, il finit par abandonner lorsqu'il constata que les arbres se ressemblaient tous. Même s'il avait un bon sens de l'orientation, Sokar devait quand même trouver des signes distinctifs pour se repérer : un petit talus par-ci, une souche creuse par-là, des champignons étranges au pied d'un arbre. Dans cette forêt-ci, tous les arbres paraissaient semblables. C'en était presque surnaturel.

Quand ils sortirent de la forêt pour pénétrer dans la clairière, Sokar ne fut pas étonné d'y retrouver la même fontaine, toujours avec le morceau de tissu de la chemise de sa maîtresse.

— Nous sommes pris au piège, vociféra-t-il. Peu importe la direction que nous prenons, nous aboutissons toujours ici !

— Garde ton calme, mon apprenti. Nous trouverons une solution.

Sokar lâcha un long soupir d'exaspération. Ne sachant plus quoi faire ni quoi penser, il s'assit en s'adossant contre la fontaine et il croisa les bras, affichant une mine renfrognée. Gwen, quant à elle, entreprit d'examiner la fontaine, estimant que celle-ci avait certainement son rôle à jouer dans l'étrange phénomène dont ils subissaient les effets.

Elle observa la fontaine et elle constata qu'elle était tout ce qu'il y avait de plus banale : construite en pierre et de forme ovale, elle possédait un pilier au milieu d'où se serait écoulée l'eau si elle avait été en fonction. Elle ne comportait aucune gravure ni aucun ornement. En fait, cette fontaine aurait pu se retrouver sur la place publique de n'importe quelle ville du royaume. Aucun signe distinctif n'aurait pu laisser croire qu'elle eût été ensorcelée. Gwen commençait sérieusement à croire que, peut-être, la fontaine n'y était pour rien dans leur revers de fortune.

Perplexe, elle entreprit de marcher lentement autour de la fontaine tout en continuant à l'examiner. Après quelques pas, elle y vit deux cruches qui reposaient tout au fond. Elle n'avait pas pu les apercevoir auparavant, car, à cause de la position où Gwen et Sokar s'étaient trouvés, le pilier cachait la présence des contenants.

— Ça, c'est plutôt intrigant, marmonna-t-elle.

— Quoi ? s'exclama Sokar qui avait entendu. Qu'avez-vous découvert ?

L'apprenti se remit debout à toute vitesse et alla rejoindre Gwen, qui s'était emparée d'une cruche.

— Elles sont vides, constata-t-il.

— Celle-ci possède un pictogramme sur le côté. Tu vois ? Trois vagues. À mon avis, elle doit avoir une capacité de trois pintes.

— Celle-là pourrait donc contenir cinq pintes, renchérit Sokar en ramassant l'autre contenant, qui avait un pictogramme qui représentait cinq vagues.

— Je crois que je commence à comprendre, fit la maîtresse avec les yeux plissés, ayant l'air de continuer à réfléchir.

— Ah oui ?

— Ce sortilège, en fait, n'est pas un piège. C'est un passage. Et le passage est verrouillé. Il faut simplement trouver la clé afin de le déverrouiller. Cette fontaine fait office de verrou.

— Euh... Est-ce que vous parlez en métaphore, là ? Parce que, sincèrement, je n'ai absolument rien compris.

— C'est une énigme, affirma-t-elle d'un ton confiant qui laissait croire qu'elle avait enfin compris quelque chose à toute cette histoire. Il faut résoudre l'énigme pour interrompre le sortilège. Regarde sur la colonne, juste sous l'orifice d'où s'écoulerait l'eau, indiqua-t-elle en pointant au bon endroit. Il y a un autre pictogramme. Quatre vagues.

— Oh ! Ça y est ! J'ai compris ! s'exclama l'apprenti, enthousiaste. Il faut verser quatre pintes d'eau dans la fontaine pour rompre le sortilège.

— Le problème, c'est que nous n'avons plus assez d'eau dans notre outre pour remplir la cruche de trois pintes. Alors, je ne vois pas comment nous pourrons verser autant d'eau dans la fontaine, sans compter que nous aurons certainement besoin de toute l'eau que nous avons pour le reste de notre périple.

— Ne pouvez-vous pas en trouver à l'aide de la discipline du Pouvoir de l'eau ?

— Je peux toujours essayer, mais j'ai comme un étrange pressentiment que ça ne servira à rien.

Gwen invoqua la discipline et, tel qu'elle l'avait prédit, elle ne put localiser aucune source d'eau à proximité.

— Dans ce cas, suggéra Sokar, vous pourriez manipuler les éléments et faire tomber la pluie avec la discipline de Maîtrise de l'eau.

— Je pourrais, mais je risque d'épuiser mes réserves d'énergie magique trop rapidement. Je te l'ai déjà expliqué, pourtant. Je préfère économiser mes forces tant que nous n'aurons pas atteint notre but.

— Donc, nous sommes foutus...

— Ne te décourage pas si rapidement, mon jeune apprenti. Parfois, la solution la plus simple, c'est celle qui fonctionne.

Gwen approcha sa cruche au-dessous de l'orifice identifié par les quatre vagues et, tel qu'elle l'avait soupçonné, de l'eau se mit à en jaillir, au plus grand étonnement de l'apprenti. Quand la cruche fut pleine à ras bord, l'eau s'arrêta de couler comme par enchantement. La maîtresse vida la cruche dans la fontaine, et l'eau disparut instantanément en faisant un étrange bruit de succion, comme si la pierre avait bu le liquide, laissant Sokar encore plus stupéfait.

— Tu t'attendais à quel effet de la part d'une fontaine ensorcelée ? demanda Gwen simplement pour la forme, quand elle vit l'air ahuri de son apprenti. Manifestement, si nous voulons obtenir quatre pintes, nous devrons utiliser ta cruche.

Vite remis de sa surprise, Sokar approcha son récipient de la fontaine et l'eau jaillit de nouveau. Quand il jugea que l'eau avait atteint les quatre cinquièmes du contenant, il le retira du jet. À son grand étonnement, l'eau continua de couler pendant un court instant et elle s'accumula au fond de la fontaine en formant une petite flaque. L'apprenti patienta, s'attendant à voir disparaître le liquide de nouveau, mais rien ne se produisit.

— Je m'en doutais, fit Gwen en riant sans grand enthousiasme. Vide ta cruche, tu vas voir.

Sokar s'exécuta et quand son contenant fut entièrement vidé, l'eau disparut en produisant de nouveau l'étrange bruit de succion.

— Cette fontaine est plus intelligente qu'elle n'y parait, constata-t-elle. Elle sait quelle cruche nous lui présentons et quelle quantité d'eau elle doit fournir. Nous ne pourrons pas la duper si facilement.

— Alors comment ferons-nous pour obtenir exactement ces quatre pintes?

— Avec un peu de logique. Malheureusement, je n'ai jamais été douée en calcul. Voyons voir, laisse-moi réfléchir un peu. Si nous remplissons les deux cruches, nous obtiendrons huit pintes. La moitié de huit fait quatre. Nous devrons alors vider la moitié de chaque cruche.

La maîtresse examina l'intérieur de sa cruche pour voir si un repère visuel quelconque aurait permis d'indiquer à quelle hauteur se situait la moitié. Évidemment, il n'y en avait pas, ni dans celle de Sokar. Elle soupira de déception, tout en continuant de se creuser les méninges pour trouver la solution à cette énigme. Sokar en fit de même.

Plus elle réfléchissait, et plus Gwen sentait son degré de frustration monter. C'était si simple! Pourtant, elle n'arrivait pas à imaginer comment elle parviendrait à obtenir exactement quatre pintes avec les deux cruches. Sokar, quant à lui, avait l'impression qu'il connaissait la solution, sauf qu'elle se terrait dans un coin reclus de sa mémoire. Quand il avait été fermier, il avait souvent fait le va-et-vient jusqu'au puits afin de remplir des seaux pour abreuver les animaux ainsi que les habitants de la ferme. Il se revoyait, transvidant l'eau dans des cruches de différentes dimensions pour les apporter à sa mère adoptive. Il se remémorait aussi comment son père adoptif lui avait expliqué dès son plus jeune âge comment séparer sa pinte en chopine et en demiard. Son paternel avait toujours été avare de ses mots, mais pas de ses connaissances, qu'il avait souvent été heureux de partager avec ce garçon qu'il avait aimé comme son propre fils. Sokar se sentit tout à coup envahi par une douce langueur après l'évocation de ses souvenirs. C'est alors que la solution à l'énigme lui vint tout naturellement.

— Ça y est ! Je sais comment !

Sokar approcha de nouveau sa cruche de cinq pintes près de l'ouverture. L'eau se mit à couler de nouveau, mais cette fois-ci, l'apprenti attendit jusqu'à la fin. Comme par enchantement, le jet d'eau stoppa lorsque la hauteur atteignit le rebord du contenant.

— Et maintenant, je transverse cette eau dans l'autre cruche.

Sokar s'exécuta sous le regard intrigué de sa maîtresse. Il arrêta de verser quand la cruche de trois pintes fut remplie à ras bord.

— Donc, maintenant il ne te reste plus que deux pintes dans ta cruche, constata Gwen en se grattant la tête pour essayer de comprendre où son apprenti voulait en venir.

— Oui. Regardez bien. Ensuite, je vide complètement la cruche de trois pintes.

Sokar vida l'eau sur le sol plutôt que dans la fontaine.

— Après, je transverse mes deux pintes dans la cruche de trois pintes. Voilà. Ma cruche de cinq pintes est maintenant vide, alors que celle de trois pointes ne contient que deux pintes.

Gwen écarquilla les yeux, comprenant enfin à quoi allaient aboutir les manipulations de Sokar.

— Il ne te reste plus qu'à remplir ta cruche de cinq pintes, et ensuite verser la pinte manquante dans la cruche de trois pintes. Logiquement, il te restera exactement quatre pintes dans la cruche de cinq pintes.

— Exactement ! dit Sokar en finissant de verser l'eau.

Il prit la cruche de cinq pintes qui ne contenait plus que quatre pintes et il la vida complètement dans la fontaine. Celle-ci absorba encore l'eau en émettant toujours l'étrange son. Sokar retint son souffle, attendant de percevoir un signe qui indiquerait que le sort avait été suspendu. Pendant un bref instant, il ne se produisit absolument rien. Il lança un regard intrigué à Gwen, tout en sachant qu'elle n'aurait pas plus d'explication que lui. Elle haussa simplement les épaules en guise de réponse. Il était en train de croire qu'il avait fait une erreur dans ses manipulations, ou bien qu'ils s'étaient complètement fourvoyés dans leur interprétation de l'énigme, quand la fontaine se remit instantanément en marche, l'eau jaillissant cette fois de tous les orifices. Le ravissement succéda à la surprise lorsqu'ils comprirent que c'était le signe qu'ils avaient obtenu la bonne réponse.

— Comment pouvons-nous en être réellement certains? demanda Sokar.

— Il n'y a qu'une seule façon de le savoir. En route!

Ils prirent congé de la fontaine et s'enfoncèrent de nouveau dans la forêt. Suivant sa maîtresse, Sokar sentait son cœur cogner fort dans sa poitrine. Et s'il s'était trompé et qu'ils tombaient de nouveau sur la fontaine? Il était impatient de sortir de cette satanée forêt pour le constater au plus vite. Comme les arbres qui défilaient dans son champ de vision se ressemblaient tous, l'apprenti n'arrivait pas à déterminer s'ils exploraient une nouvelle partie de la forêt ou s'ils tournaient encore en rond.

— Tu as toute mon admiration, Sokar. Tu as résolu cette énigme de main de maître.

— Qu'est-ce qui vous rend si confiante de notre succès?

— Depuis le temps que nous marchons, si le sortilège n'avait pas été levé nous serions retournés à la fontaine depuis un bon moment déjà.

— Génial! Je suis soulagé.

— En fin de compte, ajouta-t-elle d'une voix enjouée après un bref silence, je suis heureuse d'avoir acquiescé à ta demande de m'accompagner pour cette mission.

Sokar marchait dorénavant avec le sourire aux lèvres. Étant donné qu'elle ouvrait la marche, Gwen ne pouvait voir l'expression sur le visage de son apprenti, cependant elle se doutait bien que celui-ci devait jubiler. Il avait prouvé qu'il avait ce qu'il fallait pour accompagner sa maîtresse lors de missions périlleuses, et en plus, qu'il pouvait l'aider à se sortir de situations délicates.

— Argh ! J'en peux plus ! s'écria Gwen soudainement, lorsqu'elle s'arrêta de marcher en plein milieu de la forêt.

— Quoi? Qu'est-ce qu'il y a? demanda Sokar, inquiet.

— Attends-moi ici, je reviens dans un instant.

Gwen se remit à avancer, et Sokar demeura immobile, obéissant à sa maîtresse. Il ne comprenait absolument rien à sa réaction. Elle n'avait tout de même pas l'intention de l'abandonner, seul, dans cette forêt? Il vit Gwen s'éloigner, puis elle se dissimula derrière un arbre au diamètre imposant. Il mourait d'envie d'aller la rejoindre, mais il s'efforça de rester à sa place. Après un court instant, elle resurgit de derrière l'arbre et revint rejoindre son apprenti. Celui-ci la fixait d'un air profondément intrigué.

— Quoi ? fit Gwen en toute désinvolture. J'avais une envie pressante ! Ce n'est pas de ma faute, c'est cette maudite fontaine. Ça me fait ça à chaque occasion où j'entends de l'eau couler.

Sokar éclata de rire. Il s'attendait à tout, sauf à ça. Gwen s'esclaffa également, et ils reprirent leur route. Après ce moment d'hilarité, Sokar se réfugia de nouveau dans ses pensées. Plus tard, il ne se rendit pas compte que la forêt s'éclaircissait de plus en plus. Ce fut seulement lorsque Gwen s'arrêta de marcher et qu'il faillit entrer en collision avec elle, qu'il constata que le paysage avait changé. Devant eux se trouvait une paroi rocheuse d'une hauteur vertigineuse, et qui semblait s'étendre à l'infini de chaque côté. Il était impossible de la contourner sans retarder considérablement leur progression alors manifestement, ils devaient l'escalader. La jungle et la forêt qu'ils venaient de traverser leur avaient masqué la présence de ce mur naturel.

— Es-tu à l'aise avec l'escalade? demanda la maîtresse.

Sokar acquiesça et s'approcha du mur rocheux afin de l'étudier. Il trouva facilement une voie d'escalade qui lui permettrait une ascension rapide sur une longue distance. Il repéra même une ouverture qui semblait assez grande pour leur permettre de faire une pause au milieu. Il commença à grimper. Toutefois, à peine avait-il commencé qu'il reçut un éboulis de cailloux sur la tête. Il lâcha sa prise et retomba sur ses pieds, puis il s'écarta de la paroi. L'éboulement stoppa en même temps.

— Est-ce que ça va? Es-tu blessé?

— Non, j'ai simplement été surpris. Je ne m'y attendais pas, voilà tout.

Sokar entama de nouveau son ascension de la muraille. Une fois encore, des cailloux déboulèrent pour heurter le crâne de l'apprenti. Ce coup-ci, il s'accrocha bien à la paroi et il rentra la tête dans les épaules pour absorber le choc. Ce n'était pas douloureux, mais les cailloux continuaient de tomber sur lui, et pas ailleurs. Il lâcha finalement prise et retourna sur le sol. L'éboulis s'arrêta aussitôt.

— Plutôt étrange, comme phénomène.

— Cette muraille me déteste, ou quoi? Dès que je commence à grimper, je reçois des cailloux sur la tête!

— Recommence. Je vais repousser les éboulis par télékinésie, à l'aide de la discipline de Maîtrise de l'air. On verra ce que ça donne.

Sokar s'exécuta et, comme il s'y attendait, l'éboulement reprit de plus belle. Mais cette fois-ci, Gwen utilisa ses pouvoirs pour écarter par magie les cailloux du chemin de l'apprenti. Sokar put ainsi gravir la paroi en toute quiétude. Tout au long de l'ascension, des cailloux continuaient de tomber sans cesse, et la maîtresse réussissait à tous les repousser afin qu'aucun n'atteigne Sokar. L'apprenti réussit à se hisser jusqu'à l'ouverture de mi-parcours qu'il avait vue plus tôt. C'était en fait une petite caverne et, quand il fut de retour sur ses pieds, il découvrit que les cailloux provenaient de cet endroit. Ou plutôt, ils étaient projetés à partir de la gueule d'une étrange créature aussi haute qu'un homme et qui ressemblait à une plante carnivore géante, quoique carnivore n'était probablement pas le terme approprié pour désigner cette chose immonde. La plante se tenait à l'autre bout de la grotte peu profonde, bien enracinée dans un sol recouvert de mousse et de tourbe.

La créature referma sa corolle, comme si elle fermait sa gueule, et quand elle la rouvrit, elle cracha un jet de cailloux vers l'apprenti. Celui-ci les esquiva simplement en faisant un pas de côté. Toutefois, la créature avait anticipé sa réaction puisqu'elle lança immédiatement une autre salve de cailloux vers sa nouvelle position, ce qui indiquait à l'apprenti qu'elle était douée d'intelligence. Sokar fit une roulade afin de changer rapidement de position pour éviter les projectiles.

La créature attendit un instant avant de lancer le prochain assaut, comme si elle étudiait les réactions de son adversaire. Sokar profita de ce court instant de répit pour dégainer Sinistre. Il se décala de quelques pas vers la gauche et la gueule de la créature pivota pour le suivre. Il décida d'essayer quelque chose, même s'il se doutait bien du résultat. Il rabattit le capuchon de sa cape et invoqua la discipline du Camouflage. Puis il se déplaça lentement, silencieusement, vers sa droite. Sans grande surprise, la corolle suivit encore son mouvement. Il cessa donc la discipline et releva son capuchon. Sokar en conclut que, en dépit de l'absence flagrante d'organes qui pourraient servir pour la vision, la créature pouvait toujours deviner où il se trouvait.

La plante passa ensuite à l'attaque. D'autres cailloux furent projetés à partir de sa gueule en direction de Sokar, qui les évita simplement en s'accroupissant. La créature en cracha d'autres vers le sol, et Sokar se redressa tout en sautant. Aucun projectile de la créature n'avait encore atteint sa cible. L'apprenti esquiva d'autres salves en s'écartant dans une direction, puis dans une autre. Il constata rapidement que la créature prenait plus de temps à se rajuster à sa nouvelle position quand il passait d'une extrémité à l'autre de la caverne. L'apprenti estima que ce mouvement devait exiger une torsion inhabituelle de sa tige. Il exploita donc cette faiblesse en se précipitant continuellement d'un mur à l'autre, sans jamais attendre le prochain tir de la créature. Chaque fois qu'elle crachait des cailloux à un endroit, Sokar ne s'y trouvait déjà plus. Comme il n'avait plus à esquiver les jets de cailloux, il put se rapprocher davantage de la plante.

Quand il jugea qu'il s'était assez rapproché, il allongea le bras et donna un coup de lame sur la tige de la plante. Celle-ci fut complètement sectionnée en deux. La partie supérieure de la tige avec la corolle tomba lourdement sur le sol et roula tout près, comme lorsqu'on fait tomber une pastèque qui roule dans l'herbe. L'autre partie de la tige, qui était reliée aux racines, s'affaissa mollement par terre. La corolle s'assécha quasi instantanément et implosa en un nuage de poussière.

Sokar poussa un soupir de soulagement. Il trouvait qu'il s'en était quand même bien tiré, et seul de surcroît. Il n'était pas essoufflé, toutefois cet exercice inattendu avait accéléré son rythme cardiaque. Il se retourna et se rapprocha du bord de la grotte pour regarder en bas. Il vit que Gwen avait entamé l'escalade de la paroi, étant donné que plus aucun caillou ne tombait. Tout à coup, il reçut un choc inattendu à l'arrière du crâne, qui fut suivi d'une légère douleur. Tout en se retournant, il se massa là où ça lui faisait mal, puis il retira sa main et l'examina. Il n'y avait pas de sang, ce qui était plutôt bon signe. Quand son attention passa de sa main à la caverne, il vit que la partie tranchée de la plante avait repoussé ! La corolle était d'une taille inférieure à la précédente, néanmoins la créature se tenait fièrement à la verticale, sur toute sa longueur, et elle pouvait recommencer à lancer des cailloux. Comme la gueule de la créature était plus petite, les cailloux l'étaient tout autant, ce qui n'empêchait pas les projectiles de représenter une certaine menace.

Sokar avança vers la plante, qui continuait de cracher ses cailloux de plus belle. Comme ceux-ci semblaient moins dangereux, l'apprenti jugea qu'il était inutile de reprendre la même stratégie. Il protégea son visage d'un bras, tout en tenant fermement Sinistre dans l'autre main, et se rapprocha de la plante pour la trancher de nouveau. Les cailloux étaient certes plus petits, mais la créature les projetait à une telle vitesse que Sokar en tressaillait à chaque impact. Il en reçut plusieurs sur le bras, et d'autres sur le torse.

Sokar réussit malgré tout à atteindre la plante et à la décapiter encore, avec le même résultat que la fois précédente. Il se frictionna le bras pour tenter de se débarrasser de la désagréable sensation de picotement causée par le choc des cailloux. Avant que la corolle ne repousse, il ramassa la tige. Déjà, il pouvait discerner à son extrémité tranchée une pousse vert pâle. Ce n'était qu'un petit bourgeon, une fine tige qui grandissait et qui s'allongeait trop vite au goût de l'apprenti. Décontenancé par les capacités régénératrices de la créature-plante, il ne savait pas trop quoi faire pour stopper le processus. Il fit donc la première chose qui lui vint à l'esprit : utiliser la discipline du Pouvoir du feu. Cette discipline permettait de hausser la température d'un objet, sauf qu'il ne savait pas trop s'il parviendrait à l'augmenter suffisamment pour cautériser le biseau. Dans le feu de l'action, il crut pouvoir y parvenir.

Il invoqua la discipline avec l'énergie du désespoir. Il devait absolument réussir, il ne voulait pas se battre indéfiniment contre une plante qui crachait continuellement des cailloux. Il serra fermement dans ses mains l'extrémité de la tige et il pouvait sentir sa température qui augmentait petit à petit. Le bourgeon continuait toutefois à prendre de l'expansion à une vitesse inimaginable. Sokar n'arrivait tout simplement pas à produire assez de chaleur pour brûler la tige. Il sentit son pouls s'accélérer subitement, et il faillit éclater de rire lorsqu'il se rendit compte qu'il commençait à paniquer à cause d'une plante qui refusait de mourir.

Comme la nouvelle pousse s'allongeait de plus en plus et que son diamètre augmentait, Sokar la trancha de nouveau afin de repartir à neuf. Il plaqua ensuite sa paume moite contre l'extrémité sectionnée et invoqua de nouveau la discipline. Il pouvait sentir le bourgeon recommencer à pousser sous sa main, et qui forçait pour se frayer un passage pour grandir davantage. C'est à cet instant que Gwen arriva dans la caverne.

— À quoi est-ce que tu t'amuses ? demanda-t-elle, intriguée.

— C'est cette plante qui nous lançait des cailloux. Elle les crachait carrément. Je l'ai tranchée, mais elle ne cesse de repousser. Je pensais brûler le bout pour l'empêcher de se régénérer, mais je n'y arrive pas.

— Attends, laisse-moi faire.

Gwen remplaça son apprenti, mais elle utilisa plutôt la discipline de Maîtrise du feu, la variante majeure de celle employée par Sokar. Étant donné que la discipline utilisée par la maîtresse était plus puissante, elle réussit là où son apprenti avait échoué. La chaleur produite par le Dohm de Gwen ne fit pas que cautériser le bout de la tige, elle était maintenant calcinée carrément jusqu'à la racine. Ce qui restait de la créature s'envola en cendres.

— Et voilà le travail.

— Ouf ! Je suis soulagé.

— C'est bien la première fois que je croise ce genre de créature. J'aurais bien aimé la voir en action, je suis certaine que ça aurait été fascinant.

— Fascinant n'est vraiment pas le mot qui me venait à l'esprit quand j'essuyais une pluie de cailloux, répondit-il en rouspétant.

— Cesse donc de geindre. Souviens-toi que l'adversité aide à forger le caractère. Es-tu prêt à continuer notre ascension ?

Sokar acquiesça. Ils sortirent de la grotte et continuèrent à escalader la paroi. Le trajet jusqu'au pic du mur montagneux se déroula sans anicroche. Une fois qu'ils atteignirent le sommet, ils découvrirent avec soulagement que celui-ci formait une crête, ce qui leur permit de faire une courte pause.

La vue à cette hauteur était magnifique. La montagne sur laquelle ils se situaient constituait une muraille naturelle qui séparait l'île en deux zones distinctes. Ils laissaient derrière eux la partie sauvage et inhabitée de l'île, tandis que devant eux se trouvait la partie luxuriante, d'une beauté à couper le souffle. La grande vallée tapissée de verdure possédait des milliers d'arbres fruitiers, et probablement autant d'animaux qui s'en nourrissaient. Justement, quelques hardes de chevaux sauvages trottaient librement d'un boisé à un autre. Sokar pouvait voir les poulains suivre assidûment les juments qui accompagnaient l'étalon protecteur de chaque troupeau. Des volées d'oiseaux effectuaient une chorégraphie désordonnée, mais à la fois majestueuse, tandis que d'autres préféraient flotter sur la rivière qui traversait le paysage de part en part. Sokar pouvait apercevoir le volcan tout au fond de la vallée, d'une hauteur encore plus importante que la montagne sur laquelle il se trouvait. Le temple qu'ils recherchaient se dressait fièrement en contrebas, au pied du volcan.

— C'est là, dans ce temple, annonça Gwen en remettant dans sa poche la pierre volcanique. Allons-y !

Comme la pente de l'autre versant était moins abrupte, ils purent descendre à pied, tout en prenant garde de ne pas perdre l'équilibre. Ils traversèrent la vallée. Ils avançaient à un bon rythme, même s'ils se permettaient d'examiner la beauté du paysage. Quelques animaux curieux levaient la tête pour les regarder passer, sans même paraître effrayés de la présence d'humains dans leur habitat naturel.

En s'approchant du temple, ils constatèrent qu'ils arriveraient derrière le bâtiment.

— Devrions-nous le contourner afin d'y entrer par l'avant ? demanda Sokar.

— Seulement en dernier recours. N'oublie pas que nous profanerons un temple probablement considéré comme sacré pour cette tribu, sans compter que nous mutilerons leur idole en subtilisant l'un de ses membres. Je préfère passer inaperçue afin de ne pas croiser la population indigène. D'ailleurs, je suis étonnée de n'avoir vu personne encore. Espérons qu'il en soit ainsi jusqu'à ce que nous trouvions l'idole.

— Est-ce vraiment le bon temple ? Peut-être ne sommes-nous pas sur la bonne île ?

— L'énergie de la pierre volcanique est identique à celle du volcan. La probabilité que deux volcans dégagent la même signature énergétique est plutôt faible.

— Si vous dites que la probabilité est faible, c'est qu'elle n'est pas nulle. Vous concevez donc que ce soit possible.

— Ne joue pas avec les mots, petit coquin. Je suis certaine que c'est le bon temple.

— Je souhaite que vous ayez raison.

— Comment oses-tu douter de ta maîtresse ? lança-t-elle en faisant mine de s'offenser.

Ils demeurèrent sur leurs gardes pour le reste du trajet, sans toutefois croiser âme qui vive jusqu'à ce qu'ils arrivent au bâtiment. Une fois arrivés devant le mur fait en blocs de pierre, ils repérèrent une petite ouverture à une hauteur de quelques étages qui devait servir de fenêtre. Gwen décida que ce serait là leur accès afin de pouvoir pénétrer à l'intérieur du temple. De nouveau, ils durent mettre à profit leur talent de grimpeur pour se hisser jusqu'à l'ouverture.

L'intérieur du temple correspondait en tous points à l'image que Sokar s'en faisait : un dédale de tunnels en pierre. Ils exploraient les différents couloirs le plus silencieusement possible afin de ne pas attirer l'attention sur eux ; ils ne savaient toujours pas si le temple était occupé ou non. La plupart des sections du temple possédaient au moins une ouverture qui laissait pénétrer assez de lumière pour éclairer leurs pas sans recourir à la magie. Même si Gwen se laissait guider par l'énergie de la pierre volcanique, ils débouchaient souvent sur un cul-de-sac. Ils devaient donc rebrousser chemin et tenter un autre corridor de l'embranchement précédent. Parfois, ils croisaient les restes d'un squelette humain, dont les os traînaient négligemment sur le plancher.

L'un des tunnels déboucha enfin sur une salle qui n'était pas vide, contrairement aux autres qu'ils avaient croisées jusqu'ici. La pièce était immense. Des statues d'étranges créatures avaient été alignées le long des murs. Elles ressemblaient à des monstres tout droit sortis des pires cauchemars, à des abominations de la nature. Les statues faisaient deux fois la taille d'un homme adulte et des rubis remplaçaient les iris, ce qui leur donnait un air encore plus effroyable. Sokar en eut un frisson d'horreur, même s'il savait que ces choses avaient été créées par la main de l'homme.

Hormis les statues, la salle était inoccupée. En son centre se dressait un socle sur lequel reposait le but de leur quête : l'idole en pierre volcanique noire.

— Nous l'avons trouvée, dit Sokar, fou de joie.

— Bien sûr. En doutais-tu ?

— Restons quand même sur nos gardes. Ça me semble trop facile. Il y a certainement un piège.

— Voyons, Sokar ! Ce n'est qu'une vulgaire salle de prière. Cette tribu indigène est certainement trop primitive pour avoir inventé le guet-apens.

Gwen entra dans la pièce d'un pas assuré, et son apprenti la suivit d'une démarche beaucoup moins confiante. Ils longèrent le mur et, alors qu'ils passaient devant une fenêtre, Sokar vit à l'extérieur du temple quelques membres de la tribu. Ils étaient grands et minces, presque maigres. Toute leur peau était recouverte d'une couche de poudre de couleur soufre et ils ne semblaient pas avoir de cheveux. Un simple pagne leur servait de vêtement. Leurs pieds ressemblaient à des mains, un peu comme chez certains gorilles. Ils avaient un gros nez en forme de citrouille, les dents pointues, et un cou trop long encerclé de colliers empilés l'un sur l'autre. Sokar pouvait voir une dizaine d'individus en train de danser autour d'un feu, mais il se doutait bien que la tribu devait comporter davantage de membres. Il s'empressa de s'éloigner de la fenêtre avant de se faire repérer. Finalement, ils atteignirent le socle sans encombre.

— Mais c'est une statuette de Bérbémoth ! s'exclama Gwen, fascinée. Je n'aurais jamais cru retrouver des traces de ce culte sur cette île isolée.

Sokar examina attentivement l'idole. Elle faisait environ un pied de haut et, comme il le savait, elle avait été taillée dans de la pierre volcanique noire. Elle ressemblait à un homme avec une musculature exagérément surdéveloppée. Elle avait des sabots en guise de pieds et de longs tentacules au bout de chaque doigt. Elle arborait des cornes sur sa tête chauve et un groin faisait office de nez. Deux longs crocs descendaient de sa mâchoire supérieure, dont l'extrémité acérée dépassait le bord du menton. Son phallus en érection se dressait fièrement à la verticale, et il était presque aussi long que ses jambes. Sokar gloussa en se souvenant de l'expression « ma troisième jambe » que l'un de ses camarades de l'époque, à Bohmstad, utilisait pour désigner sa verge. L'apprenti nota que le membre viril de l'idole était fait d'un autre matériau que le reste de son corps.

— Les marins s'étaient esclaffés en mentionnant que l'un de ses membres était fait en cristal, ricana Gwen. Maintenant, je comprends mieux la raison.

— Donc, le cristal pour le cube de Kazimir, c'est...

— Son pénis, oui. Prends-le.

— Quoi !

— Allez ! Ne sois pas prude. De toute façon, ce n'est pas un vrai pénis, ce n'est qu'un cristal.

— Dans ce cas, pourquoi vous ne le faites pas ?

— Parce que je suis la maîtresse et toi, l'apprenti. Et que je t'ai donné un ordre.

— Il n'en est pas question. Je refuse de toucher à cette... cette... chose !

— Dans ce cas, tu seras puni pour cause d'insubordination à notre retour au monastère.

Gwen n'était pas sérieuse dans ses menaces. Elle cherchait simplement à taquiner son apprenti pour tester son sens de l'humour.

— Ça ne me fait rien, répliqua-t-il. Au nombre de fois où j'ai été puni, une fois de plus ou une fois de moins n'y changera pas grand-chose.

— Attention, je vais t'obliger à le faire.

— Essayez, pour voir.

Sokar croisa les bras dans un signe de défi. Il connaissait assez bien sa maîtresse pour savoir qu'elle ne mettrait pas ses menaces à exécution. Toutefois, il se demandait dans quel but elle demeurait aussi bornée dans son refus.

Gwen croisa les bras pour imiter l'apprenti et elle le fixa d'un regard sévère. Elle ne put conserver son expression intraitable bien longtemps et elle finit par éclater de rire. Sokar s'esclaffa à son tour.

— Ha ! Ha ! Ha ! Je t'ai bien eu ! Tu croyais vraiment que j'étais fâchée contre toi !

— Mais non, pas du tout. J'ai vu clair dans votre jeu, dit-il en riant.

— D'accord, je te crois. Maintenant, empare-toi du phallus pour qu'on puisse s'en aller.

— Je n'en ferai rien, maîtresse. À vous de le faire.

— Écoute, je suis sérieuse. Je ne peux vraiment pas. Je suis une dame, voyons !

— Vous êtes une dame qui fréquente des tavernes malfamées, une dame qui paie à boire à des marins qu'elle ne connaît pas et qui se saoule avec eux, une dame qui traîne la nuit à jouer aux cartes avec des individus louches. À mon avis, ce genre de dame n'aura pas de scrupules à s'emparer d'un simple cristal de forme phallique.

— C'est drôle, j'ai un avis très différent du tien. Et l'avis d'une maîtresse a plus de valeur que l'opinion d'un apprenti.

— Un apprenti, d'ailleurs, que vous n'aviez pas l'intention d'emmener en mission. Que feriez-vous si je n'étais pas ici ?

— D'accord, soupira-t-elle d'exaspération après un court moment de réflexion. Tu gagnes.

Gwen tendit le bras vers l'idole. Juste avant que sa main ne touche la verge de Bérbémoth, elle suspendit son geste. Elle se ravisa et décida plutôt de s'emparer de la statuette elle-même. Elle la souleva du socle, fut surprise par son poids important, et l'enfouit dans sa besace.

— Et voilà le travail ! s'exclama-t-elle fièrement. C'est ce que font les moines intelligents pour dénouer ce genre d'impasse.

Au moment où elle terminait sa phrase, un déclic se fit entendre, accompagné par un raclement de pierre. Le piédestal était piégé ! Gwen et Sokar écarquillèrent les yeux en même temps et échangèrent un regard de stupéfaction.

— Trop primitive pour avoir inventé le guet-apens, vous avez dit ?

— Tais-toi et cours ! s'écria-t-elle en s'élançant la première hors de la salle.

Sokar imita sa maîtresse sans se faire prier. Dès qu'il commença sa course effrénée vers la sortie, il tourna la tête de gauche à droite tout en s'attendant à voir les statues s'animer et se jeter sur eux. À sa grande surprise, rien de tel ne se produisit. Elles semblaient examiner l'apprenti d'un air furieux avec leurs yeux de rubis, mais Sokar jugea que ce n'était que le fruit de son imagination, combinée à son affolement, qui lui donnait cette impression.

Lorsqu'il porta son attention vers la sortie, il vit qu'un muret en pierre descendait du plafond et qu'il était en train de bloquer leur seule issue. Il avait déjà couvert la moitié du passage quand Gwen franchit le seuil en se penchant légèrement. Elle se retourna et elle vit que Sokar était sur ses talons. Rassurée, elle continua sa course dans le couloir. Sokar passa sous le muret à son tour, mais il dut se mettre à quatre pattes. Il se remit debout de l'autre côté et entendit le muret frapper lourdement le plancher derrière lui.

Le couloir dans lequel Sokar se trouvait était large et très profond. Même si Gwen n'avait qu'une mince longueur d'avance, Sokar se mit à courir comme un dératé pour la rattraper. Après quoi il entendit un étrange sifflement. Gwen ralentit légèrement la cadence et Sokar la vit faire d'étranges mouvements avec ses bras. Comme il ne la voyait que de dos, il ne put distinguer clairement ce qu'elle faisait. Ensuite, il entendit un son qui ressemblait au bruit que fait une perche qui tombe sur un plancher dallé. L'instant d'après, il vit une lance qui faisait des ricochets sur le sol à ses côtés et qui termina sa course en roulant contre le mur. Un autre sifflement se fit entendre et Sokar comprit ce qui se passait : le couloir aussi était piégé. Des lances étaient projetées automatiquement par un mécanisme caché derrière les murs du temple et Gwen les faisait dévier par télékinésie avec la discipline de Maîtrise de l'air.

Au début, Sokar paniqua. Il croyait que des lances pouvaient arriver de toutes les directions : à partir du plafond, à partir des murs de côtés, ou même venant de derrière eux. Quand il compta un total de huit projectiles qui furent tous déviés avec succès par Gwen, il en déduisit que les lances provenaient seulement de devant eux. Il en fut soulagé, mais il s'assura tout de même de rester dans le sillage de sa maîtresse afin d'éviter de se faire embrocher par d'autres projectiles.

Sokar pensait pouvoir réussir à rattraper Gwen, quand le sol se déroba sous leurs pieds, révélant une fosse remplie de pointes acérées. Étant donné que la maîtresse maintenait constamment active la discipline de la Maîtrise de l'air pour dévier les lances, elle réussit à réagir assez vite pour léviter au-dessus et elle put atteindre saine et sauve l'autre bord du gouffre. Sokar, quant à lui, n'avait appris que sa variante mineure, la discipline du Pouvoir de l'air. Par bonheur, il eut le réflexe de l'invoquer, ce qui lui permit de « flotter » au lieu de tomber, et de ralentir ainsi sa chute. Comme la fosse était profonde, ce délai supplémentaire permit à Gwen de faire léviter son apprenti afin de le sortir du gouffre et de le déposer en sûreté à ses côtés.

— Qu'est-ce que tu faisais ? plaisanta-t-elle. On n'a pas le temps de s'amuser à visiter les trappes mortelles.

— Parce que vous croyez que je m'amuse ? Je vous trouve plutôt cruelle. Un maître ne devrait pas se moquer des limitations de son apprenti. Qui est-ce qui disait que cette tribu était trop primitive pour avoir inventé les pièges, hein ? Je n'avais pas envisagé de mourir embroché aujourd'hui.

— Arrête donc de râler. Tu ne mourras pas aujourd'hui, fie-toi à moi. D'ailleurs, la pluie de lances s'est terminée dès que la fosse s'est ouverte.

— Enfin une bonne nouvelle.

— Eh ! Je ne t'ai pas tordu un bras pour venir, c'est toi qui as insisté pour m'accompagner.

— Est-ce qu'on pourrait avoir cette discussion ailleurs ? Je n'ai pas envie de m'éterniser ici, au cas où le plafond déciderait de s'y mettre lui aussi et de chercher à nous écraser.

Sans attendre, Sokar invoqua la discipline du Pouvoir de la terre afin de repérer les traces invisibles qu'ils avaient laissées sur le sol, et ainsi retourner rapidement à leur point de départ sans se perdre dans le dédale des couloirs du temple. Gwen le suivit tout en lançant un soupir de désappointement, mais seulement pour la forme. En fait, elle se sentait fière du sens de la répartie de son apprenti. Une des valeurs que Gwen tenait absolument à lui transmettre était l'esprit critique; ne pas accepter aveuglément ce que l'Ordre enseignait aux apprentis, mais plutôt utiliser son jugement pour remettre en question les décisions douteuses. Répliquer à son mentor de la manière dont il l'avait fait pouvait s'apparenter à un manque de respect pour les autres maîtres, mais pour Gwen, c'était simplement la première étape du processus. Elle voulait que Sokar acquière le réflexe de riposter quand la situation l'exigeait. En plus, elle s'amusait tellement à le taquiner, d'autant plus qu'il était prompt à réagir et qu'il avait tendance à s'emporter aisément.

Sokar remontait nerveusement la piste de ses propres traces, le regard fixé sur le plancher, s'attendant à voir surgir d'un instant à l'autre les indigènes, affolés par tous les pièges qu'ils avaient activés malgré eux. Il ne se préoccupait pas des guets-apens dans lesquels ils auraient pu tomber, se fiant plutôt aux réflexes et à l'instinct de sa maîtresse pour les éviter ou les désamorcer. Il retrouva leur point de départ sans croiser âme qui vive, à la fois surpris et soulagé. Quand il leva les yeux, il fut étonné de voir que l'accès avait été bloqué par une paroi en pierre.

— Bon sang ! s'écria-t-il. Nous sommes pris au piège !

— L'ouverture s'est probablement refermée lorsque nous avons activé le premier piège, raisonna Gwen. Assez ingénieux, je trouve.

— Et avez-vous une idée tout aussi ingénieuse pour nous faire sortir d'ici ?

— Facile. Comment crois-tu que les indigènes font pour entrer et sortir du temple ?

— Ils doivent passer par une porte d'arche, probablement à l'avant du temple.

— Voilà, tu as ta réponse. Il ne reste qu'à trouver cet accès.

— Ce qui signifie que nous devons retourner dans ce labyrinthe de couloirs et de salles. Et lorsque nous aurons trouvé cet accès, nous devrons trouver une façon de sortir du temple sans nous faire remarquer, étant donné que plusieurs membres de la tribu sont à l'extérieur.

— Un problème à la fois, mon apprenti. Cesse de t'angoisser à propos d'événements qui ne se sont pas encore produits.

Ils longèrent donc le couloir en direction opposée, vers la partie du temple qu'ils n'avaient pas encore explorée. À l'embranchement suivant, le sol se déroba sous leurs pieds à nouveau. Des dalles du plancher s'enfoncèrent lorsqu'ils mirent le pied dessus, créant ainsi une grande ouverture dans le plancher. Gwen ne put réagir à temps cette fois-ci et ils tombèrent directement dans le trou. Heureusement, leur chute fut courte et sans dommage : ils arrivèrent dans une salle vide d'une hauteur raisonnable. Aussi agile qu'une chatte, la maîtresse réussit à retomber sur ses deux pieds, mais pas Sokar. Il tomba à l'oblique et toucha lourdement le sol en s'effondrant sur le côté. Il en eut le souffle momentanément coupé, il se releva rapidement en poussant une série de jurons. Gwen comprit que son apprenti n'avait rien de grave, alors elle le laissa tranquille.

Sokar massa son épaule endolorie, puis il fit des étirements avec son bras pour en vérifier la flexibilité depuis sa chute. Il fut soulagé de ne ressentir que des élancements. Il déambula dans la salle, tout en l'examinant d'un œil distrait. À première vue, la pièce ne comportait pas d'accès, ce qui signifiait qu'ils étaient encore piégés.

L'un des murs de la pièce avait été fabriqué en briques plutôt qu'en pierre, Gwen s'en approcha afin de l'étudier, espérant y découvrir une porte dérobée. Lorsque Sokar comprit ce que sa maîtresse tentait d'accomplir, il alla la rejoindre pour l'aider.

Certaines briques avaient une coloration légèrement plus foncée, tandis que d'autres semblaient moins rugueuses que la majorité. Ils examinèrent donc ces briques d'aspect différent en premier. Ne sachant trop que faire, leur premier réflexe fut de pousser sur chacune. L'une des briques sur lesquelles Sokar avait appuyé s'enfonça dans le mur.

— Je crois que j'ai trouvé un passage, s'exclama-t-il.

Gwen s'approcha de lui, en même temps qu'il poussait plus fort sur la brique. Lorsqu'elle fut complètement enfoncée dans le mur, une trappe s'ouvrit sous leurs pieds et ils chutèrent de nouveau dans le vide ! Gwen réussit encore à atterrir sur ses pieds et elle fit une roulade pour absorber le choc. La hauteur de cette deuxième dégringolade était beaucoup plus importante que la précédente. Sokar n'eut pas le temps d'invoquer la discipline du Pouvoir de l'air pour ralentir sa chute et il tomba sur la même épaule que lors de la chute précédente. Sauf que cette fois-ci, son bras n'était pas dans la même position et, quand il toucha le sol, il sentit une vive douleur lui déchirer l'épaule. Presque en même temps, il poussa un cri horrible qui donnait pourtant à peine la mesure de la souffrance qu'il ressentait.

Sokar s'agenouilla en se tenant l'épaule et Gwen se précipita immédiatement pour l'examiner. Elle voyait bien qu'elle était luxée et que son bras pendait d'une manière anormale. Sokar serra les dents et ne put contenir les quelques larmes qui glissaient sur ses joues.

— Ne bouge pas, je vais t'arranger ça.

— NON ! N'y touchez surtout pas. C'est extrêmement douloureux.

— Tu n'as pas le choix. Je dois te replacer l'épaule maintenant, sinon ce sera pire plus tard. De toute façon, si nous voulons réussir à sortir d'ici, tu vas avoir besoin de tes deux bras.

— Est-ce qu'il y a un moyen d'atténuer la douleur ? C'est un vrai supplice.

— Seulement après.

Gwen s'empara doucement de l'avant-bras de Sokar pour l'allonger lentement. L'apprenti protesta en grimaçant de douleur. Il hoqueta et il s'efforça de garder son calme en prenant de grandes respirations. Il respirait de manière saccadée malgré lui à cause de la souffrance. La maîtresse finit par positionner le bras de son apprenti comme elle le voulait afin de lui remettre l'épaule en place.

— Attention, je vais replacer ton épaule au compte de trois. Prêt ?

Sokar secoua la tête énergiquement en signe de négation, mais la maîtresse considéra ce geste comme une réponse positive. Le garçon ferma les yeux et serra les dents, prêt à anticiper le pire.

— Un... Deux...

Avant de dire « trois », Gwen donna un coup vif et elle remit l'épaule dans son articulation. Sokar lâcha un grand hurlement de fureur.

— Trois.

— Je savais que vous alliez faire ça ! ragea-t-il. J'en étais certain !

— Cesse de te lamenter, le pire est déjà passé. Maintenant, je vais utiliser la discipline de Guérison sur ton épaule pour réduire l'enflure et l'inflammation. Reste calme un peu.

La maîtresse plaça ses mains sur l'épaule de l'adolescent et, même à travers le tissu de sa chemise, Sokar pouvait ressentir les bienfaits du Dohm de Gwen. Il ferma les yeux. Une douce chaleur apaisante enveloppa son épaule et irradia dans tout le reste de son corps. Le tiraillement lancinant qu'il ressentait s'estompa peu à peu, pour disparaître presque totalement.

— Et voilà, dit Gwen lorsqu'elle eut terminé. Le premier problème est réglé.

— Quoi ?

Sokar rouvrit les yeux et c'est seulement à cet instant qu'il comprit la gravité de leur situation. La trappe par laquelle ils étaient arrivés s'était refermée, et une autre s'était ouverte, également au plafond. Un débit impressionnant de sable s'en écoulait, et déjà une bonne quantité s'était accumulée par terre, formant un monticule. La pièce dans laquelle ils se trouvaient était assez spacieuse, mais ils devaient se dépêcher de découvrir une sortie s'ils ne voulaient pas mourir ensevelis. Sokar avait été tellement concentré sur sa blessure qu'il n'avait pas pris conscience de la situation, ce qui lui rappela vaguement ce qu'il avait vécu dans le labyrinthe souterrain de Rubyliss quand il avait été à la recherche de Maya.

Gwen et son apprenti firent la chose qui leur paraissait le plus évidente : ils inspectèrent les murs à la recherche d'une issue afin de sortir de là. Contrairement à la pièce au-dessus d'eux, les murs de celle-ci étaient recouverts de dessins, ainsi que de pictogrammes inconnus et de gravures étranges. « Trouver une autre porte dérobée dans cette fresque risque d'être légèrement plus compliqué, estima Sokar. S'il y en a vraiment une. »

L'apprenti examina attentivement les différentes images sur le mur devant lui. Il reconnut à plusieurs reprises la créature représentée par l'idole qu'ils venaient de dérober et que Gwen avait identifiée comme étant Bérbémoth. Le démon avait été représenté avec son phallus surdimensionné dans diverses situations, et entouré de différentes créatures répugnantes. La fresque devait avoir une signification pour ce peuple, mais Sokar n'aurait su dire ce qu'elle représentait.

Gwen cherchait de son côté aussi, tout en gardant un œil sur le monticule de sable qui grossissait trop rapidement à son goût. Elle avait l'étrange impression de se retrouver coincée dans un énorme sablier. Elle aperçut du mouvement dans le tas de sable. Ce n'était pas seulement le déplacement des grains qui dévalaient la butte, mais quelque chose qui s'agitait à l'intérieur. Elle délaissa le mur pour se concentrer plutôt sur le monticule.

Comme elle s'approchait du tas de sable, une créature en ressortit. C'était un genre de bonhomme des sables, une créature humanoïde haute comme trois pommes et entièrement constituée de sable. Le bonhomme des sables marcha vers Gwen, il grimpa sur sa botte en moins de deux, et il entreprit d'escalader sa jambe.

— Eh ! s'écria-t-elle. Descends de là, toi !

Elle secoua sa jambe, mais la créature tint bon. Elle lui flanqua une claque pour lui faire lâcher prise et celle-ci explosa instantanément, formant un petit tas de sable aux pieds de la maîtresse. Pendant ce temps, deux autres bonshommes des sables sortaient du monticule et se dirigeaient vers elle. Ils s'attaquèrent chacun à une jambe, et Gwen s'en débarrassa de la même manière. D'autres créatures des sables firent leur apparition et convergèrent également vers la maîtresse. Cette fois-ci, elle prit l'initiative. Elle leur flanqua un grand coup de pied avant même que les créatures ne puissent l'atteindre. Chaque bonhomme des sables explosait au moindre choc. Certes, il était assez facile d'éliminer ce genre d'ennemi, sauf qu'elle risquait de crouler sous le nombre. Sans compter que le sable qui tombait de la trappe au plafond continuait de s'accumuler. Ils n'étaient toujours pas tirés d'affaire.

Une nouvelle vague de bonshommes des sables encercla Gwen, qui décida d'utiliser les grands moyens. Elle dégaina son épée et exécuta une séquence de moulinets afin de frapper un maximum de créatures.

— Sokar ! Je ne voudrais pas te mettre de la pression, mais ce serait le bon moment que tu nous trouves une issue !

— Oui ! Je sais ! J'y travaille.

L'apprenti n'avait rien manqué de l'affrontement qui se déroulait entre sa maîtresse et les bonshommes des sables, et il comprenait l'urgence de la situation. Néanmoins, l'impatience de Gwen ne l'aidait en rien à déterminer si un passage secret existait, ni comment l'actionner. Alors qu'il continuait d'examiner les gravures sur le mur, il sentit du mouvement derrière sa jambe. Un bonhomme des sables était en train de s'agripper à sa botte et de gravir sa jambe. La créature explosa quand Sokar utilisa la même méthode que Gwen pour s'en débarrasser.

— Vous en avez laissé passer un, lui reprocha-t-il.

— Non ? Sans blague ? fit-elle, sarcastique. Je voudrais bien te voir à ma place.

Plus Gwen faisait exploser de créatures, plus il en arrivait. Il y avait dorénavant quelques pouces de sable accumulés dans l'étendue de la pièce. Le tas de sable directement sous la trappe avait atteint une proportion inquiétante.

— On pourrait escalader le monticule et remonter dans la salle au-dessus de nous, proposa Sokar.

— Impossible. Le sable est trop fin et la butte est trop instable. Le débit de sable qui s'écoule est trop important, on ne réussirait pas à passer à travers. Bon ! Maintenant, j'en ai assez !

L'exaspération de Gwen avait atteint son comble. Affronter cette colonie de bonshommes des sables était comme se battre contre une nuée de mouches ; peu importe combien on en tuait, il en restait toujours trop. Elle rangea son épée dans son fourreau et décida d'invoquer la discipline de Maîtrise de l'air. Elle allongea les bras et fit tournoyer l'air dans la pièce. Le vent s'amplifia rapidement et souleva les grains de sable. Le courant d'air se transforma en tourbillon, puis en une mini tornade. Comme les bonshommes des sables étaient légers, ils furent emportés par les bourrasques et explosèrent en plein vol. D'autres créatures émergèrent du monticule et elles furent immédiatement emportées par le cyclone. Le son produit par les rafales rappelait les tempêtes de sable qui soufflaient épisodiquement sur le Pays volcanique. La tresse blonde de la maîtresse claquait au vent, ainsi que sa cape.

— Dépêche-toi, ordonna-t-elle. Je ne pourrai pas tenir indéfiniment, je vais vite épuiser mes forces.

À force d'étudier les pictogrammes sur les murs, Sokar finit par y déceler une certaine histoire. Du moins, il tenta de s'en convaincre. Les premiers dessins représentaient un homme normal dans sa tribu. Sur la section de mur suivante, il était seul. Sokar en déduisit qu'il avait été banni pour un crime quelconque. Dans la séquence suivante, il était entouré de flammes et de créatures démoniaques. Un voyage en enfer, peut-être ? Ensuite, Sokar voyait le dessin du personnage à moitié humain et à moitié monstre. Sur le plan suivant, l'homme était devenu Bérbémoth, avec un phallus de dimension normale par contre, et il menait une armée de démons lors d'une invasion contre son ancienne tribu. À la fin, Bérbémoth était dessiné victorieux. Sur le bout de mur suivant, des nuages avaient été dessinés çà et là près de Bérbémoth, comme s'il était au ciel, et son phallus était devenu désormais immense, à l'image de la statuette.

— Vite ! Passez-moi votre besace. Je crois avoir trouvé quelque chose.

— Est-ce l'issue ?

— Je n'en suis pas trop sûr, mais ça vaut la peine d'essayer.

Tout en maintenant le tourbillon actif, Gwen se sépara du sac et elle le lança à son apprenti. Sokar l'attrapa et il en ressortit la statuette de Bérbémoth.

— À toi de nous sortir de là, mon vieux, dit-il en s'adressant à l'idole.

L'idée de Sokar était simple. Il avait remarqué qu'il y avait un trou dans le mur, près d'un des dessins de Bérbémoth, et la cavité ne semblait pas avoir été façonnée par l'usure naturelle. Quelqu'un l'avait fait expressément à cet endroit, dans un but particulier. Inspiré par l'histoire racontée par la fresque, Sokar introduisit le phallus de la statuette dans le trou. Il s'y inséra parfaitement, comme l'apprenti s'y était attendu. Le cristal buta contre le fond de la paroi rendu aux trois quarts. Sokar patienta pendant un court instant, et comme il ne se produisait rien, il tenta de faire pivoter la statuette, comme s'il tournait une clé dans sa serrure. À sa grande satisfaction, l'idole pivota aisément d'un quart de tour, jusqu'à ce qu'il entende un déclic. Il venait d'actionner un mécanisme quelconque. Un raclement de pierre se produisit à ses pieds. Il sursauta, s'attendant à chuter encore, mais ce ne fut pas le cas. Une ouverture venait d'apparaître dans le bas du mur devant lui, révélant le passage secret tant recherché. Un peu de sable s'y engouffra, mais pas assez pour bloquer l'entrée. Sokar remit l'idole dans la besace et s'accroupit pour examiner le tunnel. Il y faisait noir comme lors d'une nuit sans lune. Ils auraient à le longer à quatre pattes pour commencer, tout en souhaitant que le passage s'agrandisse plus loin.

— J'ai trouvé un passage ! cria-t-il à Gwen afin qu'elle entende sa voix malgré le sifflement du tourbillon. J'y entre !

La maîtresse tourna la tête pour regarder son apprenti, et elle vit le tunnel.

— D'accord ! Vas-y ! Je te rejoins à l'instant.

Sokar entra à quatre pattes dans le passage. Il n'y voyait rien, alors il décida d'avancer lentement pour commencer. L'air sentait le moisi et la vieille poussière. Il sentit qu'il délogeait quelques toiles d'araignées avec sa tête, mais il ne s'en formalisa pas trop. Derrière lui, il entendit Gwen qui entrait à son tour dans le tunnel.

— Depuis que j'ai arrêté ma tornade, on dirait que la hauteur du tas de sable augmente encore plus rapidement. Et j'ai comme l'étrange impression que les bonshommes des sables vont nous suivre jusqu'ici.

— Qu'est-ce qu'on peut faire ?

— Toi, rien. Mais moi, je peux chauffer le sable avec mon Dohm afin qu'il forme un mur opaque. J'espère que ce sera assez robuste pour les retenir de l'autre côté.

Gwen s'exécuta, pendant que Sokar continuait d'avancer. Il vérifiait régulièrement avec ses mains si le tunnel s'agrandissait, avec un résultat négatif à chaque tentative. Gwen rattrapa rapidement son apprenti et, n'y voyant absolument rien elle non plus, elle cogna sa tête contre le postérieur du garçon.

— Eh ! Qu'est-ce que vous faites ?

— Désolé... je te pensais plus loin. Tu n'avances vraiment pas vite.

— C'est parce que je n'y vois rien.

— Utilise ton Dohm pour inspecter le tunnel, comme le font les chauves-souris. Tu sauras ainsi s'il continue toujours en ligne droite, ou s'il finit par s'agrandir assez pour que nous puissions progresser à la verticale.

— Ne pourriez-vous pas créer une boule de feu pour nous éclairer un peu ?

— J'ai bien peur que non. J'ai épuisé une grande partie de mes énergies magiques à maintenir ma tornade constamment active et à bloquer l'entrée du tunnel. Mon Dohm est au bord de l'épuisement, alors je préfère conserver mes forces.

Sokar était déçu de la réponse de sa maîtresse, mais il comprenait sa décision. Il était quand même étonné qu'une maîtresse Ahkena telle qu'elle puisse épuiser ses réserves d'énergie magique aussi rapidement. Il se dit qu'il y avait sûrement une façon d'augmenter l'endurance du Dohm, un peu comme avec la course. Sokar savait que plus une personne s'entraînait à la course, et plus elle pouvait parcourir rapidement de grandes distances. Pour y parvenir, il fallait simplement s'exercer régulièrement, avoir une bonne alimentation et avoir une discipline d'entraînement adéquate.

Sokar suivit donc les conseils de son mentor et il utilisa son Dohm pour inspecter le tunnel. Il découvrit que, sur une bonne longueur, il demeurait de la même taille et suivait un parcours rectiligne. Cette information lui redonna confiance et, même s'il ne voyait pas plus où il avançait, il se mit à progresser plus rapidement.

Comme il avait perdu tout repère, Sokar ne savait pas si le tunnel montait ou s'il descendait, ni depuis combien de temps ils le longeaient. Après un moment qui sembla interminable, le Dohm de Sokar repéra une créature vivante au loin devant eux. Craignant le pire, il ralentit la cadence.

— Pourquoi ralentis-tu ?

— J'ai senti une présence devant nous.

— Humanoïde ? Monstrueuse ? Animale ?

Gwendollyn le savait déjà, mais elle testait son apprenti.

— Animale, répondit-il après un bref silence. C'est... c'est un rat.

— Et c'est une bonne ou une mauvaise nouvelle ?

— Ni l'une, ni l'autre, j'imagine. Tant qu'il ne nous attaque pas. Le tunnel est tellement étroit que nous aurions de la difficulté à nous défendre convenablement.

— Pourquoi crois-tu qu'il nous attaquerait ?

— Je ne sais pas... il a peut-être faim ?

— Et si tu vérifiais ?

Sokar invoqua la discipline de Communication animale afin d'entrer en contact avec le rat. Il découvrit que l'animal n'avait pas d'intentions belliqueuses. En fait, il se souciait à peine des deux humains qui venaient de pénétrer dans son territoire. Sokar comprit le message que sa maîtresse avait tenté de lui faire comprendre : il pouvait se servir du rongeur pour se guider dans le tunnel, en voyant à travers ses yeux, et ainsi trouver une sortie plus rapidement. C'est ce qu'il fit. Si regarder avec les yeux d'un animal était déroutant, ramper à quatre pattes en même temps devenait carrément étourdissant.

Avec son Dohm, Sokar incita le rat à retourner à l'air libre. Comme cette discipline ne lui permettait pas de soumettre l'animal à sa volonté, l'apprenti devait se faire le plus convaincant possible. Il utilisa principalement des images mentales, ne sachant pas « parler » le langage des rats. Le rongeur finit par répondre aux stimulations et il commença à avancer dans le tunnel. Sokar le suivit, toujours à quatre pattes, souhaitant que le rat ait réellement bien compris son message. Gwen fit de même, le sourire aux lèvres, fière de son apprenti. Ce que Sokar avait accompli pouvait paraître anodin, en revanche elle savait que la communication animale n'avait rien de simple, spécialement avec les rongeurs et autres petits animaux à l'intelligence limitée.

Au début, Sokar arrivait à « voir » avec les yeux du rat tout en rampant à quatre pattes derrière lui. Mais après un moment, il dut admettre que c'était plutôt épuisant. Il cessa donc d'utiliser la discipline afin de se concentrer sur sa progression, tout en repérant simplement la position du rat à l'aide de ses pouvoirs, ce qui était nettement moins fatiguant.

Le tunnel se sépara enfin en deux couloirs, et Sokar et Gwen suivirent le rat. Par la suite, ils croisèrent plusieurs autres bifurcations et, pour chacune, ils continuaient de se laisser guider par le rongeur. Sokar s'apprêtait à faire de même à l'embranchement suivant, quand Gwen le stoppa.

— Nous prenons l'autre couloir, spécifia-t-elle.

— Quoi ? Mais je croyais que nous suivions le rat vers la sortie ?

— Parfois, on suit le rat, et parfois on suit son instinct.

— Est-ce un nouveau dicton, ça ?

— Disons plutôt que c'est un conseil.

Sokar obéit donc à sa maîtresse. Ils continuèrent de ramper dans le tunnel puis, après un moment, Sokar entendit un étrange grondement en sourdine. Il s'arrêta afin de pouvoir l'écouter plus attentivement.

— Vous entendez ce bruit ?

— Oui. Je sais où nous sommes rendus. Pas toi ?

— Comment le pourrais-je ?

— Tu dois apprendre à moins te servir de tes yeux, et davantage de tes ondes magiques. Ainsi, lorsque tu seras dans une situation où tu ne verras plus rien, tu ne seras pas pris au dépourvu. Comme en ce moment.

Sokar fit irradier les ondes de son Dohm dans toutes les directions afin d'analyser la structure de l'environnement autour de lui. En premier, l'onde magique vibra au contact de son mentor et, sans le vouloir, il perçut que les réserves magiques de Gwen étaient réellement presque à sec. Il s'en étonna vivement. «Je l'ai crue quand elle m'a dit qu'elle devait économiser ses forces, pensa Sokar, mais je n'aurais jamais soupçonné qu'elle était au bord de l'épuisement magique à un tel point.»

Ensuite, l'apprenti continua son inspection des lieux, sachant qu'a priori il n'y avait que de la pierre tout autour d'eux. À plusieurs pieds au-dessus de lui, l'onde de son Dohm percuta une matière d'une consistance différente. Il se doutait bien de ce que c'était et il décida d'utiliser une discipline en particulier pour le confirmer : la discipline du Pouvoir de l'eau, qui permettait de localiser l'emplacement de sources souterraines et autres nappes d'eau. Grâce à la discipline, il comprit que le grondement qu'il percevait venait d'un cours d'eau important qui passait au-dessus d'eux. Puis il se souvint avoir vu une rivière dans la vallée qui menait au temple.

— Nous ne sommes plus sous le temple des indigènes ! s'exclama-t-il en reprenant sa route. Nous sommes sous la vallée.

— C'est exact. À mon avis, ce tunnel de pierre doit déboucher quelque part près de la montagne que nous avons escaladée.

— J'espère que le tunnel finira par s'agrandir, je commence à avoir mal aux mains et aux genoux.

— Et ton épaule ? Ça va ?

— Ça va. Ça élance encore, mais la douleur est supportable. Croyez-vous que l'un des embranchements aurait pu nous conduire jusqu'à la cheminée du volcan ?

— C'est fort possible. C'est la raison pour laquelle il fallait suivre le rat, au début.

— Quand le volcan entrera en éruption, ces tunnels risquent d'être inondés de lave. D'ailleurs, ils ont probablement été créés par une éruption précédente.

— Non, je ne pense pas, le contredit-elle. Tous les couloirs sont de mêmes dimensions et, malgré la rugosité du sol, je trouve les parois trop lisses pour avoir été créées naturellement.

— Vous croyez que ces tunnels sont l'œuvre d'un peuple ? Pourtant, vous réfutiez le fait que les indigènes ont pu mettre en place des pièges dans le temple.

— À mon avis, une autre race vivait ici auparavant. Les indigènes ont dû s'installer dans le temple parce qu'il avait été libéré par ses occupants précédents.

— Les membres de cette autre race ont dû passer des siècles à creuser ces couloirs dans le sol rocailleux, s'émerveilla l'apprenti.

— Ils étaient certainement doués de facultés magiques pour accomplir un tel exploit. Par exemple, les Griztalts peuvent faire fondre n'importe quelle matière, si robuste soit-elle, par simple contact avec la paume de leurs mains. Pour eux, créer ce genre de dédale souterrain aurait pu leur prendre simplement une année, peut-être même plus rapidement s'ils étaient nombreux à y travailler.

Sokar avait relégué dans un coin éloigné de sa mémoire l'existence des Griztalts, car pour lui, ces créatures étaient associées à la mort de son premier mentor. Mais il se rendit compte qu'au fil du temps, évoquer ces souvenirs-là devenait de moins en moins douloureux.

— Alors vous croyez que les Griztalts auraient pu habiter cette île auparavant et creuser ces tunnels ?

— Ce n'est qu'une hypothèse, je n'ai aucune certitude.

— Pourquoi les Griztalts auraient-ils abandonné l'île ? Si nous supposons que votre hypothèse est la bonne.

— Aucune idée. Pour aller servir les Arkahziens ?

— Ils y auraient été obligés ?

— C'est possible.

Ils continuèrent leur progression dans le tunnel sans trop savoir pendant combien de temps, étant donné qu'ils étaient privés de tout repère. Sokar remarqua enfin un changement dans la configuration du couloir souterrain. Il semblait s'élargir, mais pas encore assez, par contre, pour leur permettre de continuer sur leurs deux jambes. Au bout d'un moment, l'apprenti crut voir un minuscule point lumineux devant lui. Plus il avançait et plus le point s'agrandissait. Il supposa que ce devait être enfin la sortie.

Effectivement, c'était bien de la lumière qu'il voyait au bout du tunnel. Ce constat redonna à Sokar l'énergie qu'il lui fallait pour terminer cette longue promenade à quatre pattes. Quand il atteignit enfin l'embouchure, il sortit du tunnel et se leva. Il avait le dos en compote ! Il s'étira longuement tout en examinant la caverne dans laquelle il venait d'arriver, et qui baignait dans la lumière naturelle du jour. Gwen fit de même à son tour.

Ce que Sokar avait cru être une grotte était en fait une cavité dans la montagne qu'ils avaient escaladée. Ce trou béant permettait de franchir de part et d'autre la paroi rocheuse sans devoir la gravir. Sokar se dirigea vers une extrémité et il vit la vallée qu'ils avaient parcourue pour se rendre au temple.

— Si j'avais su que ce passage existait..., dit Sokar d'un ton las.

— Ni toi ni moi ne pouvions le savoir, le réconforta Gwen en s'approchant de lui. D'ailleurs, nous sommes très loin du sentier que nous avons emprunté. Regarde.

La maîtresse pointa du doigt un endroit au pied de la montagne. En examinant le paysage, Sokar reconnut le chemin qu'ils avaient pris pour se rendre au temple. Effectivement, le tunnel les avait amenés très loin de leur point de départ dans la vallée.

— Faisons une pause pour nous donner l'occasion de reprendre des forces, suggéra Gwen.

C'est seulement à cet instant que Sokar remarqua que le repas du matin était déjà loin. Ils s'installèrent sur le sol rocheux et mangèrent leurs rations avec appétit. Ensuite, ils partagèrent ce qu'il restait d'eau dans l'outre. Lorsqu'ils eurent terminé, ils profitèrent de ce moment de repos pour méditer un peu. Ils s'assirent en tailleur et fermèrent les yeux.

Au début, Sokar eut de la difficulté à faire le vide dans sa tête. Il repensait aux événements de la journée, plus particulièrement à la manière dont Sinistre avait réagi après avoir tranché les têtes de l'autruche. Est-ce que son épée réagirait de la sorte à chaque occasion où elle entrerait en contact avec du sang ? Sokar se promit de faire quelques expériences avec elle afin d'en avoir le cœur net. Puis il eut une pensée pour la princesse. Elle attendait certainement une réponse de sa part depuis qu'il avait reçu sa lettre. Sokar avait tout fait pour retarder le moment de lui écrire en retour, sachant très bien qu'il n'arriverait jamais à trouver les mots justes pour la ramener à la raison. Ensuite, le visage de Mendoza ressurgit de sa mémoire. Sokar avait tellement été occupé ces derniers jours qu'il l'avait complètement oublié. Il avait toujours cru que Mendoza était retenu captif sur Arkahz et qu'il arriverait à se libérer seul. Le fait qu'il ne soit pas encore de retour dans le royaume lui faisait présager le pire. « Peut-être qu'il est trop faible pour réussir à s'échapper de ses ravisseurs, pensa Sokar. Peut-être qu'il n'est pas réellement sur Arkahz. Peut-être qu'il est vraiment mort... »

Sokar se ressaisit avant de risquer de basculer dans un état mélancolique. Il s'était juré de ne plus imaginer le pire à propos de Mendoza et de garder espoir. Il s'efforça de remplacer ses pensées négatives par des pensées positives. La première image heureuse qui lui vint à l'esprit fut celle de Maya. « Seigneur, ce qu'elle est belle ! » se pâma-t-il. Cette fille-là pourrait lui demander de décrocher Riguel du ciel et il le ferait sans hésiter. Il se rappela qu'il devait absolument se dépêcher de terminer son apprentissage pour enfin pouvoir la fréquenter sans toujours avoir maîtresse Aurora qui les surveille comme un vieux vautour. « Sokar ! Seulement des pensées joyeuses et positives ! » se gronda-t-il mentalement. Après des efforts considérables, il réussit enfin à faire le vide dans sa tête et à pouvoir méditer convenablement. Il en profita pour adresser une courte prière à Ahkena-Suprême, pour lui demander de le guider dans ses décisions.

Gwen annonça le moment du départ peu après. Ils quittèrent donc la vallée pour de bon, s'engouffrèrent dans le tunnel et traversèrent la montagne de bout en bout. Lorsqu'ils furent à l'autre extrémité, ils quittèrent la paroi rocheuse pour suivre le court sentier qui les mena vers la forêt, dans laquelle ils pénétrèrent. La forêt laissa la place à la jungle, trop chaude et d'une humidité accablante. Au moins, c'était bon signe : ils s'approchaient du rivage, toute chose étant relative.

Ils traversèrent la jungle sans encombre et débouchèrent sur la grève. Évidemment, leur bateau ne s'y trouvait pas puisqu'ils avaient filé en ligne droite depuis la montagne. Ils auraient donc à marcher le long de la rive pour atteindre leur embarcation. Au moins, ils n'étaient plus dans la jungle. La brise maritime jouait dans leurs cheveux et apportait un peu de fraîcheur sous le soleil de plomb. Sokar et Gwen demeurèrent silencieux pendant une longue partie du trajet, n'échangeant que des banalités à de rares occasions. Les événements de la journée les avaient épuisés et la chaleur qui régnait sur cette île ne les incitait pas à devenir loquaces.

— Espérons que notre barque soit encore là à nous attendre, lança Sokar simplement pour la forme, car il n'était pas réellement inquiet à ce sujet.

— Craindrais-tu qu'elle ait été volée? s'esclaffa Gwen. Et par qui ?

L'apprenti haussa les épaules. Longtemps après ce court échange, Sokar repéra enfin leur barque sur la rive, très loin devant eux. Il marchait d'un pas assuré, quand il sentit le sol remuer légèrement. Il s'arrêta, intrigué, et Gwen fit de même. Il ouvrit la bouche et avant qu'un son n'en sorte, le sol se mit à trembler davantage.

— Un tremblement de terre ? demanda-t-il, affolé. Est-ce le volcan qui entre en éruption ?

— Je n'entends pas le grondement caractéristique des tremblements de terre. C'est simplement le sol sous nos pieds qui se meut. Je n'aime pas ça du tout. Courons !

Au pas de course, Gwen se rapprocha de la jungle sans quitter le rivage, là où le sentier était moins sablonneux. Sokar la suivit. Ils couraient pour atteindre leur barque au plus vite, sans trop comprendre pour quelle raison le sol vibrait tant. Quelque chose sembla en jaillir, situé entre eux et l'océan. Au début, ça ressemblait à une longue colonne de sable, mais quand tout le sable soulevé par la chose retomba, Sokar vit une structure longiligne en pierre qui ondulait pour sortir du sol. L'image lui faisait penser à une couleuvre géante dissimulée dans le sable qui s'agitait pour en ressortir.

Sans le savoir, Sokar avait deviné ce qui se passait. Un énorme serpent en pierre faisait la sieste, caché sous le sable et, quand ils avaient marché sur lui involontairement, le serpent s'était réveillé de mauvaise humeur. Il était ressorti de son lit sablonneux et cherchait à découvrir ce qui l'avait dérangé. Le reptile en pierre sinua sur le rivage de toute sa longueur, et il dépassa Gwen et Sokar sans leur prêter attention. Quand il fut loin devant eux, il fit volte-face et se redressa sur sa queue. Il ouvrit sa gueule et lança un cri à glacer le sang, à mi-chemin entre un barrissement et un rugissement. Comme le serpent leur barrait le chemin, Gwen et Sokar n'eurent d'autres choix que de s'arrêter. Sokar jugea que le reptile de roc devait être aussi haut que le monastère, et d'un diamètre qui pourrait lui permettre d'avaler un homme sans même être obligé de le mâcher.

Le serpent géant les fixait d'un œil mauvais, visiblement irrité de s'être fait déranger. Il ouvrit la gueule de nouveau. Sokar plaqua ses mains sur ses oreilles, s'attendant à ce qu'il pousse un autre cri, mais le serpent régurgita un caillou gros comme le poing dans leur direction. Surpris par cette attaque, ils eurent tout juste le temps de reculer pour éviter le projectile.

— Mais qu'est-ce qu'elles ont toutes, les créatures de cette île, à cracher des pierres sur moi ? ragea Sokar.

— Nous devons trouver un moyen de le contourner pour rejoindre notre embarcation. Vas te cacher dans la jungle, je vais essayer de faire diversion. Quand tu auras le champ libre, occupe-toi de préparer le bateau pour notre fuite.

Sokar se rapprocha lentement de la jungle. Il demeurait sur ses gardes et il examinait constamment le monstre. Le serpent tourna la tête pour le suivre du regard, alors Gwen agita les bras dans les airs en hélant le reptile pour attirer son attention. Mais celui-ci refusait de quitter l'apprenti des yeux. La maîtresse s'empara d'une pierre par terre et la lança sur le crâne du serpent. Quand son projectile fit mouche, la créature se détourna enfin de Sokar. L'apprenti profita de l'occasion pour courir se mettre sous le couvert de la jungle.

Gwen avait atteint son but ; le serpent géant s'intéressait dorénavant à elle. Elle recula en souhaitant qu'il la suive afin de l'éloigner de leur bateau. Mais le serpent ne se déplaça pas. Il ouvrit sa gueule à nouveau et bombarda la maîtresse d'une pluie de cailloux. Heureusement, elle réussit à éviter chacun des projectiles.

— Allez ! Suis-moi ! Qu'est-ce que tu attends, mon gros ?

Elle avait beau provoquer le serpent de pierre, celui-ci refusait d'avancer. En fait, elle ne réussit qu'à l'irriter davantage. Le serpent recommença à cracher des cailloux sur elle, qui les évita du mieux qu'elle put. Sokar, qui avait assisté à la scène depuis sa cachette dans la jungle, crut que sa maîtresse était en danger étant donné qu'il savait qu'elle ne pouvait plus se défendre avec son Dohm. N'écoutant que son courage, il dégaina Sinistre et se précipita sur le serpent. Il arriva derrière le reptile de pierre, qui ne le vit pas s'approcher. Sokar brandit son épée à deux mains au-dessus de sa tête, et il l'abattit de toutes ses forces sur la queue du monstre, comme s'il tranchait une bûche d'un coup de hache. La lame produisit des étincelles en percutant les écailles de pierre du monstre, et elle rebondit sans créer le moindre dommage à la créature. Le coup produisit une onde de choc qui vibra jusque dans les bras de l'apprenti. La douleur lui tétanisa les muscles et lui fit lâcher son épée. Il attendit pendant un court instant que les sensations reviennent dans ses mains avant de se pencher pour ramasser Sinistre.

Si le coup d'épée n'avait pas réussi à blesser le serpent géant, en revanche le choc avait attiré son attention. Le serpent se retourna et fixa rageusement l'apprenti, puis il poussa un autre hurlement à dresser les cheveux sur la tête. C'est seulement à cet instant que Sokar prit conscience que, finalement, son intervention n'avait peut-être pas été une si bonne idée. Il fit demi-tour et se mit à courir en direction du bateau, pour s'éloigner du serpent.

— Oh non ! Sokar ! Qu'est-ce que tu as fait ? Il faut l'éloigner du bateau.

Gwen dégaina son épée à son tour et se mit à frapper la queue du serpent à plusieurs reprises, dans l'espoir d'attirer son attention de nouveau. Celui-ci fouetta l'air avec le bout de sa queue et frappa la maîtresse au torse. La violence du coup fut telle qu'elle fut projetée dans les airs à plusieurs pieds de là. Elle retomba lourdement sur le dos, mais heureusement les dunes aidèrent à amortir sa chute.

Voyant fuir l'apprenti, le serpent géant se lança à sa poursuite. Il ondulait avec facilité dans cet environnement sablonneux, et il rattrapa rapidement Sokar, qui peinait à prendre de la vitesse dans ce sol instable.

Sokar arriva au bateau et il se retourna. Le serpent l'avait déjà rejoint et il se remettait debout, appuyé sur l'extrémité de sa queue. Si la créature avait l'idée de s'écrouler sur leur embarcation, ils perdraient leur seul moyen de transport et ils se retrouveraient piégés sur l'île.

Sokar vit une tache brune fendre le ciel et plonger directement sur le crâne du serpent. Le reptile émit un autre cri, différent des précédents, qui exprimait plutôt la douleur. Sokar se rendit compte que la tache brune qu'il avait vue était en fait un faucon qui était arrivé à la vitesse de l'éclair et qui s'était projeté sur l'œil du serpent. Le faucon avait crevé le globe oculaire du reptile avec son bec, et maintenant il tournoyait autour de sa tête pour faire de même avec l'autre œil, mais en utilisant ses serres cette fois-ci.

Sokar avait reconnu le faucon. Il surgissait constamment dans sa vie, et il ne comprenait pas dans quel but ni d'où il arrivait. Le fait qu'il soit sur cette île, à lui sauver la vie une fois de plus, indiquait que le faucon le suivait à la trace. Mais dans quel but ?

— Vite ! Profitons de cette diversion fortuite pour fuir ! s'écria Gwen, qui s'était remise de son vol plané et qui avait rejoint son apprenti.

Ils se hâtèrent de mettre leur bateau à l'eau et d'y embarquer. Le faucon continuait de voler autour du serpent pour s'attaquer à son autre œil. Le reptile, quant à lui, donnait des coups de tête pour tenter de frapper l'oiseau, ou il ouvrait la gueule pour essayer de l'avaler. Dès que le serpent géant vit ses proies s'enfuir par la voie des mers, il se laissa choir dans l'eau dans le but évident de s'écraser sur eux et de faire couler leur embarcation. Le faucon devina ses intentions et il profita du fait que le serpent ne se défendait plus pour plonger sur son seul œil valide. Lorsque ses serres se plantèrent dans leur cible, le reptile tressaillit de douleur, ce qui modifia malgré lui la trajectoire de sa chute; au lieu de tomber directement sur le bateau, il frappa la surface de l'eau juste derrière. Le faucon lâcha sa prise avant que le serpent ne plonge dans l'océan.

À cette faible distance du rivage, le fond marin n'était pas très creux. Malgré cela, le plongeon du serpent produisit quand même une grosse vague, ce qui donna une poussée supplémentaire à l'embarcation pour la propulser davantage vers le large. Gwen et Sokar s'accrochèrent fermement au mât afin de ne pas tomber par-dessus bord. Heureusement, l'amplitude de la vague ne risquait pas de les faire chavirer.

Sokar vit le serpent géant sortir de l'eau, hurler de rage, et retourner se dissimuler sous le sable de la plage. Il fut soulagé de voir que le reptile ne pouvait pas, ou ne voulait pas, les poursuivre sur les flots.

— C'était vraiment stupide de ta part, le gronda Gwen alors qu'elle hissait la voile. Tu devais suivre le plan établi. Si le serpent avait écrasé le bateau, nous aurions été bloqués là.

— J'aimais mieux prendre le risque de rester coincé avec vous sur cette île plutôt que de repartir sans vous. Je n'aurais pas supporté de perdre un troisième mentor, sans parler de ce que le Grand Maître m'infligerait comme punition à mon retour, seul. Quand je vous accompagne, j'ai l'impression qu'ensemble nous pouvons affronter tous les défis et tous les dangers.

Gwen tempéra sa colère et examina son apprenti. Elle vit dans son regard l'ampleur de l'admiration qu'il éprouvait pour elle, et elle en fut toute retournée. Ça faisait longtemps qu'on ne lui avait pas adressé un tel regard. Aussi loin qu'elle se souvienne, les dernières personnes à avoir manifesté une compassion sincère envers elle avaient été son mentor, ainsi que Viggen.

La maîtresse de Gwen, maintenant décédée, avait toujours été fière d'elle, même après la fin de son apprentissage. Gwen avait constamment vu dans les yeux de sa maîtresse le même genre d'admiration qu'une mère ressent pour ses enfants. Quant à Viggen, il n'y avait pas eu que de l'admiration dans son regard, mais aussi de l'amour...

Gwen se souvint alors pour quelle raison elle n'avait jamais voulu s'embarrasser d'un apprenti auparavant. Elle savait que, peu importe qui serait cette personne, elle finirait inéluctablement par s'y attacher. Et s'attacher à quelqu'un signifiait souffrir lorsque cette personne mourait. Si Gwen avait une certitude dans la vie, c'était celle que tous devaient mourir un jour ou l'autre; certains plus tôt que d'autres. À une certaine époque de son insouciante vie, Gwen avait cru qu'elle était quasi invincible. Elle savait qu'elle n'était pas immortelle, mais elle voyait plusieurs des siens mourir ou être portés disparus, alors qu'elle, elle fonçait constamment tête baissée vers le danger et en ressortait chaque fois saine et sauve.

La gorge nouée par l'émotion, elle plaça la main sur l'épaule de son apprenti en guise de remerciement, pour son dévouement et pour sa confiance. C'est à ce moment que le faucon vola jusqu'à eux et qu'il se posa au fond de l'embarcation.

— Hé, fit Gwen en reprenant le dessus sur ses émotions. Merci, l'ami. On peut dire que tu es arrivé à point nommé. Tu nous as filé un sacré coup de main.

— Vous connaissez ce faucon? demanda Sokar, ébahi.

— Non, je ne l'avais jamais vu avant. Pourquoi? demanda-t-elle à son tour, étonnée de la vive réaction du garçon.

— Depuis mon premier jour en tant qu'apprenti de l'Ordre, il ne cesse de me suivre et de faire irruption dans ma vie. Je croyais que vous saviez à qui il appartient, ou que vous auriez pu avoir une explication.

— Non, désolée. Tu dis qu'il te suit partout?

— En réalité, non, pas tout à fait. Il a l'habitude de surgir de nulle part lorsque je suis dans une situation périlleuse, alors je suppose qu'il doit me suivre à la trace et me surveiller constamment. Sinon, comment ferait-il pour savoir qu'il doit intervenir ?

— C'est une bonne question. As-tu essayé de le lui demander ?

— Oui, sans succès. Il demeure muet, même avec la discipline de Communication animale.

— C'est probablement parce qu'il n'est pas prêt à te révéler ses secrets.

Le faucon prit son envol et il alla se percher au bout du mât, comme s'il faisait la vigie. Heureusement pour les aventuriers, la brise maritime soufflait fort et elle poussait leur embarcation dans la bonne direction ; moins rapidement, toutefois, qu'à l'aller. Étant donné que Gwen n'avait pas récupéré assez de puissance pour manipuler les éléments, ils durent s'en contenter.

Ils accostèrent finalement à la tombée de la nuit. Le faucon sauta dans le vide et s'envola au loin, vers les terres.

— Vous voyez ! s'exclama Sokar avec une pointe d'exaspération. Il fait toujours ça ! Il m'aide, et il repart. Sans explication, sans rien demander.

— Ne t'en fais pas. Un jour, tu finiras par comprendre.

Ils tirèrent leur embarcation sur le rivage, là où ils l'avaient empruntée le matin même, et prirent le chemin du retour vers le monastère.

— Le repas du soir est certainement terminé, dit Gwen juste avant d'arriver à l'entrée principale de leur résidence. Va dans les cuisines nous chercher de quoi manger, et passe aussi à l'infirmerie nous prendre des potions régénératrices de Dohm. On se rejoint à l'écurie.

— Et vous ?

— Je vais chercher le cube de Kazimir dans ma chambre.

Sokar s'exécuta. Heureusement pour lui, les quelques moines qu'il croisa ne lui prêtèrent pas attention. Il n'eut donc pas à inventer de mensonge pour expliquer ce qu'il faisait ni son absence de la journée, ne sachant pas si sa maîtresse l'autorisait à révéler ces informations à quiconque. Comme l'infirmerie était déserte lors de son passage, il n'eut pas à fournir d'explication concernant les potions régénératrices de Dohm lorsqu'il s'en empara.

Il fut le premier arrivé à l'écurie. Il alluma la lampe à l'huile et installa une couverture par terre, comme pour faire un pique-nique. Il étala dessus la nourriture dérobée aux cuisines, ainsi que les deux petites fioles de potion. Gwen entra à son tour.

— Génial ! Tu as trouvé du saucisson sec. Je meurs de faim.

— Celui-ci est fait d'auroch. J'ai aussi déniché une amphore de cervoise.

Gwen s'assit et se trancha une grosse portion de saucisson avec sa dague. Sokar rompit un quignon de pain et en engloutit un morceau avec du fromage de chèvre. En peu de temps, il ne resta plus grand-chose du maigre festin que le garçon leur avait préparé. Ils burent leur potion et se partagèrent l'amphore.

— Maintenant, annonça Gwen à la fin du repas, nous allons voir si cette folle journée en valait la peine. Si le cristal n'active pas le cube, au moins il nous restera ce beau trophée, lança-t-elle à la blague tout en sortant la statuette de sa besace.

— Avez-vous fini par apprendre à quoi le cube va servir ?

— Personne n'a été en mesure de me répondre. Et je n'ai pas eu d'autres prémonitions à son sujet. Nous allons le découvrir ensemble, ce soir.

Gwen sortit de sa besace les moitiés du cube de Kazimir et elle l'assembla à nouveau. Elle le déposa délicatement, cérémonieusement, sur la couverture, le plaçant de manière à ce que l'orifice pour le cristal soit sur le dessus. Elle s'empara ensuite de l'idole et détacha le phallus de Bérbémoth. Le cristal se sépara de la statuette sans difficulté. Elle déposa l'idole soigneusement sur le sol. Tenant le cristal du bout des doigts, entre le pouce et l'index, elle le plaça à la verticale juste au-dessus du cube et elle l'aligna vis-à-vis du trou. À première vue, le cristal semblait être fait pour s'insérer dans le cube, comme une clé dans une serrure.

— Attendez ! s'exclama nerveusement Sokar, le souffle court. On ne sait pas quel effet le cube produira. Imaginez qu'il nous explose à la figure.

— Mouais... tu as raison... éloigne-toi un peu, par précaution.

— Non... c'est que...

— Je comprends très bien ce que tu cherches à me dire. On ne s'est pas donné tout ce mal pour rien. Je veux essayer le cube ici, et maintenant. Je ne veux pas que quelqu'un d'autre le fasse pour moi simplement parce qu'on ne sait pas quels seront les effets du cube. J'ai eu une vision, Sokar ! Ce cube aura une importance capitale pour notre survie. Il ne peut pas nous être fatal. Je le pressens. Je le sais. Fais-moi confiance. Aie confiance en ma vision.

Sokar réfléchit pendant un court instant avant de décider de faire confiance à sa maîtresse, mais il s'éloigna quand même un peu, juste au cas. Gwen inséra doucement le cristal, qui s'emboîtait parfaitement dans l'ouverture du cube, comme elle s'y était attendue. Elle le fit descendre lentement, jusqu'à ce que l'extrémité du cristal touche le fond de l'orifice. Puis elle se mit debout pour mieux en observer les effets.

Le cristal ne pouvait s'insérer au complet dans le cube, puisqu'il était plus grand que celui-ci. Dès que Gwen lâcha le cristal, l'extrémité qui dépassait du cube se mit à luire. Au début, la lumière était faible, à peine perceptible. Puis, le cube se mit à produire une légère vibration, comme un vrombissement, et la luminosité du cristal s'amplifia. Il produisait assez de lumière pour pouvoir éclairer l'écurie à lui seul. Ensuite, on entendit un craquement, un peu comme un éclair qui déchire le ciel lors d'un orage, mais en moins bruyant et sans le grondement du tonnerre. Gwen et Sokar sursautèrent. Après, un étrange dôme de lumière apparut au-dessus de la maîtresse. Il était à peine plus haut qu'elle et il décrivait un demi-cercle parfait. Sokar paniqua immédiatement et se rapprocha d'elle, sans toutefois oser toucher au dôme transparent.

— Gwen ? Est-ce que ça va ? Pouvez-vous respirer ? Est-ce que vous m'entendez ?

— Relaxe, Sokar. Ça va. Je vais bien. Regarde.

Elle prit une grande respiration, en remplissant ses poumons d'air au maximum, ce qui eut pour effet de gonfler sa cage thoracique. Elle expira bruyamment, mais Sokar ne sentit pas son souffle. Pourtant, à cette distance, il aurait dû sentir la brise de sa respiration.

— On dirait... on dirait du verre, fit Sokar, songeur. Mais ça ne semble pas solide. On dirait un mur fait en lumière. Je vous vois, je vous entends, mais je n'ai pas senti votre souffle.

— C'est de l'énergie pure, ajouta Gwen, à la fois mystifiée et fascinée. C'est un dôme d'énergie.

Elle tournait lentement sur elle-même et examinait le dôme sous tous les angles. Sokar s'empara d'un bâton et il le lança mollement contre le dôme, pour voir s'il allait passer au travers. Le bout de bois rebondit sur celui-ci, comme s'il avait été en verre, mais le contact du bâton contre le dôme produisit un étrange crépitement. Sokar ramassa le bâton et il donna prudemment quelques coups sur le dôme, comme s'il testait la peau d'un tambour. Il craignait de recevoir une décharge électrique en retour, mais la curiosité était trop forte. Chaque fois que l'extrémité de la baguette touchait le dôme, le crépitement se répétait et, heureusement, Sokar ne ressentait aucune sensation physique inhabituelle.

Il remplaça le bâton par Sinistre, se doutant bien du résultat, mais il devait essayer. Dès le premier coup d'épée, le même craquement se répéta, accompagné dans ce cas-ci par quelques étincelles. Il rengaina donc son arme.

— C'est... c'est tout simplement fascinant, s'exclama Sokar.

Gwen, qui avait suivi le déroulement des expériences de son apprenti, approuva en hochant la tête. Elle se pencha et elle mit la main sur le cristal. Elle ressentit d'étranges picotements dans la paume, sans que ce soit douloureux. Elle tira légèrement sur le cristal. La lumière émise par celui-ci s'estompa immédiatement et le dôme d'énergie disparut instantanément. Le silence revint dans l'écurie. Elle retira le cristal complètement, désassembla le cube, et fourra le tout dans sa besace.

— C'était prodigieux ! s'extasia Sokar. Comment c'était, à l'intérieur du dôme ?

— Rien de particulier. Comme à l'extérieur. J'avais un peu l'impression de m'être retrouvé soudainement dans un bocal, mais sinon, rien de particulier.

— Et, d'après votre vision, le cube de Kazimir assurera la survie du royaume, c'est bien ça ? Mais, comment ? Le dôme était à peine assez grand pour pouvoir contenir quelques personnes, guère plus. Comment pourra-t-il jouer un rôle crucial dans notre survie ?

— Je ne le sais pas plus que toi, répondit Gwen avec une moue de déception. J'avais espéré avoir une autre vision en activant le cube. Ce ne fut pas le cas. C'est peut-être parce que j'ai épuisé mon énergie magique. Allons dormir. Notre royaume n'est pas en danger pour l'instant, alors nous avons encore tout le temps voulu pour percer les secrets du cube.

— Espérons que le cube n'ait réveillé personne au monastère.

— Oui, espérons-le. Je m'imagine mal expliquer ça au Grand Maître. Il me confisquerait certainement le cube illico.

CHAPITRE 10

Journal de Sokar
85e jour de la 13e année du règne du roi Loka

Je suis épuisé. Je pensais qu'avec la folle journée que nous avons eue hier Gwen et moi, elle me laisserait prendre un jour de repos. Mais non! Elle voulait absolument que nous allions visiter les boutiques des apothicaires et des herboristes de Narcitta. Il lui restait quelques notions à m'enseigner pour compléter mon apprentissage de la discipline de Guérison. Ces derniers principes ne nécessitaient pas l'utilisation du Dohm. C'était plutôt des informations générales à propos des maux qui existent, des soins qui sont octroyés, et de la manière de préparer les différentes mixtures et les baumes à employer. Étant donné que l'Ordre ne peut se suffire à lui-même dans tous les domaines, les moines ont souvent recours aux services de ces gens, et ils demandent même parfois l'aide d'alchimistes.

Nous avons passé la journée complète à Narcitta à se promener d'une boutique à l'autre. Gwen me montrait une plante et elle m'expliquait comment la cultiver, quelles étaient ses vertus et dans quelles circonstances il fallait l'utiliser. Par la suite, on changeait de boutique et elle répétait le même processus avec tantôt une poudre spéciale, tantôt un élixir particulier. Elle m'a fait apprendre une telle quantité d'informations qu'à la fin de la journée, j'en avais la migraine.

Je suis fatigué, tant physiquement que mentalement. Comble de malheur, je suis incapable de m'endormir! Quand je m'allonge sur mon lit, je n'arrive pas à trouver le sommeil. Mon cerveau s'emballe et je pense à plusieurs choses. Alors je me suis dit que si j'écrivais le tout dans mon journal, ça m'aiderait peut-être à me sortir ces idées de la tête.

J'ai eu l'occasion de croiser Maya ce soir, pendant le repas. Elle m'a demandé où j'étais hier, et je lui ai répondu que j'étais parti en mission avec ma maîtresse, et que j'étais trop épuisé pour lui raconter, mais que je le ferais demain. C'était la vérité, j'étais réellement trop fatigué, mais aussi je voulais m'assurer qu'il n'y avait pas d'oreilles indiscrètes qui entendent mon récit.

Maya m'a raconté qu'elle avait terminé l'apprentissage de la discipline du Pouvoir du feu aujourd'hui même. Nous sommes donc à égalité. Il nous reste à apprendre les deux disciplines qui sont enseignées exclusivement au Monastère spirituel. Elle m'a demandé si je savais quand Gwen m'y enverrait. J'ai répondu par la négative et je lui ai retourné la question. Même réponse de sa part. Elle a ajouté : «J'ai hâte de savoir à quel endroit se situe le monastère, il n'est répertorié sur aucune carte.» Tiens? C'est vrai, ça. J'avais oublié ce fait. Maya a poursuivi avec la première bonne nouvelle de la journée : Duncan est reparti au Monastère portuaire. Enfin! Quel soulagement! Même si nous n'avions plus aucun contact depuis notre altercation, le simple fait d'habiter dans le même monastère que lui me répugnait au plus haut point. Je sais que nous sommes tous censés former une belle grande famille, et que nous devons être tolérants et compréhensifs les uns envers les autres, mais je suis incapable d'éprouver la moindre sympathie envers Duncan. Et je suis certain que c'est réciproque. D'ailleurs, je suis convaincu que des querelles éclatent dans la plupart des familles, et que certains frères et sœurs se détestent à mourir. Pourquoi en serait-il différemment au sein de l'Ordre?

Mon bonheur a été de courte durée, car Maya a ensuite mentionné que Duncan avait complété l'apprentissage de toutes les disciplines requises pour un apprenti. Il passera bientôt les tests de contrôle auprès du Grand Maître du Monastère portuaire pour vérifier s'il maîtrise bien toutes les disciplines mineures afin d'obtenir le titre officiel de moine, ce qui ne devrait être qu'une formalité dans le cas de Duncan, selon Maya. Il paraît qu'il est doué. Ah bon? Eh bien, je m'en fous royalement. Ce qui me dérange, par contre, c'est que si Duncan devient moine en premier et que je demeure apprenti, je serai obligé de le vouvoyer lorsque je m'adresserai à lui puisqu'il occupera un rang supérieur au mien dans la hiérarchie de l'Ordre. Si ça se produit, ce sera vraiment humiliant.

Il y a une chose que je ne comprends pas. Normalement, les dernières disciplines qu'un apprenti doit apprendre sont celles enseignées au Monastère spirituel. Duncan était avec nous, au Monastère volcanique et pourtant, il a complété sa formation d'apprenti. Donc, soit il avait déjà complété sa formation avant d'arriver au Monastère volcanique, soit son pèlerinage au Monastère spirituel a vraiment été court, soit il a encore eu un passe-droit et il est allé au Monastère spirituel avant la période prévue. Le connaissant, ça ne me surprendrait guère que la troisième option soit la bonne. D'autant plus qu'il m'a révélé récemment qu'il a du sang noble; il a certainement pu se servir de l'influence des membres de sa famille afin de faire pression sur son maître.

Je dois absolument parler à Gwen demain, pour qu'elle m'envoie au Monastère spirituel au plus vite.

Cette nuit-là, les songes de Sokar furent parsemés de cauchemars et de créatures monstrueuses. Au matin, dès que Sokar se réveilla et qu'il ouvrit les yeux, il avait l'impression que quelque chose ne tournait pas rond. Il y avait trop de lumière dans sa chambre. Il se redressa d'un mouvement brusque et tourna la tête dans tous les sens. Il constata que le surplus de luminosité venait simplement des rayons du soleil, et non pas d'un phénomène surnaturel. D'ordinaire, quand il se réveillait, le soleil se levait à peine. Comment avait-il fait pour rester endormi aussi longtemps ? Pourquoi maîtresse Gwendollyn n'était-elle pas venue pour le réveiller ? Est-ce qu'elle avait eu des ennuis ?

Pendant qu'il se hâtait d'enfiler ses vêtements, il jeta un coup d'œil à Sinistre qui reposait dans son fourreau, sur le plancher à côté de son lit. Devrait-il la prendre et l'emporter ? Il hésita pendant un court instant, mais décida de laisser l'épée dans sa chambre. Il était au monastère, après tout. Il ne risquait pas de se faire attaquer en tournant le coin du corridor ou dans les escaliers.

Il descendit les marches à la course et, quand il arriva dans la salle commune, il fut soulagé d'y voir Gwen qui prenait calmement son repas. Tous les autres résidents avaient déjà terminé leur repas et avaient quitté la pièce.

— Ça va ? lui demanda Gwen en le voyant arriver. On dirait que tu as vu un fantôme.

— Non, rien, ça va. Il est déjà tard, je suis surpris, c'est tout.

— On dirait que tu as passé une mauvaise nuit. J'en déduis donc que j'ai pris la bonne décision de te laisser dormir, dans ce cas. J'en ai profité pour faire la grasse matinée également.

— Je vous en suis reconnaissant, dit-il en s'installant à la même table qu'elle, mais... Pourquoi ?

— Primo, j'ai bien vu que tu étais encore fatigué hier et que tu avais besoin de davantage de repos. Secundo, nous reprenons l'entraînement aujourd'hui.

— Vous trouvez que je ne suis pas assez en forme ? s'offusqua-t-il.

— Tu me parais aussi en forme que les autres apprentis du monastère, répondit-elle d'un ton qui se voulait rassurant. Sauf que ce ne sera pas suffisant si tu souhaites continuer à m'accompagner lors de mes missions. Ce que j'ai constaté lors de notre escapade d'il y a deux jours dans les Îles volcaniques, c'est que tu n'es pas prêt pour des missions plus périlleuses. Si tu veux être réellement à la hauteur de mes attentes, tu devras subir l'entraînement « spécial Gwen ».

Sokar déglutit bruyamment, convaincu que son « spécial Gwen » n'augurait rien de bon, même s'il ne savait pas en quoi cela consistait. Parfois, les entraînements de sa maîtresse étaient si rigoureux que Sokar aurait préféré subir la discipline militaire que vivaient les soldats royaux. Il était également déçu d'apprendre par la bouche même de Gwen qu'il n'était pas encore aussi bon qu'elle l'espérait. Il savait qu'il avait encore du chemin à parcourir pour être au même stade qu'elle, mais il n'était qu'un apprenti, et ce, depuis à peine un peu plus d'un an. Gwen, elle, faisait probablement partie de l'Ordre depuis près de vingt ans. Toutefois, elle avait raison sur un point. La plupart des apprentis, lorsqu'ils terminaient leur formation et qu'ils devenaient moines, choisissaient de vivre une existence douillette et confortable. Ils se choisissaient un métier sûr au sein de l'Ordre, tels que copiste, coursier, astronome ou enseignant. Sokar, lui, avait promis à Viggen qu'il deviendrait le plus puissant maître Ahkena que l'Ordre avait connu. Pour ce faire, il devrait continuer son entraînement une fois devenu moine, entraînement qui ne pouvait devenir que plus exigeant dans le futur.

— Essaie de manger léger ce matin, si tu ne veux pas ressentir une boule au ventre pendant les exercices. Un estomac trop plein te causera des malaises.

Sokar se leva et il alla aux cuisines pour se choisir des aliments, puis il retourna à la table pour accompagner sa maîtresse, même si elle avait presque terminé son repas. Il s'efforça de manger lentement et calmement, tout en respectant le silence de sa maîtresse. Lorsqu'elle eut terminé de se sustenter, elle demeura assise et ferma les yeux. Sokar en conclut qu'elle était en train de méditer, et il décida de l'imiter quand il eut terminé son repas à son tour. Elle annonça finalement qu'il était temps de se mettre à l'ouvrage et elle le conduisit à l'extérieur.

La maîtresse annonça qu'ils commenceraient par courir ensemble, à une vitesse de moyenne intensité. Elle se dirigea vers le sud-est et Sokar courut à ses côtés, au même rythme. Lorsqu'ils furent éloignés à un quart d'une lieue du monastère, ils virent un cavalier arriver en trombe vers eux, en provenance de Narcitta, selon toute vraisemblance. Gwen et Sokar s'arrêtèrent, intrigués. Le cavalier venait-il quérir de l'aide au monastère ? Y avait-il urgence ? Le cavalier fit arrêter brusquement sa monture devant la maîtresse et il lui débita rapidement son message, en panique.

— Nous sommes envahis ! Venez vite ! Nous avons besoin des moines.

— Calmez-vous, mon brave. Dites-moi ce qui ne va pas.

— Non ! Vous ne comprenez pas ! Une tribu indigène vient de débarquer à Narcitta et ils pillent tout sur leur passage. Ils défoncent nos portes et saccagent nos chaumières. Ils mettent tout sens dessus dessous. Ils sont si effrayants que même les soldats de la garde refusent de les affronter.

Gwen eut soudainement un très mauvais pressentiment.

— Décrivez-moi les membres de cette tribu, exigea-t-elle.

— Ils sont grands. Très grands. On dirait qu'ils ont recouvert leur peau d'une poudre jaune et ils ont des mains à la place des pieds. Ils...

— Ça va. Je sais à qui vous avez affaire. Retournez à la ville et dites au Seigneur de Narcitta que nous arrivons.

Elle se tourna vers Sokar pendant que le cavalier faisait demi-tour :

— As-tu deviné de quelle tribu cet homme parlait ?

— J'ai bien peur que oui.

— Je dois en aviser le Grand Maître. Pendant ce temps, prends un cheval et rends-toi à Narcitta pour évaluer la situation. Et surtout, n'interviens pas. Attends-moi. Je vais arriver dans peu de temps avec des renforts.

Ils retournèrent au monastère au pas de course. Lorsqu'ils furent arrivés devant l'entrée principale, Gwen pénétra dans le bâtiment pour aller s'entretenir avec le Grand Maître. Sokar continua à courir pour se rendre aux écuries, mais il s'arrêta à mi-chemin et il se mit à réfléchir. Même si sa maîtresse l'avait chargé d'une simple mission d'observation, il y avait quand même un risque potentiel qu'il se retrouve dans une situation périlleuse si jamais les membres de la tribu le remarquaient et décidaient de l'attaquer. Comme il n'était armé que de sa dague, Sokar aurait tout le mal du monde à se défendre convenablement. Il jugea donc qu'il serait préférable d'apporter Sinistre. Il se dirigea vers le monastère, monta jusqu'à sa chambre, s'empara du fourreau qui contenait son épée et redescendit immédiatement. En entrant dans l'écurie, il croisa Maya qui était en train de nourrir quelques bêtes. Il se précipita vers son cheval sans même adresser un mot à l'apprentie.

— Qu'est-ce qui se passe ? demanda-t-elle, inquiète. Tu sembles soucieux.

Elle remarqua le fourreau à ses flancs.

— Pourquoi amènes-tu cette épée avec toi ? Tu sais que je n'aime vraiment pas te voir porter cette arme étrange. Elle me donne la chair de poule.

— Je n'ai pas le choix. Des indigènes sauvages envahissent Narcitta et Gwen m'a demandé d'aller voir ce qui se passe en attendant qu'elle arrive avec d'autres maîtres. J'ai besoin de Sinistre pour me défendre si jamais ils décidaient de m'attaquer.

— Tu ne vas pas y aller seul ? Tu n'es qu'un apprenti ! C'est totalement irresponsable de la part de Gwen de t'envoyer là-bas sans autre protection.

— Elle m'a donné un ordre, Maya, je dois lui obéir, répliqua-t-il tout en sellant sa monture.

— Dis plutôt que ça t'arrange de lui obéir, désormais.

— Je serai prudent, je te le promets.

Maya lâcha un soupir d'agacement. Elle savait que malgré sa promesse, quand il se retrouvait dans le feu de l'action, Sokar prenait souvent des risques inutiles.

— J'y vais avec toi, dit-elle aussitôt d'une voix résolue.

— Non, Maya, je ne crois pas que...

— Est-ce que je t'ai demandé la permission ? s'emporta-t-elle. J'y vais, un point c'est tout.

Maya prépara également un cheval et elle fut prête à partir pratiquement en même temps que Sokar. Ils quittèrent l'écurie ensemble, au galop, et se dirigèrent vers Narcitta. Ils allèrent aussi vite que le permettait leur monture. À ce rythme, ils arrivèrent rapidement à l'entrée de la ville. Toutefois, ils n'y entrèrent pas. Ils décidèrent plutôt de s'arrêter à une grange abandonnée, située à quelques pas de la ville. La bâtisse leur permit d'y laisser leurs chevaux en sécurité et d'observer de loin ce qui se passait en ville.

— Oh, seigneur ! gémit Maya. Ils sont vraiment affreux !

Les craintes de Sokar étaient fondées. Les indigènes qui envahissaient Narcitta ressemblaient en tous points à ceux de la tribu à laquelle ils avaient volé la statuette de Bérbémoth. Aucun doute n'était possible. Les membres de la tribu s'étaient rendu compte de la disparition de leur idole, manifestement, et ils venaient la récupérer. Est-ce qu'ils savaient que la statuette se trouvait près d'ici, ou est-ce qu'ils avaient débarqué par hasard à cet endroit ?

Sokar observait attentivement les quelques indigènes à l'entrée de la ville. Ils transportaient de longues lances avec eux, mais ils n'avaient encore menacé personne. Ils se contentaient d'entrer chez les gens, d'en ressortir les mains vides quelques instants plus tard, et de répéter la manœuvre au bâtiment suivant.

L'apprenti en déduisit qu'ils ne faisaient que rechercher leur idole, qu'ils ne désiraient pas nécessairement voler les paysans ou faire un massacre. Dès qu'un indigène entrait dans une maison, Sokar voyait les membres de la famille en ressortir à toute vitesse. Personne ne semblait avoir encore été blessé. Toutefois, Sokar et Maya n'observaient qu'une infime partie de la ville. La situation était peut-être différente ailleurs.

— Mais qu'est-ce qu'ils font? se demanda Maya. Qu'est-ce qu'ils cherchent?

— Déplaçons-nous. Je voudrais voir d'autres quartiers.

Ils quittèrent la grange et suivirent silencieusement un petit sentier qui permettait de contourner la ville. Comme ils ne voyaient que l'arrière des maisons, ils ne pouvaient pas savoir ce qui se déroulait à l'intérieur. Toutefois, entre deux chaumières, ils apercevaient parfois des gens paniqués qui couraient dans les rues, et ils pouvaient entendre leurs cris apeurés. Sokar et Maya trouvèrent enfin une ruelle qui leur permettait d'entrer dans la ville et de se cacher afin d'observer ce qui se passait.

Le spectacle était semblable à ce qu'ils avaient vu précédemment. Les indigènes fouillaient les maisons de manière chaotique. Lorsque certains habitants tentaient de les empêcher d'entrer chez eux, les envahisseurs les menaçaient férocement de leur lance. Comme les citoyens tenaient à la vie, ils n'avaient pas d'autre choix que de les laisser passer et de s'enfuir avec leur famille.

Les indigènes communiquaient entre eux dans un étrange dialecte que Sokar ne comprenait pas. Certains membres de la tribu interpellaient parfois des habitants, et le ton employé laissait croire qu'ils leur posaient des questions. Étant donné que les citoyens ne comprenaient pas non plus cette langue étrangère, ils ne pouvaient répondre aux indigènes, qui se fâchaient rapidement. Ceux-ci haussaient alors le ton et, comme ils n'obtenaient pas plus de réponses, ils finissaient par bousculer brutalement leur interlocuteur silencieux et par les laisser partir.

Tant que les indigènes s'en prenaient à des hommes, Sokar et Maya ne s'en formalisaient pas trop. Un des membres de la tribu agrippa le bras d'une femme enceinte qui tentait de s'enfuir. La pauvre femme, complètement paniquée, lança un cri suraigu.

— Oh non, murmura Maya, affolée. Il ne va pas s'en prendre à cette femme ? Ne voit-il donc pas qu'elle porte un enfant dans son ventre ?

L'indigène hurla à la femme une longue suite de paroles incompréhensibles, ce qui ne fit qu'accentuer l'état de détresse de la future mère, qui avait les larmes aux yeux. Elle continuait à crier et elle le suppliait de la laisser s'en aller tout en se débattant. Elle tentait de se libérer de l'emprise de l'envahisseur, mais celui-ci était trop fort pour elle. Voyant qu'elle résistait, l'indigène l'attrapa solidement par les épaules avec ses grosses mains puissantes et il la secoua violemment, sans toutefois lâcher prise. À cause de ses anneaux qui allongeaient anormalement son cou, l'indigène devait bien mesurer trois têtes de plus que la femme.

— Pourquoi s'acharne-t-il sur elle ? continua Maya. Ce n'est pas normal. Sokar, il faut faire quelque chose !

— Je sais bien, mais Gwen m'a ordonné d'observer uniquement.

— Tu vas laisser ce sauvage brutaliser cette pauvre femme enceinte sans intervenir ?

Sokar avait réellement envie d'aller aider la femme. Mais comme Maya lui avait souvent reproché d'être trop téméraire, et que pour une des rares occasions il souhaitait obéir à sa maîtresse, il avait décidé dès le départ des écuries de demeurer prudent. Sauf qu'il commençait à regretter sa décision. Il vivait un conflit intérieur. Il tentait de peser le pour et le contre, mais c'était inutile, puisque le débat n'avait rien de logique ; il était avant tout émotif. Au fond de lui, l'apprenti sentait qu'il devait aller secourir la victime.

Voyant que Sokar hésitait encore, et que l'indigène ne laissait toujours pas partir la femme, Maya n'en put plus. Elle dégaina sa dague, sortit de leur cachette et s'élança vers les sauvages en lançant un cri de guerre. L'indigène sursauta de surprise lorsqu'il vit et qu'il entendit Maya qui s'approchait de lui en courant. Il relâcha momentanément son emprise sur la femme enceinte. Celle-ci, étonnée d'être enfin libre, recula de quelques pas, mais elle ne put s'enfuir tant elle était terrorisée.

L'indigène se rendit compte qu'il avait relâché sa captive, il hésita un bref instant, et il décida plutôt de ramasser sa lance qui était sur le sol à quelques pas derrière lui. Maya eut ainsi l'opportunité de s'interposer entre l'indigène et la paysanne, et de forcer celle-ci à reculer davantage pour mettre de la distance entre elle et son agresseur. L'apprentie faisait face à l'indigène en pointant sa dague vers lui afin de le décourager d'avancer. L'indigène, quant à lui, tenait fermement à deux mains sa lance pointée vers Maya et il la fixait d'un regard furieux. Il semblait prêt à lui sauter dessus d'un instant à l'autre.

— Est-ce que vous allez bien, madame ? demanda Maya à la femme derrière elle, sans quitter son adversaire des yeux.

— Je... oui, je crois bien..., sanglota-t-elle.

— Dépêchez-vous d'aller vous cacher. Je vais faire en sorte que ce monstre ne vous importune plus.

— D'accord... Merci...

Maya entendit derrière elle le bruit des pas de la femme qui s'éloignait. Elle marchait lentement au début, puis elle accéléra le rythme. La femme était enfin sortie de sa torpeur et elle avait fini par comprendre qu'elle devait fuir au plus vite.

— Qu'est-ce que vous faites ici ? hurla Maya à l'attention de l'indigène, tout en sachant qu'il ne comprendrait pas. Retournez d'où vous venez !

— *Grad'l'k c'lmarf, tado. Tado vévémof'v*, répondit l'indigène avec rage.

— Allez-vous-en ! Vous n'avez rien à faire dans notre royaume !

Même si l'indigène ne comprenait pas la signification des paroles de l'apprentie, il en saisissait tout de même le message et les émotions véhiculées. Il lâcha un grognement et avança d'un pas. Maya allongea complètement et d'un geste sec le bras qui tenait sa dague, comme pour l'avertir que s'il avançait davantage, elle lui ferait goûter à sa lame. L'indigène fit de même avec sa lance et Maya interpréta ce geste comme le début des hostilités. Elle donna un puissant coup de pied sur le bout de la lance, ce qui fit fendre le bois du manche près de la pointe dans un craquement sec. Sur le coup, l'indigène parut surpris que son arme se brise aussi facilement, mais il se ressaisit rapidement. Il jeta négligemment sa lance et il sauta sur l'adolescente en un éclair, la percutant de plein fouet. D'une main, il s'empara du poignet de Maya qui tenait la dague afin de l'empêcher de s'en servir et de l'autre, il serra ses puissants doigts autour de la gorge de l'apprentie. La rapidité d'action de l'indigène prit Maya par surprise, qui perdit l'équilibre sans même avoir l'occasion de riposter. Elle tomba lourdement sur le dos. Son agresseur ne lâcha pas prise et il embarqua à califourchon sur elle. Pendant sa chute, Maya avait senti sa dague lui glisser des mains. Puisqu'elle était dorénavant désarmée, l'indigène enserra sa gorge avec ses deux grandes mains puissantes. Maya étouffait, elle manquait d'air. Elle agrippa les poignets de l'indigène pour tenter de lui faire lâcher prise, mais il était bien trop fort pour elle. Elle avait beau se débattre, elle n'arrivait pas à se libérer.

Évidemment, Sokar avait assisté à toute la scène. Sauf que les événements s'étaient produits à une telle vitesse qu'il n'avait pas eu le temps de réagir. Au début, il avait cru que son amie s'en serait bien sortie, puisqu'elle avait appris elle aussi la discipline du Combat. Mais lorsqu'il vit l'indigène la renverser sur le sol sans qu'elle réagisse, il comprit que Maya n'avait pas pensé à utiliser la discipline. Il dégaina Sinistre et se précipita immédiatement à la rescousse de son amie.

Il ne fit pas deux pas que surgirent devant lui quatre indigènes. La cachette de Sokar l'avait bien dissimulé, mais elle ne lui avait pas permis de voir ce qui se passait dans la ruelle perpendiculaire : quatre membres de la tribu s'étaient approchés de sa cachette. D'ailleurs, les indigènes n'avaient pas remarqué l'apprenti non plus, jusqu'à ce qu'il sorte de son abri. Dès qu'ils le virent, l'épée au poing, ils le jugèrent hostile et s'empressèrent de le menacer avec leur lance.

Les quatre indigènes barraient le chemin à Sokar, il lui était donc impossible de les contourner pour aller secourir son amie. Il lâcha un grognement d'exaspération, car il savait qu'il n'avait pas de temps à perdre. Il allait devoir foncer dans le tas. Voyant les quatre lances pointées vers sa poitrine, Sokar exécuta rapidement une série de moulinets devant lui avec Sinistre. Il trancha ainsi l'extrémité des lances, qui ne devinrent que de simples bouts de bois. Surpris par la vitesse de l'attaque de l'apprenti, et également troublés de voir leur arme être endommagée si facilement, deux indigènes firent immédiatement demi-tour et ils prirent la fuite, pris de panique. Les deux autres, visiblement plus téméraires, passèrent à l'assaut.

L'indigène de gauche leva sa lance brisée au-dessus de sa tête, avec l'intention de s'en servir comme gourdin. Lorsqu'il l'abattit sur Sokar, celui-ci para le coup avec Sinistre. Le fil de la lame sectionna de nouveau le bout de bois. Pendant ce temps, l'autre indigène asséna un coup de lance en direction du ventre de Sokar, comme si son arme était encore intacte ; en effet, même si la lance n'avait plus de pointe tranchante, le coup pouvait quand même infliger des blessures considérables. Sokar esquiva le coup simplement en se déplaçant, mais de justesse.

Le premier adversaire de l'apprenti revint à la charge avec le même coup, mais comme sa lance était devenue plus courte, il avait été obligé de se rapprocher de Sokar. Le garçon le vit du coin de l'œil. D'un geste vif, il allongea le bras qui tenait Sinistre et la pointe de la lame s'enfonça aisément dans la chair de son adversaire de gauche. L'indigène arrêta d'avancer, l'air ahuri ; il afficha un rictus de douleur en voyant la lame qui transperçait sa poitrine. Sokar retira l'épée et une longue giclée de sang éclaboussa le sol de la ruelle. L'indigène appuya prestement ses mains sur sa plaie et il tomba mollement sur les genoux.

— *Ouiiiiiiiiii ! Saaaaaaaaaaaaaaaang ! Pluuuuuuuuuuuuussssss!*

Tout en s'adressant à l'apprenti de manière télépathique, Sinistre lui envoya une image mentale. C'était comme si Sokar avait eu les yeux fermés, qu'il les avait ouverts devant une peinture présentant une scène macabre, et qu'il les avait refermés aussitôt. Pourtant, il avait les deux yeux bien grands ouverts. Le tout ne dura qu'un bref instant, tel un éclair. L'image que Sinistre avait envoyée à Sokar s'était imposée dans sa tête, tel un souvenir, et elle lui donna une vague impression de déjà-vu.

Sokar cligna des yeux et il se rendit compte qu'il avait eu une absence, mais très brève. L'indigène à sa gauche, qui avait été à genoux auparavant, était maintenant décapité et son corps gisait sur le sol. Une large flaque de liquide écarlate s'écoulait à partir de son cou, et sa tête finissait de rouler un peu plus loin. Sokar regarda à droite et il vit que l'autre indigène reculait lentement de quelques pas. Il était à la fois étonné et terrifié. Il fit demi-tour et s'enfuit en courant. Sokar retourna son attention au trépassé, soulagé de s'être enfin débarrassé de ses adversaires. Toutefois, son soulagement n'avait d'égal que sa stupeur.

L'image mentale que Sinistre lui avait envoyée lui revint en mémoire, et il prit conscience qu'elle représentait exactement ce qu'il avait sous les yeux : l'indigène décapité. Avait-il eu une prémonition ? Ou un genre de rêve éveillé ? Il avait l'impression d'avoir eu ces souvenirs avant que l'événement se produise, mais peut-être que sa mémoire lui jouait des tours. Et d'ailleurs, pourquoi ne se souvenait-il pas d'avoir tranché la tête de l'indigène ? Il se rappelait la blessure qu'il lui avait infligée à la poitrine, il se souvenait l'avoir vu tomber sur ses genoux, puis plus rien. Ensuite, l'indigène n'avait plus de tête. Personne d'autre n'avait pu le décapiter, puisque Sokar avait été seul contre ses deux adversaires.

L'apprenti était troublé par ce qui venait de se passer, mais il reprit vite ses esprits. Il devait secourir Maya. Il réfléchirait plus tard pour trouver une explication logique à cet étrange événement. Ignorant le goût métallique qu'il avait maintenant dans la bouche, il se dirigea vers son amie en détresse.

Heureusement, l'affrontement de Sokar et des indigènes avait été bref. Maya était encore en vie, même si elle n'avait toujours pas réussi à se libérer de l'emprise de son agresseur. Toutefois, Sokar voyait bien qu'elle commençait à être à bout de force. Elle se débattait avec moins d'ardeur. Tout en s'approchant d'eux, il se préparait à frapper l'indigène avec son épée, quand il remarqua un phénomène anormal : les cheveux de Maya s'étaient animés tout seuls. Avait-il des hallucinations, maintenant ? Il suspendit son geste.

Sokar savait que ça ne pouvait pas être l'action du vent, pas de la manière dont ils se mouvaient. Ils semblaient animés par leur propre volonté. On aurait dit des serpents rouges emmêlés sur le crâne de Maya et qui ondulaient dans tous les sens. Une torsade de cheveux se dressa lentement à la verticale, et elle s'enroula autour du poignet de l'indigène comme une liane. Quand celui-ci s'en rendit compte, une autre torsade venait de faire de même avec l'autre poignet. L'indigène, étonné, lâcha le cou de Maya sans toutefois se relever. Il tenta de remuer les bras, mais il en fut incapable, à cause des étranges liens qui le retenaient. Maya, quant à elle, venait de fermer les yeux. Elle remuait à peine et semblait être au bord de l'évanouissement.

Soudain, l'indigène fut pris de spasmes. Ses yeux se convulsèrent et ses lèvres bleuirent instantanément. Il ouvrit la bouche en un rictus de douleur, mais aucun son ne fut entendu. Sa peau, déjà pâle à cause de la poudre de couleur soufre, paraissait encore plus blafarde et elle était parcourue d'étranges vaguelettes. Ses joues se creusèrent et la peau de son visage s'amincit. Dans un ultime effort, l'indigène tenta de se défaire de l'emprise des cheveux de Maya en tirant de toutes ses forces, mais sans succès. Les cheveux de Maya étaient comme les lianes puissantes d'une plante carnivore qui s'apprêtait à se régaler de sa proie.

Maya rouvrit subitement les yeux, et elle prit une grande inspiration, comme si elle émergeait de l'eau, à bout de souffle. Ses cheveux relâchèrent l'indigène, qui s'affaissa sur le côté, et sa chevelure rouge retomba mollement sur le sol. Maya prit quelques grandes respirations, sans trop comprendre ce qui se passait, et elle se dégagea de son adversaire. Sokar l'aida à se remettre debout et il constata, horrifié, que la chemise de l'apprentie était écarlate.

— Maya ! Tu es couverte de sang ! Es-tu blessée ? Est-ce que ça va ?

Maya, encore sous le choc, fit sommairement un examen visuel et tactile de son torse et de ses membres, sans déceler la moindre plaie. Elle palpa son crâne sans trouver de blessure, toutefois elle sentait que ses cheveux étaient poisseux. Elle examina ses mains et elle vit du sang alors qu'il n'y en avait pas auparavant.

— J'ai du sang plein les cheveux, s'exclama-t-elle, dégoûtée et paniquée. Suis-je blessée à la tête ? Pourtant je ne ressens pas de douleur.

— Je ne sais pas. C'est difficile de le déterminer avec exactitude. Je ne crois pas, non.

— D'où vient tout ce sang, alors ?

Elle examina l'indigène allongé par terre. Celui-ci, pris de convulsions, était manifestement hors d'état de nuire. Il n'avait pas de coupure ou de blessure, rien qui puisse permettre de penser qu'il avait perdu de son sang sur l'apprentie. Sokar lui raconta alors le curieux phénomène auquel il avait assisté.

— Je crois que j'ai tourné de l'œil pendant un moment. Je suffoquais, je n'arrivais pas à me libérer. Tout est devenu flou. Je pensais que c'était toi qui m'avais délivrée en frappant l'indigène.

— Je n'en ai pas eu l'occasion. Tes cheveux ont..., hésita-t-il.

— Mes cheveux ont quoi ? Dis-le ! Dis-moi ce que tu allais dire.

— Tes cheveux ont aspiré son sang. Voilà. C'est de ça que ça avait l'air. Ils semblaient aspirer son sang, ainsi que son énergie vitale.

Maya n'arrivait tout simplement pas à y croire. Elle trouvait l'explication de Sokar carrément loufoque. « Personne ne peut aspirer le sang d'une autre personne avec ses cheveux, ça n'a aucun sens, pensa-t-elle. Je ne me suis quand même pas transformée en vampire. Il parle de mes cheveux qui auraient pris vie, comme si j'étais une gorgone. » Et pourtant, elle ne pouvait pas expliquer pour quelle raison sa chevelure était complètement imbibée de sang ni d'où venait tout ce sang. Le liquide écarlate continuait à goutter sur son visage, ses épaules et son dos. Elle fut prise d'un vertige, et elle faillit tourner de l'œil. Sokar l'attrapa juste avant qu'elle ne s'affaisse et il l'aida à rester debout. Maya reprit peu à peu ses esprits et elle s'accrocha au bras de Sokar pour éviter de s'écrouler. Ensuite, elle eut un violent haut-le-cœur. Elle s'empressa de se mettre à quatre pattes et aussitôt, elle cracha un long jet de vomissure. Inquiet pour sa santé, Sokar prit soin d'elle le temps qu'elle aille mieux.

Une fois remise sur pied, Maya tordit ses cheveux pour en extraire le maximum de sang. Depuis qu'elle avait vomi, sa chevelure en semblait moins imbibée. Ils étaient encore humides, mais Maya devait tordre une torsade épaisse pour faire tomber seulement quelques gouttes. Étant donné que le sang était pratiquement de la même couleur que ses cheveux, il était difficile d'évaluer quelle quantité il en restait. Les cheveux de Maya paraissaient tout simplement humides, comme si elle sortait de son bain.

Sokar ramassa la dague de Maya et la lui rendit. Ils se regardèrent sans trop savoir quoi dire, tous les deux étaient perplexes et désemparés. Maya refusait de croire les observations de Sokar, pourtant, les faits étaient ce qu'ils étaient. Aucun des deux n'avait d'explication à ce phénomène. C'est alors qu'ils entendirent le son grave d'un olifant qui résonnait au loin. Le cor d'ivoire se fit entendre à trois reprises. Ensuite, plusieurs indigènes envahirent les rues et ruelles de la ville, et ils convergèrent tous au même endroit. Voyant un attroupement qui s'approchait d'eux, Sokar mit la main sur le manche de Sinistre qui était retournée dans son fourreau, prêt à se défendre de nouveau, mais les membres de la tribu ignorèrent totalement les deux apprentis. Aucun d'eux ne fit attention à l'indigène décapité par Sokar ni à celui qui gisait aux pieds des apprentis. Sokar comprit alors que l'olifant avait servi à annoncer leur départ. Quel qu'ait été le but de leur présence dans le royaume, ils étaient prêts à repartir.

— Suivons-les, suggéra Maya, qui était arrivée à la même conclusion que son ami, de toute évidence. Je crois que nous ne risquons rien, ils ne semblent même pas remarquer notre présence.

Sokar approuva, mais il garda toutefois la main sur le manche de son épée, juste au cas. Ils suivirent un groupe d'indigènes jusqu'à la sortie de la ville. Lorsqu'ils furent hors de Narcitta, ils virent des centaines d'indigènes qui s'en allaient vers le rivage afin de remonter dans leurs embarcations. À quelques centaines de pieds de Sokar se trouvait un indigène qui portait un immense chapeau à plumes. Visiblement, c'était le chef de la tribu. Il tenait un olifant dans une main et un étrange ballot de toile dans l'autre. Sokar se serait demandé ce que contenait le paquet du chef s'il n'avait pas vu Gwen à ses côtés, les bras croisés, l'air renfrogné.

« Oh non, s'exclama mentalement Sokar. Elle n'a pas fait ça ? Elle n'a pas rendu la statuette de Bérbémoth ? Après tous les efforts que nous avons déployés pour nous en emparer ! »

— Regarde, Sokar. C'est maîtresse Gwendollyn. Crois-tu que ce soit grâce à elle que les indigènes s'en vont ? Elle a peut-être réussi à les convaincre de repartir chez eux.

— Je ne sais pas, Maya, c'est probablement le cas, répondit Sokar en feignant de ne rien comprendre.

Sokar s'apprêtait à aller rejoindre sa maîtresse, qui n'avait pas encore remarqué l'arrivée des apprentis, mais celle-ci tourna les talons et prit congé du chef de la tribu des indigènes. Elle marcha d'un pas militaire jusqu'à son cheval, l'enfourcha et s'éloigna de la ville. Toutefois, elle ne put galoper très longtemps. Des maîtres arrivaient également à cheval du monastère et ils interceptèrent Gwen avant qu'elle n'aille plus loin. Une discussion animée s'ensuivit. Sokar et Maya ne pouvaient entendre ce qui se disait, et Sokar aurait payé cher pour être un petit oiseau sur l'épaule de Gwen afin d'écouter leur conversation. Plus la discussion avançait et plus les esprits s'échauffaient. Finalement, Gwen donna un coup de talon à Furie, qui se cabra et qui hennit, et elle fila au galop en direction du monastère. Gwendollyn venait de décider que la conversation était terminée, que ce fut effectivement le cas ou non. Les autres moines la suivirent, visiblement irrités par sa réaction.

— Nous devrions rentrer au monastère, maintenant, suggéra Sokar.

— D'accord. Mais avant, j'aimerais bien faire un brin de toilette. Je ne tiens pas à rentrer avec tout ce sang sur moi. On me poserait des questions auxquelles je n'ai pas envie de répondre.

Les deux apprentis retournèrent récupérer leurs montures. Le cheval de Maya la regarda arriver en ayant l'air de dire : « Quoi ? Tu n'as pas l'intention de monter sur moi avec ces vêtements maculés ? » Néanmoins, il laissa Maya embarquer sans protester, et ils filèrent vers la côte. Comme tous les indigènes étaient déjà repartis, la plage était devenue déserte. Les apprentis descendirent de leur monture et marchèrent jusqu'au rivage. Arrivé au bord de l'eau, Sokar s'agenouilla et plongea ses mains dans le liquide froid, tout en les frottant énergiquement. Maya, quant à elle, fit un choix plus radical.

Elle continua à marcher et entra dans l'océan. Quand l'eau fut à la hauteur de ses genoux, elle plongea tête première. Sokar sursauta et il s'esclaffa. Il comprit que Maya avait choisi le moyen le plus simple de nettoyer ses vêtements, car pratiquement aucun morceau de tissu n'avait été épargné par le sang de l'indigène.

— Ouf ! frissonna-t-elle lorsqu'elle émergea de l'eau. Elle est bien plus froide que ce à quoi je m'attendais.

Elle demeura toutefois assise, l'eau lui arrivant presque à la hauteur du cou. Elle frottait vigoureusement ses vêtements afin de faire disparaître les taches écarlates le plus possible. Après quoi elle s'attaqua à sa longue chevelure. Elle replongeait souvent la tête dans l'eau pour rincer ses cheveux, et ensuite elle les essorait en tordant de larges torsades pour voir si le liquide qui s'en écoulait était encore souillé. Quand elle jugea son apparence satisfaisante, elle se releva et sortit de l'eau. Bien sûr, son uniforme d'apprenti-moine n'était pas parfaitement propre, mais leur état conviendrait pour rentrer au monastère sans trop attirer l'attention. Elle alla rejoindre Sokar sur le rivage. Lorsqu'elle atteignit la plage, elle vida l'eau de ses bottes en pouffant de rire.

— Tu disais ne pas vouloir attirer les regards si tu rentrais couverte de sang, mais tu auras le même résultat si tu retournes trempée ainsi au monastère.

— Je sais, répliqua Maya d'un sourire. J'y avais pensé. Aide-moi un peu.

Elle enleva sa cape alourdie par l'eau et entreprit de la tordre pour en retirer le maximum de liquide. Sokar s'empara de l'autre extrémité et aida son amie.

— Tourne-toi, maintenant, ordonna-t-elle quand ils eurent terminé. Je vais faire la même chose avec le reste de mes vêtements.

Sokar s'exécuta en conservant la cape de Maya dans les mains. Il entendait des flaques d'eau éclabousser le sol pendant que Maya tordait ses vêtements.

— J'ai terminé, dit-elle quelques instants plus tard.

Sokar se retourna. Maya était assise en tailleur par terre. Elle avait remis ses vêtements trempés, qui semblaient légèrement moins humides, mais qui étaient devenus tout fripés.

— Je vais maintenant utiliser la discipline du Pouvoir du feu afin de hausser légèrement la température de mes vêtements, expliqua-t-elle. Ça ne les séchera pas complètement, mais ça sera mieux que de rentrer ainsi. Peux-tu faire la même chose avec ma cape, s'il te plaît ?

— Bien sûr.

Sokar s'installa sur le sol, face à Maya, pendant qu'elle fermait les yeux et qu'elle invoquait la discipline. Toutefois, l'apprenti attendit avant de l'imiter, préférant la regarder quelques instants auparavant.

La chevelure encore humide de Maya continuait de s'égoutter lentement sur son visage. Une fine gouttelette glissa de son front et alla chatouiller le bout de son nez, et elle la chassa d'un souffle rapide. Ce geste eut pour effet de faire sortir Sokar de sa torpeur, et il se souvint qu'il n'avait pas encore commencé à sécher la cape de Maya. Il s'efforça donc de faire le vide dans son esprit et il invoqua à son tour la discipline.

Quand Sokar rouvrit les yeux, une fois sa besogne accomplie, il remarqua que la chemise de Maya s'était suffisamment asséchée. La discipline avait permis à l'apprentie de réchauffer aussi son corps. Sokar remit sa cape à Maya quand elle eut terminé et ils prirent le chemin du retour.

Journal de Sokar
87e jour de la 13e année du règne du roi Loka

Je n'ai toujours pas réussi à parler à Gwen depuis qu'elle a remis la statuette de Bérbémoth au chef des indigènes. Elle demeure introuvable. J'espère qu'elle ne me fuit pas, ce serait vraiment irresponsable et immature de sa part. Elle me doit toujours des explications. Je sais bien que, logiquement, c'était la seule solution pour que les indigènes repartent sans que leur visite se transforme en un bain de sang. Mais ça me frustre au plus haut point qu'elle ait abandonné aussi facilement! L'Ordre forme des guerriers! Nous sommes habilités à nous battre! Nous aurions pu les expulser facilement du royaume par le fil de nos lames et garder la statuette. Ils n'avaient que de fragiles lances pour se défendre et ils semblaient à peine savoir s'en servir. Je comprends que l'Ordre répugne à occire toute créature vivante, mais j'estime que parfois, il faut savoir peser la vie de chaque espèce dans la balance.

Respire, Sokar. Calme-toi. Gwen aura certainement une raison valable pour expliquer sa décision. Quand tu réussiras enfin à trouver où elle se cache.

En parlant de bain de sang, la dernière fois que j'ai vu Maya, elle me semblait encore un peu sous le choc. J'ai tenté d'aborder les événements avec elle, mais elle m'a explicitement fait savoir qu'elle n'était pas prête encore à en discuter. Elle a dit qu'elle souhaitait y réfléchir davantage. Je sais que ça la tracasse, et j'aimerais mieux être à ses côtés pour la rassurer et la réconforter. Elle a passé la majorité des deux derniers jours à explorer les rayons de la bibliothèque, à la recherche d'ouvrages de référence qui pourraient l'éclairer sur le phénomène que j'ai observé. Quand elle est dans cet état-là, il vaut mieux la laisser tranquille.

Sans Gwen ni Maya avec qui discuter, j'ai décidé de passer du temps avec Sinistre. Mon épée n'est pas la plus loquace des compagnes, heureusement. J'avais trop attendu l'occasion d'étudier ses différents phénomènes. Plus j'y pense et plus je suis convaincu que c'est Sinistre qui m'a obligé à décapiter cet indigène. Je suis certain que c'est mon épée qui m'a envoyé cette image mentale pour m'ordonner de le faire. Sauf que je ne comprends pas pour quelle raison je ne garde aucun souvenir de l'acte lui-même. Je n'aurais jamais tranché la tête de l'indigène de mon plein gré. Je l'avais déjà mortellement touché, je n'avais pas besoin d'en finir avec lui d'une manière aussi cruelle et aussi macabre. Je ne cherchais pas à éliminer tous les membres de la tribu qui se trouvaient sur mon passage, je voulais simplement me frayer un chemin jusqu'à Maya pour la délivrer. La preuve que je ne suis pas quelqu'un de foncièrement mauvais : j'ai laissé fuir le dernier indigène. Je suis convaincu que c'est Sinistre qui m'a obligé à décapiter l'indigène. Toutefois, le mystère reste entier : pourquoi?

Si je comprends bien, Sinistre réagit à chaque occasion où elle entre en contact avec du sang, comme si elle s'en nourrissait. D'ailleurs, j'ai fait une petite expérience ce soir. Je me suis installé sur mon lit avec elle et je me suis entaillé volontairement le bout d'un doigt sur le fil de sa lame, y laissant quelques gouttes de sang. Comme il ne s'est rien passé, j'ai frotté mon doigt sur le côté plat de la lame afin d'y étendre un peu de sang. La coupure était minuscule, alors elle s'est vite refermée. Après un court instant, le sang a disparu de l'épée. Il ne s'est pas évaporé. Pas du tout! C'était comme si Sinistre l'avait absorbé, telle une éponge. C'était à la fois prodigieux et troublant, même si je m'attendais à ce résultat. En revanche, Sinistre est demeurée muette. Est-ce parce que la quantité de sang était trop négligeable? Ou était-ce parce qu'il s'agissait de mon propre sang? Un autre mystère à percer.

J'ai essayé de communiquer avec elle à l'aide de mon Dohm, sans succès. On dirait qu'avec Sinistre, la communication est à sens unique. À la prochaine occasion où elle m'adressera la parole, par télépathie bien sûr, je devrai essayer d'engager la conversation avec elle, simplement pour voir si elle me répondra. Certes, ça ne risquera pas d'être facile puisque Sinistre a la fâcheuse manie de me parler principalement quand je suis occupé; par exemple, en plein combat.

Bon. Je devrais me mettre au lit. Il est déjà tard. On verra si demain je pourrai enfin croiser Gwen, ou bien réussir à passer un peu de temps avec Maya.

CHAPITRE 11

Le monastère était en feu.

— C'est à cause de la lave du volcan, précisa Redji les-mains-rouges.

Sokar se retourna et il vit le cyclope redescendre dans son antre.

— Pourquoi retournes-tu en bas si la lave monte ? demanda l'apprenti.

Il n'obtint aucune réponse. Un apprenti que Sokar ne connaissait pas lui apporta un seau d'eau afin d'aider à éteindre l'incendie qui ravageait la salle commune. Sokar s'en empara et vida son contenu sur les flammes. Étonnamment, l'eau avait été colorée en rouge. Sokar redonna le seau vide à l'apprenti, qui repartit calmement à l'extérieur pour le remplir de nouveau. Maya s'approcha de Sokar et elle lui remit également un seau plein de liquide. Le garçon examina son contenu et il constata que l'eau dans ce seau-ci était également rouge.

— Ce n'est pas de l'eau, c'est du sang, déclara Maya.

L'apprentie avait le teint plus blême que d'ordinaire, presque cadavérique. Elle avait aussi le regard vitreux et elle ne semblait pas paniquer malgré l'incendie qui faisait rage.

— Maya ? fit Sokar. Est-ce que ça va ?

Elle eut un sourire qui donna froid dans le dos au garçon. C'était un sourire qui semblait sadique, cruel. Sokar remarqua deux crocs qui pointaient à partir de la mâchoire supérieure de son amie. Elle allongea les bras, comme si elle cherchait à l'étreindre, et Sokar recula d'un pas, nullement rassuré par son changement d'attitude. Les cheveux de Maya se mirent à s'animer. De larges mèches se mirent à remuer comme des lianes, et plusieurs s'élancèrent vers l'apprenti, cherchant à l'agripper.

— Maya ! Qu'est-ce que tu fais ? s'affola Sokar.

— Tu sais bien que je ne les dirige pas, répondit-elle froidement. Ils ont leur propre conscience.

Les cheveux de Maya s'étirèrent démesurément pour atteindre le double de leur longueur habituelle, puis ils foncèrent sur Sokar à la vitesse de l'éclair. Une torsade s'enroula autour de son cou et se mit à l'étrangler. L'apprenti pris de panique chercha son épée et sa dague à ses flancs, mais il ne trouva ni l'une ni l'autre. Il se mit à suffoquer et à manquer d'air, il commença même à voir des points lumineux apparaître et disparaître, signe qu'il allait perdre connaissance dans peu de temps. Il entendit une cloche sonner au loin. Plusieurs coups espacés furent entendus et Sokar se demanda si ce n'était pas là la cloche qui annonçait déjà ses funérailles.

Sokar se réveilla en sursaut.

— Quel cauchemar horrible ! s'exclama-t-il, haletant et couvert de sueur froide. Pourquoi est-ce que je fais ces mauvais rêves depuis plusieurs nuits ?

Sokar regarda par la fenêtre et il vit que le jour commençait seulement à poindre à l'horizon. Il entendit sonner la cloche de nouveau. Il avait cru qu'elle n'existait que dans son rêve, mais, étant donné qu'il était maintenant réveillé, il dut se rendre à l'évidence qu'elle était bien réelle. Quand la cloche sonna de nouveau, Sokar prit conscience qu'il n'avait jamais été mis au courant de son existence. Il se rendit compte qu'il y avait trop de bruit, qu'il y avait trop d'activité au monastère si tôt le matin. Il jugea inhabituel tout ce brouhaha.

Il se leva et s'habilla en vitesse. Lorsqu'il ouvrit la porte de sa chambre, il put constater l'ampleur de l'agitation qui régnait dans les couloirs du monastère. Tous les moines aux étages semblaient converger vers le rez-de-chaussée.

— Qu'est-ce qui se passe ? demanda-t-il au premier apprenti qu'il vit.

— C'est la cloche, répondit-il de manière agitée, sans toutefois s'arrêter de marcher. C'est le signal d'alarme.

— Une alarme pour quoi ?

Mais l'interlocuteur de Sokar s'était déjà engouffré dans l'escalier et il n'entendit pas la seconde question. Sokar décida donc de le suivre jusqu'à la salle commune. Il y avait beaucoup de monde dans la pièce, pratiquement tous les habitants du monastère, et l'ambiance y était frénétique. À travers la foule, il repéra enfin un visage connu : Maya. Il joua des coudes pour aller la rejoindre.

— Le monastère est attaqué, expliqua-t-elle, affolée. J'ai cru comprendre que c'était des Griztalts.

« Encore eux ! ragea Sokar en pensée. Ont-ils l'intention de détruire tous les monastères du royaume, l'un après l'autre ? »

Puis ils reçurent un appel mental du Grand Maître avec la discipline de Télépathie :

— *Tous les apprentis doivent se préparer à quitter le monastère. Rendez-vous à l'écurie le plus tôt possible, où un maître vous dirigera vers un abri sûr.*

Un mouvement de panique s'empara de la foule. Les apprentis s'empressèrent de remonter les marches afin de se précipiter dans leur chambre et de rassembler leurs affaires en préparation de leur fuite. Pendant ce temps, les moines, les maîtres et les laïcs qui étaient présents attendaient nerveusement des instructions supplémentaires. Maya monta à sa chambre, ainsi que Sokar. Toutefois, le garçon n'avait pas l'intention de fuir comme les autres apprentis. Une fois rendu dans sa chambre, il se mit à genoux pour sortir Sinistre de sous son lit.

— Qu'est-ce que tu fais? fit une voix féminine et autoritaire en provenance du seuil.

Sokar sursauta en se relevant avec le fourreau à la main, et il se tourna pour faire face à la porte.

— Tu n'as pas l'intention de faire ce que je crois, n'est-ce pas? ajouta Gwen en fronçant les sourcils, alors qu'elle refermait la porte derrière elle.

— Si vous croyez que je vais fuir comme un lâche avec les autres apprentis, alors non, je n'en ai pas l'intention, répondit-il sur un air de défi.

— Il n'en est pas question, répliqua-t-elle fermement. Tu vas immédiatement rejoindre les autres apprentis.

— Avec tout le respect que je vous dois, maîtresse, je refuse d'obéir à cet ordre. Je veux rester ici et me battre avec vous. Je ne laisserai pas les Griztalts détruire un second monastère. Je sais qu'un moine doit apaiser la rancœur qu'il ressent et qu'il ne doit pas cultiver la vengeance, mais je veux faire payer les Griztalts pour ce qu'ils m'ont fait subir. J'en fais une affaire personnelle.

— Et que t'ont-ils fait, exactement?

Gwen savait la réponse. Elle connaissait l'histoire de Sokar. Toutefois, elle voulait l'entendre de la bouche même du garçon.

— Ils ont changé le cours de mon destin, à tout jamais. Ils ont détruit le Monastère forestier. C'était ma maison, là où je devais apprendre les disciplines qui auraient fait de moi un moine. Ils ont tué Leehox, mon meilleur ami, ainsi que tous ceux que je connaissais. Mais surtout, ils ont tué mon premier maître.

Viggen était plus qu'un mentor pour moi. Il était un ami. Un lien particulier nous unissait.

— Et c'est au nom de ce lien particulier que je te demande de ne pas rester pour défendre le monastère, mais de suivre les autres apprentis pour que tu sois en sécurité.

— Mais... pourquoi ? demanda-t-il, désespéré.

— Je sais que tu détestes les Griztalts. Autant que moi, peut-être même plus. Moi aussi, j'ai pleuré la mort de Viggen. Moi aussi, un lien particulier m'unissait à lui ; un lien différent du tien, mais tout aussi fort. Moi aussi, je veux me venger et faire payer les Griztalts pour ce qu'ils ont fait, même si cette attitude est incompatible avec les enseignements de l'Ordre. Mais si tu trépasses aujourd'hui, cela signifiera que Viggen sera mort en vain. Tu savais qu'il n'avait jamais eu d'apprenti avant toi ?

Sokar acquiesça.

— Il avait décidé de transgresser sa propre règle, le pacte que lui et moi avions fait jadis, car il savait que le royaume aurait besoin de toi, pour sa survie. L'Ordre aura besoin de toi pour sa survie.

— Une sombre menace plane sur l'Ordre, m'a dit Viggen avant de mourir. Je n'ai jamais compris ce que ça voulait dire.

— Il avait raison. Cette menace, ce n'était pas la destruction du Monastère forestier. Ce n'est pas non plus cette attaque que nous subissons aujourd'hui. Ce sera un événement beaucoup plus important, beaucoup plus bouleversant.

— Qu'est-ce que ce sera ?

— Les maîtres du Monastère spirituel ont toujours été évasifs à propos de cette vision. Cette prémonition ressurgit constamment lorsqu'ils méditent et pourtant, ils n'arrivent jamais à obtenir plus de précisions. Viggen, lui, avait compris, simplement à ton contact, que tu aurais un rôle à jouer pour contrer cette menace. C'est pour cette raison que je dois faire tout ce qui est en mon pouvoir pour que tu restes en vie, aujourd'hui et plus tard.

— Comment ? Quel rôle aurai-je ? Que devrai-je accomplir ? Pourquoi moi ?

— Je ne le sais pas plus que toi. Viggen non plus ne le savait pas, ou il n'a jamais voulu me le révéler. En revanche, je sais maintenant que tu auras besoin de ça.

Gwen fouilla dans la besace qu'elle portait et elle en ressortit les deux moitiés du cube de Kazimir, qu'elle déposa sur le lit de l'apprenti.

— Ce que je ne t'ai pas révélé à propos des visions que j'ai eues concernant le cube, continua-t-elle, c'est que je devais trouver les morceaux du cube, mais que ce ne serait pas moi qui l'utiliserais. Dans mes visions, je trouve le cube et je le donne à un adolescent. J'ai essayé d'ignorer ce volet de mes visions, mais aujourd'hui, je sais que ce garçon, c'est toi. C'est la raison pour laquelle je te donne le cube, pour que tu puisses le mettre en sécurité avec toi. Tu sauras quand l'utiliser le moment venu.

Sokar réfléchit un instant aux révélations de sa maîtresse, sans en saisir nécessairement toutes les implications.

— Et à quoi le cube va-t-il bien pouvoir me servir ? Il est inopérant dans cet état.

— Pourquoi dis-tu que le cube est inutile ?

— Parce qu'il n'a plus son cristal. Je vous ai vu remettre la statuette de Bérbémoth au chef de la tribu.

— Qu'est-ce qui te fait croire que je lui ai remis le cristal ? fit Gwen d'un sourire narquois tout en sortant le cristal noir de sa besace.

Sokar examina le cristal, éberlué, les yeux écarquillés.

— Comment... Comment avez-vous trompé le chef ? S'il ne l'a pas encore remarqué, il va vite se rendre compte qu'il manque une partie importante de la statuette.

— Non, il n'a vu que du feu. Il a examiné la statuette quand je la lui ai remise, et tous ses membres étaient à leur place.

Sokar regarda sa maîtresse avec des points d'interrogation dans les yeux.

— Avant d'aller avertir le Grand Maître concernant l'invasion, expliqua-t-elle, je suis passée dans ma chambre et j'ai utilisé sur le cristal une discipline très puissante qui se nomme la discipline de Copie conforme. Elle permet de produire une réplique exacte d'un objet simple, à partir de rien. Toutefois, cette discipline est très exigeante en Dohm. Créer et manipuler la matière est une opération délicate et complexe, même si les cristaux sont des objets simples et faciles à reproduire. Depuis mon retour au monastère, après avoir redonné l'idole au chef de la tribu, j'ai passé tout ce temps au lit afin de recharger mes niveaux d'énergie magique, malgré les pintes de potion régénératrice de Dohm que j'ai ingurgitées.

— C'est donc pour cette raison que vous étiez introuvable !

— Exactement. J'avais besoin de refaire mes forces.

— Est-ce le cristal d'origine ou simplement une imitation ?

— Celui-ci est le cristal original. La copie que j'ai faite ne possède aucune des propriétés du vrai cristal. Bref, ma reproduction n'est qu'un gros caillou brillant qui a la même apparence que du vrai cristal. Ce sera satisfaisant pour la tribu, mais pour le cube de Kazimir, il nous fallait l'original. Comprends-tu, maintenant, pourquoi tu dois suivre les autres apprentis ? Ce n'est pas par lâcheté que tu dois fuir, mais par précaution. Le jour où cette sinistre prémonition se concrétisera, tu devras être prêt. Avec le cube.

Gwen remit dans la besace les deux parties du cube ainsi que le cristal, puis elle la tendit à son apprenti.

— Tu y trouveras également à l'intérieur le parchemin qui parle de la prophétie d'Orrotaresh, ainsi que le livre qui sert à le décrypter. Je n'ai pas vraiment eu l'occasion de travailler dessus. Je me fie à tes conclusions. Maintenant, prépare-toi à partir.

— Pourquoi ai-je la douloureuse impression que nous ne nous reverrons pas ?

— Eh ! Ce ne sont pas des adieux que je te fais ! Doutes-tu de mes aptitudes de guerrière ? Tu n'as pas à craindre pour ma vie. Je suis comme un kanüki, j'ai treize vies, et il doit bien m'en rester quelques-unes en réserve. Je te parle de tout ça maintenant parce qu'à mon avis, cette bataille-là sera longue et je suis certaine que nous serons un bon moment sans nous revoir. Allez ! Assez bavardé ! File rejoindre les autres !

— Oui, maîtresse Gwendollyn.

Gwen sortit de la chambre de son apprenti, certaine que dorénavant il allait lui obéir. Sokar s'empressa de rajouter quelques affaires personnelles dans la besace, comme son journal intime, et il fila à l'écurie, sans oublier d'apporter son épée.

Lorsqu'il fut sur place, il vit que plusieurs chevaux avaient été préparés afin d'accélérer le départ des apprentis. Visiblement, Sokar était le dernier arrivé. Il embarqua sur son cheval et, enfin, les apprentis purent quitter le site du monastère.

À vue d'œil, selon Sokar, ils étaient une quinzaine d'apprentis à fuir. Quelques moines et maîtres les accompagnaient, stratégiquement situés au début et à la fin du cortège. Il apprit par Maya que la quinzaine de laïcs du monastère iraient se réfugier directement au château, à cheval également. En effet, ceux-ci ne pouvaient pas les accompagner là où les apprentis se rendaient. Maîtresse Gwen et maîtresse Aurora étaient restées au monastère afin de le défendre, avec une vingtaine d'autres moines et maîtres. De son côté, le Grand Maître du Monastère volcanique avait contacté les autres Grands Maîtres par télépathie afin d'obtenir des renforts. Alors que les apprentis s'éloignaient du monastère par le nord-est, Sokar vit au loin, arrivant de l'océan, des dizaines de Griztalts débarquer sur les côtes du royaume. Sans aucun doute, le moine qui avait vu l'envahisseur arriver de loin et qui avait sonné la cloche avait sauvé la vie des habitants du monastère. Une première horde de

Griztalts s'attaquait déjà aux murs en pierre du bâtiment et des maîtres s'activaient à les repousser.

Aucun des apprentis ne savait où ils se rendaient. Seul maître Kobalt, qui menait le convoi vers l'est, ainsi que les moines et maîtres qui l'accompagnaient étaient dans la confidence. Ils chevauchaient rapidement, ne sachant pas si les envahisseurs s'en prendraient seulement au monastère ou s'ils attaqueraient tout ce qui porte un signe distinctif de l'Ordre. Selon les rumeurs qui couraient parmi les apprentis, les monstres n'avaient pas attaqué Narcitta. Tous espéraient que la ville ne fut pas une cible, puisqu'elle serait plus difficile à défendre que le monastère. Évidemment, personne ne connaissait les motifs derrière cette attaque-surprise. Généralement, la règle dans ce genre de situation était de mettre les apprentis en sûreté, car ils représentaient la relève de l'Ordre.

Ils chevauchaient depuis un bon moment déjà et à un rythme soutenu. Le paysage défilait à toute vitesse. Même si les apprentis étaient anxieux, ils étaient également curieux de savoir à quel endroit ils allaient se réfugier. Au départ, Sokar avait cru qu'ils iraient au château pour se mettre à l'abri, étant donné la force militaire qui y était présente, mais comme les laïcs ne les accompagnaient pas, ils se rendaient manifestement ailleurs. Sokar pensa qu'ils se rendaient dans un autre monastère. Sauf qu'ils chevauchaient vers l'est depuis trop longtemps. Les autres monastères se situaient plus au nord. Le seul qui puisse être dans cette direction était le Monastère forestier, dont la construction n'était toujours pas terminée. Ils n'allaient quand même pas se cacher dans les ruines d'un monastère détruit par les Griztalts ?

Lorsqu'ils arrivèrent devant le Grand Volcan éteint, Sokar crut qu'ils le contourneraient par le nord et qu'ils continueraient vers le nord-est pour traverser le pont qui permettait de franchir le fleuve Tranquille. Toutefois, maître Kobalt fit ralentir la troupe et il indiqua à tous de s'arrêter.

— Aujourd'hui, annonça le maître d'une voix assez forte pour que tous les apprentis l'entendent, nous allons transgresser l'une des règles de l'Ordre. Sachez que c'est purement par nécessité et que ça ne deviendra pas une habitude.

Un murmure d'incompréhension parcourut la troupe.

— Exceptionnellement, continua-t-il, nous vous indiquerons comment accéder au Monastère spirituel, même si la formation de la plupart d'entre vous ne s'y prête pas encore. Et le monastère se trouve... ici.

L'étonnement pouvait se lire sur le visage de tous les apprentis. Les moines et les maîtres, eux, le savaient déjà, bien sûr.

— Le monastère est caché dans le Grand Volcan éteint, révéla Kobalt.

— Comment ferons-nous pour y entrer ? demanda un apprenti. Où la porte se situe-t-elle ?

— Il n'y a pas de porte, répondit-il. Pour accéder au monastère, il faut trouver le passage. Un tunnel a été creusé dans la paroi du volcan, à la hauteur du sol. Celui-ci est invisible à l'œil nu, vous devrez donc utiliser votre Dohm pour le trouver.

Plusieurs apprentis, incluant Sokar et Maya, descendirent de leur cheval afin de s'approcher du volcan et d'examiner plus attentivement sa paroi avec leurs pouvoirs. Le cœur de Sokar battait fort dans sa poitrine. Il avait attendu ce moment depuis si longtemps : le jour où il arriverait au Monastère spirituel, ce qui indiquerait que sa période d'apprentissage tirerait à sa fin. Pas nécessairement dans ces conditions, mais cela lui importait peu.

L'un des apprentis trouva rapidement le passage. Ça avait été uniquement un coup de chance, puisqu'il s'était tout simplement dirigé au bon endroit dès le départ. Il en avisa les autres apprentis, qui s'empressèrent d'aller le rejoindre. Le tunnel était invisible à l'œil nu. Les apprentis avaient l'impression de se retrouver simplement devant la paroi du volcan. Mais ils pouvaient sentir avec leur Dohm qu'il y avait une ouverture dans la paroi. Un autre apprenti se risqua à faire un pas, les bras allongés par précaution, et il passa carrément à travers le volcan.

— Comme vous pouvez le constater, expliqua maître Kobalt, l'entrée du tunnel est occultée par un sortilège d'illusion. Seul un membre de l'Ordre peut savoir que l'entrée existe, si on lui indique où chercher. Pour un non-initié, le volcan parait intact.

Un apprenti demanda :

— Est-ce qu'un paysan pourrait tomber dessus par hasard, en voulant s'appuyer contre la paroi, par exemple ?

— Non, puisqu'il faut également posséder le Dohm pour pouvoir franchir le seuil du tunnel. C'est la raison pour laquelle les laïcs du monastère ne nous ont pas accompagnés. Ils auraient été incapables de nous suivre jusqu'à l'intérieur. Maintenant, allez chercher vos chevaux et amenez-les à l'intérieur.

L'apprenti qui était entré dans le tunnel en ressortit comme par enchantement. Il rejoignit son cheval, comme les autres, et tout le monde entra dans le tunnel. Quand Sokar franchit la fausse paroi, il ressentit un étrange picotement sur sa peau, un peu comme s'il traversait une chute d'eau. De l'autre côté, il fut étonné de voir à quel point le tunnel était grand, autant en largeur qu'en hauteur. Il était vraiment beaucoup plus grand que ce à quoi il s'était attendu. Il regarda derrière lui et il comprit que l'illusion ne fonctionnait que de l'extérieur du volcan ; quand on était à l'intérieur, on voyait parfaitement le paysage à l'extérieur du volcan.

Pendant qu'ils avançaient dans le tunnel, qui était éclairé par quelques torches accrochées aux murs, maître Kobalt expliqua que le Monastère spirituel ne possédait pas de structure distincte comme les autres monastères.

Des dizaines de galeries et de cavernes souterraines avaient été creusées dans le volcan éteint et celles-ci représentaient, en fait, le monastère. Il expliqua aussi que seuls une dizaine de maîtres y habitaient en permanence, incluant le Grand Maître du

Monastère spirituel. Ces moines avaient été spécialement choisis parce qu'ils excellaient dans l'art de prédire l'avenir et d'interpréter les prophéties. Ils avaient comme mission d'étudier les enseignements écrits laissés par Ahkena, alors qu'il n'était qu'un être de chair et de sang, ainsi que les secrets disséminés dans l'Évangile selon Maximus Le Sage.

— Pourquoi le Grand Volcan éteint a-t-il été nommé ainsi ? demanda un apprenti. On sait tous qu'il est éteint et que c'est le volcan le plus grand du royaume. Nos ancêtres auraient pu lui donner un vrai nom, du genre « le volcan Papatchoutchou ».

— Parce que ça porte malheur de nommer les volcans, lui répondit un autre apprenti. La dernière fois qu'ils ont donné un nom à un volcan éteint, il est entré en éruption et il a fait des centaines de morts.

— Il n'était pas si éteint que ça, finalement.

— Non, il était seulement endormi. Ça ne doit pas être évident de faire la distinction.

— Maître Kobalt, demanda un troisième apprenti qui avait suivi la discussion des deux premiers, est-ce que le Grand Volcan éteint est réellement éteint, ou est-il seulement endormi ?

— Il est vraiment éteint, répondit-il. Tu peux me croire. C'est impossible qu'il puisse entrer en éruption de nouveau. Sinon, le monastère n'aurait pas été construit ici.

Ils passèrent devant une ouverture, une grotte assez grande qui abritait déjà quelques chevaux. Maître Kobalt ordonna aux apprentis d'y laisser leurs montures puisque cet espace faisait office d'écurie. Ensuite, ils continuèrent à longer le tunnel et ils s'approchèrent d'une antichambre éclairée par la faible lueur d'une lampe à l'huile. C'était une caverne de forme arrondie, qui ne possédait que quelques chaises pour faire attendre les visiteurs. Une porte en métal avait été fixée au fond de la grotte, qui donnait accès au reste du monastère.

Lorsqu'il entra dans l'antichambre, Kobalt s'arrêta net et il afficha un visage inquiet.

— Attendez tous ici, ordonna-t-il aux apprentis d'une voix anxieuse en se tournant vers eux.

Il donna des instructions à voix basse aux autres moines et maîtres, puis il ouvrit la porte au fond la pièce. Kobalt passa le seuil, accompagné des autres moines et maîtres, sauf un moine, qui demeura avec les apprentis.

— Qu'est-ce qui se passe ? demanda un apprenti.

— Quelque chose ne tourne pas rond, répondit le moine, anxieux lui également. Normalement, il devrait y avoir un maître du monastère qui nous accueille ici, dans cette antichambre. Or, nous avons été reçus par son squelette.

Les apprentis pénétrèrent à leur tour dans l'antichambre et ils purent tous enfin voir le squelette qui traînait sur le plancher. Il n'y avait que des os ; il n'y avait aucun bout de chair, ni vêtement, ni arme. Le squelette était en parfait état et ne montrait la trace d'aucun signe de lutte. Il semblait avoir été déposé là tout récemment.

— Comment pouvez-vous savoir que ce squelette est un maître ? demanda un autre apprenti.

— Souvenez-vous : seuls les membres de l'Ordre ont accès à cet endroit. Je ne vois pas dans quel but les maîtres emmèneraient un squelette ou un cadavre ici ni dans quel but ils l'abandonneraient dans cette pièce. Et où est le maître responsable de nous accueillir, de surcroît ? Tout ça n'a aucun sens. L'Ordre nous enseigne que les hypothèses les plus simples sont les plus vraisemblables. Ici, l'hypothèse la plus simple est que ce squelette appartient à un maître.

— Ce qui soulève d'autres questions, ajouta Sokar. Du genre : où sont passés les autres maîtres ? Ils ne laisseraient pas un cadavre traîner à l'entrée, non ?

— Je vais vous dire où sont les autres maîtres, fit maître Kobalt en revenant dans l'antichambre. Ils sont dans la salle de prière, dans le même état que celui-ci.

— Tous ? demanda le moine, ahuri.

— Tous. J'ai demandé aux autres de fouiller le reste du monastère, pour voir si la personne ou la chose responsable de cet incident était encore présente. J'en doute, mais comme nous habiterons ici pendant plusieurs jours, j'aime mieux être trop prudent plutôt que pas assez.

— S'il n'y a que des membres de l'Ordre qui peuvent venir ici, fit un apprenti d'une voix mal assurée, cela veut-il dire qu'il y a un assassin dans nos rangs ?

— Attendons avant de tirer des conclusions hâtives, proposa maître Kobalt.

Après un long moment, les autres moines et maîtres revinrent dans l'antichambre. Ils avaient fouillé le monastère de fond en comble et n'avaient trouvé aucune explication à ce curieux phénomène. Étant donné qu'ils jugeaient que le monastère était sûr, maître Kobalt déclara qu'ils s'en tiendraient au plan initial : ils s'installeraient au monastère le temps que la menace Griztalt soit écartée. Comme maître Kobalt avait été nommé responsable de la troupe par le Grand Maître du Monastère volcanique, tous les maîtres, moines et apprentis présents décidèrent que celui-ci ferait office de Grand Maître du Monastère spirituel par intérim, en attendant que l'Ordre tire la situation au clair et qu'il organise des élections.

Même si les apprentis étaient inquiets de découvrir que les résidents du monastère étaient tous décédés, ils ne s'en formalisaient pas trop. En effet, pendant leur apprentissage, ils étaient sensibilisés au fait que la vie d'un moine-guerrier comportait son lot de danger et que la mort pouvait frapper à tout moment.

Maître Kobalt entreprit de faire visiter le monastère aux apprentis. Ils franchirent une porte de métal afin de quitter l'antichambre et arrivèrent dans une immense grotte de forme ovale qui servait de salle commune. Elle contenait quelques tables et chaises, mais surtout, elle possédait des dizaines de tunnels qui menaient aux autres pièces du monastère. Maître Kobalt ne leur fit visiter que les salles principales : les cuisines, l'endroit où ils pourraient faire leurs ablutions, l'emplacement du bureau du Grand Maître dans lequel il s'installerait, ainsi que la bibliothèque. Ils se rendirent ensuite aux dortoirs afin que chacun se choisisse une chambre libre.

Ils allèrent ensuite dans la salle de prière. Sa seule particularité était son plafond fait en cristal. Maître Kobalt expliqua que ce plafond particulier permettait d'amplifier l'énergie astrale et d'augmenter temporairement la puissance du Dohm des moines qui venaient y prier. Il pouvait aussi servir de miroir magique, lorsque la situation l'exigeait.

Ils commencèrent par se recueillir et par adresser une courte prière à Ahkena-Suprême. Ils rendirent un dernier hommage à la dizaine de maîtres décédés dans ces murs, dont les squelettes reposaient par terre. Ensuite, maître Kobalt assigna des tâches et des responsabilités pour chacun. Il fallait que la vie reprenne son cours au monastère.

Les apprentis devaient commencer par aller aux cuisines afin de vérifier l'état de leur réserve de nourriture. Ils auraient à préparer les repas, ainsi qu'à chasser et à pêcher pour s'assurer qu'il reste toujours suffisamment de nourriture. Un moine fut désigné pour superviser le travail des apprentis.

Comme le Grand Maître du Monastère portuaire coordonnait habituellement les activités de l'Ordre, un des maîtres fut désigné responsable de communiquer avec lui par télépathie afin de le tenir informé de ce qui s'était passé et de relayer ensuite les informations importantes à Kobalt.

Maître Kobalt, quant à lui, remplirait temporairement le rôle du Grand Maître, tel que tous avaient décidé. Il s'occuperait également d'enseigner les spécialités du monastère aux apprentis qui étaient prêts, c'est-à-dire la discipline de Prémonition ainsi que la discipline d'Empathie. Cette information ne tomba pas dans l'oreille d'un sourd. Sokar s'en frotta les mains, réjoui de savoir que ses jours d'apprenti étaient dorénavant comptés. Il adressa un regard enthousiaste à Maya, qui lui rendit la pareille, tous deux étant fébriles d'aborder l'apprentissage de ces deux dernières disciplines. Comme les formations des autres apprentis étaient à des étapes différentes, les autres moines et maîtres de la troupe s'occuperaient d'encadrer la formation individuelle de chacun sur des matières générales : astronomie, géographie, algèbre, etc. Ils pourraient également faire l'enseignement de matières précises si besoin était, en fonction de chaque apprenti.

Comme ils ne savaient pas pendant combien de temps ils auraient à se terrer au Monastère spirituel, ils s'organisèrent pour pouvoir y habiter pour une longue période.

Pendant que les moines s'attelaient à la tâche au Monastère spirituel, le combat continuait de faire rage au Monastère volcanique. Le but premier des moines était de repousser les Griztalts afin de les empêcher d'apposer leurs mains sur les murs du monastère, car ils pouvaient faire fondre la pierre simplement en y appuyant leurs paumes. Des maîtres utilisèrent ensemble la discipline de Maîtrise de l'air afin de créer une bourrasque assez puissante pour freiner leur progression. Ce fut efficace pour ralentir ceux qui attaquaient de front. Toutefois, des attroupements de Griztalts arrivaient également par les flancs. Certains moines décidèrent de les affronter directement avec leur épée, et ils réussirent à en blesser plusieurs mortellement.

Après une demi-journée d'affrontement, l'envahisseur n'avait toujours pas pris l'avantage; les moines arrivaient à les maintenir à distance. Les membres de l'Ordre avaient réussi à tuer plusieurs Griztalts, mais il en arrivait d'autres par voie maritime. Heureusement, ils semblaient vouloir s'en prendre uniquement au Monastère volcanique. Aucun monstre ne chercha à se rendre vers Narcitta ni plus haut dans les terres.

Vers la fin de la journée, quelques maîtres arrivèrent en renfort, en provenance du Monastère portuaire.

— C'est tout ? s'étonna le Grand Maître du Monastère volcanique. Vous êtes peu nombreux.

— Nous étions les premiers moines disponibles, annonça un des maîtres qui venait d'arriver. Érécitta subit encore l'invasion de monstres des neiges, alors la plupart des moines du Monastère des Vents sont restés là-bas afin de les repousser de nouveau. Beaucoup de moines du Monastère portuaire sont allés au Pays sauvage pour aider à la reconstruction du Monastère forestier. Plusieurs d'entre eux vont arriver d'ici deux ou trois jours, mais ils ne seront pas aussi nombreux que vous l'espériez. Ils pourraient arriver plus vite, toutefois ils épuiseraient une bonne partie de leurs forces. J'imagine que vous préférez les voir arriver frais et dispos ?

— Oui, bien sûr.

— Comment se déroule l'affrontement, jusqu'à maintenant ?

— Nous arrivons à les contenir assez facilement, pour l'instant du moins. C'est même trop facile. Je ne sais pas ce que trament les Griztalts, mais ils ne mettent pas beaucoup d'ardeur dans leur tentative d'invasion.

— Avez-vous appris quelles sont leurs intentions et dans quel but ils nous attaquent ?

Le Grand Maître secoua la tête.

— Croyez-vous que ce soit une guerre d'épuisement ? Vous savez ce que racontent les historiens : quand les Griztalts débarquent, c'est que les Arkahziens ne sont jamais loin.

— Je ne sais pas, soupira le Grand Maître. À mon avis, les Arkahziens ne sont pas stupides au point de réutiliser la même stratégie. J'ai un mauvais pressentiment.

Sokar faisait encore ce rêve étrange, celui où il trouvait Sinistre. Le rêve débutait comme la fois précédente, c'est-à-dire qu'il était déjà devant la boule de cristal qui reposait sur un socle en pierre. Sokar fit demi-tour et remonta le couloir avant que la boule ne recrache cette fumée étouffante, comme les fois précédentes. Il arriva à un carrefour, il prit un chemin au hasard, il suivit le tunnel et aboutit devant un cul-de-sac. Il rebroussa chemin et choisit un autre couloir, qui aboutit aussi à un cul-de-sac. Il ne se découragea pas et essaya d'autres couloirs, mais tous ne menaient nulle part.

— Un labyrinthe qui n'a ni entrée ni sortie, ça n'a aucun sens.

Sokar refit le tour par deux fois de tous les tunnels, sans réussir à trouver de sortie. Il renonça et retourna dans le couloir qui menait à la boule de cristal, même si ça ne l'enchantait pas trop.

— C'est ce maudit rêve qui n'a aucun sens, s'écria-t-il lorsqu'il arriva devant la boule.

Fou de rage, il appuya de toutes ses forces contre le socle et il le fit basculer. Au moment où la boule de cristal se fracassait sur le sol, il entendit une voix :

— Sokar !

L'apprenti se figea. Avait-il bien entendu ? Il tendit l'oreille. C'était le silence total.

— Est-ce qu'il y a quelqu'un ? cria-t-il.

Aucune réponse. Tout ce qu'il entendait était son pouls qui cognait contre ses tempes, et son cœur qui battait la chamade.

Même la boule de cristal était silencieuse. En tombant sur le plancher, elle avait éclaté en mille morceaux, sans cracher de fumée comme les fois précédentes.

— Sokar !

Sokar se réveilla en sursaut. Au début, il était désorienté, ne sachant pas trop où il se trouvait. Ensuite, il se remémora les événements du jour précédent, c'est-à-dire leur arrivée au Monastère spirituel. Il eut alors l'impression qu'il y avait quelqu'un d'autre dans sa chambre. Il n'y avait pas de fenêtres au monastère, alors sa chambre était plongée dans la noirceur la plus totale. Affolé, il roula hors de son lit et s'empara à tâtons de son épée, qu'il avait dissimulée juste en dessous. Sinistre au poing, tout en demeurant aux aguets, il alluma la chandelle qui se trouvait sur une petite table de chevet. Il constata avec soulagement qu'il était seul. Il alla vérifier sa porte et vit que le verrou était toujours en place. Il n'y avait jamais eu de présence dans sa chambre. Il souffla de soulagement et retourna s'asseoir au bout de son lit, tout en s'efforçant de reprendre son calme.

CHAPITRE 12

Journal de Sokar
93e jour de la 13e année du règne du roi Loka

Je crois que c'est la sixième journée que je passe au Monastère spirituel. Je n'ai aucune certitude. Il n'y a pas de fenêtres au monastère, il est donc impossible de discerner le jour de la nuit. Je me fie principalement à l'appel télépathique de maître Kobalt lors des repas, ce qui me donne une vague indication du temps qui passe.

Le lendemain de notre arrivée, maître Kobalt nous a fait venir, Maya et moi, dans le bureau du Grand Maître. Il a indiqué que, de tous les apprentis présents, nous étions les deux seuls dont le parcours justifiait de recevoir l'enseignement des disciplines spéciales du Monastère spirituel. Nous avons appris toutes les autres disciplines ; nous sommes donc prêts. Il nous a demandé si nous étions d'accord pour commencer aujourd'hui. Maya et moi n'avons pas eu besoin de nous consulter pour donner la même réponse : oui. Nous attendions ce moment depuis si longtemps. Il a précisé qu'il aviserait les moines de notre choix et qu'il s'arrangerait pour que nous ayons des corvées allégées, contrairement aux autres apprentis, afin d'avoir plus de temps libre à consacrer à l'apprentissage de ces disciplines particulières.

Il nous a ensuite demandé quelle discipline nous souhaitions apprendre en premier. Sans hésiter, j'ai demandé que ce soit la discipline de Prémonition. En effet, l'une des fonctions de cette discipline est d'acquérir le don de voyance, principalement pendant qu'on dort. Au début, les visions sont incertaines. Avec de l'entraînement, elles deviennent de plus en plus nettes. Avec beaucoup d'entraînement, on peut même finir par avoir des prémonitions en plein jour. Évidemment, nul ne peut prévoir l'avenir, puisque le futur est constamment en changement. Certaines prémonitions ne se concrétiseront jamais. D'autres prémonitions sont tellement vagues qu'on peut les interpréter de mille et une manières.

Mais ce n'est pas pour cette raison que j'ai choisi cette discipline en premier. C'est plutôt parce qu'elle permet également d'interpréter les rêves et d'en comprendre la signification en déchiffrant ses symboles. Ainsi, me suis-je dit, je finirai peut-être par comprendre dans quel but je fais ce rêve récurrent, celui où je trouve Sinistre et qu'ensuite je tombe sur la boule de cristal.

Maya, quant à elle, a choisi la discipline d'Empathie. Cette discipline permet de déchiffrer le langage non verbal, c'est-à-dire tous ces petits tics, tous ces petits gestes que nous avons sans nous en rendre compte et qui nous trahissent. Par exemple, quand une personne ment, nous sommes généralement capables de le déterminer à cause des mouvements subtils des pupilles. La discipline permet aussi de deviner les sentiments des autres, et parfois leurs intentions. Avec de l'entraînement, la discipline nous permet également d'influencer légèrement les faibles d'esprit.

Depuis cette rencontre, la plupart de nos journées se sont déroulées ainsi : après le repas du matin, nous voyons maître Kobalt à tour de rôle dans son bureau, nous récapitulons ensemble les notions apprises pendant les derniers jours, puis il nous donne de nouveaux principes à apprendre, ou bien il nous indique un livre à aller chercher à la bibliothèque du monastère que nous devons lire et qui contient les prochains enseignements. Ensuite, Maya et moi nous rejoignons dans la salle de prière. Quand j'ai pénétré dans la pièce au lendemain de notre arrivée, j'ai tout de suite remarqué que les os des maîtres décédés avaient été enlevés. Nous passons presque nos journées entières dans cette salle à lire, à étudier, à méditer, à prier et à assimiler ces nouvelles notions à l'aide de notre Dohm. Après le repas du soir, nous retournons voir maître Kobalt, toujours à tour de rôle, afin qu'il mesure notre évolution. Après quoi, nous allons nous nettoyer. Utiliser notre Dohm à longueur de journée est très épuisant, autant pour le corps que pour l'esprit. Ce nettoyage quotidien est donc nécessaire pour laver notre corps, mais aussi pour délier nos muscles.

Aujourd'hui, je suis arrivé le premier dans la salle de prière. Plutôt que de commencer mes exercices, j'ai décidé d'attendre l'arrivée de Maya. Quand elle a franchi le seuil, je lui ai indiqué que je voulais parler avec elle.

— Je sais de quel sujet tu veux discuter, a-t-elle soupiré, légèrement agacée. Et c'est non. Je ne suis pas prête. Je sais que mes cheveux ont réagi de cette façon comme mécanisme de défense, pour me sauver la vie. C'était la première fois que ça se produisait et ça a été une expérience horrible et traumatisante. Je suis soulagée d'être encore en vie, sauf que je déteste perdre ainsi mes moyens. On s'en reparlera un autre jour, c'est promis.

Sur ce, elle s'est installée à sa place habituelle, sur son coussin préféré, et elle a fermé les yeux pour commencer sa séance de méditation. Je n'étais pas fâché contre elle, j'étais simplement un peu déçu de ne pouvoir vider le sujet avec elle une bonne fois pour toutes. Ce n'est pas grave, cela sera pour plus tard.

Ensuite, j'ai augmenté l'intensité de la lampe à l'huile, car je voulais mieux la voir. Maya a ouvert un œil. Elle semblait à la fois intriguée et amusée. Je lui ai souri et elle a refermé les yeux, tout en me rendant mon sourire. C'est plus fort que moi; elle est tellement belle, je pourrais la contempler toute la journée sans jamais m'en lasser.

Maya méditait depuis un bon moment déjà, et de mon côté je n'avais toujours pas commencé. Je ne pouvais m'arrêter de la regarder.

— Arrête, lança calmement Maya, toujours les yeux fermés. Tu vas finir par me rendre mal à l'aise.

Elle s'en était rendu compte. Peu après, elle a rouvert les yeux. Elle avait le regard taquin.

— Je sais exactement à quoi tu penses, mon vieux, me lança-t-elle, enjôleuse.

— Ah oui?

— Oui. Pourquoi crois-tu que je voulais commencer par apprendre la discipline d'Empathie?

— Et à quoi je pense, à cet instant?

— Tu voudrais être ailleurs, a-t-elle répondu. Même si tu es très content d'être ici, tu voudrais être ailleurs, n'est-ce pas?

— Continue.

— Tu voudrais être ailleurs, et avec moi. Tu voudrais qu'on soit ailleurs, et seuls. Juste toi et moi.

Maya m'a fixé longtemps sans rien dire, toujours avec ce sourire aguicheur, et je devais me faire violence pour ne pas sauter sur elle et l'embrasser à pleine bouche.

— Alors? Comment je m'en sors jusqu'à maintenant?

— Tu es bonne. Tu es même très douée.

C'est à ce moment que des apprentis sont arrivés dans la salle de prière, ce qui nous a contraint, Maya et moi, à mettre fin à notre discussion et m'a obligé par la même occasion à commencer mes exercices.

Maintenant que Maya maîtrise mieux la discipline d'Empathie, je me rends compte qu'il me sera de plus en plus difficile de lui cacher des choses. Elle pourra facilement savoir quand je lui mentirai. À moins que je m'exerce à occulter mes pensées et sentiments, lorsque nécessaire. J'imagine que ça doit être faisable.

De mon côté, l'apprentissage de la discipline de Prémonition commence à porter ses fruits. Je fais encore souvent ce même rêve, et je sais maintenant que ce n'est pas un rêve prémonitoire, bien que certains éléments se soient concrétisés. Si je me souviens bien, j'ai commencé à faire ce rêve lors de mon arrivée au Monastère volcanique. Au début, je croyais que c'était Sinistre qui m'envoyait des indices dans mes rêves, afin de la retrouver. Mais depuis que j'ai l'épée, je continue à faire ces rêves. Donc, j'en déduis qu'ils sont causés par autre chose. Je n'ai simplement pas encore trouvé ce qui les provoque.

Il y a tout de même un élément du rêve que j'ai réussi à déchiffrer : le labyrinthe. Il est dans le Monastère spirituel. J'en suis convaincu. L'autre jour, en me promenant dans une partie du monastère dans laquelle je n'étais pas encore allé, j'ai remarqué la similitude entre les murs du couloir et le labyrinthe dans mon rêve. Ce sont les mêmes. Il me reste à trouver le vrai labyrinthe dans le monastère. Et je vais m'y atteler dès demain. Il me reste encore plein de tunnels à explorer, mais je suis sûr d'y parvenir.

Le lendemain matin, en sortant du bureau de maître Kobalt, au lieu de se rendre dans la salle de prière comme prévu, Sokar partit explorer les différents tunnels du monastère. Justement, maître Kobalt venait de lui annoncer que Maya et lui progressaient à un bon rythme, et qu'il n'aurait plus à les rencontrer aussi souvent. Sokar aurait donc les coudées franches pour ses explorations. Il trouva les pièces habituelles que possédait tout monastère, mais il ne s'attarda à aucune d'entre elles. Il cherchait l'entrée du labyrinthe. Il ne savait pas à quoi elle ressemblait, mais il se dit qu'il verrait bien quand il la trouverait.

Un des couloirs menait à un escalier qui permettait d'accéder au sous-sol. Dès qu'il posa le pied sur la première marche, Sokar sut qu'il était sur la bonne voie. Il s'empara d'une torche accrochée au mur et descendit l'escalier. En bas, il n'y avait aucune lumière, hormis celle produite par la torche de l'apprenti. Ces tunnels n'avaient pas été empruntés depuis fort longtemps puisqu'il y avait une tonne de toiles d'araignées et des tas de poussière. Apparemment, les moines du monastère n'avaient pas jugé nécessaire d'utiliser les pièces à cet étage depuis fort longtemps.

Sokar n'avait pas encore trouvé l'entrée du labyrinthe, mais il sentait qu'il s'en rapprochait. Il explora longtemps les couloirs du sous-sol et il regarda prestement chaque salle qu'il croisait. Lorsqu'il passa devant une pièce, il sentit une légère vibration à la hauteur du plexus solaire. C'était son Dohm qui venait de réagir. C'était bon signe. Il entra dans la salle sans hésiter.

La pièce ne contenait qu'un grand meuble recouvert par une toile épaisse. Sokar s'empara d'un coin de la toile et il la retira d'un geste brusque, faisant s'envoler en même temps un énorme nuage de poussière qui lui chatouilla le nez. Au bord de l'éternuement, il recula d'un pas, et son sang ne fit qu'un bond dans sa poitrine lorsqu'il découvrit que le meuble était en fait un miroir. Un énorme miroir sur pied, de forme ovale. Il était plus large et plus haut que l'apprenti.

Dès qu'il vit le miroir, Sokar se remémora sa mauvaise aventure au palais des glaces, dans le sous-sol de Rubyliss. Il se souvint des paroles de maîtresse Gwen : les objets magiques et potentiellement dangereux étaient conservés au Monastère spirituel. Est-ce que Sokar allait revivre la mauvaise expérience du palais des glaces ? Ou même pire ?

Il déglutit bruyamment et examina son reflet. Rien ne se produisit, à son plus grand soulagement. Il s'approcha prudemment du miroir, encore craintif malgré tout. Des fragments de son rêve lui revinrent en mémoire. Grâce à la discipline de Prémonition, il put en saisir immédiatement le sens. C'était la partie de son rêve où il se trouvait devant un miroir comme celui-ci, mais où il ne voyait pas son reflet dedans. Dans son rêve, il enjambait le cadre et il se retrouvait ensuite dans le labyrinthe.

Dans la réalité, il n'y avait pas que le cadre du miroir ; la surface réfléchissante y était également. Comment ferait-il pour aller de l'autre côté ? Encore une fois, c'est la discipline de Prémonition qui lui apporta la réponse.

Sokar allongea lentement le bras et son reflet l'imita. Pour l'instant, tout était normal. Du bout des doigts, il effleura le miroir. Aussitôt, il ressentit une décharge qui lui parcourut tout le corps. Ce n'était pas douloureux, sauf qu'il fut aveuglé pendant un bref instant. Il n'eut pas le temps de paniquer. Quand ses yeux recommencèrent à fonctionner, il vit qu'il était encore devant le miroir. Toutefois, ce n'était pas le même. S'il était également sur pied, ce miroir-ci était de forme rectangulaire, et aux proportions tout aussi immense que l'autre. Il examina son reflet, et il se rendit compte que la salle derrière lui avait également changé. Il se retourna pour l'examiner. Tel qu'il l'avait supposé, le miroir était un passage qui reliait le monastère à son labyrinthe. Exactement comme dans son rêve.

Sokar sentit son pouls s'accélérer soudainement. Une pensée folle venait de traverser son esprit : et si le passage était unidirectionnel ? Alors il serait coincé là à tout jamais! Il décida d'en avoir le cœur net. Il se retourna vers le miroir et toucha la surface réfléchissante. Il ressentit encore un faible éclair qui lui parcourut tout le corps, et il se retrouva de l'autre côté, du côté du monastère, devant le miroir ovale. Il souffla de soulagement.

Avant de retourner de l'autre côté, Sokar prit un moment pour réfléchir. Dans son rêve, il trouvait une épée. Dans la réalité, il avait trouvé Sinistre. Dans son rêve, il traversait un miroir et se retrouvait dans un labyrinthe de tunnels. Il venait de vivre cet aspect du rêve. Ensuite, dans son rêve, il tombait sur la boule de cristal qui finissait presque toujours par cracher une fumée étouffante. Allait-il vivre la même chose dans la réalité ? Pourtant, son Dohm lui indiquait, avec la discipline de

Prémonition, que ce n'était pas un rêve prémonitoire. Pourquoi autant d'éléments s'étaient-ils concrétisés, alors ?

Il se souvint que dans son rêve, il déambulait dans le labyrinthe et il avait de la difficulté à retrouver son chemin. Il décida donc de jouer de prudence. Il remonta dans sa chambre afin d'aller chercher ce qu'il fallait pour dessiner un plan et il retourna au miroir. Il le franchit de nouveau et, une fois qu'il fut de l'autre côté, il commença l'élaboration de sa carte. Évidemment, son plan ne serait pas à l'échelle, car il ne voulait pas prendre le temps de mesurer les tunnels et d'indiquer les dimensions. Il accrochait sa torche à un support métallique au mur quand il le pouvait, ce qui lui permettait de dessiner plus rapidement.

Au début, le labyrinthe n'était pas trop compliqué à dessiner. C'était plus une suite de tunnels et de salles vides. Sokar arriva, enfin, dans une salle qui n'était pas vide. D'un côté, il vit des meubles recouverts d'une toile grossière. Il retira les toiles empoussiérées et découvrit une table avec deux chaises. Sur la table reposait un encrier, vide, ainsi qu'un bougeoir sans bougie. L'apprenti supposa que la table devait servir de surface de travail.

Toutefois, c'est ce qu'il y avait de l'autre côté de la pièce qui avait attiré son attention. Une immense bibliothèque recouvrait le mur en entier, et elle semblait contenir des centaines de livres. Il venait de découvrir une bibliothèque secrète.

— Et qui dit bibliothèque secrète dit généralement ouvrages interdits et drôlement plus intéressants que ceux à l'étage au-dessus, s'exclama Sokar avec des yeux gourmands.

Il délaissa sa carte pour s'intéresser aux ouvrages de la bibliothèque. Il essuya délicatement la poussière et les toiles d'araignées sur plusieurs d'entre eux afin d'en lire les titres sur la tranche. Les livres, étonnamment, étaient en bon état pour la plupart. Il en repéra un qui semblait intéressant, juste par son titre : Les possibilités du Dohm. Était-ce enfin le livre qu'il avait cherché pendant des lunes ? Avec Mendoza, son précédent maître, il avait souvent jugé que sa formation ne progressait pas assez rapidement. Il avait passé des jours entiers à chercher un livre dans la bibliothèque du Monastère portuaire qui lui permettrait de progresser seul. Il n'avait jamais trouvé ce genre d'ouvrage. Maintenant que sa formation tirait à sa fin, il mettait enfin la main sur le livre tant convoité.

Sokar s'empara du livre et le feuilleta sommairement. À première vue, il ne s'était pas trompé. Ce bouquin devrait lui permettre de mieux maîtriser ses pouvoirs et de faire des choses que même des maîtres chevronnés rêvaient d'accomplir. Il alla le déposer sur la table et retourna examiner d'autres livres.

Un nom sur le dos d'un autre ouvrage attira son attention : Maximus. Il en déduisit que ce livre devait relater l'histoire de Maximus Le Sage, tel qu'enseignée dans tous les monastères. Il s'en empara tout de même. Comme il n'y avait aucun titre sur la couverture, Sokar tourna lentement les pages pour voir ce qu'il contenait. Sur la première page, il vit les mots « Journal de Maximus ».

— Ô... mon... Dieu, s'exclama Sokar, les mains tremblantes d'excitation. Ce livre est le journal intime de Maximus Le Sage.

Il referma le livre et le tint délicatement du bout des doigts, comme s'il avait entre ses mains une relique sainte qui menaçait de s'effondrer en poussière au moindre mouvement brusque. Si ce document contenait réellement les pensées les plus intimes de ce personnage historique, sa lecture risquait de se révéler passionnante. Il résista à l'envie de commencer à le lire, car il savait qu'il ne serait pas capable de s'arrêter avant la fin. Il alla donc le déposer sur la table avec l'autre bouquin.

Il continua d'examiner la tranche des livres sur les tablettes, et il trouva d'autres journaux intimes de Maximus. Il s'empara de tous ceux qu'il vit et il les empila sur la table, ce qui représenta un total de cinq bouquins. Il s'apprêtait à repartir de la pièce quand il vit du coin de l'œil un livre avec le nom « Ahkena » écrit sur le dos. Celui-ci attira son attention plus qu'un autre puisqu'il y avait seulement le nom du fondateur de l'Ordre écrit dessus. Le titre n'était pas *Historique de l'Ordre Ahkena* ni *Exposé sur les paraboles d'Ahkena* ni *Les valeurs des moines-guerriers Ahkena* ni aucun autre titre peu invitant que Sokar avait déjà vu dans les différentes bibliothèques de l'Ordre. Non. Celui-ci se nommait simplement Ahkena. Il s'en empara, tourna nerveusement la première page, et il repéra les mots qu'il espérait voir : « Journal d'Ahkena ».

Sokar en demeura stupéfait. Il avait les jambes flageolantes et son cœur battait fort. Tenait-il vraiment le journal intime du fondateur de l'Ordre entre ses mains ? Il referma lentement et délicatement le livre, machinalement, comme s'il était dans un état second. Puis il reprit ses esprits. Son désir d'explorer le labyrinthe venait de s'envoler. Il fit une belle pile avec les sept livres qu'il avait trouvés afin de les transporter plus facilement sans tout faire tomber, ramassa le reste de ses affaires, et emporta le tout dans sa chambre. Heureusement, il ne croisa personne sur le chemin du retour.

Quand il arriva dans sa chambre, il étala les bouquins sur son lit et les examina. Il était encore fébrile, et il n'arrivait pas à décider par lequel il allait commencer. C'est alors qu'il reçut l'appel mental de maître Kobalt pour le repas du dîner. « Déjà ? » s'étonna-t-il. Il cacha son butin sous son lit, par précaution, et il attendit pendant un court instant pour se calmer, afin de paraître le plus naturel possible. Il voulait garder ces découvertes-là secrètes.

Quand il arriva dans la salle commune, tous les autres étaient déjà installés. Maya le dévisagea pendant qu'il se servait à manger.

— Je ne t'ai pas vu ce matin, dans la salle de prière, nota-t-elle. Non pas que je t'attendais, mais j'ai trouvé ça curieux.

— Oui, c'est vrai, désolé. Je suis allé à la bibliothèque pour prendre quelques livres. J'ai oublié de te prévenir. Encore désolé.

Ce n'était pas un mensonge. Sokar avait simplement omis de spécifier quelle bibliothèque, étant donné qu'il était probablement le seul occupant à savoir qu'il y en avait une deuxième.

— C'est étrange. J'en arrive, de la bibliothèque, précisa un autre apprenti. Il n'y avait personne d'autre.

— Je n'y suis pas resté longtemps, j'aimais mieux lire dans ma chambre.

Sokar s'installa pour manger. Un autre apprenti demanda :

— Maître Kobalt, avez-vous eu des nouvelles du Monastère volcanique ?

— Oui. La situation n'a guère évolué. Les moines du Monastère des Vents ont finalement réussi à se débarrasser des monstres des neiges qui attaquaient Érécitta, alors plusieurs d'entre eux ont pu aller prêter main-forte. Quelques moines qui travaillaient à la reconstruction du Monastère forestier ont délaissé le chantier pour aller aider au front. D'autres moines du Monastère portuaire ont enfin pu se libérer et ils sont allés grossir les rangs. Le Grand Maître du Monastère volcanique dit qu'il a réussi à doubler ses effectifs. Mais il arrive de nouvelles cohortes de Griztalts chaque jour. Jusqu'à maintenant, l'Ordre a réussi à contenir l'invasion. Le monastère demeure intact. Aucun autre monastère n'a été attaqué ni aucune ville du royaume. Même le château a été épargné de l'invasion. Néanmoins, le Grand Maître du Monastère portuaire préfère que nous restions ici, à l'abri. Si les autres monastères devaient être attaqués, nous devons être parés à accueillir le reste des apprentis.

— Sait-on pourquoi les Griztalts nous attaquent ? demanda un des moines.

— Pas encore. C'est toujours un mystère. L'Ordre a émis quelques hypothèses, mais elles se valent toutes.

Après le dîner, Sokar décida de passer quelques instants avec Maya dans la salle de prière, dans le but d'apaiser les soupçons de son amie. Il devait aussi continuer son apprentissage de la discipline de Prémonition. C'était un des buts de sa présence au Monastère spirituel, après tout.

Pendant les journées qui suivirent, Sokar décida de bien répartir son temps chaque jour afin d'accomplir tout ce qu'il voulait faire sans éveiller les doutes des autres. Il s'arrangeait pour passer un long moment avec Maya dans la salle de prière afin de continuer l'étude de la discipline de Prémonition ; il passait aussi du temps dans sa chambre à lire les bouquins qu'il avait rapportés de la bibliothèque secrète ; et il poursuivait l'exploration du labyrinthe tout en continuant d'en dessiner une carte. Il trouvait ses journées captivantes et son seul regret était que la nuit arrivait trop vite à son goût.

Depuis sa lecture du livre *Les possibilités du Dohm*, Sokar avait découvert que les disciplines enseignées par l'Ordre avaient été créées afin d'uniformiser les méthodes d'apprentissage ainsi que les résultats, dans le but de pouvoir contrôler et évaluer apprentis et moines sur un pied d'égalité. L'Ordre savait que certains moines avaient un Dohm plus puissant que d'autres. L'Ordre savait que certains moines montraient plus de facilité à manipuler cette énergie magique. Toutefois, de l'avis de l'Ordre, ces gens étaient des singularités qu'il fallait ignorer afin d'établir des règles claires à appliquer uniformément à tous. Ainsi, il y a plusieurs siècles, il avait été convenu que ce n'était pas la responsabilité de l'Ordre de montrer à ces moines comment mieux développer leurs talents. Sokar estima que le livre qu'il tenait dans ses mains avait été écrit il y a quelques siècles par un maître frustré par ces décisions contraignantes. Celui-ci indiquait, au fil des pages, comment mieux maîtriser son Dohm et comment amplifier ses effets de façon permanente. Sokar répéta plusieurs exercices décrits dans le livre, même s'ils étaient complexes et épuisants, sans savoir si ceux-ci finiraient par produire des résultats notables. Le livre confirma également qu'un maître n'était pas obligé de se limiter strictement aux disciplines enseignées par l'Ordre lorsqu'il utilisait son Dohm. Sokar jubila lorsqu'il lut ce passage, car cela venait de légitimer sa création de la discipline du Passe-muraille.

Quant aux journaux intimes de Maximus Le Sage, Sokar tenta de les trier en ordre chronologique et il découvrit qu'il manquait de grandes périodes. Soit Maximus n'avait pas écrit dans son journal pendant ces périodes-là, soit les journaux avaient été égarés, soit Sokar ne les avait tout simplement pas vus dans la bibliothèque. Peu importe, il entama sa lecture avec le premier, et il se rendit jusqu'au cinquième.

Le style d'écriture de Maximus était différent de tout ce que Sokar avait vu à ce jour. D'ordinaire, les moines s'efforçaient d'écrire avec la même rigueur qu'un scribe, c'est-à-dire en traçant des lettres fines, précises, toutes en courbe, ce qui produisait un texte qui était élégant et agréable à lire. Maximus, lui, possédait une calligraphie particulière. Ses lettres étaient plutôt carrées, ses phrases semblaient avoir été écrites à la hâte, et tout son texte dénotait une attitude agressive. Sokar s'était attendu à un style d'écriture différent de la part de quelqu'un auquel on avait juxtaposé à son nom le suffixe « Le Sage ».

Au fil de sa lecture, Sokar découvrit un personnage fort différent de ce qu'on lui avait présenté lors de ses leçons sur l'historique de l'Ordre. Maximus avait été un homme corrompu qui avait tout fait pour parvenir à ses fins. Il avait soudoyé des gens. Il avait fait assassiner des gens, dont quelques Grands Maîtres, afin de les remplacer par ses hommes de main. Il avait fait brûler des ouvrages entiers qui contenaient les enseignements d'Ahkena lui-même et il les avait fait réécrire à son goût, tout en faisant croire qu'ils avaient été écrits de la main même du fondateur de l'Ordre. Il avait obligé les membres de l'Ordre à faire vœu de pauvreté, alors que lui-même se vautrait dans le luxe et la richesse. Il exigeait des moines qu'ils restent chastes, alors qu'il vivait dans la luxure avec ses nombreuses concubines. Et, ce que Sokar considéra comme le pire des mensonges, il n'était jamais parvenu à entrer en communication avec Ahkena-Suprême, leur dieu. Ça avait été une supercherie montée de toutes pièces dans le but de faire adopter plus facilement son évangile. D'ailleurs, cet évangile avait été accepté à l'unanimité par les Grands Maîtres, étant donné qu'il les avait tous remplacés par ses hommes de main.

Dégoûté, Sokar referma le cinquième journal intime de Maximus en se disant qu'il était incapable d'en lire davantage. Même s'il trouvait d'autres journaux de Maximus dans la bibliothèque secrète, il ne se sentait plus capable d'y toucher tant il était écœuré par ces révélations monstrueuses.

La lecture du journal intime d'Ahkena se révéla, en revanche, beaucoup plus intéressante, à la grande surprise de Sokar. Il s'était attendu à y lire des réflexions hautement philosophiques, ou y voir des pages entières de paraboles incompréhensibles. Pas du tout. Son journal avait été rédigé de manière simple, de la même façon dont Sokar écrivait dans le sien. Ahkena avait mis sur papier ses sentiments et il y avait décrit également ce qu'il faisait de ses journées. Tout simplement.

Le journal que Sokar avait entre les mains relatait la période de la vie d'Ahkena alors qu'il entreprenait la construction du Monastère spirituel. « Drôle de hasard », pensa l'apprenti. À cause de la formation qu'il avait reçue, Sokar connaissait déjà une bonne partie de l'histoire qu'il lisait. Néanmoins, le fait de la découvrir à travers les mots du fondateur de l'Ordre la rendait encore plus captivante.

La lecture du journal intime lui apprit de nouveaux faits : auparavant, le fleuve Tranquille ne possédait au sud qu'un seul bras. Avant la construction du Monastère spirituel, le fleuve ne continuait pas à l'ouest. C'est Ahkena qui avait fait détourner une partie du fleuve afin d'apporter l'eau jusqu'au volcan, dans le but d'alimenter le monastère en eau potable. Sokar apprit que l'eau entrait dans le volcan et se jetait dans les profondeurs de la terre, où elle se déversait ensuite dans une nappe d'eau souterraine.

Sur la page suivante était dessinée une étrange machine. Ahkena la nommait sa « machine à fabriquer des éclairs ». La machine ressemblait vaguement à un moulin à eau et elle contenait plusieurs autres morceaux dont Sokar ne comprenait pas l'utilité. Selon le schéma dessiné, elle avait été conçue pour être fabriquée en métal. Sokar lut plus loin qu'Ahkena l'avait réellement fait construire, et que c'était justement le fleuve qui s'écoulait dans le volcan qui l'alimentait. L'apprenti était totalement fasciné par cette étrange machine. Toutefois, il se demanda si la machine produisait réellement des éclairs, puisqu'aucun texte ne faisait mention de la réussite ou de l'échec du projet.

Étant donné que le journal intime d'Ahkena ne couvrait que cette courte période, Sokar décida de retourner régulièrement à la bibliothèque secrète pour tenter d'en trouver d'autres, sans oublier de continuer à explorer le labyrinthe.

Journal de Sokar
110e jour de la 13e année du règne du roi Loka

J'ai trouvé la machine à fabriquer des éclairs ! Ça m'a bien pris une quinzaine de jours pour la trouver, depuis que j'ai lu à son sujet. Elle se trouve du côté du labyrinthe, évidemment. Je l'ai trouvée par hasard, alors que je continuais à dessiner la carte du labyrinthe. J'ai pris un tunnel que je n'avais jamais exploré, je l'ai suivi pendant un long moment sans jamais rencontrer d'embranchement, et j'ai débouché dans une énorme caverne. Tout au bout se trouve un large ravin. Une chute d'eau s'écoule du plafond, certainement alimentée par le fleuve Tranquille, et l'eau tombe dans les profondeurs de la terre. À mi-chemin, à la hauteur des yeux, se trouve la fameuse machine.

Je l'ai immédiatement reconnue à l'aide du dessin qui se trouve dans le journal d'Ahkena. Elle est identique. Elle possède une grosse roue à pales qui tourne à toute vitesse, actionnée par la pression de l'eau qui tombe sur elle. Elle produisait un bruit étrange, un genre de vrombissement. Je ne sais pas si la machine est en fonction, mais en tout cas, elle ne fabriquait pas d'éclairs quand j'étais là. Même si j'étais en admiration devant elle, je n'ai pas osé y toucher ni m'approcher davantage. En général, les éclairs sont dangereux. Quand la foudre tombe lors d'un orage, elle peut mettre le feu à un champ entier. Si la foudre tombe sur un homme, elle le tue instantanément. C'est un fait. Comme je ne sais pas si les éclairs qu'elle fabrique sont aussi dangereux que ceux des orages, j'aimais mieux être prudent. Je l'ai admirée à distance. Après un certain moment, j'ai commencé à avoir les oreilles qui bourdonnaient, avec tout ce bruit. Alors je suis reparti.

Je continue à dresser ma carte du labyrinthe chaque jour. J'ai été obligé de changer de bout de papier à plusieurs reprises et de créer des annexes, car le labyrinthe est vraiment immense et je manquais de place. Un jour, je vais devoir mettre tout ça au propre sur un grand parchemin. À chaque période d'exploration que je termine, je fais un détour par la bibliothèque pour voir si je peux trouver un nouveau livre intéressant.

Je n'ai pas trouvé d'autre journal intime de Maximus et, honnêtement, je n'ai pas vraiment cherché. J'ai repensé à tout ce que j'avais lu et je me dis que l'Ordre est certainement au courant de tout ça. Si je suis tombé sur ses journaux, d'autres l'ont sûrement fait avant moi. De toute évidence, la bibliothèque n'a pas été visitée depuis des années, mais ça ne veut pas dire qu'elle n'a jamais été utilisée. À mon avis, l'Ordre cache ces faits depuis des siècles parce que ça l'arrange. Imaginez le scandale : l'homme que nous vénérons comme le moine le plus sage de l'histoire de l'Ordre est en fait un vil usurpateur. Cette histoire n'a fait que raviver mon scepticisme à propos des beaux principes que l'Ordre tente de nous inculquer, et auxquels j'ai tant de difficulté à adhérer.

D'ailleurs, à propos de sujets controversés, ça me fait penser que j'ai trouvé un deuxième journal intime d'Ahkena. Il est très mince, il n'a que très peu de pages. Ahkena l'a écrit pendant qu'il était à la recherche de l'homme qui l'avait guéri de la fièvre Dohm. C'était longtemps avant qu'il ne fonde l'Ordre, pendant ses nombreux voyages. Ce journal-ci relate une partie de ses aventures alors qu'il était sur le continent de glace. Il se trouve qu'Ahkena a rencontré la même tribu que Gwen a déjà croisée, et qu'ils lui ont raconté la même légende, la même histoire. La prophétie d'Orrotaresh.

J'ai tout lu à deux reprises, juste pour être certain que rien ne m'échappe. Je n'ai rien appris de plus que je ne savais déjà concernant cette prophétie. En revanche, ce que ce journal a d'intéressant, ce sont les impressions qu'Ahkena y a inscrites. À son avis, c'est le fils d'Orrotaresh qui lui a sauvé la vie quand il n'arrivait pas à guérir de la fièvre Dohm. Le fils d'Orrotaresh, à l'âge adulte, est censé être un demi-dieu. Logiquement, il devrait être investi de pouvoirs que nul autre sorcier ne possède, n'est-ce pas? Ahkena raconte dans son journal qu'après son réveil de la fièvre Dohm, il avait un goût métallique dans la bouche. Il ne s'en était pas inquiété sur le moment, car il avait cru qu'il s'était fendu la lèvre pendant son sommeil. Mais après sa rencontre avec la tribu, il a jugé que c'était plutôt le fils d'Orrotaresh qui lui a fait boire son sang, lui transférant par la même occasion une partie de ses pouvoirs. C'est ce qui expliquerait, par le fait même, pour quelle raison aucun autre moine de toute l'histoire de l'Ordre n'a réussi à développer ses pouvoirs d'une façon aussi remarquable. À mon avis, les premiers dirigeants de l'Ordre le savaient, et c'est pour cette raison qu'ils l'ont déifié et qu'il est devenu Ahkena-Suprême, notre dieu. Ils savaient que du sang divin coulait dans ses veines.

Le lendemain, pendant l'après-midi, maître Kobalt fut contacté par télépathie par le Grand Maître du Monastère volcanique. Les combats avaient cessé pendant la nuit et, à l'aube, les Griztalts avaient sonné la retraite. Ils étaient remontés dans leur barque, puis repartis sur l'océan. Le Grand Maître avait quand même attendu la fin du repas du midi avant d'avertir tout le monde, au cas où cette manœuvre aurait été une stratégie de la part des Griztalts afin que les moines abaissent leur garde, pour revenir à la charge plus tard. Par mesure de précaution, des maîtres ont même pris un bateau et ils ont suivi, à bonne distance, les Griztalts sur l'océan. À leur retour, ils confirmèrent que les monstres étaient bel et bien repartis dans leur tanière, dans les Îles volcaniques.

Pour l'Ordre, c'était une victoire sur toute la ligne : le monastère était encore debout, très peu de moines avaient péri, et des dizaines de Griztalts avaient été tués. La seule ombre au tableau : on ne comprenait toujours pas à quoi rimait cette attaque.

Tous les résidents du Monastère spirituel furent convoqués par maître Kobalt à se rassembler dans la salle commune. Heureusement, Sokar avait décidé de passer cet après-midi-là dans la salle de prière, contrairement à son habitude. Manifestement, l'apprentissage de la discipline de Prémonition avait des effets bénéfiques. Quand tous furent arrivés, maître Kobalt leur apprit la bonne nouvelle. Une vague de soulagement et d'euphorie s'empara du groupe.

Les réfugiés du Monastère spirituel avaient donc la possibilité de retourner au Monastère volcanique. Toutefois, ce n'était pas une obligation. Tous étaient libres de choisir. Tous les apprentis décidèrent de retourner au Monastère volcanique afin d'y retrouver leur mentor, sauf Sokar et Maya, qui désiraient rester pour continuer leur formation des spécialités du Monastère spirituel.

Un message télépathique fut envoyé à Gwendollyn et Aurora qui, heureusement, n'avaient pas été blessées lors des affrontements. Les autres moines et maîtres de la troupe décidèrent de rentrer également, sauf maître Kobalt. Il avait aimé son expérience de Grand Maître du Monastère spirituel et souhaitait soumettre sa candidature lors des élections prochaines afin d'en obtenir le titre officiel. Mais il voyait mal comment il aurait laissé deux apprentis seuls au monastère. Bref, il serait le chaperon.

Tout le monde se prépara pour le retour sauf, bien sûr, ceux qui avaient décidé de rester. Sokar et Maya aidèrent aux préparatifs de la troupe, et ils discutèrent de tout et de rien avec les apprentis qui étaient fébriles de retourner enfin à la maison. L'ambiance était presque à la fête.

Lorsque la troupe quitta enfin le monastère, Sokar, Maya et maître Kobalt accompagnèrent les voyageurs jusqu'à l'extérieur du volcan. Ils se saluèrent longuement, car tous savaient qu'ils ne se reverraient pas avant un bon moment. Quand le cortège fut hors de vue, Kobalt s'adressa aux deux apprentis.

— Comme nous serons les seuls occupants du monastère pendant longtemps, le fil de nos journées sera radicalement différent. Je me fie à vous pour renouveler constamment notre réserve de nourriture afin qu'on ne manque de rien. Vous pourrez faire ce qui vous convient du reste de vos journées. Malheureusement, si vous pensiez me solliciter pour vous aider à cheminer dans vos apprentissages respectifs, je crains n'avoir que très peu de temps à vous accorder dans les prochains jours.

— Nous saurons nous organiser, fit Maya.

— À quoi vous occuperez-vous, maître ?

— Je dois préparer un long discours afin d'expliquer les motifs qui m'incitent à postuler pour le titre de Grand Maître du Monastère spirituel, dans le but de convaincre l'Ordre de considérer ma candidature pour les élections. Ensuite, je dois trouver suffisamment de partisans parmi les autres maîtres, qui s'engageront à m'appuyer le jour du vote. Comme je ne peux pas quitter le monastère, je devrai le faire par télépathie ou en utilisant la discipline d'Ubiquité. D'une manière ou d'une autre, ce sera épuisant pour mon Dohm, et je passerai de longues périodes à refaire mes forces. Je dois également tenter de convaincre des maîtres de venir s'installer ici de façon permanente. Je ne veux pas devenir le Grand Maître d'un monastère vide, s'esclaffa-t-il pour terminer.

— Beurk ! fit Sokar. De la politique. Ça me semble tellement compliqué.

— Au contraire, répliqua Kobalt, l'air radieux. C'est tout à fait fascinant. Plus tard, tu comprendras.

Maître Kobalt retourna à l'intérieur, laissant les apprentis seuls à l'extérieur. Ils demeurèrent silencieux un moment, chacun perdu dans ses pensées. Maya eut un léger sourire.

— Quoi ? demanda Sokar. À quoi penses-tu ?

— Nous avons cet immense monastère pour nous seuls, avec maître Kobalt qui apparaîtra parfois à l'occasion des repas.

— Oui, et alors ?

— Alors, rien, répondit-elle, sur un ton taquin. Il me vient de drôles d'images en tête.

— Ah oui ? Quelles sortes d'images ?

— Tu aurais eu une chance de le savoir, si tu avais choisi d'apprendre la discipline d'Empathie. Tant pis pour toi, lança-t-elle, espiègle.

Plus tard pendant la soirée, Sokar annonça à Maya qu'il allait dehors. Il se sentait légèrement nauséeux et il voulait prendre l'air.

— Veux-tu que je fasse disparaître tes symptômes avec la discipline de Guérison ? demanda Maya, légèrement soucieuse.

Sokar refusa gentiment, spécifiant que ce n'était pas grand-chose. Il sortit de la salle de prière et se rendit à l'extérieur. En fait, Sokar avait le vague à l'âme. Il avait vérifié dans son journal intime un peu plus tôt et il s'était rendu compte que c'était le cent-onzième jour de l'année. Cette date correspondait à la nuit orangée de Riguel. Comment avait-il pu oublier cette date fatidique ?

Une fois qu'il fut à l'extérieur, il demeura tout près du volcan, comme s'il avait peur de le perdre de vue s'il s'éloignait trop. Il leva les yeux et il vit Riguel, haut dans le ciel sans nuage, qui diffusait cette insolite lumière orangée. Sokar eut une pensée pour les habitants de Bohmstad et de Vorhcitta, qui devaient probablement festoyer. Il se demanda si les gens sur le chantier du Monastère forestier fêtaient également. Probablement, pensa Sokar, puisque pour eux, cette date n'était pas associée à l'événement tragique que seuls Maya et lui avaient vécu. Sokar demeura longtemps là, dans cette position, les yeux levés vers le ciel, à ruminer ses sombres pensées.

Maya avait attendu le retour de Sokar avant de reprendre sa séance de méditation. Après un long moment, quand elle vit qu'il n'était toujours pas de retour, elle commença à s'inquiéter. Elle décida donc de mettre à profit sa nouvelle discipline. Elle invoqua la discipline d'Empathie et repensa à sa discussion avec Sokar, avant qu'il ne sorte. Elle repassa le fil des événements dans sa tête et c'est alors qu'elle comprit. Elle ressentait maintenant à quel point Sokar avait été morose depuis le départ des autres, et tous les efforts qu'il avait déployés à le dissimuler. Évidemment, ce n'était pas le départ de la troupe qui l'avait mis dans cet état. C'était autre chose. Cette nausée qu'il avait feinte n'avait été qu'un prétexte pour aller ressasser son chagrin.

Maya se leva et se dirigea vers l'extérieur. Elle trouva aisément l'apprenti et s'en approcha lentement, en arrivant derrière lui. Quand elle vit qu'il avait le regard dirigé vers le haut et qu'elle découvrit la lueur orangée de la lune, elle comprit. Sokar l'entendit arriver, toutefois il ne broncha pas. Maya se blottit dans son dos et elle l'enlaça tendrement.

— Nous sommes le cent-onzième jour, murmura Sokar, la gorge nouée.

— Je sais.

— Ça fait déjà un an. Trois cent cinquante jours.

— Je sais.

— Ils me manquent tellement, sanglota-t-il.

— Moi aussi.

Le lendemain matin, Sokar se leva en pleine forme. Il ne se sentait plus maussade, au contraire. C'était comme si la nuit avait effacé les derniers relents de chagrin qui le taraudaient. Serein, il prit un repas frugal et s'empressa de se rendre dans la salle de prière. Il constata que Maya ne s'était pas encore levée. Il s'installa à sa place habituelle et entama ses exercices quotidiens avec ses pouvoirs.

Cette nuit-là, il avait encore fait ce fameux rêve, celui qui revient toujours, mais avec de légères variations à chaque reprise. Toutefois, grâce à la discipline de Prémonition qu'il avait invoquée avant de se mettre au lit la veille, il commençait à mieux comprendre ce qui se passait. Sokar avait un élément nouveau à analyser cette journée-là. Contrairement aux rêves précédents, Mendoza était apparu dans ses songes.

L'apparition avait été brève, tout comme son message : « Sokar. Écoute-moi attentivement. Je n'ai qu'un bref instant, je suis encore trop faible. Mercurus approche. »

Avec l'utilisation de sa nouvelle discipline, et aussi avec l'aide du plafond en cristal de la pièce qui lui permettait de mieux employer son énergie magique, Sokar commençait enfin à remettre les morceaux du casse-tête en place.

C'est seulement lorsque son ventre gronda de faim qu'il sortit de l'état second dans lequel il s'était plongé depuis le matin. Il ouvrit les yeux et découvrit avec surprise que Maya avait fini par le rejoindre. Elle mit fin également à sa transe.

— Je n'ai pas osé te déranger, indiqua-t-elle avec le sourire. Tu semblais si absorbé par tes réflexions.

— Nous sommes déjà au repas du midi ?

Maya s'esclaffa, et Sokar lui lança un regard intrigué.

— Sokar, le soleil est couché depuis longtemps. Tu n'as pas bougé de cette position de la journée !

C'est alors que l'apprenti se rendit compte qu'il avait les membres complètement ankylosés. Il s'empressa d'invoquer la discipline de Guérison afin d'atténuer la douleur qu'il ressentait. Quand les fourmillements disparurent enfin, il se releva et s'étira longuement.

— J'étais sur le point de te faire sortir de ta transe pour que tu puisses manger un peu. Tu ne t'es pas nourri de la journée.

— C'est faux. J'ai mangé un truc ou deux après m'être levé. Mais tu as raison : je meurs de faim.

Ils se rendirent ensemble aux cuisines. Maya constata que maître Kobalt était venu avant eux, puisque certaines choses n'étaient plus au même endroit depuis le dernier passage de l'adolescente. Après un copieux repas, elle annonça qu'elle ressentait le besoin d'aller nettoyer son corps. Sokar dit qu'il ferait de même un peu plus tard. Auparavant, il souhaitait aller faire un peu de lecture.

Une fois qu'il fut dans sa chambre, Sokar sortit de sous son lit le livre *Les possibilités du Dohm*. Il repéra le signet en tissu qu'il avait laissé au début d'un chapitre, et il continua de lire à la page indiquée. L'apprenti jugeait cette partie du livre particulièrement intéressante puisqu'elle abordait les choses sous un angle nouveau. L'auteur y expliquait que la matière était faite de billes minuscules, très rapprochées les unes des autres, mais qui ne se touchaient pas. On ne voyait pas l'infime espace qu'il y avait entre chacune, pourtant, il était là. Tout ce qui existait, animal, végétal, minéral, et même les humains était fait sur ce modèle. Sokar avait de la difficulté à saisir ce concept, toutefois il continua sa lecture :

« Prenez, par exemple, une plage de sable. Quand vous la regardez au loin, le sol semble uniforme. Rapprochez-vous-en. Vous commencez à distinguer les reliefs, les différences de motif et de couleur. Marchez dessus. Le sol est solide, vous ne vous enfoncez pas dans le sol sauf si, bien sûr, vous marchez sur des sables mouvants ! Maintenant, prenez une poignée de sable dans votre main. Même si les grains de sable sont assez forts pour porter votre poids, vous êtes quand même capable d'en saisir une portion. Examinez le sable dans votre main. Vous voyez des milliers de grains, de taille différente, de couleur différente, de consistance différente. Même si les grains sont entassés l'un sur l'autre, vous pouvez quand même apercevoir de minuscules interstices entre chacun. Maintenant, laissez tomber votre poignée de sable. Les grains sont assez légers pour partir au vent, pourtant, ceux qui sont sous vos pieds supportent encore votre poids. Maintenant, enfoncez vos doigts dans le sable. Voyez-vous : même si le sable peut supporter votre poids, vous êtes quand même capable d'en déplacer les grains. C'est à cause des interstices entre chaque grain. Votre main force les grains à utiliser au maximum cet espace minuscule. Déplacez un grain et vous ne verrez pas de différence. Déplacez des milliers de grains et vous créerez assez d'espace pour enfoncer vos doigts. Il est possible d'appliquer le même principe avec n'importe quelle substance, même avec un mur en pierre, aussi solide qu'il puisse être. Je vous le concède, enfoncer ses doigts dans de la pierre est une tâche impossible à accomplir pour un paysan normal. Mais pas pour un maître Ahkena. Il vous faudra beaucoup d'entraînement, néanmoins je sais que vous pourrez y parvenir. Servez-vous des exercices aux pages suivantes pour bien vous y préparer. »

Sokar referma le livre, songeur, et il le déposa lentement sur son lit.

— Pouvoir passer ma main à travers un mur de pierres ? Ce serait tout simplement prodigieux !

Encore absorbé par ses réflexions, il sortit de sa chambre pour aller se nettoyer. En chemin, il continuait à réfléchir au chapitre qu'il venait de lire et à la métaphore des grains de sable. C'est alors qu'il prit conscience que la discipline du Passe-muraille lui permettait d'accomplir sensiblement la même chose. Il avait toujours utilisé cette discipline instinctivement, sans trop réfléchir à son fonctionnement. Il se dit que les exercices du livre l'aideraient probablement à mieux la comprendre, mais surtout, à mieux la maîtriser.

Ce n'était pas comme si Sokar ne s'était pas entraîné. Au contraire. Il essayait régulièrement de repousser les limites de la discipline du Passe-muraille. Sauf qu'il arrivait difficilement à faire mieux et, à chaque tentative, il épuisait ses forces prématurément. Un jour, il avait essayé de passer sa main à travers le mur de sa chambre et ça l'avait tellement épuisé qu'il en était tombé dans les pommes ! Selon Gwendollyn, une des causes de son échec était qu'à chaque moment où il utilisait cette discipline, il n'y voyait pas d'intérêt réel.

Sokar arriva au bout du couloir qui menait à la salle où ils se lavaient, réfléchissant encore au texte du livre. Il faisait face à la porte en bois, qui était fermée comme à son habitude. Derrière la porte, contrairement aux autres monastères, la salle ne contenait pas de bassin d'eau pour se nettoyer, mais plutôt une petite cascade. Une partie du torrent du fleuve Tranquille qui circulait à l'intérieur du volcan avait été détournée pour créer cette petite chute artificielle. Pour se laver, les moines n'avaient qu'à se placer sous le jet d'eau qui s'écoulait du plafond. Au plancher, une grille permettait à l'eau de s'évacuer. Même si la pièce était assez grande pour permettre à plusieurs moines de s'y laver collectivement, les règles de bienséance suggéraient plutôt que chacun y aille à tour de rôle.

Sokar poussa la porte, mais comme il était toujours perdu dans ses réflexions, il oublia de frapper. La porte n'était pas verrouillée et elle s'ouvrit toute grande. Ce fut le cri strident de Maya, qui se trouvait encore à l'intérieur, qui le fit reprendre contact avec la réalité. Celle-ci, qui ne s'attendait pas à voir quiconque faire irruption dans la pièce, avait sursauté de surprise alors qu'elle s'apprêtait à se déshabiller et qu'elle avait aperçu Sokar qui franchissait le seuil. L'apprenti avait à peine eu le temps de faire un pas. Il s'était arrêté de marcher, étonné, et il regardait Maya de ses yeux écarquillés.

— Bon sang ! s'écria-t-elle, affolée. Tu m'as fait une de ces frayeurs. On ne t'a pas appris à frapper aux portes avant d'entrer?

Sokar bafouilla des excuses et il recula tout en refermant la porte. Presque immédiatement après, il entendit le déclic métallique distinctif d'un verrou qu'on tire. Le cœur de Sokar battait la chamade. Il n'avait pas réfléchi en entrant dans la pièce, car il avait supposé qu'elle était libre. De toute évidence, Maya avait oublié de verrouiller la porte derrière elle à son arrivée. Une fois cette erreur réparée, elle avait entrepris de se déshabiller et de se nettoyer sous le jet d'eau.

« Un intérêt réel ? » réfléchit-il en repensant aux paroles de Gwen, après avoir repris son calme. Il venait peut-être d'en trouver un, un intérêt réel. Il se dit qu'il pourrait jouer un bon tour à Maya, pour la taquiner. Il se rapprocha nerveusement de la porte et il appuya ses mains dessus, à la hauteur du verrou. Il ferma les yeux, prit une grande inspiration, puis il invoqua la discipline du Passe-muraille. Au début, il ressentit un léger picotement dans les doigts. Les fourmillements s'intensifièrent et l'engourdissement se propagea jusqu'à ses paumes. Ensuite, il sentit ses mains s'enfoncer lentement dans le bois. Le pouls de Sokar s'accéléra d'un coup, il crut qu'il allait enfin y parvenir. Mais une résistance se fit sentir, comme aux tentatives précédentes. Passer ses mains complètement à travers une porte était nettement plus difficile que de crocheter des serrures.

Il essaya de se convaincre qu'il ne faisait que se frayer un passage à travers un sac rempli de billes, ou qu'il enfonçait ses mains dans du sable, comme le suggérait le livre. « Un intérêt réel », dit-il encore et encore. Sokar se rendit compte que ses mains s'enfonçaient davantage dans la porte, en même temps qu'il était envahi d'une chaleur dans tout le corps. Enfin, ses mains passèrent complètement à travers la porte, jusqu'au poignet. Il s'empressa de la déverrouiller. Il retira ensuite ses mains et cessa d'utiliser la discipline. « Voilà », pensa-t-il, satisfait.

Il s'éloigna un peu de l'entrée et il s'installa par terre pour méditer. En fait, il ne fit que semblant. Même s'il avait réellement essayé de méditer, il en aurait été incapable. Il avait trop hâte de voir la réaction de Maya.

Maya passa sa tunique de nuit dès qu'elle termina de se sécher avec un linge. Elle mit la main sur la porte et elle constata qu'elle n'était plus verrouillée, ce qui l'étonna vivement. Pourtant, elle était certaine d'avoir tiré le verrou après l'arrivée de Sokar. Avait-il pu la déverrouiller juste après ? Elle jugeait que cela lui était impossible, puisque le garçon était situé de l'autre côté. Peut-être l'avait-elle simplement mal verrouillée ? Elle ouvrit la porte et elle sortit de la pièce. Sokar était assis et il attendait patiemment son tour. Elle trouvait qu'il avait un air coupable, sans qu'elle puisse en déterminer la cause. Si elle avait pensé à utiliser la discipline d'Empathie, elle aurait tout de suite compris, mais heureusement pour le garçon, cela ne lui vint pas à l'esprit.

Sokar examina Maya quand elle passa devant lui. Ni l'un ni l'autre ne prononça le moindre mot. Maya examinait le garçon d'un air étrange, comme si elle le soupçonnait d'avoir commis un méfait sans en avoir la preuve. L'apprenti, quant à lui, s'efforçait de garder un visage impassible. Maya continua de longer le couloir et s'en alla dans sa chambre.

Sokar se leva et entra dans la pièce à son tour. Au moment de verrouiller la porte, il hésita. Après un bref instant de réflexion, il décida de ne pas tirer le verrou. Il se dévêtit et s'installa sous la cascade. Même l'eau glaciale de la chute arriva difficilement à refroidir son corps.

Lorsqu'il eut terminé de se laver, il se sécha et il revêtit sa tunique de nuit, puis il retourna dans sa chambre. Quelle ne fut pas sa surprise d'y voir Maya, allongée sur le lit, qui l'attendait patiemment ! Sokar en demeura bouche bée sur le seuil.

— Ferme la porte, ordonna-t-elle d'un ton posé.

Le garçon s'exécuta, mais demeura tout de même à distance. Il était encore trop étonné de la présence de l'apprentie, sans compter qu'il avait peur de perdre ses moyens s'il se rapprochait trop d'elle. Maya avait un étrange sourire. Elle avait l'air du chat qui s'amusait aux dépens de la souris.

— J'aimerais comprendre quelque chose, ajouta-t-elle.

— Ah oui ? Quoi donc ?

— Tu es entré en coup de vent pendant que je me lavais.

— Euh... oui... désolé..., bégaya-t-il, j'étais dans la lune et...

— Pendant un instant, j'ai cru que tu venais me rejoindre sous la cascade, pouffa-t-elle. Mais tu as refermé la porte.

Sokar déglutit bruyamment. Avait-il bien entendu ? Il avança d'un pas.

— Je ne m'attendais pas à ce que la pièce soit occupée. Je ne savais pas que tu n'avais pas tiré le verrou. Je n'ai même pas pensé vérifier auparavant.

— Comment expliques-tu que la porte n'était plus verrouillée quand je suis ressortie ? demanda-t-elle d'un air taquin, mais à la fois suspicieux.

— Ah bon ? Tu avais tiré le verrou après mon arrivée ? demanda-t-il en faisant l'innocent.

— Est-ce toi qui l'as déverrouillée ?

— De l'extérieur ? Comment aurais-je pu ? lança-t-il d'un rire nerveux.

— À l'aide de ce livre, peut-être ?

Maya se redressa et elle exhiba *Les possibilités du Dohm* de derrière son dos. Elle semblait légèrement contrariée que Sokar ait pu posséder ce livre sans lui en avoir parlé. L'apprenti pesta contre lui-même de sa négligence, car d'ordinaire, il cachait toujours sous son lit les livres qu'il avait rapportés de la bibliothèque secrète.

— Est-ce que tu as ce livre depuis longtemps, Sokar ? Où l'as-tu trouvé ?

— Hein? Oh, je l'ai trouvé à la bibliothèque du monastère.

— Menteur, l'accusa-t-elle. J'ai pu lire quelques pages avant que tu n'arrives. Les propos de l'auteur sont plutôt contestataires, il remet en question plusieurs principes que l'Ordre valorise depuis des années. C'est impossible que tu aies trouvé ce bouquin à la bibliothèque.

Sokar sentait qu'il lui était dorénavant impossible de se défiler. Maya avait vu clair dans son jeu. Le numéro de charme qu'elle avait opéré avait abattu toutes les défenses de l'apprenti. Il soupira pour se redonner du courage.

— C'est la vérité. J'ai bel et bien trouvé ce livre dans la bibliothèque du monastère. Dans l'autre bibliothèque.

— Quoi ? Quelle autre bibliothèque ?

— Laisse-moi te raconter un rêve que je fais régulièrement.

Maya fronça les sourcils. Elle ne comprenait pas trop quel lien il y avait entre les deux. Sokar lui détailla le rêve récurrent qu'il faisait, ainsi que les nombreuses variations qui rendaient chacun unique. Il tut le fait qu'au départ, il croyait que les rêves étaient causés par Sinistre pour ne pas l'inquiéter davantage. Sokar lui expliqua qu'il venait de comprendre seulement récemment qu'en fait, ses rêves étaient des messages que Mendoza lui envoyait. En effet, le maître venait de révéler à son ancien apprenti, lors du dernier rêve de celui-ci, qu'il était retenu captif sur Arkahz et qu'il était trop faible pour communiquer par télépathie. Toutefois, il avait réussi à transmettre quelques images mentales à Sokar depuis plusieurs jours, images qui s'intégraient aux rêves du garçon.

— C'est pour cette raison que j'ai choisi d'apprendre la discipline de Prémonition en premier.

— Alors tu crois que Mendoza est toujours en vie, et que c'est lui qui t'a indiqué comment retrouver l'épée ? demanda Maya en se redressant, tout en prenant une mine sérieuse.

— Je ne le crois pas. J'en suis certain. C'est également lui qui m'a indiqué le chemin pour me rendre à la bibliothèque secrète, où j'ai trouvé le livre que tu tiens.

— Où se trouve cette autre bibliothèque ?

— Au sous-sol.

— Sokar ! Maître Kobalt nous a formellement interdit d'aller au sous-sol.

— Ah bon ? Je ne m'en souviens pas.

— Vous êtes bien tous pareils, les garçons, soupira-t-elle d'exaspération. Vous vous souvenez seulement de ce qui vous arrange.

— D'ailleurs, je peux comprendre que maître Kobalt interdise d'y aller. C'est un vrai labyrinthe, en bas. Littéralement.

— Un labyrinthe ? Comment peux-tu savoir qu'il s'agit réellement d'un labyrinthe ?

Maya avait posé sa question tout en manipulant distraitement les pages du bouquin. Un bout de papier, plié plusieurs fois sur lui-même, s'en échappa et tomba sur le lit. Intriguée, elle le ramassa et le déplia. Elle reconnut les gribouillis d'une carte qu'on avait dessinée à la hâte.

— Je n'arrive pas à y croire, s'écria Maya en faisant de gros yeux à Sokar. Tu ne t'es pas contenté de trouver la bibliothèque ! Il a fallu que tu décides d'explorer ce labyrinthe et, qu'en plus, tu te mettes à en dresser une carte.

— Je n'avais pas le choix, se défendit l'apprenti. Je ne voulais pas risquer de me perdre. Personne ne savait que j'étais à cet endroit, personne ne serait venu à ma rescousse si je m'étais égaré.

— Pourquoi Mendoza voulait-il que tu trouves cette épée ? Pourquoi t'a-t-il guidé vers cette bibliothèque secrète ? T'a-t-il demandé d'aller le secourir ?

— Je ne le sais pas encore. À mon avis, ce n'est pas la bibliothèque qu'il voulait que je trouve. Il y a encore une partie du rêve qui ne s'est toujours pas concrétisée, celle où je tombe sur la boule de cristal qui laisse émaner une fumée suffocante.

Maya continua de jouer distraitement avec les pages du livre pendant un court instant.

— D'accord, je veux bien t'aider à explorer le labyrinthe et à résoudre ce mystère, annonça-t-elle finalement.

— Quoi ? fit Sokar, estomaqué. Mais je ne t'ai rien demandé.

— Je sais. Je n'ai pas l'intention d'attendre ton autorisation pour t'accompagner. Je m'impose, que tu le veuilles ou non.

— Et si je refuse ?

Maya déposa le livre sur le lit. Elle se releva et se dirigea tout droit sur l'apprenti. Elle le fixa avec un air de défi.

— Tu n'es pas en position de négocier.

— Ah non ?

— Non. Je suis certaine qu'il y a dans ta tête des images compromettantes. Des images qui t'attireraient des ennuis si maître Kobalt les découvrait à l'aide de la discipline de Lecture de l'esprit.

— De quelles images parles-tu ? demanda Sokar en feignant l'ignorance.

— Des images du labyrinthe. Des images de la bibliothèque secrète. Des images de Sinistre, alors que les apprentis n'ont pas le droit de posséder d'épée. Il découvrirait aussi, par la même occasion, comment tu as fait pour déverrouiller la porte pendant que je me lavais sous la cascade...

Sokar sentit ses joues s'empourprer. Elle savait donc. Il s'efforça de continuer à fixer Maya dans les yeux.

— Tu n'oserais pas me dénoncer ?

— Quand je suis vraiment décidée, je suis prête à tout pour parvenir à mes fins.

— Et tu crois que je vais céder à ton chantage ?

Maya croisa les bras en guise de réponse, comme pour signifier que toute négociation était futile. Sokar était certain qu'elle jouait avec lui et qu'elle disait cela simplement pour le taquiner. Il avait raison, mais elle faisait tout son possible pour qu'il la prenne au sérieux. De toute façon, si Maya n'avait pas proposé de continuer à explorer le labyrinthe avec lui, il lui aurait demandé si elle voulait l'accompagner, maintenant qu'il lui avait tout révélé.

— Dans ce cas, dit-il en faisant semblant de capituler, je crois que je n'ai pas le choix.

— Exactement, lança-t-elle d'une voix aiguë, arborant un grand sourire satisfait et des yeux pétillants de joie. Nous commencerons demain matin, après le repas.

Maya se dirigea vers la sortie. Sokar demeura immobile, même s'il aurait tant voulu l'empêcher de partir. Il avait les sens en ébullition. Mais il avait promis à Maya qu'il ne se passerait rien entre eux tant qu'ils n'auraient pas terminé leur apprentissage.

— Fais de beaux rêves, lança Maya d'une voix enjôleuse tout en franchissant le seuil de la chambre de Sokar.

Elle referma la porte derrière elle, laissant le garçon seul avec ses pensées. Et cette nuit-là, ce ne fut pas Mendoza qui hanta ses songes, mais plutôt une magnifique nymphe à la chevelure rouge.

Le lendemain, maître Kobalt se joignit à eux pour le repas du matin. Il trouvait les deux apprentis bien silencieux, toutefois il ne s'en formalisa pas.

— Je suis disponible pour vous ce matin, annonça le maître aux apprentis. Maya, après le repas, tu viendras dans mon bureau et je pourrai t'enseigner la discipline de Prémonition. Ensuite, Sokar, tu viendras à ton tour, pour apprendre la discipline d'Empathie.

Les deux apprentis s'efforcèrent de masquer leur déception, puisqu'ils avaient envisagé de se rendre dans le labyrinthe dès leur repas terminé. Ils devraient donc retarder leur expédition. Maître Kobalt termina son repas le premier, et il laissa Sokar et Maya finir seuls le leur.

— As-tu apporté la carte ? demanda Maya lorsqu'elle eut terminé de se nourrir.

— Non, je l'ai laissée dans ma chambre.

— Surtout, ne commence pas sans moi, ordonna-t-elle sur un ton menaçant.

Maya prit la direction du bureau du maître et Sokar s'en alla dans la salle de prière. Il croyait qu'il aurait à attendre très longtemps, mais Maya en revint assez rapidement.

— Wow ! Déjà ?

— Je suis talentueuse, alors j'apprends rapidement. Dépêche-toi d'y aller à ton tour pour qu'on puisse commencer à explorer le labyrinthe au plus vite.

— Surtout, ne commence pas sans moi, se moqua-t-il.

— Ha, ha, lança-t-elle d'un rire sans entrain.

Sokar alla suivre les enseignements de maître Kobalt à son tour. Même s'il trouvait la leçon réellement instructive, il était quand même impatient d'en finir. Lorsque Kobalt libéra Sokar, l'apprenti s'empressa d'aller rejoindre Maya dans la salle de prière. Celle-ci se leva dès son arrivée et elle prit le chemin de la sortie en le tirant par le bras. Elle entraîna l'apprenti au pas de course à travers les couloirs et ils se rendirent à la chambre du garçon.

— La carte ! exigea-t-elle avec empressement devant la porte close. Allez !

— Oui, oui ! Un instant !

Sokar poussa la porte, pendant que Maya l'attendait impatiemment dans le couloir. À l'intérieur, il s'empara de la carte et lorsqu'il ressortit, Maya la lui arracha des mains.

— Allez! On y va!

— Pourquoi es-tu si pressée ?

Sans prendre la peine de répondre, Maya tira Sokar par la manche en direction de l'escalier et ils se dirigèrent vers le sous-sol presque au pas de charge. Une fois qu'elle arriva en bas, torche à la main, Maya tenta de déchiffrer la carte de son ami.

— Je me permets de mettre en doute tes talents de cartographe. Je n'arrive pas à me repérer sur ta carte. Je ne vois même pas l'escalier sur ton plan.

— C'est parce que le labyrinthe ne se trouve pas ici.

— Quoi ?

— Viens, je vais te montrer comment accéder au labyrinthe.

Mystifiée, Maya suivit l'apprenti. Elle fronça les sourcils lorsque Sokar la mena devant le miroir.

— Est-ce que c'est une blague ? fit-elle, peu rassurée.

Sokar se plaça derrière Maya et, d'un geste vif, il la poussa contre le miroir. Celle-ci émit un cri de surprise et elle allongea les bras par réflexe. Quand ses doigts entrèrent en contact avec la surface, elle fut téléportée de l'autre côté, comme Sokar l'avait été aux occasions précédentes. L'apprenti vit Maya disparaître instantanément. Il avait toujours voulu découvrir ce qui se produisait quand il traversait de l'autre côté du miroir ; maintenant, il savait. Il toucha la surface réfléchissante sans plus attendre, pour ne pas laisser Maya seule trop longtemps et risquer ainsi de l'affoler davantage.

Quand Sokar arriva à son tour de l'autre côté du miroir, il fut accueilli par une gifle au visage. Il sursauta, plus de surprise que de douleur, puisque Maya l'avait claqué surtout pour la forme.

— Idiot ! s'exclama-t-elle. Tu aurais pu m'avertir ! J'ai eu la frousse de ma vie.

— Bienvenue dans mon labyrinthe, ricana l'apprenti tout en frottant sa joue. Tu peux consulter la carte, maintenant.

Maya examina les couloirs tout autour d'elle, aussi fascinée que l'était Sokar à son premier passage à travers le miroir magique. Une fois la surprise passée, elle entreprit d'étudier le bout de papier sur lequel Sokar avait tracé la carte de cette partie du souterrain. Après un court moment, elle commença à avancer dans le couloir. Elle continua d'examiner la carte tout en marchant, et elle relevait parfois le nez pour vérifier qu'elle allait toujours dans la bonne direction. Elle fila directement à la bibliothèque, comme Sokar s'y était attendu. Quand elle en franchit le seuil, son visage s'éclaira soudainement.

— On dirait une enfant qui vient d'entrer dans un magasin de sucreries, marmonna-t-il, en s'amusant du ravissement de son amie.

Maya longea lentement les murs et elle examina les ouvrages sur les tablettes. Elle n'avait pas assez de ses deux yeux pour tout voir. Elle s'attarda devant certains livres, mais n'osa toucher à aucun d'entre eux. Après un long moment, elle fit volte-face et regarda Sokar, indécise.

— Il y en a trop, je n'arrive pas à décider lequel je devrais emporter.

— Ce ne sont que des livres. Ils ne seront pas contrariés si tu ne les choisis pas en premier, plaisanta-t-il.

— Je sais bien, idiot, rétorqua-t-elle en lui tirant la langue. Je déclare cette salle comme étant ma nouvelle pièce favorite. Je vais commencer par... celui-ci.

Maya extirpa le livre qu'elle avait choisi simplement par le titre sur sa tranche, avec quelques difficultés puisqu'il était solidement coincé entre deux énormes encyclopédies. Elle avait tiré doucement, le faisant sortir lentement, pouce par pouce, puisqu'elle avait craint de l'abîmer si elle avait employé une force excessive.

— *Les maîtresses influentes de l'Ordre*, lut Sokar sur la page couverture quand Maya lui tendit l'ouvrage. Pourquoi un tel choix ?

— N'as-tu pas remarqué qu'actuellement, il n'y a que des hommes qui dirigent les cinq monastères ? Aucune Grande Maîtresse. Ce titre existe-t-il seulement ?

— Je ne sais pas, fit Sokar en haussant mollement les épaules. Je ne me suis jamais attardé à...

— Bien sûr, le coupa-t-elle, puisque tu es un garçon. Mais nous, les filles, nous sommes sensibles à ce genre de détail. Personnellement, je trouve que la situation est anormale. C'est carrément de la discrimination. J'espère que ce livre contiendra une ébauche d'explication.

Sokar n'avait pas d'opinion sur le sujet. En revanche, si effectivement le titre de Grande Maîtresse n'existait pas, et si c'était vrai qu'aucune femme ne pouvait atteindre ce rang dans la hiérarchie de l'Ordre, il estimait que ce ne pouvait être que l'œuvre de Maximus. Avec tous les méfaits que cet usurpateur avait accomplis, Sokar n'aurait pas été étonné d'apprendre qu'il avait eu un rôle à jouer.

— C'est le seul livre que tu prends ?

— Pour l'instant. Je vais revenir. C'est certain.

Maya reporta son attention sur la carte, presque à regret. Elle remarqua enfin un détail inusité sur le plan que Sokar avait tracé.

— Tu n'as dessiné que des tunnels, s'étonna-t-elle. Tu indiques à quel endroit se trouvent les portes, mais tu n'as dessiné aucune salle. Pourquoi ?

— Parce que je n'ai exploré aucune pièce, encore. Étant donné que mes rêves se terminent toujours quand je suis dans un couloir, j'ai décidé de mettre l'accent sur les tunnels. Je n'ai pas cru bon accéder aux salles, à part la bibliothèque.

— As-tu pensé qu'une salle pourrait déboucher sur d'autres couloirs que tu n'as pas encore explorés ?

— Ah ! C'est vrai... Je n'avais pas pensé à ce détail, répondit-il, légèrement embarrassé.

— Je suis certaine que c'est pour cette raison que tes recherches n'ont rien donné encore. Viens ! Allons découvrir ce que recèlent toutes ces pièces.

— Je te parie qu'elles seront vides. Ou pire, pleines de poussière.

Maya fit la sourde oreille et arpenta les couloirs, tout en se référant à la carte. Elle ne prit même pas la peine de vérifier si Sokar la suivait ; elle savait que c'était effectivement le cas. Elle passa devant plusieurs portes sans s'arrêter, s'immobilisa enfin.

— Celle-là ! annonça-t-elle d'une voix guillerette.

— Pourquoi cette porte et pas les autres ?

— Parce que mon petit doigt me dit que nous ferons d'étonnantes découvertes derrière cette porte.

Sokar décida de se fier à l'intuition de Maya et il poussa la porte. Ils furent surpris de voir que celle-ci n'était pas verrouillée. Ils entrèrent prudemment dans la pièce, ne sachant pas trop à quoi s'attendre. Mais la salle de dimension modeste était vide. Aucun meuble, aucune surprise, aucun monstre. Rien. Sokar allait proposer de rebrousser chemin et de choisir une autre pièce, quand il remarqua un étrange motif qui était dessiné sur toute la surface du mur opposé. Il comprit que Maya l'avait remarqué aussi puisqu'elle s'avança pour l'examiner. Il l'imita.

Des dizaines de fissures sinuaient à la surface du mur, mais pourtant, celui-ci ne semblait pas en mauvais état. En fait, Sokar avait plutôt l'impression de se retrouver devant un casse-tête géant. Quatre minces tiges en métal étaient aussi fixées au centre du mur, installées horizontalement à une distance égale l'une de l'autre, rappelant vaguement un boulier. La tige supérieure comportait trois billes de métal, tandis que les trois autres tiges n'en avaient que deux. Toutes les billes étaient alignées à gauche.

— Quel mur intrigant ! dit Sokar, amusé.

— On dirait une énigme...

— Une énigme ? Mais, pourquoi ? Dans quel but ?

— Pour ouvrir la porte.

Sokar regarda derrière lui pour s'assurer que la porte par laquelle ils venaient d'arriver était toujours ouverte.

— Quoi ? Quelle porte ?

— À mon avis, il y a une porte dérobée dans cette pièce. Cette salle est trop... inusitée. Tu ne crois pas ?

Sokar haussa les épaules. Il n'avait pas d'opinion sur le sujet, il se contentait de suivre Maya dans son exploration. L'apprentie examina attentivement les tiges de métal, et elle remarqua que d'étranges pictogrammes avaient été gravés sur le mur, vis-à-vis de chacune d'elles.

— Ah ! Voici les instructions, s'exclama-t-elle.

Elle pointa les pictogrammes de la tige supérieure : deux flammes et un flocon.

— D'accord, dit Sokar. Et que signifient ces étranges gravures ?

— Je ne sais pas encore. Nous finirons bien par trouver.

— J'admire ton optimisme.

Maya lui tira la langue, puis elle examina les dessins des autres tiges : une flamme et un flocon sur la deuxième, deux flocons sur la troisième, et un flocon et une flamme sur la dernière. Elle retourna son attention aux gravures de la première tige.

— Il y a trois symboles, marmonna Maya tout en réfléchissant, ainsi que trois billes en métal.

— Le nombre de symboles doit correspondre au nombre de billes, suggéra Sokar.

— Chut ! Tu me déconcentres.

Sur la première tige, elle déplaça une bille vers la droite, afin de n'en garder que deux à gauche. Sur la tige suivante, elle déplaça également une bille vers la droite. Sur la troisième tige, elle déplaça les deux billes vers la droite, sur la dernière, elle n'en déplaça qu'une. Sans grande surprise, il ne se produisit absolument rien.

— Quelle est la différence entre la deuxième et la quatrième tige ? demanda Sokar. Il y a une flamme et un flocon sur la deuxième, et un flocon et une flamme sur la quatrième. Dans les deux cas, tu as une bille à gauche et une bille à droite.

— Je me doutais bien que ça ne marcherait pas, mais il fallait que j'essaie.

Maya continua de jouer avec les billes, sans résultats.

— Les symboles ont certainement un rôle à jouer dans la solution, ajouta Sokar.

— Reprenons avec la première tige. Les deux symboles de flamme sont à gauche. Je laisse donc deux billes à gauche, et je mets la troisième à droite, qui représente le flocon.

— La flamme représente la chaleur. Et s'il fallait réchauffer les billes de gauche ?

— Bonne idée ! J'essaie.

Maya toucha les billes de gauche du bout des doigts et elle invoqua la discipline du Pouvoir du feu. Peu à peu, la couleur grise de la bille changea pour prendre une teinte plus orangée, indiquant que sa température augmentait. Un déclic se fit entendre. Maya et Sokar sursautèrent ; ils tournèrent nerveusement la tête dans tous les sens, cherchant à voir d'où le son provenait.

— Était-ce le son du mécanisme qui s'activait ? demanda Sokar, tout en devinant que Maya ne le savait pas plus que lui.

— Espérons-le.

Comme sur la deuxième tige il n'y avait qu'un symbole de flamme à gauche, Maya répéta la même manœuvre sur la bille de gauche. Lorsqu'un autre déclic se fit entendre, elle passa à la troisième tige.

— Euh... il n'y a pas de pictogramme de flamme pour celle-ci, constata Maya, perplexe.

— Alors, passe à la quatrième tige, suggéra Sokar.

La gravure de flamme vis-à-vis de la dernière tige de métal était à droite, Maya déplaça donc une bille vers la droite et la réchauffa comme les autres. Un autre déclic retentit. Toutefois, il ne se produisit aucun autre phénomène.

— De toute évidence, nous n'avons pas encore résolu l'énigme au complet, dit-elle.

— Et si c'était un piège ?

— Voyons, Sokar! Un piège à l'intérieur d'un monastère ? Ce que tu dis n'a aucun sens.

— Restons tout de même sur nos gardes.

— Bon, lança Maya en expirant bruyamment. Que pourraient signifier les flocons ? Qu'il faut refroidir les billes ?

— Peut-être. Essayons.

— Comment ? La discipline du Pouvoir du feu ne permet que de chauffer les objets. L'Ordre n'enseigne pas de discipline qui effectue le contraire.

— Laisse-moi essayer. Depuis que j'ai lu le livre que tu as découvert dans ma chambre hier, j'ai maintenant une vision différente de la matière. Le livre enseignait que tout objet est fait de minuscules billes séparées par du vide, et que... bah, laisse faire, ça serait trop long à t'expliquer, abandonna-t-il en voyant l'expression d'incompréhension sur le visage de Maya.

Sokar posa son index sur la bille de la tige du haut, que Maya avait déplacée vers la droite. Il invoqua la discipline du Pouvoir du feu, mais au lieu de chercher à transmettre de la chaleur à la bille, il tenta plutôt d'absorber la chaleur de celle-ci. Au début, il avait de la difficulté puisque l'apprentissage de cette discipline avait exigé de longs exercices à répétition, afin que la transmission de chaleur devienne une seconde nature. Peu à peu, il sentit qu'il obtenait des résultats. Il avait l'impression que la bille refroidissait graduellement. Quelques gouttes de sueur perlèrent sur son front, et du givre commença à se former sur la bille. Un déclic se fit entendre et Sokar perdit sa concentration.

— Ça fonctionne, s'exclama Maya, guillerette. Je savais que tu y arriverais. Vite, passe à la suivante.

Sokar s'exécuta après s'être essuyé le front avec sa manche. Quand le déclic rassurant se fit entendre de nouveau, il avait le front tout humide. Des gouttes de sueur s'étaient écoulées jusque dans ses sourcils, et il cligna des paupières pour chasser celles qui menaçaient de lui tomber dans les yeux. C'est Maya qui lui épongea le front.

— Continue, l'encouragea-t-elle. Tu as presque terminé.

— J'ai chaud, soupira Sokar en enlevant sa cape.

Les symboles de la tige suivante représentaient deux flocons. Ce serait donc le double de travail. Sokar décida de les traiter en même temps, ce qui prit autant de temps que s'il les avait refroidies l'une après l'autre. Quand il eut terminé, des marques de transpiration s'étaient formées sous ses aisselles.

— Ouf ! Je n'aurais jamais cru que cela représenterait autant de travail.

— N'abandonne pas, il ne t'en reste qu'une seule.

— Allons-y. Autant en finir au plus vite.

Quand Sokar eut fini de refroidir la dernière bille, un déclic final se fit entendre, accompagné par un raclement de pierre. Des parties du mur se mirent à s'enfoncer comme par enchantement, à l'endroit même où Sokar avait remarqué des fissures, créant une ouverture assez grande pour qu'une personne puisse s'y glisser. Tout en demeurant sur leurs gardes, les deux apprentis jetèrent un coup d'œil. Ce qu'ils virent les stupéfia.

L'ouverture menait à une pièce immense remplie de trésors. À l'aide de la torche que Maya tenait dans sa main, ils virent des statues de femmes, probablement des divinités d'un culte quelconque, qui portaient chacune un plateau de gemmes de toutes les tailles et de toutes les couleurs. Ils découvrirent aussi des coffres en métal sertis de pierres précieuses, dont le couvercle ouvert laissait entrevoir les nombreuses pièces d'or qu'ils contenaient. Plusieurs boucliers jonchaient le sol, richement décorés, ce qui permettait de penser qu'ils servaient surtout à l'apparat plutôt qu'au combat. Attirée par ces merveilles, Maya ne put résister à l'envie d'entrer pour examiner tout ça de plus près. Sokar, tout aussi fasciné par leur découverte, lui emboîta le pas.

— C'est une salle aux trésors, s'exclama Maya, ravie. Je ne savais pas que l'Ordre possédait autant de richesse. C'est pour cette raison que l'entrée était si bien protégée.

Sokar s'approcha d'un des coffres et prit une pièce au hasard.

— Cette pièce d'or ne provient pas de notre royaume, constata-t-il. Ni d'Arkahz. Je ne reconnais pas l'effigie qui est gravée dessus.

— Est-elle réellement en or ?

— On dirait bien. Elle provient probablement d'un autre royaume, d'un autre peuple.

— Ce serait donc un butin de guerre ? Si c'est le cas, il n'appartient certainement pas à l'Ordre. Aucun livre d'histoire ne mentionne une guerre entre l'Ordre et un autre peuple, hormis les Arkahziens.

— Soit nos historiens ont omis ce volet de notre patrimoine, soit ce trésor appartient à la famille royale.

— S'il appartient au roi, pourquoi n'est-il pas dans la crypte au château ?

— Je n'en ai aucune idée...

Sokar allait ajouter « je poserai la question à Gaëlle quand je la verrai », mais il se retint juste à temps. Il savait que Maya abhorrait cette familiarité qu'il avait développée avec la princesse au fil du temps. Comme ils se donnaient le dos, en déambulant dans la salle, Maya ne remarqua pas la phrase laissée en suspens par son ami.

— Je vais emporter cette pièce et voir si je peux identifier son origine à l'aide d'un livre à la bibliothèque.

— Dis plutôt que tu veux rapporter un souvenir, le taquina Maya.

— Je ne fais qu'emprunter la pièce d'or, précisa Sokar sur la défensive. Dès que j'aurai déterminé son origine, je reviendrai la remettre à sa place.

Un raclement mit fin à leur discussion. Les parties du mur qui s'étaient écartées pour créer l'accès à la salle aux trésors commençaient à se remettre lentement en place. Ils devaient se hâter de sortir de la pièce s'ils ne voulaient pas y rester pris au piège. C'est à regret que Maya quitta la salle, suivie de Sokar.

— Ce n'est pas très utile si l'accès se referme aussi rapidement, dit l'apprenti alors que les derniers morceaux de mur se remettaient en place.

— La durée est probablement corrélée à la température induite aux billes.

— Étrangement, je n'ai pas vraiment envie de tester ta théorie, dit-il en jouant avec les billes qui avaient repris leur température normale. Retournons là-haut. Je suis en nage, j'ai besoin de me laver et de changer mes vêtements.

— N'oublie pas ta cape.

Les deux apprentis prirent le chemin du retour jusqu'à leur chambre. Maya annonça qu'elle irait dans la salle de prière dans le but de faire acte de présence afin de ne pas éveiller les soupçons de maître Kobalt. Pendant ce temps, Sokar alla se nettoyer comme prévu. Quand il termina de se sécher, il entendit son ventre émettre un gargouillis qui lui rappela que c'était déjà le moment de se nourrir. Il se dépêcha donc d'enfiler des vêtements propres et il alla rejoindre les autres, qui s'étaient probablement déjà mis à table. Quand il arriva aux cuisines, il fut soulagé d'y retrouver Maya, seule.

— Maître Kobalt est passé en coup de vent, dit-elle. Il s'est pris deux ou trois trucs et il est allé manger dans son bureau. As-tu eu le temps d'aller à la bibliothèque ?

— Pas encore. Je compte y aller après le repas. Souhaites-tu m'accompagner dans mes recherches ?

— Non, je vais lire le livre que j'ai rapporté de « l'autre » bibliothèque. Dans ma chambre, évidemment. Je ne voudrais pas me faire surprendre par maître Kobalt en train de lire un livre « interdit ».

— Sage précaution.

Après le repas, chacun fit ce qu'il avait prévu. Sokar avait décidé de commencer par explorer la bibliothèque « officielle » du monastère pour tenter de dénicher un livre qui pourrait l'aider à retracer les origines de la pièce d'or, avant de chercher dans la bibliothèque secrète. Il fouilla longtemps, sans se décourager et, après plusieurs recherches, il repéra enfin un ouvrage qui semblait porter sur les pièces de monnaie étrangère. Il s'en empara et feuilleta les premières pages. Comme celles-ci ne contenaient que des mots, il passa rapidement aux pages suivantes, espérant en trouver quelques-unes avec des illustrations. Et il finit par en trouver une. Sokar fouilla dans la poche de sa cape, à l'endroit où il avait rangé la pièce d'or, afin de comparer l'effigie qui y était gravée avec l'illustration du livre. Quelle ne fut pas sa surprise de constater que la pièce d'or s'était transformée en pièce d'argile ! Elle avait la même forme, la même allure, mais elle avait perdu son bel éclat doré. Était-ce causé par un sortilège d'illusion? Avait-il tenu dans ses mains une pièce d'argile depuis le début, ou bien la pièce d'or s'était-elle transformée entre-temps ? Mystifié par cet étrange phénomène, il décida d'aller montrer la pièce à Maya.

Il était dans le couloir qui menait à la chambre de l'apprentie lorsqu'il entendit un long cri aigu qui perçait le silence du monastère. C'était Maya ! Il se mit à courir pour arriver plus vite, et il ouvrit sa porte sans même frapper. Elle était debout sur son lit, vêtue que de sa tunique de nuit, et elle semblait terrifiée.

— Il y a un scarabée dans ma chambre et je ne trouve pas ma dague ! s'écria-t-elle, paniquée.

Sokar entra en vitesse dans la chambre et il referma la porte derrière lui afin d'éviter que le scarabée ne s'échappe. Puis il dégaina sa dague, puisqu'il avait laissé Sinistre sous son lit, et il se tint aux aguets tout en observant le plancher.

— Veux-tu bien me dire ce qu'un scarabée fait dans ta chambre ? Et d'où vient-il ?

Maya ne répondit pas immédiatement. Son expression passa de la peur à la culpabilité.

— Je voulais également ramener un souvenir de la salle aux trésors, finit-elle par avouer sans quitter le sol des yeux. Pendant que tu avais le dos tourné, j'ai pris une magnifique broche en forme de scarabée, sertie de pierres précieuses. Elle était magnifique ! Mais juste avant que tu n'arrives, alors qu'elle reposait fièrement sur ma table, elle a soudainement pris vie et elle s'est transformée en vrai scarabée.

— Pourquoi n'as-tu pas essayé de l'écraser avec ta botte ?

— Je te ferai remarquer que je suis pieds nus ! cria-t-elle.

Un léger grattement sur le plancher attira leur attention, indiquant que le scarabée se déplaçait. Maya lâcha un autre cri suraigu.

— Qu'est-ce que tu attends ? le sermonna-t-elle. Fais quelque chose ! Utilise la discipline de Communication animale, ou je ne sais trop quoi.

— Je doute fort que cette discipline fonctionne sur les insectes, encore moins sur les bijoux qui se transforment en scarabées, répliqua-t-il, le sourire aux lèvres.

Légèrement insultée, Maya s'empara de son oreiller et le projeta avec vigueur sur l'apprenti, qui le reçut sur la poitrine. Quand le coussin retomba par terre, l'insecte sortit de sa cachette à la vitesse de l'éclair pour aller s'y dissimuler en dessous. Sokar profita de l'opportunité et il martela le plancher du talon de sa botte. Après une dizaine de coups, il souleva prudemment un coin de l'oreiller du bout des doigts, sous le regard inquiet de Maya. Sokar avait envie de lui faire une blague, toutefois il se retint. Il n'y avait aucun mouvement. Il retira complètement l'oreiller et il ne découvrit qu'un tas de poussière brunâtre sur le plancher. Sokar avait compris ce qui s'était produit, au contraire de Maya, qui fronçait les sourcils d'étonnement.

— Le voilà, ton scarabée, annonça-t-il. En poussière.

— En es-tu bien certain?

— Absolument. Justement, avant de t'entendre crier à l'autre bout du couloir, j'étais en chemin pour venir te montrer la pièce d'or. Lorsque je l'ai ressortie de ma poche, elle s'était transformée en pièce d'argile.

Pour appuyer ses paroles, Sokar fouilla dans sa poche pour exhiber la pièce. Quand il la présenta à Maya entre son pouce et son index, la pièce se désagrégea immédiatement et elle retomba en poussière sur le sol. L'apprentie descendit de son lit en poussant un soupir de soulagement.

— Ce phénomène est plutôt déroutant, dit-elle. Est-ce que le trésor est frappé d'une malédiction qui l'empêche de quitter cette salle? Ou est-ce qu'il n'est qu'un simple leurre à l'adresse des brigands?

— Je ne le sais pas plus que toi, se désola Sokar.

— Je sais bien que tu ne le sais pas, nigaud, blagua-t-elle. Je réfléchissais à voix haute. Bon... Tant pis. Nous continuons notre exploration demain?

— Avec plaisir.

— Bonne nuit, Sokar. Fais de beaux rêves.

— Bonne nuit, répondit Sokar, qui avait compris que Maya le renvoyait à sa chambre.

Le lendemain, ils retournèrent explorer le labyrinthe comme convenu. Maya était déterminée à trouver la salle qui permettrait à Sokar de concrétiser le dernier volet de son rêve récurrent, soit la partie où il tombait sur la boule de cristal.

— Seulement, il y a un problème. Dans mon rêve, je suis seul. Tant que tu seras avec moi, je ne pourrai pas trouver la boule de cristal.

— N'essaie surtout pas d'inventer un prétexte pour m'exclure de tes péripéties, le menaça Maya d'un air sévère. Toi-même, tu as avoué que ce n'était pas un rêve prémonitoire, mais que c'était des images que Mendoza t'avait envoyées et qui se sont incorporées à tes songes. Lorsque nous trouverons la bonne salle, tu saisiras la signification de ce passage. Fais confiance à mon intuition féminine.

Sauf que pour l'instant, l'instinct de Maya avait fait chou blanc. Toutes les portes qu'ils avaient ouvertes ne menaient qu'à des salles vides. Ils avaient même cherché des passages secrets ou des portes dérobées, en vain. Le plus long avait été de continuer de dresser la carte de Sokar, afin de ne pas revisiter la même pièce deux fois.

Après avoir visité une douzaine de salles décevantes, ils en trouvèrent enfin une qui n'était pas vide. La pièce ne contenait que quelques meubles en bois, dont la majorité semblait en mauvais état, mais pour les apprentis, cette trouvaille était déjà plus excitante que tout ce qu'ils avaient vu ce jour-là. Ragaillardis par cette découverte, ils franchirent le seuil avec entrain.

Ils firent à peine trois pas que le sol se déroba sous leurs pieds. Ils venaient de tomber dans un piège ! Une trappe dans le plancher s'était ouverte alors que les deux apprentis se trouvaient exactement au-dessus. Ils tombèrent pendant un court instant et, cette fois-ci, Sokar eut le réflexe d'utiliser la discipline du Pouvoir de l'air afin de léviter et de ralentir sa descente. Il termina ainsi sa chute à la verticale, en toute sécurité. Les pieds de Maya touchèrent le plancher sensiblement en même temps que ceux de Sokar, indiquant qu'elle avait employé la même discipline.

Sokar examina le plafond ; la trappe était demeurée ouverte, ils pourraient donc essayer de remonter par là. Le seul problème résidait dans le fait que le plafond était plutôt élevé. Même si Maya s'installait sur ses épaules, elle n'arriverait pas à toucher le bord. Elle laissa échapper un long soupir, car elle était parvenue aux mêmes conclusions que le garçon. Leur enthousiasme venait de dégringoler aussi vite qu'eux.

Si la salle dans laquelle ils venaient d'arriver malgré eux était vide, néanmoins elle n'était pas dénuée de toute particularité. Pour commencer, Sokar remarqua le plancher en damier. Plusieurs dalles présentaient une illustration d'épée et quelques-unes avaient un bouclier. Toutefois, la plupart n'avaient aucun dessin. Les dalles étaient si grandes que, pour continuer d'avancer, il fallait absolument marcher sur la suivante ; impossible de bondir assez loin pour éviter de mettre le pied dessus. L'apprenti examina les fresques dessinées sur les murs. On aurait dit des monstres dessinés par des enfants, environ de la taille d'une main d'adulte. Et finalement, une porte en bois était visible sur le mur opposé, complètement à l'autre bout de la pièce.

Pendant que Maya continuait d'examiner les dessins de créatures sur les murs, Sokar avança en direction de la porte, le seul accès apparemment disponible pour sortir de la salle. Après avoir franchi trois dalles, il entendit un long hurlement à glacer le sang. Il s'immobilisa de surprise et il se tourna vers Maya. Celle-ci se retourna d'un geste vif et elle adressa un regard inquiet à son ami. Elle avait entendu également l'effroyable cri.

Avant même que les apprentis aient eu le temps de spéculer sur sa provenance, ils furent témoins d'un phénomène aussi étrange qu'inusité : les monstres dessinés sur les murs commencèrent à s'animer, comme s'ils prenaient vie.

Au début, les personnages de peinture ne faisaient qu'évoluer en longueur et en hauteur, mais l'un d'entre eux finit par se détacher du mur et par épaissir, pour finalement sauter sur le plancher et accourir vers Sokar. Malgré sa petite taille, la créature se déplaçait rapidement. Ne sachant pas si ses intentions étaient mauvaises ou non, l'apprenti dégaina sa dague. D'autres monstres imitèrent rapidement le premier. Ils se libérèrent du mur, bondirent par terre et assaillirent les apprentis.

Une première créature bondit sur Sokar, qui s'était paré à cette éventualité. Sans hésiter, il lui asséna un coup de dague expéditif. Le monstre explosa en une fine poussière. L'apprenti était soulagé de constater qu'il était si facile d'éliminer ces étranges attaquants. En revanche, s'il croyait avoir un adversaire de moins, il se trompait. Sokar vit apparaître sur le mur, auparavant dénué de dessins, une petite marque qui grossissait rapidement, et qui prit la forme du monstre qu'il venait d'abattre. Elle se détacha de nouveau du mur pour revenir à la charge. Sokar répéta l'expérience avec son prochain opposant, et le même phénomène se reproduisit. Chaque créature tuée réapparaissait sur le mur et reprenait vie, pour ensuite revenir attaquer les apprentis. Du coin de l'œil, Sokar constata que Maya était parvenue aux mêmes conclusions.

Les deux apprentis se défendaient bien, dague à la main, contre l'attaque des créatures. Sauf qu'ils n'arrivaient jamais à prendre l'avantage puisque les monstres reprenaient vie au même rythme qu'ils étaient décimés. C'est alors que Sokar remarqua qu'il avait mis le pied sur une dalle dont l'illustration représentait une épée. Tout en continuant de se défendre, il se déplaça afin de changer de dalle pour en choisir une qui n'avait pas de dessin. Il ne se produisit rien. L'apprenti donna encore quelques coups de dague, et il changea de nouveau de position pour poser le pied sur une dalle sur laquelle figurait un dessin de bouclier. Instantanément, comme par enchantement, les monstres disparurent pour réapparaître sur le mur, et ils demeurèrent immobiles cette fois-ci.

— Il faut éviter de poser le pied sur une dalle avec une épée, expliqua Sokar. C'est ce qui a déclenché cette attaque. Et si ça se produit, il faut s'empresser de trouver une dalle avec un bouclier.

— Il y a beaucoup de dalles avec une épée, remarqua Maya, et très peu avec un bouclier.

— Essayons de marcher seulement sur les dalles qui n'ont aucun dessin.

— Ce ne sera pas si facile que ça.

Sokar avança et il mit le pied sur une dalle sans illustration, demeurant aux aguets. Tout allait bien. Il se déplaça sur une dalle identique. Rien ne se produisit. Il changea encore, mais cette fois-ci, lorsque son pied toucha le sol, un muret de pierre descendit du plafond à la vitesse de l'éclair et tomba lourdement juste devant Sokar, lui bloquant le passage. L'apprenti sursauta de surprise. S'il avait fait quelques pas de plus, le muret lui serait tombé sur la tête.

— Fais attention ! le sermonna Maya. Sur quelle dalle as-tu marché ?

— Aucune ! Il n'y a pas de dessin sur celle-ci. Je ne comprends pas pour quelle raison cette dalle a causé cet effet.

Le muret n'était pas si large que ça, sauf que pour le contourner d'un côté comme de l'autre, Sokar devait marcher sur des dalles avec des épées, et ça ne l'enchantait guère. Il recula et, lorsqu'il changea de dalle, le muret remonta vers le plafond aussi rapidement qu'il en était descendu. Sokar était ébahi.

— Comment ces murets peuvent-ils bien descendre et remonter ? se demanda Maya à voix haute. Je n'ai vu aucune corde, aucune poulie.

— Il n'y rien non plus sur la dalle qui puisse servir de déclencheur pour le mécanisme. Il y a certainement de la sorcellerie là-dessous.

Maya avança dans le but de rejoindre Sokar. Elle fit bien attention pour ne poser le pied que sur une dalle sans illustration. Quand son pied toucha le sol, d'autres murets descendirent du plafond, toutefois ceux-ci apparurent complètement au fond de la salle. Maya s'immobilisa, surprise.

— Mais qu'est-ce qui se passe ? s'exclama Sokar. Quand j'ai marché sur la dalle sur laquelle tu te trouves, il ne s'est rien passé. Pourquoi, quand toi tu marches dessus, on obtient un résultat différent ?

Maya réfléchit pendant un court instant, puis son visage s'illumina.

— C'est parce que la situation est différente ! Quand tu as marché sur la première dalle, tu étais seul sur le damier. Nous sommes maintenant deux. C'est comme avec les cordes d'une harpe. Si tu pinces deux cordes, tu obtiens un son différent que si tu pinçais une seule corde. Remets le pied sur la même dalle qu'auparavant.

Sokar s'exécuta et les murets remontèrent, tel que Maya l'avait prédit. Sauf que d'autres descendirent, mais à un tout autre endroit. Heureusement, le muret qui avait bloqué le passage à Sokar n'était pas redescendu. Maya avait elle aussi encore le champ libre pour avancer. L'apprenti en profita donc pour passer à la dalle suivante. Les murets s'animèrent encore. Ensuite, Maya décida d'avancer à son tour. Étrangement, les murets demeurèrent immobiles. Alors qu'elle s'approchait de Sokar, un muret tomba entre eux, empêchant ainsi Maya de rejoindre son ami.

— Je pense que c'est à ton tour d'avancer, annonça-t-elle.

Sokar changea de position, et les murets recommencèrent à se déplacer. Toutefois, celui qui les séparait resta en place.

— Continue d'avancer tant que tu le peux, dit-elle. Nous aviserons au fur et à mesure.

Sokar progressa donc de dalle en dalle. Il choisissait précautionneusement celles qui ne comportaient aucune illustration et demeurait aux aguets. Il ne voulait pas qu'un muret lui tombe sur la tête. Les murets se déplaçaient de haut en bas, mais celui qui les séparait demeura immobile. Enfin, il ne resta que deux dalles pour atteindre la porte. Sokar mit le pied sur l'avant-dernière et un muret descendit sur la dernière dalle, juste devant la porte, empêchant à l'apprenti de l'ouvrir.

— Oh non ! J'y étais presque ! J'étais arrivé !

— Quoi ? demanda Maya, qui ne voyait rien à cause du muret devant elle. Qu'est-ce qui se passe ?

— Un muret vient de descendre et il bloque l'accès.

— Peux-tu changer de dalle pour le faire remonter ?

— Oui, je n'ai pas d'autres choix. Le chemin est ceinturé de dalles avec des épées. Je dois absolument marcher sur cette dalle pour me rendre jusqu'à la porte et l'ouvrir.

— Attends. Je vais faire demi-tour. Dis-moi si le muret bouge de là.

Maya choisit une autre dalle et elle attendit un signal de Sokar. Rien. Elle se déplaça encore et encore, sans obtenir de résultats. Aucun des murets ne réagit. Enfin, lorsqu'elle fut presque revenue à son point de départ, le muret qui les séparait se retira, ainsi que celui qui bloquait le passage. Sokar avait dorénavant le champ libre. Il avança et ouvrit la porte. Maya résista à l'envie d'accourir pour aller le rejoindre, car elle savait que les murets reviendraient.

— Et puis ? demanda-t-elle presque en criant, puisqu'elle se trouvait pratiquement à l'autre bout de la pièce, loin de lui. Que vois-tu ? Est-ce la sortie ?

— Pas... vraiment, lui répondit-il, à la fois déçu et mystifié.

— Quoi ? Dis-moi. Qu'est-ce que c'est ?

— C'est un autre cul-de-sac. La pièce ne mène nulle part. Elle ne contient qu'une échelle en bois.

— Une échelle ? Est-elle assez grande pour nous permettre de remonter jusqu'à l'étage supérieur ?

— J'ose le croire.

Sokar franchit le seuil en transportant l'échelle. Il la tenait de telle sorte qu'elle ne se fasse pas écraser par un muret si l'un d'eux descendait directement devant lui. Heureusement, ça n'arriva pas. Toutefois, plusieurs murets apparurent un peu plus loin, sur le passage que l'apprenti avait prévu de prendre. Quand l'un d'eux bloquait le passage, Maya se déplaçait jusqu'à ce qu'elle mette le pied sur une tuile du plancher qui le faisait remonter. Cependant, plus Sokar se rapprochait de leur point d'arrivée, et plus Maya s'éloignait vers le fond de la salle. Bien sûr, c'était involontaire. Elle essayait les dalles les plus rapprochées, mais elles ne produisaient aucun résultat, ou elle était bloquée par un autre muret.

Quand Sokar atteignit la fin du damier, il déposa l'échelle sur le plancher et il la plaça à la verticale vis-à-vis de l'ouverture du plafond. Sa longueur était parfaite. Quelques pouces de moins et elle était trop courte. Satisfait du résultat, Sokar se retourna pour voir à quel endroit Maya se trouvait sur le damier : elle était complètement à l'autre extrémité de la salle. Il y avait deux longs murets de chaque côté d'elle qui lui bloquaient l'accès aux dalles sans illustration. Devant et derrière elle, les dalles affichaient une épée.

— Je fais comment, maintenant, pour aller te rejoindre ?

— Attends. Je vais trouver une dalle avec un bouclier. Quand tu avanceras, je désactiverai immédiatement le phénomène.

Sokar réussit à se positionner sur une dalle sans illustration qui en précédait une avec un bouclier. Il donna le signal à Maya. Lorsque l'apprentie mit le pied sur la dalle avec l'épée, le long hurlement à glacer le sang se fit entendre de nouveau. Sokar marcha immédiatement sur le bouclier et le cri s'arrêta, comme il s'y était attendu. Il observa les murs et il constata que les dessins de monstres ne se déplaçaient pas.

La dalle suivante sur le chemin de Maya avait une épée également. Maya avança dessus et le hurlement retentit encore. Pourtant, Sokar avait toujours les deux pieds sur le bouclier. Prise de panique, Maya se mit à courir. Elle ne désirait qu'une chose et c'était de sortir de cette satanée pièce au plus vite. Sauf que sur son chemin, elle croisa plusieurs dalles avec une épée. Le hurlement se faisait entendre chaque fois qu'elle mettait le pied sur l'une d'elles. Voyant la réaction de son amie, Sokar changea de dalle et revint sur celle avec un bouclier. Il remarqua que les monstres sur les murs se mettaient à s'animer et à se déplacer. Il recula encore et retourna sur le bouclier, mais le phénomène ne s'arrêtait toujours pas. Il ordonna à Maya de s'arrêter puisqu'elle appuyait sur les épées à un rythme plus rapide que Sokar ne pouvait compenser avec le bouclier, mais celle-ci ne voulait rien entendre. Heureusement pour Maya, elle fut capable de rejoindre Sokar sans être bloquée par des murets ; ceux-ci s'activaient, mais ne tombèrent jamais sur le chemin de l'apprentie.

Sokar avait beau appuyer à répétition sur le bouclier, les monstres sur les murs continuaient de se mouvoir. Plusieurs commençaient à prendre vie et à se détacher. Voyant que le phénomène refusait de s'arrêter, Maya se précipita vers l'échelle et elle entreprit d'y grimper.

— Laisse tomber cette foutue dalle, s'écria-t-elle. Fuyons pendant que nous le pouvons encore.

Sokar piétina sur le bouclier et il dut se rendre à l'évidence qu'il n'arriverait jamais à interrompre le phénomène. Il abandonna sa dalle et il courut rejoindre Maya sur l'échelle. L'apprentie était déjà au sommet.

— Dépêche-toi ! ordonna-t-elle quand elle fut à l'étage supérieur, en passant la tête par l'ouverture. Les monstres commencent à accourir vers l'échelle.

Sokar regarda en bas et il vit les étranges créatures faire l'ascension des barreaux de bois. Il se hâta de rejoindre Maya, en sécurité sur l'autre palier.

— Oh, non ! s'écria-t-elle. Ils réussissent à grimper. Ils vont réussir à envahir notre étage. Qu'allons-nous faire ?

— Ceci, répondit-il en repoussant sur l'échelle pour la décrocher et la faire tomber dans l'ouverture.

L'échelle s'écroula en produisant un grand fracas de bois qui vibre, sans toutefois se disloquer. Les monstres qui avaient commencé à monter retombèrent sur le sol aussi. Ils survécurent à la chute, se relevèrent et continuèrent de grogner en s'agitant dans tous les sens. Le phénomène ne s'arrêta pas, mais au moins, les deux apprentis étaient tirés d'affaire. Toujours allongé par terre, Sokar s'arrangea pour refermer la trappe.

— Partons d'ici avant qu'il nous arrive un autre malheur, suggéra Maya en prenant la direction de la sortie.

— Souhaites-tu continuer à visiter d'autres salles ?

— Non, j'ai eu mon compte pour aujourd'hui. Nous reprendrons nos recherches demain.

Les deux apprentis retournèrent à la surface. Sokar suggéra de sortir du monastère pour un court instant, afin de prendre une bonne bouffée d'air frais, et Maya accepta. Ils se rendirent à l'extérieur sans croiser maître Kobalt. Sokar fut surpris de voir à quel point la journée était avancée, comme pour chaque fois qu'il passait du temps dans le labyrinthe. Il en fit part à Maya.

— Si ça se trouve, dit-elle, le labyrinthe n'est peut-être pas sous le monastère ni même dans notre royaume. Le miroir que nous traversons est peut-être un portail de téléportation, qui nous amène carrément à l'autre bout du royaume. Ça pourrait aussi expliquer le fait que la journée semble passer si vite.

— Non, moi je suis certain que le labyrinthe se trouve sous le monastère. Il est dans ce volcan, il n'y a aucun doute. Néanmoins, je suis d'accord avec toi sur le fait que chaque fois que nous traversons le miroir, nous avançons dans le temps. Pas longtemps, mais juste assez pour faire une différence.

— Crois-tu que maître Kobalt soit au courant de ce que nous faisons ?

— Pourquoi poses-tu cette question ? Comment pourrait-il le savoir ? Nous ne le voyons presque jamais, il sort rarement de son bureau. S'il le savait, il nous aurait déjà sermonnés, tu ne crois pas ?

— Sokar, nous sommes au Monastère spirituel. C'est ici qu'on enseigne la télépathie et qu'on montre comment lire dans les pensées des gens. À mon avis, maître Kobalt n'a pas besoin de ses yeux pour savoir tout ce qui se passe sous son toit.

— Alors, il serait au courant, selon toi ?

— Je ne sais pas... S'il ne le sait pas encore, ce n'est qu'une question de temps.

Le lendemain matin, pendant qu'ils mangeaient, ils furent contactés par télépathie par maître Kobalt, qui leur demanda de passer à son bureau après le repas. Comme il ne précisa pas pour quel motif, les deux apprentis imaginèrent immédiatement le pire : maître Kobalt avait eu vent de leurs activités dans le labyrinthe. Ils terminèrent anxieusement leur repas, et ensuite ils se dirigèrent d'un pas lent vers le bureau du maître, tout en se préparant à être sévèrement réprimandés.

Ils arrivèrent devant la porte close du bureau. Sokar frappa deux petits coups afin de signaler leur arrivée. De l'autre côté,

Kobalt les invita à ouvrir. Les deux apprentis prirent une grande inspiration, et Sokar poussa la porte. Kobalt était derrière son bureau, concentré sur un bout de parchemin. Il leva le regard à leur arrivée.

— J'ai une grande nouvelle à vous annoncer, dit-il. Aucun autre maître ne s'est manifesté pour obtenir le poste de Grand Maître du Monastère spirituel, ce qui signifie que je devrais être nommé par acclamation. Il y aura une cérémonie dans quelques jours pour officialiser le tout. J'ai également réussi à convaincre quelques maîtres de venir s'installer afin de continuer l'œuvre des occupants précédents, c'est-à-dire poursuivre notre quête du savoir infini, approfondir les enseignements légués par Ahkena-Suprême, prévoir le futur et déchiffrer les prophéties. Par conséquent, vous aurez à quitter le monastère dans les jours qui viennent. Aujourd'hui, je vais évaluer votre maîtrise des disciplines de Prémonition et d'Empathie. Si j'estime vos progrès satisfaisants, je vous donnerai un document qui atteste que vous êtes prêts à passer les épreuves pour mettre fin à votre apprentissage. Vous le remettrez à votre Grand Maître lors de votre retour dans vos monastères respectifs.

— Et si vous jugez nos progrès insatisfaisants ? demanda Maya.

— Voyons, Maya. Aurais-tu si peu confiance en tes aptitudes ?

Kobalt avait répondu à l'apprentie avec un sourire qui se voulait rassurant. Maya se mordit l'intérieur des joues pour se réprimander d'avoir eu une telle pensée. « Maudite insécurité féminine, pesta-t-elle en pensée. Quand apprendrai-je à avoir davantage confiance en moi ? »

— Vous avez raison, maître Kobalt, répondit-elle tout en reprenant son aplomb. D'ailleurs, si vous permettez, j'aimerais que vous débutiez avec moi. Si tu n'y vois pas d'inconvénient, ajouta-t-elle à l'attention de Sokar, tout en tournant la tête vers lui.

— Je n'ai aucune objection à formuler, répondit l'apprenti d'un ton calme. J'attendrai mon tour dans la salle de prière.

Sokar sortit de la pièce et Maya referma la porte. L'apprenti passa une bonne partie de la matinée à méditer et à repenser aux derniers jours qu'il avait vécu avec Maya, au monastère. Il essayait de comprendre le but de la présence d'un miroir magique au monastère, ainsi que d'un labyrinthe, une bibliothèque secrète et plusieurs salles truquées ou carrément dangereuses. Maîtresse Gwendollyn avait déjà mentionné qu'on entreposait au Monastère spirituel les objets magiques ou dangereux. Est-ce que les salles que Maya et lui avaient visitées servaient d'avertissement afin de décourager tout intrus de se rendre plus loin? Sokar n'avait que des questions, et il n'y avait personne de qui obtenir des réponses.

Maya finit par arriver dans la salle de prière, affichant un visage impassible.

— Et puis? demanda l'apprenti.

Elle demeura stoïque pendant un court instant, dans l'intention de maintenir le suspens. Puis, elle exhiba un morceau de parchemin roulé sur lui-même et elle explosa de joie

— J'ai réussi! s'écria-t-elle d'une voix aiguë. Il a même dit que j'étais douée. C'est génial, n'est-ce pas? Tu sais ce que ce petit bout de papier représente? demanda-t-elle plus pour la forme, étant donné qu'ils connaissaient tous deux la réponse.

Maya fixait Sokar de ses beaux grands yeux verts pétillants d'allégresse. Sokar vit dans le regard de son amie la fierté qu'elle ressentait d'avoir franchi une étape importante dans sa vie, ainsi que toutes les nouvelles possibilités d'avenir qui lui devenaient dorénavant accessibles. Un avenir, espérait-il, qu'ils partageraient ensemble chaque jour.

— Notre liberté, finit par répondre simplement Sokar. Bientôt.

— Mais attention. Ne crions pas victoire tout de suite. Ce parchemin ne garantit pas la fin de notre apprentissage. Il nous reste encore les épreuves à franchir pour prouver que nous maîtrisons toutes les disciplines.

— A-t-il des soupçons à propos de nos explorations? demanda l'apprenti, pour changer de sujet.

— S'il en a, il fait celui qui ne sait rien.

— Ouf ! Tant mieux.

— Vas-y. C'est à ton tour. Il t'attend.

Maya ne souhaita pas bonne chance à Sokar, car elle le savait plus doué qu'elle. Pour lui, cette rencontre ne serait qu'une formalité supplémentaire. Sokar alla donc rejoindre maître Kobalt, pendant que Maya attendait à son tour dans la salle de prière.

— Bon, fit le maître. Sokar. Je dois avouer que tu fais des progrès remarquables. Tu apprends rapidement. Tu dois t'entraîner régulièrement, j'imagine ?

— Euh... oui... le plus souvent possible, je dirais.

En fait, Sokar avait passé peu de temps à s'exercer aux deux spécialités du monastère. Toutefois, depuis qu'il possédait Sinistre, apprendre de nouvelles disciplines lui semblait soudainement plus facile. Était-ce à cause de l'épée, ou était-ce simplement parce qu'il maîtrisait mieux ses pouvoirs ? Que ce soit l'un ou l'autre, l'important était les résultats. « La fin justifie les moyens », se répétait souvent Sokar.

Kobalt commença par un exercice d'interprétation des rêves. Le maître relata un rêve qu'un paysan lui avait raconté un jour, et Sokar dut discerner les symboles significatifs du songe et en donner une interprétation. Puis le maître passa à un autre rêve, plus difficile à analyser que le précédent, et Sokar dut répéter l'exercice. Après une dizaine de mises en situation, le maître jugea que Sokar possédait bien cet art.

Puis, Kobalt demanda quelles plantes un moine devait consommer, le soir avant de se mettre au lit, qui favorisaient l'apparition de rêves prémonitoires, et comment préparer les décoctions. Sokar n'eut aucune difficulté à les énumérer, puisqu'il avait fait usage de plusieurs d'entre elles depuis son arrivée au monastère.

Par la suite, Kobalt déroula un immense parchemin. Sokar croyait que le maître déroulait une carte maritime, mais en fait, l'illustration qui y avait été dessinée représentait une scène de la vie de tous les jours : une journée typique au marché de la ville, avec un réalisme à couper le souffle. Autant les personnages, les animaux, les étals, la marchandise, tout avait été dessiné avec un niveau de détail que Sokar n'avait jamais vu. L'apprenti demeura ébahi devant un tel talent.

— Examine bien ce paysage, ordonna le maître. Je te laisse quelques instants, et ensuite je l'enroulerai de nouveau. Après, je vais te poser quelques questions. Je ne testerai pas seulement ta mémoire et ton sens de l'observation, mais également ta capacité d'empathie.

Sokar fit un effort supplémentaire pour bien discerner le moindre détail de la scène, ainsi que pour bien comprendre les émotions des personnages dessinés.

Ensuite, Kobalt roula le parchemin et il commença son interrogatoire.

— Peux-tu me dire combien de soldats il y avait ?

— Quatre.

— En es-tu bien certain ?

— Il y en avait seulement trois en uniforme, si c'est ce que vous voulez dire. Le quatrième avait gardé ses vêtements de paysan, afin de se fondre dans la foule. Mais je l'ai tout de suite remarqué. Il ne vaquait pas à ses occupations, comme les autres personnages. Il restait planté là, à observer la foule d'un air suspicieux, comme les autres soldats. Si cette scène avait été réelle, même le plus malhabile des brigands l'aurait remarqué.

— Bien, répondit le maître, impressionné. C'est exact. En parlant de brigands, en as-tu vu ?

— Ça dépend. Parlez-vous du jeune garnement ou de son chien ?

— Explique-toi.

— Sur le dessin, l'enfant semble avoir l'intention de voler un morceau de viande sur l'étal du boucher, mais en fait, il ne le fera pas. Il fait exprès pour attirer l'attention du boucher dans une direction pendant que, de l'autre côté, son chien se prépare à voler un rouleau de saucisson.

— Très bien. Crois-tu que la femme du boucher se rendra compte de la supercherie ?

— Pas le moins du monde. Elle est trop occupée à badiner avec le gentilhomme. La femme du boucher n'est manifestement plus heureuse en mariage et elle va chercher l'affection dont la prive son époux auprès de ses riches clients. D'ailleurs, une femme qui expose un décolleté aussi pigeonnant lance une invitation à peine voilée à se faire courtiser.

— Elle pourrait être une fille de joie, qui se trouve simplement derrière l'étal du boucher.

— Non, elle ne dégage pas cette attitude dévergondée, contrairement aux filles de joie. La femme dessinée derrière l'étal est plus réservée. Elle n'a probablement connu l'amour qu'avec son boucher de mari, et le fait de se faire courtiser à nouveau lui donne l'impression de redevenir une pucelle.

— Une pucelle ? s'esclaffa le maître. À ce point-là ?

— Mouais... bon... j'exagère peut-être. Elle dégage quand même l'assurance d'une femme mature, mais sans le côté racoleur.

— D'accord, ça me va. On peut mettre fin à l'exercice.

— Vous ne voulez pas que je vous parle du cheval qui boite à cause de son fer ? Ou du paysan qui est sans-le-sou et qui est richement habillé pour faire semblant d'être fortuné ?

— Non, ça ira.

Le maître posa d'autres questions relativement au moment opportun d'utiliser la discipline d'Empathie, questions auxquelles Sokar répondit avec aisance. Kobalt sortit un bout de parchemin et commença à griffonner dessus. Sokar se demanda dans quel but, puis il comprit : c'était la fin des exercices, ce qui signifiait qu'il allait également pouvoir passer les épreuves afin de devenir moine. Maître Kobalt roula le parchemin et le tendit à Sokar avec un sourire satisfait.

— Mes félicitations, cher apprenti-moine. Tu es apte à subir l'épreuve qui marquera la fin de ton apprentissage. Dans peu de temps, tu pourras retourner au Monastère volcanique pour rejoindre maîtresse Gwen.

— Dans peu de temps ? Vous ne nous mettez pas à la porte dès aujourd'hui ? plaisanta l'apprenti.

— Non, je vous permets de rester ici encore quelques jours, avant de vous renvoyer dans vos monastères respectifs.

Le sourire de Kobalt s'effaça complètement. Il afficha un air sérieux que Sokar n'avait jamais observé chez le maître.

— Surtout, ajouta-t-il d'une voix grave, utilise ce temps à bon escient.

Sokar écarquilla les yeux et il se sentit devenir livide. À quoi maître Kobalt faisait-il allusion ? Était-il au courant des explorations de l'apprenti au sous-sol ?

— Maintenant, file, ordonna le maître.

Sokar ne se fit pas prier et il quitta machinalement la pièce. Il se dirigea prestement vers la salle de prière.

— Tu as réussi ? s'exclama Maya en voyant Sokar arriver avec son rouleau de parchemin dans la main. Génial !

— Il a dit : « Utilise ce temps à bon escient », répéta celui-ci d'une voix blanche.

— Quoi ? Que racontes-tu ?

— Maître Kobalt. Il a dit : « Utilise ce temps à bon escient. »

— Pourquoi ? Dans quel contexte ?

— Je ne sais pas. Il a précisé que nous pouvions rester encore quelques jours avant de retourner dans nos monastères, et il a ajouté : « Utilise ce temps à bon escient. »

— Et c'est tout ?

— C'est tout.

— Bon, ça ne veut rien dire. C'était peut-être simplement une formule de politesse, du genre « passez un beau séjour ».

— Pas de la manière dont il a prononcé ces mots.

— Peu importe. Il a dit d'utiliser notre temps efficacement, et c'est exactement ce que nous allons faire. Retournons-y.

— Où ? Dans le labyrinthe ?

— Oui ! As-tu autre chose à faire ? As-tu quelque part d'autre où aller ?

— Non. Tu as raison. Retournons-y.

Les deux apprentis allèrent porter leur parchemin dans leur chambre. Sokar s'empara de la carte et ils se rejoignirent devant le miroir. Ils le franchirent et, une fois rendus dans le labyrinthe, ils continuèrent leur exploration là où ils s'étaient arrêtés le jour précédent.

Ils tombèrent sur plusieurs salles vides, comme plusieurs fois avant, jusqu'à ce qu'ils trouvent une porte verrouillée, ce qui était plutôt inhabituel.

— Ah ! fit Maya, réjouie. Le verrou est tiré, ce qui est bon signe. Cela signifie que la pièce renferme quelque chose d'important, un objet que son propriétaire veut cacher.

— Espérons-le. Et comment ferons-nous pour entrer ? Veux-tu que j'essaie de défoncer la porte ?

— Tu pourrais crocheter la serrure, suggéra-t-elle.

— De quelle façon ?

— De la même manière que lorsque tu as déverrouillé la porte quand j'étais sous la chute, répondit-elle d'un sourire malicieux. Souviens-toi : *Les possibilités du Dohm*. J'ai hâte de voir comment tu t'y es pris.

Sokar s'agenouilla devant la serrure, il posa son index sur l'ouverture, là où n'importe qui d'autre aurait inséré la clé, et il invoqua la discipline du Passe-muraille. Maya examinait avec intérêt les moindres faits et gestes de son ami. Quand Sokar sentit son doigt s'engourdir, il mit un peu de pression afin de l'enfoncer dans le métal froid du mécanisme. La serrure était simple, et l'apprenti arriva à jouer facilement avec le mécanisme pour la déverrouiller. Quand il entendit le déclic familier, il cessa d'utiliser la discipline et se releva. Maya était bouche bée. Il lui fallut un bon moment avant de retrouver l'usage de la parole.

— C'était tout simplement fascinant. Incroyable, même. Comment as-tu pu me cacher un tel prodige ? Ton doigt s'est enfoncé dans la serrure comme dans du beurre.

— Ce n'est pas aussi simple que ça en a l'air, se défendit-il. Ça fait des lunes que j'essaie de maîtriser ce phénomène. La lecture du livre *Les possibilités du Dohm* m'a beaucoup aidé à m'améliorer.

— Tu aurais pu m'en parler, lui reprocha-t-elle. Je t'aurais aidé.

— Je sais. Je suis désolé. Je voulais t'en parler avant, mais je ne trouvais jamais le bon moment.

— Mouais... un peu comme quand tu voulais me révéler l'ampleur de tes sentiments pour moi ? demanda-t-elle avec un clin d'œil complice.

— Si on veut. Avant, je voulais être certain que ce n'était pas une anomalie. Autrement dit, que les effets étaient permanents et que je pouvais réussir à en maîtriser les manifestations.

Sokar poussa la porte, qui refusa de collaborer. Surpris, il mit plus de force, sans obtenir davantage de résultats. Il se mit à douter d'avoir réellement déverrouillé la serrure.

— Laisse-moi essayer.

Sokar, tout à fait perplexe, laissa la place à Maya. S'il n'avait pu réussir, il voyait mal comment une fille pourrait faire mieux.

Il tomba des nues quand il vit la porte s'ouvrir... parce que Maya tirait sur la porte au lieu de la pousser.

— Ouf ! Comme c'était difficile, ironisa-t-elle.

— Ha, ha, ha, fit-il d'un rire sans entrain. C'est tellement drôle.

Maya ouvrit grande la porte et les deux apprentis furent sans voix à cause de ce qu'ils virent. Ils demeurèrent immobiles sur le seuil, sans oser pénétrer dans la pièce. Devant eux, il y avait une immense forêt. Ce n'était pas comme si des arbres poussaient dans la salle. C'était une véritable forêt, avec un sol terreux inégal et un ciel bleu dans lequel volaient des oiseaux. Il y avait des arbres à perte de vue, il était impossible de voir l'autre extrémité de la salle. On pouvait entendre le son des insectes et autres animaux qui y vivaient, et l'on pouvait même sentir les effluves habituellement dégagés par n'importe quelle forêt.

— Comment est-ce possible ? demanda Maya, brisant enfin leur silence. Cette forêt est-elle réellement là ?

— On ne distingue même pas les contours de la pièce. Ce pourrait être une illusion.

— Une illusion qui dégage cette odeur ? Une illusion qui produit ce son ? J'en doute.

— Dans ce cas, ce doit être un portail de téléportation qui demeure constamment ouvert. Mais la question est : où mène-t-il ?

— Il n'y qu'une façon de le savoir.

— Non, Maya, attends ! Penses-y bien. Nous ne savons pas si ce portail est bidirectionnel ou non. Imagine qu'il soit unidirectionnel et que nous soyons transportés à des centaines de lieues d'ici. Nous aurions à déterminer en premier où nous aurions abouti, et ensuite faire le chemin du retour à pied.

— Mouais... je n'avais pas pensé à ça.

Sokar referma la porte.

— Non ! Pas tout de suite ! protesta Maya. Je voulais admirer encore la forêt.

Elle rouvrit la porte et, à leur grand étonnement, le paysage avait changé. Ils étaient maintenant au bord de l'océan. Ils pouvaient même sentir l'air salé et entendre le bruit des vagues qui se fracassaient sur le rivage.

— Wow ! Ça, c'est étrange, s'exclama-t-elle. Est-ce qu'un portail de téléportation peut connecter différents endroits ?

— Je ne sais pas, mais je ne suis pas un expert en ce qui concerne les portails de téléportation. Le peu de connaissances que je possède à leur sujet se limite à ce que j'ai lu à la bibliothèque du Monastère portuaire.

— Faisons un petit test.

Maya referma la porte et la rouvrit encore. Le paysage avait encore changé, comme elle s'y était attendue. Ils avaient maintenant sous les yeux un beau champ de blé éclairé par le soleil de midi.

— C'est incroyable, dit-elle. Je ne comprends pas comment ce peut être possible. Il y a certainement de la sorcellerie là-dessous, ce qui rend ce phénomène pas moins spectaculaire.

Sokar approuva.

— Faisons-nous une autre tentative ? suggéra-t-il.

Maya accepta. Lorsqu'elle ouvrit la porte, ils furent tous deux étonnés. Le paysage qu'ils voyaient correspondait à l'entrée du Monastère spirituel, à l'extérieur. Ils voyaient le volcan et le paysage tout autour. Aucun doute n'était possible.

— Alors maintenant, ça, c'est déroutant.

— Maya, vois-tu ce que je vois ?

— Oui. C'est le Grand Volcan éteint. C'est ici.

— Veux-tu toujours essayer de franchir le passage ? Si c'est réellement un portail de téléportation, tu arriveras tout près. Tu seras revenue dans le labyrinthe en un rien de temps.

— Et si ce n'en est pas un ? Et si c'était un piège et que j'étais tout de même téléportée à l'autre bout du royaume, peu importe le paysage présenté ?

Sokar haussa les épaules. Ni l'un ni l'autre ne connaissait la réponse. L'apprenti eut alors l'idée d'utiliser son Dohm afin de sonder l'espace devant lui. Il ne savait pas trop ce qu'il cherchait, mais il estimait que ça valait la peine d'essayer. Il se concentra donc, et il alla puiser dans son énergie magique la capacité de voir les choses invisibles et d'analyser la matière. Son Dohm se répandit en vagues devant lui et il laissa sa conscience se porter par elles. Ses ondes magiques percutèrent un champ de force au bout de la pièce et lui rebondirent presque aussitôt en pleine figure. Sokar sursauta.

— Quoi ? Qu'est-ce qui se passe ? demanda Maya.

— Ce n'est qu'une illusion, affirma-t-il. J'ai analysé ce que nous voyons à l'aide de mes pouvoirs et j'ai pu sentir les contours de la salle. Il y a quelque chose au fond de la pièce qui dégage une forte aura magique.

— Magique ou maléfique ? Est-ce de la sorcellerie ?

— Je ne pourrais le dire. En revanche, je suis certain qu'il n'y a pas de danger et que nous pouvons franchir le seuil.

Sokar avança tellement vite que Maya n'eut pas l'occasion de protester. Dès qu'il posa le pied sur le plancher de la pièce, l'illusion disparut immédiatement. L'apprenti regarda son amie et il lui adressa un sourire de satisfaction. Maya lui emboîta le pas.

La salle était grande, vide et tout à fait banale. Absolument rien dans la pièce ne permettait de déterminer l'origine des illusions auxquelles ils avaient assisté. Sokar se dirigea vers le fond de la salle, là où son Dohm avait rencontré une autre énergie magique.

Il était face à un grand mur de briques. La salle se terminait à cet endroit et pourtant, il sentait que l'aura magique provenait de l'autre côté du mur.

— Oui, dit Maya, moi aussi je la sens, maintenant. Il y a nécessairement une autre salle ou un autre couloir au-delà de ce mur.

Ils se mirent à palper les briques et à les pousser une par une, à la recherche d'un passage secret quelconque. Après un long moment, Maya finit par pousser sur la bonne brique qui activait le passage. Une section du mur s'ouvrit devant l'apprentie, ce qui la fit sursauter.

— Trouvé ! dit-elle inutilement, puisque Sokar avait entendu le raclement de pierre que la porte dérobée avait fait en s'ouvrant.

Ils observèrent l'intérieur. Le passage donnait accès à un couloir, au fond duquel il pouvait apercevoir une lumière vacillante. Sur le mur intérieur, à quelques pouces d'eux, Sokar put lire une inscription familière : Reliqurom. L'apprenti devint livide.

— Sokar ? Est-ce que tu vas bien ? Tu es tout pâle.

— Ça y est, répondit-il d'une voix atone. C'est ici. Le dernier passage de mon rêve, celui où je découvre le globe. Dans mon rêve, je ne voyais pas le mot « reliqurom » sur les murs, mais je sais que c'est ici que tout va se jouer.

— Peux-tu me dire ce que signifie le mot reliqurom ?

— C'est le nom que donne l'Ordre à la salle dans laquelle ils entreposent les objets magiques, ensorcelés ou dangereux. Le premier reliqurom que j'ai visité était dans les catacombes du Monastère forestier. C'est là que Mendoza s'est battu avec Mercurus et qu'il a disparu avec lui.

— Sauf qu'aujourd'hui, il n'y a pas de méchant Mercurus dans le reliqurom, tenta-t-elle de le rassurer. Seuls les moines ont accès au Monastère spirituel, tu te souviens ? Et, contrairement à ton rêve, tu n'es pas seul. Prends ma main, nous y allons ensemble.

Maya tendit la main à Sokar, qui la prit aussitôt. Ils avancèrent dans le tunnel à un bon rythme et ils furent à l'autre extrémité en une cinquantaine de pas. Ils débouchèrent dans une salle immense remplie d'objets hétéroclites. Il y avait, entre autres, des meubles, des armes, des boucliers, de la vaisselle, des miroirs sur pied, des coffres en métal dont le couvercle était fermé pour la plupart, des caisses en bois, des tableaux, des tapis et des draperies, et même une petite bibliothèque avec une dizaine de bouquins. Certains objets avaient été empilés de façon ordonnée, d'autres avaient été entassés pêlemêle sur le plancher. La salle de forme rectangulaire possédait trois autres portes, toutes fermées. Des passages avaient été aménagés entre les piles d'objets, afin de circuler librement dans la pièce.

— Wow ! dit Maya. C'est donc à ça que ça ressemble, un reliqurom ?

— Je ne sais pas, c'est le premier que je visite qui soit en fonction. Celui du Monastère forestier avait été vidé de son contenu.

— Est-ce que tu sens ça ? On dirait... que mon Dohm est stimulé par une force externe. Regarde ! ajouta-t-elle hilare, en relevant sa manche pour lui montrer son avant-bras. J'en ai la chair de poule.

— Oui, je le sens aussi. Certains de ces objets sont ensorcelés et ils dégagent encore une aura maléfique. Ne touchons rien, cette fois-ci. J'ai un mauvais pressentiment.

Maya acquiesça. Un bruit sourd d'explosion se fit alors entendre de derrière l'une des portes. Les deux apprentis se regardèrent, intrigués. S'ils étaient d'accord pour ne rien toucher, ils voulaient néanmoins déterminer quel genre d'objet pouvait produire cet étrange son. Ils avancèrent vers la porte et Sokar tira sur la poignée. Elle n'était pas verrouillée. Il entrebâilla la porte, et ils entendirent en sourdine la voix d'un homme qui s'esclaffait. Sokar ouvrit un peu plus, juste assez pour leur permettre d'observer ce qui se passait dans la pièce. Les cheveux de l'apprenti se dressèrent sur sa nuque : l'homme qui riait à gorge déployée n'était nul autre que Mercurus !

— Enfin ! hurlait le sorcier de soulagement. Il est à moi ! Après des jours de recherche, après des jours à tenter de percer les envoûtements qui le protégeaient, il est finalement à moi. À moi !

Mercurus tenait une boule de cristal entre ses mains, et il la fixait de ses yeux cernés comme s'il craignait qu'elle ne disparaisse simplement en détournant le regard.

— Qu'est-ce que Mercurus fait ici ? murmura Sokar, aussi mystifié qu'angoissé. Comment a-t-il pu franchir les protections magiques du monastère ?

— C'est certainement lui qui a tué tous les maîtres qui vivaient au monastère auparavant, chuchota Maya à son tour, tout aussi surprise. Mais ça n'explique pas comment il a pu faire pour se rendre jusqu'ici.

Au même instant, le sorcier arkahzien tourna la tête dans la direction des apprentis, comme s'il les avait entendus. Malgré l'extrême fatigue que le sorcier semblait éprouver, il les fixait avec haine.

— Argh ! ragea-t-il. Et il fallait que je tombe encore sur le maudit apprenti de Mendoza. Je devais bien me douter que tu te trouverais de nouveau sur mon chemin. Mendoza ne cessait de répéter ton nom pendant que je le torturais, comme si tu pouvais y changer quelque chose. Tu ne pourras pas m'empêcher de repartir avec l'œil-qui-voit-tout. C'est trop tard, il est à moi.

Par réflexe, Sokar porta la main à son flanc gauche pour s'emparer de Sinistre, mais il n'attrapa que de l'air. Depuis son arrivée au monastère, son épée reposait dans sa chambre, sous le lit. L'apprenti recula d'un pas, entraînant Maya avec lui. Mercurus avança lentement dans leur direction tout en ricanant. Il se délectait de l'expression de frayeur qu'il voyait sur le visage des apprentis. Il jeta un bref regard dans la boule de cristal, avant d'ajouter :

— Oh ! Je sais à quoi vous pensez. Vous vous demandez comment j'ai pu pénétrer dans votre pitoyable monastère, comment j'ai pu percer vos défenses magiques. C'était trop facile pour un sorcier de ma trempe. Et ce n'est pas les quelques vieillards que j'ai croisés qui ont pu m'empêcher de me rendre jusqu'ici. Tout est exactement comme dans les souvenirs de Mendoza.

Sokar et Maya continuaient de reculer dans la salle principale du reliqurom, et Mercurus avançait au même rythme.

— Pourquoi n'êtes-vous pas au front en train de défendre votre pauvre petit Monastère volcanique ? Vous êtes des déserteurs ? Dans le fond, je vous comprends. Vous deviez être terrifiés à l'idée d'affronter ma horde de Griztalts enragés.

— C'est donc toi qui as envoyé les Griztalts attaquer notre monastère, dit Sokar alors qu'il reprenait contenance. Ils ne sont pas très tenaces, tes monstres. Ils ont abandonné après seulement quelques jours d'affrontement.

— Tu mens ! cria le sorcier.

Mercurus jeta un autre coup d'œil rapide à la boule de cristal, et son expression changea.

— Quelle bande d'imbéciles ! lança le sorcier. Je leur avais spécifié de maintenir le siège jusqu'à mon signal. Bof ! Ça ne change rien pour le futur. Maintenant que j'ai l'œil-qui-voit-tout, la prophétie d'Orrotaresh pourra enfin se concrétiser.

Mercurus pointa un index dans la direction des apprentis et un éclair en jaillit, qui explosa aux pieds de Sokar et de Maya. Ils eurent à peine le temps de l'esquiver en bondissant vers l'arrière. Mercurus examina le bout de son index, comme s'il était défectueux.

— Hum... Ça fait probablement trop longtemps que je ne me suis pas nourri, dit le sorcier d'un ton nonchalant. La privation de nourriture doit perturber la précision de mes sortilèges. Tant pis.

Le sorcier allongea le bras vers l'apprenti et il écarta les doigts. Des éclairs jaillirent de ses cinq doigts, en direction de Sokar. Celui-ci poussa Maya de toutes ses forces d'un côté pour l'écarter du danger, puis il bondit de l'autre côté pour éviter l'attaque électrique. Il y parvint, mais il percuta de longs tapis qui étaient enroulés et placés en équilibre précaire à la verticale contre le mur. Les rouleaux s'écroulèrent tous, plusieurs tombèrent directement sur Sokar, tandis que d'autres se déroulèrent.

Mercurus ignora totalement Maya et il s'approcha de Sokar. Le sorcier profita du fait que le garçon était enseveli sous les tapis pour allumer des boules de feu dans sa paume, et il les projeta sur les rouleaux. Heureusement pour l'apprenti, les tapis s'enflammèrent lentement, ce qui lui laissa le temps nécessaire pour sortir de là-dessous sans trop de dommages.

Quand Sokar parvint à se remettre debout, il vit que Maya était allongée à plat ventre sur le sol, près d'une petite table en bois. Craignant le pire, il se précipita vers elle. Un examen rapide lui permit de constater qu'elle était seulement sans connaissance. En revanche, un mince filet de sang s'écoulait au-dessus de son arcade sourcilière. La coupure ne semblait pas très profonde. Sokar estima que, dans son empressement, il avait poussé son amie trop violemment et qu'elle avait probablement heurté le bord de la table. Sa vie ne semblait pas menacée, mais elle aurait une belle bosse. Rassuré par l'état de Maya, Sokar retourna son attention au sorcier. Celui-ci marchait d'un pas calme vers la sortie, tournant le dos aux apprentis.

— Mercurus ! l'interpella Sokar, furieux. Qu'as-tu fait de Mendoza ? Est-il toujours en vie ?

Le sorcier s'arrêta, demeura immobile pour un court instant, puis il se tourna lentement vers l'apprenti.

— Oh... tu t'inquiètes pour ton pauvre maître, lança-t-il d'un ton sarcastique. Comme c'est touchant.

Mercurus s'esclaffa d'un long rire moqueur, et Sokar serra les poings de rage. Le sorcier continua de rire, se délectant de l'effet qu'il produisait sur le garçon, puis il lui tourna le dos et reprit sa route vers la sortie.

— MERCURUS !

Le cri de Sokar ne fit qu'attiser l'hilarité de l'Arkahzien, qui n'arrêta pas de marcher. L'apprenti sentit sa fureur monter d'un cran. Il s'empara du premier objet qu'il avait à la portée de la main, une poupée de porcelaine qui traînait par terre, et il la lança de toutes ses forces sur le sorcier. La poupée percuta le dos de Mercurus et elle éclata en mille morceaux, mais le sorcier ignora l'attaque. Il continuait à avancer vers la sortie comme s'il ne s'était rien passé, comme si l'apprenti ne représentait pas une réelle menace. Sans plus réfléchir, Sokar s'empara de sa dague et il la lança sur le sorcier. Avant qu'elle ne puisse atteindre sa cible, Mercurus fit volte-face. Puis, l'arme sembla heurter un bouclier invisible. Elle rebondit et s'échoua sur le sol aux pieds du sorcier.

— Ton maître n'est pas encore mort, mais ce n'est qu'une question de temps. Je prendrai un malin plaisir à le torturer, tout en lui racontant à quel point tes efforts pour m'empêcher de repartir ont été lamentables.

Mercurus reprit de plus belle son rire sardonique.

— Je le détruirai mentalement, continua le sorcier, et quand je serai las de m'amuser avec lui, je le ferai brûler vivant...

Sokar n'attendit pas la fin du monologue de Mercurus pour agir. Il se jeta en vitesse sur Maya, qui était encore inanimée. Il s'empara de la dague de son amie et il la projeta sur le sorcier. Comme celui-ci était trop occupé à raconter tous les tourments qu'il avait l'intention de faire subir à Mendoza, il n'eut pas le temps de réagir à ce nouvel assaut et la lame s'enfonça dans son épaule. Sokar avait visé le bras qui tenait l'œil-qui-voit-tout, et il avait fait mouche. Mercurus lâcha la boule de cristal sous l'effet de la douleur combinée à la surprise de l'attaque. Sokar crut, l'espace d'un instant, que la boule allait se fracasser en morceaux en percutant le sol, mais celle-ci rebondit plutôt à plusieurs reprises sur le plancher de pierre en produisant des tintements cristallins aigus à chaque bond. Le sorcier lâcha un cri de rage, entremêlé de souffrance, et il arracha la dague de son épaule dans un rictus de douleur.

Le cœur de Sokar battait fort dans sa poitrine. Son Dohm vibrait fermement au creux de son plexus solaire, et ses pouvoirs lui permettaient de penser à vitesse accélérée. Il décida de prendre un risque : il courut à toute vitesse en direction du sorcier pour essayer de s'emparer du globe magique avant lui. Même si la distance était courte, Mercurus eut l'occasion de réagir cette fois-ci. Il allongea les bras devant lui et il invoqua un sortilège de tornade. De puissantes bourrasques se mirent à souffler, qui freinèrent instantanément la course de l'apprenti. Le vent s'intensifia d'un coup. Sokar arrivait à peine à tenir debout. Il tenta de faire un pas de plus, mais la force du vent augmenta encore et il fut projeté violemment vers l'arrière. Divers objets empilés le long des murs s'envolèrent en même temps que l'apprenti, sous la force du vent. Les tapis, qui avaient continué de brûler pendant tout ce temps-là, s'éteignirent immédiatement. Sokar percuta lourdement le mur au fond de la salle, ce qui lui fit perdre momentanément le souffle, et il retomba sur le sol. Tous les objets qui s'étaient envolés par la même occasion firent la même chose et ils retombèrent sur l'apprenti dans un grand fracas. Voyant que le garçon était enseveli sous une pile de débris, Mercurus mit fin à son sortilège et il ramassa la boule de cristal à ses pieds, satisfait du résultat.

Le sorcier fit demi-tour et reprit son chemin vers la sortie. Après avoir fait trois pas, il ressentit une vive douleur à l'arrière du crâne, puis il entendit le son que fait un objet métallique qui tombe sur le sol. Réprimant un juron, il palpa l'endroit qui le lancinait et ses doigts entrèrent en contact avec une substance poisseuse : son propre sang. Intrigué, il regarda à ses pieds et il vit un petit cube métallique dont l'un des sommets était ensanglanté. Il se retourna prestement et il vit que Sokar était déjà en train de s'extirper de la montagne de débris. L'apprenti avait été prompt à lui lancer le premier projectile qu'il avait eu sous la main. Désormais, Mercurus voyait rouge, il était furieux, il était hors de lui.

Le sorcier s'empressa de ranger l'œil-qui-voit-tout dans une poche de sa toge et il allongea les bras de nouveau. Mais cette fois-ci, il créa une quantité phénoménale d'éclairs bleutés qui crépitaient dans tous les sens et les projeta sur Sokar. Toutefois, le garçon avait prévu le coup. Dans l'amoncellement d'objets autour de lui,. il avait repéré un grand bouclier argenté dont la surface lisse ressemblait à un miroir. L'apprenti s'en empara dès qu'il vit le sorcier préparer son sort et il s'accroupit derrière l'écu afin de s'y abriter. Heureusement, le bouclier était assez grand pour le protéger entièrement. Sokar vit des éclairs passer à côté de lui, et au-dessus de lui, mais aucun ne parvint à l'atteindre. Les crépitements électriques durèrent un bon moment avant qu'enfin le silence revienne. C'était dorénavant le grand calme. Sokar osa, lentement, jeter un coup d'œil au-dessus du bouclier. Mercurus avait disparu. Ainsi que la boule de cristal.

Sokar se releva et examina le désordre créé par le sorcier dans le reliqurom. À cause des vents, les regroupements d'objets étaient sens dessus dessous. Et à cause des éclairs, plusieurs présentaient des marques de calcination. Même les murs avaient conservé des traces du sortilège de l'Arkahzien. Un peu plus loin, il vit Maya qui reposait encore sur le sol, sans connaissance. Quelques volutes de fumée s'échappaient de son corps. Le cœur de l'apprenti manqua un battement. Il se précipita vers elle.

Les vêtements de l'apprentie semblaient avoir quelque peu souffert des traitements du sorcier, mais ses beaux cheveux rouges, en revanche, ne portaient pas de traces de brûlures.

Sokar la retourna sur le dos. La peau blanche et lisse de Maya paraissait intacte également ; aucune blessure n'était apparente. Le seul dommage visible était la vilaine entaille sur son front, qui avait fini par arrêter de saigner. C'est alors que le garçon remarqua que Maya ne respirait plus. Pris de panique, il secoua son amie par les épaules pour tenter de la ranimer.

— Non ! se plaignit-il. Tu ne peux pas être morte. C'est impossible. Tu n'as pas le droit de mourir, pas maintenant, tu m'entends !

Sa manœuvre était sans succès. Le cœur de Sokar oscillait entre la tristesse, la rage et le désespoir. Il maudissait Mercurus de lui avoir ravi tous ceux qu'il aimait. Il maudissait également l'Ordre, qui l'empêchait de développer pleinement ses dons afin de protéger les siens. Ses yeux se remplirent de larmes, mais il ne voulait pas pleurer. Pleurer ne règle jamais rien, se sermonna-t-il. Il voulait des solutions, pas des larmes.

Sokar tenta une manœuvre de bouche-à-bouche afin d'inciter les poumons de Maya à recommencer à fonctionner. Il souffla un premier coup, il laissa la poitrine de Maya se dégonfler, et il attendit. Aucune réaction. Il recommença, sans plus de résultat. Il essaya encore et encore, mais l'apprentie ne réagit pas. Pendant des lunes, Sokar avait rêvé de pouvoir poser ses lèvres sur celles de Maya, mais jamais il n'aurait cru que ce serait dans ces circonstances.

Enfin, un éclair de génie le frappa : il devait utiliser son Dohm. Il s'empressa d'invoquer la discipline de Guérison, même s'il avait eu peu d'occasions de l'utiliser. Instinctivement, il posa une main sur la poitrine de Maya, environ à l'emplacement de son cœur qui refusait de battre, et l'autre main sur le front de son amie. Sokar sentit alors son énergie magique se déchaîner dans sa poitrine. Il ressentit la chaleur intérieure que son Dohm produisait et qui se répandait dans tous ses membres. Puis il transféra les vagues d'énergie vers Maya, à travers ses mains. Il ferma les yeux et il s'imagina que les poumons de Maya recommençaient à fonctionner et que son cœur se remettait à battre. Il dirigea les ondes magiques vers les organes internes vitaux de l'apprentie, leur ordonnant de reprendre leur travail. Sokar employait ses pouvoirs avec l'énergie du désespoir. Il refusait de voir Maya mourir. Pour lui, cette éventualité était inconcevable. Elle n'avait pas le droit de l'abandonner ainsi, pas aussi près du but. Ils allaient mettre fin à leur apprentissage prochainement et enfin se libérer de leur mentor. C'était un événement que Sokar avait attendu avec impatience puisqu'il avait promis à Maya d'attendre jusqu'à ce moment pour l'aimer de toutes les manières dont un homme peut aimer une femme, même s'ils savaient qu'ils ne pourraient jamais réellement vivre leur amour sans contraintes. Elle n'aurait pu choisir un pire moment pour mourir.

Mais Maya rouvrit les yeux tout d'un coup, l'air étonnée. Elle prit une grande inspiration bruyante, la bouche grande ouverte, tout en cherchant à faire entrer un maximum d'air dans ses poumons vides. Sokar en sursauta et il retira ses mains. Il avait réussi ! Maya était revenue à la vie. Il fut immédiatement envahi d'un immense soulagement.

— Sokar, croassa-t-elle. Tu pleures ?

L'apprenti éclata de rire, soulagé, et il se rendit compte qu'il avait les larmes aux yeux.

— Mais non, voyons, tenta-t-il de nier en s'essuyant les yeux du revers de sa manche.

— Mercurus ? demanda-t-elle, encore inquiète, en reprenant instantanément ses esprits.

Elle se redressa et observa rapidement la salle.

— Disparu, répondit-il, irrité. Encore.

À part les marques calcinées sur les murs et le désordre créé par la tornade, il ne restait du passage du sorcier arkahzien que quelques taches écarlates sur le plancher, ainsi que la dague ensanglantée de Maya.

À leur retour dans la chambre de Sokar, l'apprenti installa Maya sur le lit. Même si elle avait pu marcher avec de l'aide jusqu'aux dortoirs, elle s'était sentie soudainement lasse lorsqu'elle était arrivée devant l'entrée. Il commença donc par ausculter son amie avec la discipline de Guérison et, à son plus grand soulagement, il ne lui trouva aucun problème de santé majeur. Même s'il était satisfait du résultat de l'examen, il ne demeurait pas moins inquiet de l'état général de Maya.

— Arrête ! Je vais bien maintenant, avait-elle protesté, alors que Sokar examinait sa plaie au front pour une énième fois.

— Maya, ton cœur s'est arrêté de battre pendant un bon moment. Tu ne respirais même plus.

— Raconte-moi plutôt ce qui s'est passé pendant que j'étais...

— Morte ? insista-t-il.

— Inanimée.

— Encore une fois ? demanda Sokar, agacé.

— Encore une fois.

Sokar s'installa sur le sol, et Maya se retourna sur le côté pour le regarder. Il relata de nouveau les faits avec la même exactitude que les fois précédentes. Quand il eut terminé, Maya semblait dorénavant absorbée par ses réflexions.

— Alors cette satanée légende est bien vraie, dit-elle finalement.

— Les mots que Mercurus a utilisés sont « prophétie d'Orrotaresh ».

— Légende..., prophétie..., peu importe. Ça n'augure rien de bon. Au moins, nous venons de découvrir ce que le dernier volet de tes rêves prémonitoires annonçait.

— Non, ce n'était pas des rêves prémonitoires. Je t'ai dit que c'était des images que Mendoza m'envoyait par télépathie.

— Crois-tu que Mendoza savait que Mercurus était ici ?

— À mon avis, Mercurus a fait part à Mendoza de ses plans avant de venir ici. Est-ce que tu te rends compte ? Ce chien de barbare m'a dit qu'à son retour sur Arkahz, il allait torturer Mendoza ! Nous devons faire quelque chose !

— Faire quoi ? Je ne nous vois pas raconter ça à maître Kobalt. Nous n'étions même pas censés nous retrouver là-bas, dans le sous-sol.

Puis, elle comprit ce que Sokar avait derrière la tête simplement en voyant son regard.

— Non ! protesta-t-elle. Tu n'as pas l'intention d'aller là-bas ? Tu ne réussiras pas à secourir Mendoza. Arkahz est une terre hostile, peuplée de barbares et de monstres. Même les maîtres les plus aguerris de l'Ordre refusent de s'y rendre. Aucun Grand Maître n'acceptera de t'envoyer en mission là-bas.

— Je n'ai pas besoin de leur autorisation. Il faut secourir Mendoza à tout prix et rapporter l'œil-qui-voit-tout. Il en va de la survie de notre royaume.

— Sokar, s'il te plaît, promets-moi que tu ne feras pas de folies. Jure-moi que tu n'iras pas sur Arkahz. Ce serait du suicide. Aucun maître n'acceptera de t'y accompagner. Pas même Gwen.

Sokar fit la moue. Il avait déjà entendu de nombreux récits de moines qui avaient été envoyés en mission sur le royaume des barbares, et qui n'en étaient jamais revenus. Mais à cet instant, il était prêt à affronter n'importe quel danger pour aller secourir son précédent maître. D'autant plus qu'il venait d'avoir la certitude que celui-ci était encore en vie, et que Mercurus avait annoncé qu'il avait l'intention de le faire longuement souffrir et de finalement l'exécuter. Les jours de Mendoza étaient comptés. Il y avait urgence d'agir.

— Sokar, murmura Maya d'une voix suppliante. Dans peu de temps, nous ne serons plus apprentis. Nous serons alors libres... tu sais ce que cela signifie, pour toi et moi... nous attendons ce moment depuis si longtemps.

Il croisa les bras et afficha un visage impassible. Ce que Maya lui demandait était impensable. Elle lui demandait carrément de choisir entre Mendoza et elle. Sokar, lui, il voulait les deux. L'apprenti se sentait tiraillé entre les deux. Il voulait choisir pour plaire à Maya, mais il en était incapable.

— Sokar, chuchota-t-elle. Promets-moi. S'il te plaît.

Maya tombait de fatigue. Elle luttait contre le sommeil et elle devait faire des efforts colossaux pour maintenir ses yeux ouverts. À regret, Sokar hocha la tête pour lui signifier qu'il acquiesçait à sa requête. Elle sourit et ferma les yeux, mais elle ne les rouvrit pas. Sokar retint son souffle et il eut un bref instant de panique. Même s'il voyait sa cage thoracique se gonfler sous l'effet de sa respiration, il ne pouvait s'empêcher de s'inquiéter pour elle. Il posa sa main sur son front et invoqua la discipline de Guérison à nouveau. Elle allait bien. Évidemment. Elle s'était seulement endormie.

Sokar sentit une vibration d'énergie qui venait du dessous du lit. C'était Sinistre qui venait de se manifester. Comme l'apprenti était encore assis par terre à côté du lit, il allongea simplement le bras pour s'en emparer. Dès que sa paume entra en contact avec le manche de l'épée, une vague de chaleur réconfortante l'enveloppa.

Il posa l'épée sur ses genoux. Si seulement il l'avait eue à ses flancs un peu plus tôt, pensa-t-il, les événements auraient peut-être tourné à son avantage. Dès qu'il eut cette pensée, Sinistre vibra de nouveau et Sokar reçut une vision. Peut-être avait-elle été produite par l'épée, ou peut-être qu'il avait invoqué la discipline de Prémonition malgré lui. Peu importe, le résultat était le même. Dans sa vision, Sokar se voyait sur

Arkahz, avec Sinistre au poing. Il n'avait jamais mis les pieds sur Arkahz, pourtant, il savait que c'était bien là qu'il se trouvait. La vision s'estompa aussi rapidement qu'elle était apparue. Et à ce moment, il sut. Il sut qu'il aurait à briser la promesse qu'il venait à peine de faire à Maya. Il sut qu'il aurait à lui mentir de nouveau. Il sut qu'il irait secourir son précédent mentor, au péril de sa vie.

Il replaça Sinistre sous le lit et observa son amie pendant un long moment. Seigneur, qu'elle était magnifique, pensa-t-il. Elle semblait si paisible, blottie dans les bras de Morphée. Sokar regrettait déjà la peine qu'il lui causerait.

— Mais ce sera pour un autre jour, dit-il à voix basse.

Il lui caressa tendrement la joue. Elle ne réagit pas, déjà profondément endormie.

— D'ici là, j'ai bien l'intention de profiter de chaque instant passé avec toi.

Sokar s'allongea dans son lit, derrière Maya. Le lit était petit, mais il n'en avait cure. Il se cala dans le dos de Maya, il passa un bras par-dessus elle et il l'enlaça tendrement. Puis il s'endormit, le visage dans la chevelure rouge-sang de l'apprentie.

Collection Incontournables

NE MANQUEZ PAS LA SUITE
DE LA SÉRIE

TOME 4